*Sur l'auteur*

Patrick O'Brian est né en Irlande en 1914. Romancier, traducteur (on lui doit notamment les traductions en anglais de Joseph Kessel, de Jean Lacouture et de Simone de Beauvoir), il est également auteur de biographies (Picasso, Joseph Banks) et d'essais linguistiques.

Il publie son premier roman, *Testimonies*, en 1952. Quelques années plus tard, il écrit en six semaines *The Golden Ocean*, un roman inspiré par l'expédition de l'amiral Anson dans le Pacifique, en 1740. C'est en 1969, avec *Maître à bord*, qu'il inaugure les aventures maritimes du capitaine britannique Jack Aubrey et du médecin Stephen Maturin, sur fond de guerres napoléoniennes. Cette grande saga admirablement documentée, qui compte vingt volumes, l'a rendu célèbre dans le monde entier.

Passionné par l'histoire naturelle et la mer, Patrick O'Brian a appris à naviguer dans la tradition de la marine à voile des XVIII^e^ et XIX^e^ siècles. Il a passé une grande partie de sa vie dans le sud de la France.

Il est décédé à Dublin en janvier 2000.

# L'ÎLE DE LA DÉSOLATION

DU MÊME AUTEUR
*CHEZ POCKET*

MAÎTRE À BORD
CAPITAINE DE VAISSEAU
LA « SURPRISE »
EXPÉDITION À L'ÎLE MAURICE

PATRICK O'BRIAN

# L'ÎLE DE LA DÉSOLATION

PRESSES DE LA CITÉ

Titre original :
*DESOLATION ISLAND*

Traduit par Florence Herbulot


ISBN 2-266-10302-4

*À Mary, avec mon amour*

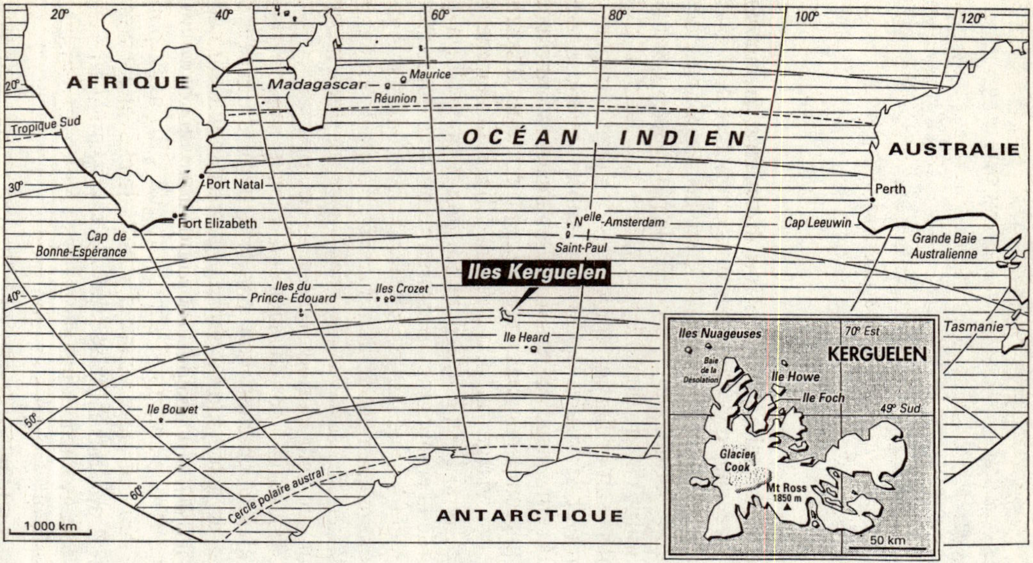
AFRIQUE
Madagascar
Maurice
Réunion
OCÉAN INDIEN
AUSTRALIE
Perth
Cap Leeuwin
Grande Baie Australienne
Tasmanie
Tropique Sud
Port Natal
Port Elizabeth
Cap de Bonne-Espérance
Nelle-Amsterdam
Saint-Paul
Iles Kerguelen
Iles du Prince-Édouard
Iles Crozet
Ile Heard
Ile Bouvet
Cercle polaire austral
ANTARCTIQUE
1 000 km
20°
40°
60°
80°
100°
120°
30°
50°
Iles Nuageuses
Baie de la Désolation
70° Est
KERGUELEN
Ile Howe
Ile Foch
49° Sud
Glacier Cook
Mt Ross 1850 m
50 km

# Chapitre premier

La petite salle à manger du matin était la pièce la plus avenante d'Ashgrove Cottage ; malgré les tas de sable, de chaux, de briques dont les maçons avaient envahi le jardin, malgré l'odeur de plâtre frais émanant des murs encore humides de cette nouvelle aile, le soleil faisait briller les couvercles des plats d'argent et illuminait le visage de Sophie Aubrey attendant son époux. Un visage ravissant, où les marques imprimées par un temps de pauvreté avaient presque disparu ; mais un visage un peu inquiet. Elle était femme de marin, et si l'Amirauté dans sa grande bonté lui avait accordé la compagnie de son mari pour une durée étonnamment longue, en le nommant (bien contre son gré) au commandement de la milice côtière locale en reconnaissance de ses services dans l'océan Indien, elle savait que cette période tirait à sa fin.

L'inquiétude se changea en plaisir sans partage quand elle entendit son pas : la porte s'ouvrit ; un rayon de soleil tomba sur la figure épanouie du capitaine Aubrey, une figure rubiconde aux yeux bleus brillants ; et elle sut, aussi sûrement que s'il l'avait porté écrit au front, qu'il venait d'acheter le cheval convoité.

— Vous êtes là, mon cœur ! s'exclama-t-il en l'embrassant avant de s'installer à ses côtés, dans un large fauteuil qui craqua sous son poids.

— Capitaine Aubrey, dit-elle, je crains que votre bacon ne soit froid.

— D'abord une tasse de café, et ensuite tout le bacon

du monde. Grand Dieu, Sophie — il soulevait les couvercles de sa main libre —, c'est le paradis : des œufs, du bacon, des côtelettes, des harengs fumés, des rognons, du pain frais... Comment va la dent ?

La dent était celle de son fils George, dont les cris troublaient la maisonnée depuis plusieurs jours.

— Elle a percé ! s'écria Mrs Aubrey. Elle a percé pendant la nuit et maintenant il est sage comme une image, le pauvre agneau. Vous le verrez après le petit déjeuner, Jack.

Jack rit de plaisir ; mais après une pause, et d'un ton un peu contraint, il ajouta :

— Je suis passé chez Horridge ce matin pour les remuer un peu. Horridge n'était pas là mais son contremaître m'a dit qu'il n'avait pas l'intention de venir ici de tout le mois — la chaux n'est pas suffisamment éteinte, semble-t-il — et même après cela ils seront coincés, avec leur charpentier malade et les tuyaux qui n'ont pas été livrés.

— Taratata, dit Sophie. Ils étaient toute une troupe à poser des tuyaux chez l'amiral Hare pas plus tard qu'hier. Maman les a vus en passant ; et elle aurait bien parlé avec Horridge, mais il s'est caché derrière un arbre. Les maçons sont des êtres bizarres auxquels on ne peut se fier. Vous avez dû être terriblement déçu, mon chéri ?

— Eh bien, j'ai été un peu déçu, je dois l'avouer ; et à jeun, en plus. Mais enfin, puisque j'étais là-bas, je suis entré chez Carroll et j'ai acheté la pouliche. Je l'ai fait rabattre de quarante guinées et voyez-vous, en dehors des poulains qu'elle nous donnera, ce sera une remarquable économie puisqu'elle va s'entraîner avec Hautboy et Whiskers — avec elle pour les mener, je suis prêt à parier, à cinquante contre un, Hautboy placé dans les Worral Stakes.

— Je me languis de la voir, dit Sophie, le cœur lourd.

Elle n'aimait pas les chevaux, sauf les plus doux, et

détestait particulièrement ces chevaux de course, bien qu'ils fussent descendants, par Old Bald Peg, de Flying Childers et de l'arabe Darley lui-même. Elle les détestait pour plusieurs raisons, mais savait mieux que son époux dissimuler ses sentiments et c'est avec un regard heureux et plein d'ardeur qu'il poursuivit :

— Elle sera là dans la matinée ; la seule chose qui ne me plaise pas beaucoup, c'est le nouveau sol de l'écurie. Si seulement nous avions eu un peu de soleil et un bon coup de nordet, il aurait séché à fond... Il n'y a rien de pire pour les pieds d'un cheval qu'un sol humide. Comment va votre maman, ce matin ?

— Elle semble tout à fait bien, merci, Jack : encore un peu de migraine, mais elle a mangé deux œufs et un bol de gruau et descendra avec les enfants. Elle est tout excitée à l'idée de voir les médecins et s'est habillée plus tôt que d'habitude.

— Qu'est-ce qui a pu retarder Bonden ? dit Jack avec un coup d'œil au sévère régulateur, sa pendule astronomique.

— Il est peut-être retombé, dit Sophie.

— Killick était là pour le soutenir : non, non, je parie à dix contre un qu'ils sont allés se vanter de leurs talents de cavaliers au Brown Bear, les monstres.

Bonden était le patron de canot du capitaine Aubrey, et Killick son serviteur ; et dans toute la mesure du possible, ils passaient avec lui d'un commandement à un autre. Tous deux avaient connu la mer dès leur plus jeune âge — Bonden était même né entre deux canons de la batterie basse de l'*Indefatigable* — et quoique excellents marins, ni l'un ni l'autre n'était grand cavalier. Pourtant, à l'évidence, seul un cavalier pouvait aller chercher le courrier adressé à l'officier commandant la milice côtière ; aussi tous deux traversaient-ils chaque jour les Downs montés sur un cheval solide et trapu, confortablement bas sur pattes.

Une femme solide et trapue, Mrs Williams, la belle-mère du capitaine Aubrey, entra à ce moment, suivie d'une nourrice portant le bébé et d'un marin unijambiste conduisant les deux petites filles. La plupart des serviteurs d'Ashgrove Cottage étaient des marins, en partie du fait de la difficulté extrême à convaincre des servantes de rester à portée de voix de Mrs Williams ; les marins, endurcis de longue date aux semonces du maître d'équipage et de ses aides, restaient impavides sous l'aiguillon de sa langue. D'ailleurs sa virulence était fort diminuée, car c'étaient des hommes, et qui entretenaient l'endroit avec autant de soin qu'un yacht royal. Le dessin rigoureux des buissons du jardin pouvait ne pas plaire à tout le monde, non plus que les pierres peintes en blanc bordant le moindre sentier ; mais une maîtresse de maison ne pouvait qu'être impressionnée par l'éclat des planchers, sablés, lavés et séchés tous les jours avant le lever du soleil, ou par l'éclat des cuivres dans la cuisine impeccable, le scintillement des carreaux, les peintures incessamment refaites.

— Je vous souhaite le bonjour, madame, dit Jack en se levant, vous me semblez en bonne santé ?

— Bonjour, commodore — c'est-à-dire, capitaine —, vous savez que je ne me plains jamais. Mais j'ai ici une liste — elle agitait un papier où elle avait noté tous ses symptômes — qui va stupéfier les médecins. Le coiffeur arrivera-t-il avant eux ? Je me le demande. Mais ne parlons pas de moi : voici votre fils, commodore, c'est-à-dire, capitaine. Il a percé sa première dent.

Elle poussa la nourrice en avant par le coude et Jack put observer le petit visage rosé, joyeux, étonnamment humain parmi les lainages. George lui sourit, gloussa et montra sa dent ; Jack enfouit son index dans les langes en disant :

— Et comment vous sentez-vous, hein ? Fort bien, je crois, bravo, ha, ha !

Le bébé eut l'air surpris, stupéfait, la nourrice recula, Mrs Aubrey intervint avec un regard de reproche :

— Comment pouvez-vous parler aussi fort, monsieur Aubrey ?

Et Sophie prit l'enfant dans ses bras en murmurant « Là, là, mon petit agneau ». Les femmes se rassemblèrent autour du jeune George en papotant sur la fragilité des oreilles d'enfants, les convulsions que pouvait provoquer un coup de tonnerre, la délicatesse bien plus grande chez les garçons que chez les filles.

Jack ressentit un pincement momentané de jalousie infâme à la vue des femmes — Sophie en particulier — prodiguant leur amour stupide et leur dévotion à ce petit être, mais il eut à peine le temps d'en avoir honte, il eut à peine le temps de se dire « J'ai été trop longtemps la reine du bal », avant qu'Amos Dray — autrefois aide-bosco sur la *Surprise* et connu dans le service, avant d'avoir perdu sa jambe, comme le fouetteur le plus consciencieux et le plus impartial de la flotte — mette la main devant sa bouche et murmure, en un grondement profond : « Au rapport, mes chéries. »

Les deux petites jumelles au visage ingrat, vêtues de tabliers propres, avancèrent jusqu'à un point bien précis du tapis et, en chœur, d'une voix aiguë, s'écrièrent :

— Bonjour, monsieur !

— Bonjour Charlotte, bonjour Fanny, dit leur père, en s'inclinant à faire craquer sa culotte pour les embrasser. Voyons, Fanny, vous avez une bosse sur le front.

— Je ne suis pas Fanny, dit Charlotte, boudeuse, je suis Charlotte.

— Mais vous portez un tablier bleu, dit Jack.

— Parce que Fanny a mis le mien ; elle m'a flanqué un coup avec sa pantoufle, la... niguedouille, dit Charlotte, avec une passion mal contenue.

Jack jeta un regard d'appréhension vers Mrs Williams et Sophie, mais elles continuaient à pouponner ; au même instant Bonden apporta le courrier. Il déposa le sac de cuir orné d'une plaque de laiton gravée « Ashgrove Cottage », et comme les enfants, leur grand-mère et leurs domestiques quittaient la pièce, il s'excusa d'être en retard : en fait, c'était jour de marché là-bas. Des chevaux et du bétail partout.

— Encombré, je parie ?

— Terriblement, monsieur, mais j'ai vu Mr Meiklejohn et je lui ai dit que vous n'iriez pas au bureau avant samedi.

Bonden hésita ; Jack lui ayant jeté un regard interrogateur, il poursuivit :

— Ce qu'il y a, en fait, c'est que Killick a fait un achat, un achat légal. Qu'il m'a demandé de vous le dire d'abord, Votre Honneur.

— Ah bon, dit Jack tout en ouvrant le sac. Quelque rosse, sans doute. Eh bien, je lui souhaite bien du plaisir. Il peut la mettre dans la vieille étable.

— Ce n'est pas vraiment une rosse, monsieur, bien qu'elle ait eu un licou : deux jambes et une jupe, si je peux dire. Une épouse, monsieur.

— Mais au nom de Dieu, que veut-il faire d'une femme ? s'écria Jack, les yeux écarquillés.

— Eh bien, monsieur, dit Bonden en rougissant et en détournant les yeux de Sophie, je ne sais pas exactement. Mais il en a acheté une, légalement. Il semble que son mari et elle ne pouvaient pas s'entendre, alors il l'a amenée au marché avec un licou ; et Killick, il l'a achetée, légalement — il a payé le prix, tout le monde l'a vu, et ils se sont serré la main. Il y en avait trois à choisir.

— Mais il n'est pas possible qu'on puisse vendre sa femme comme ça, traiter une femme comme du bétail ! s'écria Sophie. Quelle honte, Jack, c'est absolument barbare.

— Cela paraît effectivement étrange, mais c'est la coutume, voyez-vous, une très vieille coutume.

— Vous n'allez certainement pas approuver une chose aussi affreuse, capitaine Aubrey !

— Eh bien, en vérité, je ne me vois pas m'opposer à la coutume : au droit coutumier, même, pour autant que je sache. A moins qu'il y ait eu contrainte — abus d'influence, comme on dit. Où serait la Navy si on ne respectait pas les coutumes ? Faites-le entrer.

« Alors, Killick ? dit-il, quand le couple fut devant lui. (Son serviteur, homme entre deux âges, laid, anguleux, plus embarrassé que d'habitude sous l'emprise de la timidité, et la jeune femme, piquante, les yeux noirs, un vrai rêve de marin.) Alors, Killick, j'espère que vous ne vous précipitez pas dans le mariage sans y avoir dûment réfléchi ? Le mariage est une chose très sérieuse.

— Ah non, monsieur, j'y ai réfléchi : j'y ai réfléchi, eh bien, pendant presque vingt minutes. Il y en avait trois à choisir, et celle-ci — avec un regard affectueux vers son acquisition — était la meilleure du lot.

— Mais Killick, maintenant que j'y pense, vous aviez une femme à Mahon, elle lavait mes chemises. Vous ne devez pas devenir bigame : c'est contraire à la loi. Vous aviez certainement une femme à Mahon.

— Que j'en avais deux, Votre Honneur, l'autre à Wapping Dock ; mais c'était plus du genre provisoire et sans certificat, si vous me suivez, monsieur, pas achetées légalement, le licou mis dans ma main.

— Bon, dans ce cas, je suppose que vous voulez l'ajouter à la maisonnée. Mais il faudra d'abord passer devant le pasteur : faites un saut au presbytère.

— Bien monsieur, dit Killick, un saut au presbytère.

— Grand Dieu, Sophie, dit Jack quand ils se retrouvèrent seuls. Quel paquet ! (Il ouvrit le sac.) Une de l'Amirauté, une autre du Sick & Hurt Board et une qui a bien l'air de venir de Charles Yorke — oui, c'est son cachet — pour moi ; et deux pour Stephen, à vos bons soins.

— Je voudrais pouvoir prendre soin de lui, le pauvre cher, dit Sophie en regardant les lettres. C'est encore de Diana.

Elle les posa sur une petite table, avec une autre

adressée de la même écriture hardie et nette à Stephen Maturin Esquire, MD, et les regarda en silence.

Diana Villiers était la cousine de Sophie, femme un peu plus jeune, d'un style beaucoup plus audacieux, une beauté brune aux yeux bleu foncé que certains préféraient à Mrs Aubrey ; à une époque où Sophie et Jack étaient séparés, bien avant leur mariage et avant même leurs fiançailles officielles, Jack et Stephen Maturin s'étaient tous deux efforcés de gagner les faveurs de Diana ; Jack avait bien failli gâcher dans l'aventure et son mariage et sa carrière tandis que Stephen, s'étant persuadé qu'elle l'épouserait finalement, avait été cruellement blessé par son départ pour l'Amérique sous la protection d'un Mr Johnson — blessé à tel point qu'il en avait presque perdu le goût de vivre. Il avait cru qu'elle l'épouserait : sa raison lui disait bien qu'une femme ayant ses relations, sa beauté, son orgueil et son ambition ne saurait s'accommoder du fils illégitime d'un officier irlandais au service de Sa Majesté très catholique et d'une dame catalane, de ce petit homme assez laid dont la situation officielle était celle d'un chirurgien de marine, sans plus ; mais il lui avait donné son cœur tout entier, et en avait à son grand dam perdu la tête.

— Avant même que nous apprenions qu'elle était revenue en Angleterre, j'ai su qu'il était travaillé par quelque chose, le pauvre cher Stephen, dit Sophie.

Elle aurait pu énumérer quelques preuves absurdes — une nouvelle perruque, de nouveaux habits, une douzaine de chemises de la plus fine batiste — mais elle aimait Stephen comme bien peu de frères peuvent se vanter d'être aimés, et elle ne pouvait supporter que l'ombre du ridicule le touchât.

— Jack, pourquoi ne lui trouvez-vous pas un valet convenable ? A la plus mauvaise époque, Killick ne vous aurait jamais laissé sortir dans une chemise de quinze jours, avec des bas dépareillés et ce vieil habit dégoûtant. Pourquoi n'a-t-il jamais un serviteur de confiance, solide ?

Jack savait très bien pourquoi Stephen ne gardait jamais longtemps un valet, un homme qui pût s'habituer à ses manières, mais se contentait d'un mousse de hasard, de préférence illettré, ou de quelque matelot à l'esprit faible : c'est que le docteur Maturin, par ailleurs chirurgien de marine, était l'un des agents de renseignement les plus appréciés de l'Amirauté, et la discrétion était essentielle à la protection de sa vie et de celle de ses nombreux contacts dans le vaste territoire contrôlé par Buonaparte, sans même parler de la poursuite de ses travaux. Ce fait était venu à la connaissance de Jack au cours de leurs années de service ensemble, mais il n'avait pas l'intention d'en livrer le secret, même à Sophie, et il se contenta de répondre que si l'on pouvait avec beaucoup d'obstination réussir à convaincre un attelage de mules obstinées, il n'était rien, ni palan ni parole, qui pût jamais faire dévier Stephen du chemin qu'il avait choisi.

— Diana le pourrait, d'un coup d'éventail, dit Sophie.

Son visage, si peu fait pour la mauvaise humeur, exprimait à présent toute une gamme d'émotions diverses — l'indignation pour Stephen, le déplaisir de cette nouvelle complication, et un peu de la désapprobation ou peut-être de la jalousie d'une femme dotée de pulsions sexuelles modestes à l'égard d'une autre de nature tout à fait opposée —, le tout tempéré par la réticence à penser ou parler méchamment.

— J'en suis sûr, dit Jack, et si elle pouvait le rendre à nouveau heureux ce faisant, j'en bénirais le jour. Il fut un temps, voyez-vous, poursuivit-il en regardant par la fenêtre, où j'ai cru qu'il était de mon devoir d'ami... où j'ai cru agir pour le mieux, pour lui, en les écartant l'un de l'autre. Je pensais qu'elle était profondément mauvaise, diabolique, tout à fait destructrice, et qu'elle le mènerait à sa fin. Mais à présent je ne sais plus : peut-être vaut-il mieux ne jamais intervenir dans ces choses ; c'est trop délicat. Pourtant, si l'on voit un ami marcher les yeux bandés vers un abîme... J'ai agi pour le mieux, selon mes lumières ; mais peut-être mes lumières n'étaient-elles pas des plus brillantes.

— Je suis sûre que vous aviez raison, dit Sophie, lui posant la main sur l'épaule pour le réconforter. Après tout, elle s'est montrée — eh bien, comment dirais-je — femme légère.

— Eh bien, quant à cela, dit Jack, plus je vieillis et moins j'attache d'importance à ce genre d'affaire. Les gens sont si différents, même les femmes. Il peut y avoir des femmes pour lesquelles ce genre de chose est à peu près comme pour un homme — des femmes pour lesquelles coucher avec un homme n'est pas nécessairement important, ne les affecte pas essentiellement, dirais-je, et ne fait pas d'elles des putains. Je vous demande pardon, ma chérie, d'utiliser un tel mot.

— Voulez-vous dire, demanda sa femme avant d'entendre sa dernière remarque, qu'il y a des hommes pour lesquels la rupture des vœux du mariage n'est pas importante ?

— Je vois que je suis en terrain dangereux, dit Jack. Ce que je veux dire, c'est... Je sais bien ce que je veux dire mais je ne suis pas très habile à le mettre en paroles. Stephen vous expliquerait cela beaucoup mieux, beaucoup plus clairement.

— J'espère que ni Stephen ni aucun autre homme ne pourrait m'expliquer clairement que rompre les vœux du mariage n'est pas important.

A cet instant, un animal terrifiant apparut parmi les gravats des maçons, une créature basse sur pattes et d'un bleu sourd qui eût pu être un poney si elle avait eu des oreilles ; elle portait sur son dos un petit homme et une grosse boîte carrée.

— Voici le coiffeur ! s'écria Jack. Il est diablement — il est terriblement en retard. Votre mère devra se faire friser après sa consultation : les docteurs seront là dans dix minutes et Sir James est précis comme une horloge.

— La maison en feu ne conduirait pas maman à paraître sans être coiffée, dit Sophie. Il faudra leur montrer le jardin ; en tout cas Stephen sera certainement en retard.

— Elle pourrait mettre un bonnet, dit Jack.

— Bien sûr qu'elle mettra un bonnet, dit Sophie avec un regard de commisération. Comment pourrait-elle recevoir des messieurs inconnus sans un bonnet ? Mais ses cheveux doivent être coiffés sous le bonnet.

La consultation pour laquelle ces messieurs convergeaient vers Ashgrove Cottage avait trait à la santé de Mrs Williams. Quelque temps auparavant, elle avait subi une opération pour l'ablation d'une tumeur bénigne, avec une force d'âme qui avait étonné le docteur Maturin, quoiqu'il fût accoutumé au stoïcisme sans faille de ses matelots. Mais depuis, elle était fort opprimée par des vapeurs et on espérait que la haute autorité de ces éminents médecins saurait la persuader de prendre les eaux à Bath, à Matlock Wells, ou même plus au nord.

Sir James avait fait le trajet dans la carriole du docteur Lettsome : ils arrivèrent ensemble, et ensemble ils déclinèrent formellement l'offre du capitaine Aubrey de leur faire voir le jardin ; aussi Jack, appelé pour recevoir le maquignon et sa pouliche, les laissa-t-il en tête à tête avec la carafe.

Les médecins avaient pris note de la construction de nouvelles ailes à Ashgrove Cottage, de la double remise à voitures, de la longue ligne d'écuries, du dôme brillant de l'observatoire couronnant sa tour, à quelque distance. Leurs yeux exercés évaluaient à présent la richesse manifeste de la petite salle à manger, son ameublement neuf et massif, les tableaux de navires et de combats navals, par Pocock et d'autres peintres éminents, le portrait par Beechey du capitaine Aubrey lui-même, en grand uniforme de capitaine de vaisseau, le ruban rouge de l'ordre du Bain en travers de sa large poitrine, regardant avec gaieté exploser un obus de mortier d'où surgissaient les armes des Aubrey honorablement agrémentées de deux têtes de Maures — Jack avait récemment ajouté l'île Maurice et la Réunion à la couronne de son souverain reconnaissant, et le collège d'héraldique, n'ayant qu'une idée très vague de ces possessions, avait estimé que des Maures feraient l'affaire. Les médecins regardèrent autour d'eux en sirotant leur vin, et supputèrent avec une satisfaction visible le montant de leurs honoraires.

— Permettez-moi de vous verser un autre verre, mon cher collègue, dit Sir James.

— Vous êtes trop bon, dit le docteur Lettsome, c'est véritablement un excellent madère. Le capitaine a eu quelque bonheur en parts de prise, je crois.

— On me dit qu'il a repris deux ou trois navires de la Compagnie, à la Réunion.

— Où est la Réunion ?

— Eh bien, c'est ce qu'ils appelaient autrefois l'île Bourbon, à proximité de l'île Maurice, voyez-vous.

— Ah, vraiment ? dit le docteur Lettsome ; et ils en vinrent à leur patiente.

Eloge des effets toniques de l'acier ; étonnants effets secondaires du colchicum, administré à forte dose ; la valériane discréditée ; valeur extrême d'une grossesse, dans ce cas et d'ailleurs dans presque tous les autres ; sangsues derrière les oreilles, toujours à tenter ; possibilité de lénitifs, et leurs effets sur la rate ; oreillers de houblon ; bassinage à froid, et une pinte d'eau sur un estomac vide ; régime restreint, potions noires ; et le docteur Lettsome mentionna ses succès avec l'opium dans certains cas assez comparables.

— Le pavot, dit-il, peut transformer une harpie en rose.

Il était heureux de son expression : d'une voix plus forte et plus timbrée, il répéta :

— D'une harpie, le pavot peut faire une rose.

Mais le visage de Sir James s'assombrit et il répondit :

— Votre pavot est parfait, s'il reste à sa place ; mais quand j'en considère l'abus, les dangers de l'accoutumance, le risque de voir le patient se transformer en esclave, j'incline parfois à penser qu'il est mieux à sa place au jardin. Je connais un homme fort capable qui en a tant abusé, sous la forme de teinture de laudanum, qu'il s'était accoutumé à une dose atteignant dix-huit mille gouttes par jour — une carafe moitié de celle-ci. Il s'est débarrassé de cette habitude ; mais dans une crise récente de ses affaires, il a eu de nouveau recours à sa consolation, et bien qu'il ne fût jamais, pourrait-on dire, ivre d'opium, je sais de bonne source qu'il n'était pas sobre non plus, pendant quinze jours d'affilée, et que... Oh, docteur Maturin, comment allez-vous ? s'écria-t-il quand la porte s'ouvrit. Vous connaissez notre collègue Lettsome, je crois ?

— Serviteur, messieurs, dit Stephen, j'espère que ce n'est pas moi que vous attendiez.

Point du tout, dirent-ils, leur patiente n'était pas encore prête à les recevoir ; oseraient-ils inciter le docteur Maturin à goûter un verre de ce remarquable madère ? Tout à fait, dit le docteur Maturin et, en buvant, il observa qu'il était scandaleux de voir à quel point les cadavres avaient augmenté ; il en avait marchandé un le matin même, et ces coquins avaient eu le front de lui demander quatre guinées : le prix de Londres, pour un cadavre de province ! Il leur avait fait remarquer que leur avidité ne pouvait qu'étouffer la science et avec elle leur commerce, mais en vain : il avait dû débourser quatre guinées. En fait il était assez satisfait : l'un des rares cadavres femelles qu'il ait vus avec cette étrange quasi-calcification des aponévroses palmaires — et tout frais, d'ailleurs —, mais puisque seules les mains l'intéressaient pour le moment, l'un ou l'autre de ces messieurs voudrait-il partager ?

— Je suis toujours heureux d'avoir un bon foie frais

pour mes jeunes élèves, dit Sir James. Nous le mettrons dans la malle.

Sur ce, il se leva, car la porte s'ouvrait et Mrs Williams entrait, environnée d'une forte odeur de cheveux brûlés.

La consultation suivit son cours paisible et Stephen, assis un peu à part, eut le sentiment que les médecins attentifs et graves méritaient leurs honoraires, quelque exorbitants qu'ils fussent. Tous deux avaient ce don naturel pour le côté théâtral de la médecine, qu'il ne possédait guère : il s'émerveillait aussi de leur habileté à maîtriser le flux de paroles de la dame. Mais il s'émerveillait également que Mrs Williams osât proférer de tels mensonges en sa présence : elle était une veuve sans domicile, et depuis que son gendre avait été dégradé elle refusait de paraître en public. Elle n'était pas sans domicile. L'hypothèque de Mapes, sa vaste demeure, avait été levée grâce aux prises de l'île Maurice mais elle préférait la louer. Son gendre, chef d'une escadre dans l'océan Indien, avait assumé temporairement le titre de commodore et, dès la campagne terminée, dès l'escadre dispersée, il avait tout naturellement repris son rang de capitaine de vaisseau : ce n'était pas une dégradation. Ces faits avaient été expliqués maintes fois à Mrs Williams ; elle les avait compris, sans doute ; mais cette forte femme dominatrice et stupide avait tant besoin d'inspirer la pitié ou l'approbation qu'elle osait ressortir toute cette argumentation devant lui, alors qu'il ne pouvait ignorer ses mensonges.

Enfin la voix de Mrs Williams s'enroua et Sir James se fit plus autoritaire ; l'imminence du repas devenait évidente ; Sophie entrait, sortait ; enfin la consultation s'acheva.

Stephen partit aux écuries chercher Jack qu'il rencontra à mi-chemin, entre deux tas de chaux fumante.

— Stephen ! Comme je suis heureux de vous voir, s'écria Jack en le prenant aux épaules et en scrutant son visage avec beaucoup d'affection. Comment allez-vous ?

— Nous en sommes sortis, dit Stephen ; Sir James est formel : Scarborough, ou nous déclinons toute responsabilité quant aux conséquences ; et la patiente voyagera aux soins d'un serviteur du docteur Lettsome.

— Eh bien, je suis heureux que l'on s'occupe si bien de la vieille dame, dit Jack en gloussant. Venez voir mon dernier achat.

— C'est une jolie créature, sans aucun doute, dit Stephen devant qui l'on faisait défiler la pouliche.

Une jolie créature, peut-être un peu trop jolie et même tape-à-l'œil ; un soupçon d'encolure de cerf ; et sûrement son manque de poitrine dénotait un manque de souffle. L'œil et l'oreille malveillants.

— Puis-je la monter ? demanda-t-il.

— Nous n'aurons pas le temps, dit Jack en regardant sa montre. La cloche du dîner va sonner, mais — tout en jetant un regard admiratif par-dessus son épaule, il entraînait Stephen — n'est-ce pas un magnifique animal ? Elle est faite pour gagner les Oaks.

— Je ne suis pas grand juge de chevaux, dit Stephen, mais je vous supplie, Jack, de ne pas parier d'argent sur cette créature avant de l'avoir observée pendant au moins six mois.

— Dieu vous bénisse, dit Jack, je serai en mer bien avant cela, et vous aussi j'espère, si vos occupations vous le permettent — nous devons courir comme des lièvres, j'ai de grandes nouvelles, je vous les dirai dès que les médecins seront partis.

Les lièvres se précipitèrent, haletants. Jack s'écria :

— Vos affaires ont été portées dans votre chambre, bien entendu ! et il escalada les escaliers pour changer d'habit, puis réapparut pour conduire ses hôtes à table comme la pendule sonnait le premier coup de l'heure.

— L'une des nombreuses choses que j'aime dans la marine, dit Sir James, vers le milieu du premier service, est qu'elle vous enseigne le respect du temps.

Avec les marins, un homme sait toujours quand il s'assiéra à table ; et ses organes digestifs sont reconnaissants d'une telle ponctualité.

« J'aimerais qu'un homme sache aussi quand il va se lever de table », observa Jack in petto, deux bonnes heures plus tard, alors que les organes de Sir James continuaient à montrer leur gratitude au porto et aux noix. Il bouillait d'impatience de parler à Stephen de son nouveau commandement, de l'inciter si possible à s'embarquer encore avec lui pour ce voyage, de lui faire partager le secret d'une énorme richesse, et d'entendre ce que son ami aurait à dire de ses propres affaires — non pas celles qui avaient occupé sa dernière absence, car sur cela Stephen n'était pas plus loquace que le tombeau le plus discret, mais celles qui se rattachaient à Diana Villiers et aux lettres qui venaient tout juste d'être portées dans sa chambre. Il dit pourtant :

— Allons, Stephen, cela ne peut aller. Vous bloquez la bouteille.

Bien que la voix de Jack fût claire et forte, il dut répéter ces paroles avant que Stephen ne sursaute, sortant de sa réflexion, jette un coup d'œil autour de lui et pousse la carafe : les deux médecins le regardaient attentivement, la tête penchée. Quoique le connaissant mieux, Jack ne distinguait pas de transformation nette : Stephen était pâle et réservé, mais guère plus qu'à l'habitude ; un peu plus rêveur, peut-être ; toutefois, Jack fut fort heureux quand les médecins refusèrent le thé avec mille excuses, appelèrent leur valet de pied, furent conduits par Stephen dans la remise pour un macabre jeu de scie, poussèrent dans l'arrière de la carriole (qui en avait porté bien d'autres — le valet de pied et les chevaux étaient des habitués de la résurrection) un objet enveloppé, réapparurent, empochèrent leurs honoraires, prirent congé et s'en furent.

Sophie était seule au salon entre la théière et la cafetière quand enfin Jack et Stephen la rejoignirent.

— Avez-vous parlé du navire à Stephen ? demanda-t-elle.

— Pas encore, mon cœur, dit Jack, mais je suis sur le point de le faire. Vous souvenez-vous du *Leopard,* Stephen ?

— L'horrible vieux *Leopard* ?

— Vous êtes incroyable, vraiment. D'abord vous dénigrez ma nouvelle pouliche, la plus belle chance pour les Oaks que j'aie jamais vue — laissez-moi vous dire, mon vieux Stephen, en toute modestie, que je suis le meilleur juge de chevaux de toute la Navy.

— Je n'en doute pas, mon cher : j'ai vu bon nombre de chevaux navals, ha, ha, ha ! Car il faut bien les appeler chevaux, puisqu'ils ont en général pas loin de quatre jambes, et qu'aucun autre membre du règne animal ne leur est apparenté ! (Stephen, ravi de son bon mot, émit un moment le son grinçant qui chez lui s'apparentait au rire, avant d'ajouter :) Les Oaks, vraiment !

— Bon, dit Jack, et maintenant vous me dites « l'horrible vieux *Leopard* ». D'accord, c'était une vraie baille et plutôt délabrée quand Tom Andrews le commandait. Mais l'arsenal l'a repris en main : une remise en état complète, des renforts Snodgrass en diagonale, de nouvelles virures renforcées, des goussets Roberts en tôle dans toute la coque — je vous épargne les détails — et c'est à présent le plus beau vaisseau de cinquante canons à flot, sans excepter le *Grampus.* Certainement le plus beau vaisseau de quatrième rang de tout le service !

Le plus beau vaisseau de quatrième rang, peut-être. Mais comme Jack le savait à merveille, les vaisseaux de quatrième rang formaient une classe en déclin ; ils étaient exclus de la ligne de bataille depuis plus d'un demi-siècle ; le *Leopard* n'en avait d'ailleurs jamais été un exemple remarquable. Jack connaissait ses défauts aussi bien que quiconque ; commencé et à moitié construit en 1776, il était resté dans cet état incomplet, à pourrir tranquillement au grand air, pendant une dizaine d'années ; ensuite on l'avait conduit à Sheerness où il avait finalement entamé sa médiocre carrière en 1790. Mais le capitaine Aubrey en avait surveillé la remise en état d'un œil attentif et très professionnel, et tout en sachant qu'on n'en ferait jamais une unité remarquable, il le jugeait en bon état de naviguer. Pardessus tout, s'il voulait ce navire, ce n'était pas pour ses qualités mais pour sa destination : il soupirait après des mers inconnues, et les îles des Epices.

— Le *Leopard* avait un grand nombre de ponts, si je me souviens bien, dit Stephen.

— Oui, bien sûr : c'est un vaisseau de quatrième rang, donc un deux-ponts, vaste, presque aussi vaste qu'un vaisseau de ligne. Vous aurez toute la place du monde, Stephen, rien à voir avec l'entassement d'une frégate. Je dois dire que l'Amirauté me traite bien, pour une fois.

— Je trouve que vous méritiez un vaisseau de premier rang, dit Sophie, et une pairie.

Jack lui fit un sourire plein d'amour et poursuivit :

— Ils m'ont offert le choix entre l'*Ajax*, un nouveau soixante-quatorze canons en construction, et le *Leopard*. Le soixante-quatorze est un très beau navire, le plus beau soixante-quatorze que l'on puisse désirer ; mais avec lui c'est la Méditerranée sous les ordres de Harte ; et il n'y a pas moyen de se distinguer en Méditerranée aujourd'hui. Rien à gagner, non plus.

Là encore Jack était un peu retors, car si vraiment à ce stade de la guerre il n'y avait pas grand-chose d'intéressant à faire pour un marin en Méditerranée, la présence de l'amiral Harte comptait plus dans l'affaire qu'il ne voulait bien le dire. Jack avait autrefois cocufié l'amiral, homme vindicatif et peu scrupuleux qui n'hésiterait pas à le briser s'il le pouvait. Au cours de sa carrière navale, Jack s'était fait beaucoup d'amis dans le service, mais aussi un nombre d'ennemis étonnant pour un homme si aimable ; certains jalousaient ses succès ; d'autres (ses supérieurs) l'avaient trouvé trop indépendant, et même insubordonné dans sa jeunesse ; certains détestaient ses opinions politiques (il avait horreur des whigs) et d'autres lui faisaient le même reproche que l'amiral Harte, ou s'imaginaient pouvoir le faire.

— Vous vous êtes bien assez distingué dans votre vie, Jack, dit Sophie. Toutes ces terribles blessures ; et vous avez bien assez d'argent.

— Si Nelson avait été de votre avis, mon cœur, il aurait déclaré forfait après Saint-Vincent. Nous n'aurions pas eu Aboukir, et où serait Jack Aubrey ? Simple lieutenant jusqu'à la fin de ses jours. Non, non : un homme ne peut jamais se distinguer suffisamment. Et je ne pense pas qu'il puisse jamais avoir assez d'argent non plus, pour être franc. Mais quoi qu'il en soit, le *Leopard* appareille pour les Indes orientales — non pas qu'il risque d'y voir beaucoup de combats, ajouta-t-il avec un coup d'œil à Sophie ; le plus intéressant de la chose est qu'une étrange situation s'est instaurée à Botany Bay. Le *Leopard* doit aller vers le sud, résoudre la situation dans cette région, puis rejoindre l'amiral Drury quelque part à proximité de Penang, et faire des observations en chemin. Pensez à cette merveilleuse occasion, Stephen : des milliers de milles de mers et de côtes presque inconnues — à terre, les wombats, pour ceux qui les aiment, car s'il ne s'agit pas d'un voyage d'exploration à loisir, je suis sûr qu'il y aura du temps pour un wombat ou un kangourou à l'occasion de la cartographie d'un mouillage important —, des îles encore inconnues, certainement, et leur position à fixer — et vers cent cinquante degrés est, vingt degrés sud, nous devrions être sur le trajet de l'éclipse, pourvu que les moments coïncident —, pensez aux oiseaux, Stephen, pensez aux insectes et aux casoars, sans même parler du diable de Tasmanie ! Pas un philosophe naturel n'a eu si belle occasion depuis l'époque de Cook et de Sir Joseph Banks.

— C'est terriblement tentant, dit Stephen, et j'ai toujours eu envie de voir la Nouvelle-Hollande. Une telle faune, monotrèmes, marsupiaux..., mais dites-moi, quelle est cette étrange situation à laquelle vous faites allusion, que se passe-t-il donc à Botany Bay ?

— Vous vous souvenez du capitaine Bligh ?

— Pas du tout.

— Mais si, Stephen, Bligh, qui avait été envoyé à Tahiti avec la *Bounty*, avant la guerre, pour rapporter des arbres à pain à planter aux Caraïbes.

— Mais oui, mais oui ! Il avait avec lui un excellent botaniste, David Nelson : un jeune homme très prometteur, hélas. J'étudiais ses travaux sur les broméliacées, l'autre jour.

— Vous vous souvenez donc que son équipage s'est mutiné, et s'est emparé du navire ?

— Bien sûr, je m'en souviens vaguement. Les hommes préféraient les charmes des Tahitiennes à leur devoir. Il a survécu, n'est-ce pas ?

— Oui, mais seulement parce que c'était un marin exceptionnel. Ils l'ont abandonné avec fort peu de vivres dans une chaloupe à six avirons, chargée à couler bas de dix-neuf hommes, et il a parcouru près de quatre mille milles pour rejoindre Timor. Un exploit très étonnant ! Mais il est décidément malchanceux avec ses subordonnés : voici quelque temps, on l'a nommé gouverneur de la Nouvelle-Galles du Sud, et on vient d'apprendre que ses officiers se sont mutinés à nouveau contre lui — ils l'ont destitué et enfermé. Des militaires pour la plupart, je crois. L'Amirauté n'aime pas du tout cela, vous pouvez bien l'imaginer, et ils envoient un officier d'une ancienneté suffisante pour résoudre la situation et réinstaurer Bligh ou le ramener, selon son jugement.

— Quelle sorte d'homme est Mr Bligh ?

— Je ne l'ai jamais rencontré, mais je sais qu'il a navigué comme maître avec Cook. Ensuite il a reçu un brevet : c'est l'une de ces rares promotions d'officier marinier, une récompense, sans doute, pour ses qualités exceptionnelles. Il s'est bien conduit à Camperdown, en menant le *Director*, soixante-quatre, parmi les vaisseaux de ligne hollandais et en prenant leur amiral à l'abordage — un combat aussi sanglant qu'on peut l'imaginer. Il s'est bien battu à Copenhague, aussi : Nelson l'a mentionné tout particulièrement.

— Peut-être est-ce encore un cas d'homme corrompu par l'autorité.

— Peut-être. Mais si je ne peux pas vous dire grand-chose sur lui, je connais un homme qui le pourrait. Vous souvenez-vous de Peter Heywood ?

— Peter Heywood ? Un capitaine de vaisseau qui a dîné avec nous à bord du *Lively* ? Le monsieur sur lequel Killick a renversé la confiture bouillante et que j'ai traité pour une brûlure non négligeable ?

— Lui-même, dit Jack.

— Comment se fait-il que la confiture ait été bouillante ? demanda Sophie.

— L'amiral commandant le port était avec nous, et il affirme toujours qu'une sauce à la confiture ne vaut rien si elle n'est pas bouillante ; nous avions donc installé un petit réchaud juste derrière le hublot du roufle. Oui, c'est bien lui : le seul capitaine de vaisseau de toute la Navy qui ait jamais été condamné à mort pour mutinerie. Il était aspirant avec Bligh sur la *Bounty*, et c'est l'un des rares membres de l'équipage que l'on ait capturés.

— Comment a-t-il pu en venir à commettre un acte aussi fou ? demanda Stephen. C'était un homme apparemment calme et paisible, il a subi avec beaucoup d'humilité les critiques de l'amiral après avoir envoyé promener la confiture, et supporté celle-ci avec un courage si spartiate que je l'aurais cru incapable de se conduire de manière inconsidérée. Faut-il l'attribuer à un emportement de jeunesse, à un dégoût soudain, à quelque sombre secret amoureux ?

— Je ne le lui ai jamais demandé, dit Jack. Tout ce

que je sais, c'est que lui et quatre autres avaient été condamnés à la pendaison et que j'en ai vu trois hissés en bout de vergue du *Brunswick,* un bonnet de nuit sur les yeux, quand j'étais gamin à bord du *Tonnant*. Mais le roi a trouvé ridicule de pendre le jeune Peter Heywood. Il a donc eu sa grâce, et ensuite Black Dick Howe, qui l'avait toujours bien aimé, lui a donné son brevet. Je n'ai jamais su les détails, bien que j'aie navigué avec Heywood sur le *Fox* : c'est un sujet délicat qu'une cour martiale — et quelle cour martiale ! Mais nous pouvons certainement lui demander de nous parler de Bligh quand il viendra jeudi : savoir à quel genre d'homme on a affaire est essentiel. De toute façon, je veux aussi l'interroger sur ces eaux. Il les connaît bien, car il a fait naufrage dans le détroit d'Endeavour. Et puis surtout, je veux qu'il me parle des petites manies du *Leopard* : il l'a commandé en 1805. Ou était-ce en 1806 ?

L'oreille attentive de Sophie saisit un hurlement lointain, hurlement bien plus faible qu'il ne l'eût été avant qu'Ashgrove Cottage n'ait fait éclater sa chrysalide, mais hurlement tout de même :

— Jack, dit-elle en sortant de la pièce en hâte, il faut montrer à Stephen les plans de l'orangerie. Stephen sait tout des oranges.

— Je le ferai, dit Jack, mais d'abord, Stephen — encore un peu de café ? Le pot en est plein —, d'abord, laissez-moi vous parler d'un plan encore plus intéressant. Orientez-vous par l'esprit vers le bois où niche le couple de bondrées apivores.

— Oui, oui. Les bondrées apivores ! s'écria Stephen, s'animant aussitôt. Je leur ai apporté une boîte articulée.

— Qu'est-ce qu'elles ont à faire d'une boîte articulée ? Elles ont un nid tout à fait respectable.

— C'est une boîte portable. J'ai l'intention de l'installer à l'orée du bois et de la pousser peu à peu vers la hauteur qui domine leur arbre. Je pourrai m'y asseoir à l'aise, invisible, protégé des caprices du temps, pour surveiller le progrès de leur économie domestique. Elle comporte des abattants et toutes les commodités pour faciliter les observations.

— Bon, je vous ai montré les puits de mine romains, je m'en souviens — des miles de couloirs, terriblement dangereux —, mais savez-vous ce que les Romains extrayaient ici ?

— Du plomb.

— Et savez-vous de quoi sont faites toutes ces collines bossues ? C'est justement sur l'une d'elles que vous avez l'intention d'installer votre boîte.

— De déchets.

— Eh bien, Stephen, dit Jack, se penchant en avant d'un air entendu, je vais à présent vous dire pour une fois quelque chose que vous ne savez pas. Ces déchets sont pleins de plomb ; et, de surcroît, ce plomb contient de l'argent. Le procédé de fusion des Romains n'extrayait pas tout, non, et de très loin, et nous avons là des milliers et des milliers de tonnes de déchets de valeur qui n'attendent que d'être traités par le nouveau procédé de Kimber.

— Le nouveau procédé de Kimber ?

— Oui. Je suis sûr que vous avez entendu parler de lui — un homme très brillant. Il procède par lixiviation avec certains produits chimiques, puis par coupellation selon des principes découverts par lui-même. Le plomb paie le travail, et l'argent est bénéfice pur. L'affaire serait rentable même s'il n'y avait qu'une partie de plomb pour cent trente-sept de déchets et une partie d'argent pour plus de dix mille ; et sur une moyenne de quelque cent échantillons pris au hasard, nos déchets contiennent plus de dix-sept fois plus !

— Je suis stupéfait. J'ignorais que les Romains eussent jamais extrait de l'argent en Grande-Bretagne.

— Moi aussi. Mais en voici la preuve.

Il déverrouilla la porte d'un placard sous le banc de la fenêtre et revint chargé d'un saumon de plomb sur lequel reposait un petit lingot d'argent de quatre pouces de long.

— Voici le résultat d'un simple premier essai rudimentaire. Rien que quelques charrettes de déchets. Kimber a monté un petit fourneau dans le vieux hangar et j'ai vu de mes yeux tout ceci en sortir. J'aurais voulu que vous soyez là.

— Moi aussi, dit Stephen.

— Evidemment, il faudra investir des capitaux considérables — des routes, des bâtiments, de vrais fourneaux, etc. — et j'avais pensé à utiliser la dot des filles ; mais il semble que l'on ne puisse pas y toucher à cause du fidéicommis — cela doit rester en titres Consol et Navy à cinq pour cent, bien que j'aie prouvé qu'il est mathématiquement impossible que ces papiers donnent la septième partie de ce que l'affaire pourrait rapporter, même avec le plus mauvais échantillon. Je n'ai pas l'intention de me lancer à fond avant qu'il soit probable que je reste quelques années à terre.

— Vous envisagez cette éventualité ?

— Ah oui. A moins de recevoir un coup sur la tête ou d'être pris à faire quelque chose de très mal, je devrai envoyer ma marque d'ici cinq ans à peu près — plus tôt si ces vieux bonshommes qui sont en tête de liste ne se cramponnaient pas si fort à la vie — et comme un amiral a plus de mal à trouver un emploi qu'un capitaine, j'aurai tout le temps nécessaire pour monter mon haras et exploiter ma mine. Mais j'ai l'intention de démarrer, de manière modeste, pour lancer les choses et accumuler un peu de trésor. Fort heureusement, les exigences de Kimber sont très modérées : il me loue l'utilisation de son brevet et supervise le fonctionnement de l'opération.

— Pour un salaire ?

— Oui, et une participation d'un quart. Un salaire très modeste, ce qui me paraît particulièrement élégant de sa part car il y a un prince Kaunitz qui le supplie de venir s'occuper de ses mines en Transylvanie et lui propose dix guinées par jour et une part d'un tiers ; et il m'a montré toutes sortes de lettres de grands hommes d'Allemagne et d'Autriche. Mais n'allez pas vous imaginer que c'est l'un de ces escrocs enthousiastes et fumeux qui vous promettent le Pérou pour demain : non, non, c'est un homme très honnête, absolument scrupuleux, et qui m'a dûment averti : nous serons peut-être obligés de travailler à perte pendant une année. Je le sais bien, mais j'ai hâte de commencer.

— Vous ne voulez certainement pas dire que vous allez déranger mes bondrées, Jack ?

— N'ayez pas peur pour elles. Il y a encore bien du chemin à faire ; Kimber a besoin de temps et d'argent pour rendre ses brevets bien étanches et pour certaines expériences ; elles auront éclos et quitté le nid avant que nous n'allumions nos fourneaux, j'en suis sûr. Et de plus, de plus, vous serez en bonne voie vers la fortune ; car bien que Kimber ne soit pas disposé à admettre beaucoup d'associés, je lui ai fait promettre de vous laisser participer au premier niveau, comme il dit.

— Hélas, Jack. Tout ce que j'ai est bloqué, bloqué en Espagne. Je suis même tellement à court en Angleterre que j'avais l'intention de vous demander de me prêter, voyons — sortant un papier —, sept cent et quatre-vingts livres.

« Merci, dit-il quand Jack revint avec une traite sur son banquier. Je vous suis fort obligé, Jack.

— Je vous supplie de ne pas parler d'obligation, ou même d'y penser, répondit Jack. Entre vous et moi, une obligation n'a pas sa place. Par ailleurs, ceci est tiré sur Londres, mais pour les jours qui viennent, il y a tout l'or qu'il faut dans la maison.

— Non, non, mon cher : ceci est pour un usage particulier. Quant à moi, je suis aussi à l'aise que mon meilleur ami peut le souhaiter.

Son meilleur ami le regardait avec doute : Stephen n'avait pas l'air d'avoir la tête à l'aise et semblait aussi fort mal à l'aise dans son corps, fatigué, triste, contraint.

— Que diriez-vous d'une promenade à cheval ? dit Jack. Je suis à demi engagé pour une rencontre avec quelques messieurs chez Craddock : ils m'ont promis ma revanche.

— De tout mon cœur, dit Stephen.

Mais sa tentative de cordialité était si mélancolique que Jack ne put s'empêcher de dire :

— Stephen, s'il y a quelque chose qui ne va pas et si je peux vous être le moins du monde utile, vous savez...

— Non, non, Jack, mais je vous remercie infiniment. Je suis un peu abattu, c'est vrai, mais j'ai honte que cela soit si visible. J'ai perdu un patient à Londres et je ne suis pas du tout sûr de ne pas l'avoir perdu par ma faute. Ma conscience me tracasse, et je le regrette infiniment. C'était un jeune homme plein de promesses. Et puis, à Londres, j'ai rencontré Diana Villiers.

— Ah, dit Jack avec maladresse, c'est cela.

Et après une pause, tandis qu'on amenait les chevaux jusqu'à la porte et que Stephen réfléchissait à une troisième cause de son angoisse — l'oubli stupide dans un fiacre d'un dossier contenant des papiers très confidentiels —, Jack ajouta :

— Vous avez dit Villiers, et non Johnson ?

— Oui, répondit Stephen en enfourchant son cheval. Il semble que le monsieur avait déjà une épouse en Amérique et que le décret d'annulation, ou ce qui en tient lieu dans ce pays, n'ait pu être obtenu.

Diana Villiers était un sujet délicat pour les deux hommes ; après avoir fait un bout de chemin, Jack, pour se changer les idées, remarqua :

— Vous ne penseriez pas que l'habileté puisse jouer un rôle dans un jeu comme le vingt-et-un, n'est-ce pas ? Non. Et pourtant, ces messieurs me plument pratiquement chaque fois que nous jouons ensemble. Vous en faisiez de même au piquet, mais c'est une autre paire de manches.

Stephen ne répondit pas ; il poussait sa monture de plus en plus vite à travers la campagne dénudée, penché sur sa selle, le visage figé, tendu, comme s'il cherchait une échappatoire ; ils poursuivirent au trot et au galop sur l'herbe rase et ferme jusqu'au sommet de Portsdown Hill où Stephen serra la bride à son cheval avant d'entamer la descente. Ils restèrent un moment, entourés du parfum du cuir et de la sueur des chevaux, à regarder la vaste étendue de la rade, Spithead, l'île de Wight et la Manche au-delà : partout des vaisseaux, au mouillage, en partance ou à peine arrivés, un vaste convoi porté par la marée au large de Selsey Bill.

Ils se sourirent et Jack eut comme une prémonition : Stephen allait lui dire quelque chose d'important. Fausse prémonition. Stephen se contenta de lui rappeler que Sophie leur avait demandé de prendre du poisson chez Holland et d'ajouter trois limandes pour les enfants.

Les lumières s'allumaient chez Craddock quand ils abandonnèrent leurs chevaux aux soins du palefrenier et Jack fit passer Stephen sous une série de superbes lustres jusqu'à la salle de jeux où il donna dix-huit pence à un homme assis à une petite table près de la porte.

— Espérons que le jeu en vaudra la chandelle, dit-il avec un coup d'œil circulaire.

Craddock était fréquenté par les plus riches officiers, gentilshommes campagnards, hommes de loi, hauts fonctionnaires du gouvernement et autres civils ; c'est parmi ces derniers que Jack aperçut ceux qu'il cherchait.

— Les voici, dit-il, ils bavardent avec l'amiral Snape. Celui qui porte une perruque à bourse est le juge Wray, l'autre son cousin, Andrew Wray, très connu à Whitehall — il passe la plus grande partie de son temps ici pour le compte du Navy Office. J'ai l'impression qu'ils ont déjà composé la table : je vois Carroll attendre qu'ils en aient fini avec l'amiral — cet homme assez grand avec un habit bleu ciel et des pantalons blancs. En voilà un qui s'y connaît en chevaux. Ses écuries sont là-bas, derrière Hordean.

— Des chevaux de course ?

— Oui, bien sûr, son grand-père était propriétaire de Potoooooooo, il a ça dans le sang. Aimeriez-vous jouer ? Nous jouons le jeu français.

— Je ne crois pas ; mais je m'assiérai près de vous, si vous le voulez bien.

— J'en serai heureux ; vous me porterez chance. Vous avez toujours eu de la chance aux cartes. A présent, il faut que j'aille acheter quelques jetons.

Pendant l'absence de Jack, Stephen circula dans la pièce. Beaucoup de tables étaient déjà occupées, et l'on y jouait en silence un whist intense, scientifique ; mais il eut le sentiment que la soirée n'avait pas vraiment commencé. Il rencontra quelques connaissances maritimes dont l'une, le capitaine Dundas, lui dit :

— J'espère qu'il va redevenir Jack Aubrey la Chance, ce soir : la dernière fois que j'étais ici...

— Vous voilà, Heneage ! s'exclama Jack en leur fonçant dessus. Voulez-vous vous joindre à nous ? Nous avons une table de vingt-et-un.

— Pas moi, Jack. Nous autres misérables demi-soldes ne pouvons pas nous mesurer à des nababs comme vous.

— Allons, venez, Stephen, ils vont s'installer. (Il conduisit Stephen jusqu'au bout de la pièce.) Monsieur le juge, permettez-moi de vous présenter le docteur Maturin, mon meilleur ami. Mr Wray. Mr Carroll. Mr Jenyns.

Courbettes, murmures polis, puis l'on s'assit autour du tapis vert. Le juge conservait dans sa vie privée le visage impénétrable de ses devoirs, à tel point que Stephen ne perçut guère qu'une impression de suffisance. Andrew Wray, son cousin, un peu plus jeune et manifestement beaucoup plus intelligent, avait servi les meilleurs politiques de l'Amirauté ; Stephen en avait entendu parler à propos du Patronage Office et du Trésor. Jenyns, quantité négligeable, avait hérité d'une vaste brasserie et d'un visage large, pâle et inexpressif ; mais Carroll était un être beaucoup plus intéressant, aussi grand que Jack quoique de moindre carrure, avec un long visage rappelant celui d'un cheval, mais un cheval doté de beaucoup de vie et d'esprit. Tout en battant les cartes, son regard jovial, aussi bleu que celui de Jack, tomba sur Stephen et il sourit, d'un sourire très engageant qui appelait une réponse ; les cartes coulaient entre ses doigts en un flux obéissant.

Chacun tira à son tour et ce fut à Mr Wray de donner. Stephen n'était pas familier de cette version du jeu, mais sa base puérile était assez manifeste ; et pendant quelque temps leurs cris de « dix imaginaires », « rouge et noir », « je m'y tiens » et « crevé » l'amusèrent assez. Il prit aussi plaisir à regarder leurs visages — chez le juge, la pompe laissant place à une satisfaction rusée, suivie d'une certaine amertume et d'un désagréable tic de la bouche ; la nonchalance délibérée de son cousin, que trahissait de temps à autre un soudain éclat du regard ; l'ardeur intense de Carroll, toute sa personne animée d'un entrain qui rappelait à Stephen celui de Jack menant son navire au combat. Jack semblait s'entendre fort bien avec tous, même avec le flegmatique Jenyns, comme s'il les connaissait depuis des années ; mais cela ne voulait pas dire grand-chose. Avec son caractère ouvert et amical, Jack s'entendait toujours bien avec ses compagnons, et Stephen l'avait vu sympathiser avec des gentilshommes de campagne ne parlant que bétail. Il n'y avait pas d'argent sur la table, rien que des jetons : ceux-ci passaient d'une place à une autre sans que l'on pût encore déterminer une tendance et Stephen, ne sachant pas ce qu'ils représentaient, se désintéressa assez vite de l'affaire. La forme de certains des jetons lui rafraîchissant la mémoire, il repensa aux poissons de Sophie, se retira sans bruit et se fraya un chemin dans la foule de High Street, jusque chez Holland, au-delà du George, où il acheta deux belles lamproies (son plat favori) et les limandes : il les emporta avec lui jusqu'au terre-plein du Hard, où l'équipage du *Mentor*, qui venait de recevoir sa solde, se déchaînait autour d'un feu de joie au milieu d'une foule croissante de fortes femmes assez louches et d'innombrables maquereaux, apprentis sans travail et pickpockets. Le feu de joie éclairait vivement la nuit, accentuant l'obscurité environnante : on voyait tout là-haut des mouettes dérangées, leurs ailes colorées de rose ; et au milieu des flammes gisait l'effigie du premier lieutenant du *Mentor*.

— Compagnon, dit Stephen à l'oreille d'un matelot hébété que sa putain volait sans vergogne, surveille ta bourse.

Au même moment il sentit qu'on lui arrachait violemment le paquet coincé sous son bras. Envolées ses lamproies et ses limandes — un gamin pas plus haut que trois pieds s'évanouit dans la foule —, et Stephen retourna chez le marchand qui ne put lui céder qu'un saumon d'un prix excessif, et une paire de plies ratatinées.

L'odeur s'amplifia à mesure que les poissons se réchauffaient contre sa poitrine et il les laissa à l'écurie avant de regagner son siège. Apparemment rien n'avait beaucoup changé si ce n'est que devant Jack, le tas de jetons avait diminué ; on continuait à entendre « je paie en cartes » et « antipathie », mais il régnait une tension nouvelle. Le visage pâle de Jenyns transpirait plus abondamment ; toute la personne de Carroll était comme électrisée par la passion, les deux Wray, plus froids encore et plus retenus. En tirant une carte, Jack fit tomber de la table un de ses derniers jetons, un poisson en nacre ; Stephen le ramassa et Jack lui dit :

— Merci, Stephen, c'est un poney.

— Cela ressemble plus à un poisson, remarqua Stephen.

— C'est ainsi qu'en jargon nous appelons les vingt-cinq livres, répondit Carroll avec un sourire.

— Vraiment ? dit Stephen, comprenant tout à coup qu'ils jouaient beaucoup plus gros qu'il ne l'avait imaginé.

Il observa ce jeu ridicule avec une attention accrue et se mit à trouver étrange que Jack perde autant, si souvent et si régulièrement. Andrew Wray et Carroll étaient les principaux gagnants ; le juge semblait à peu près au même point que dans les débuts ; Jack et Jenyns avaient beaucoup perdu et demandèrent de nouveaux jetons avant qu'une demi-heure fût passée depuis le retour de Stephen. Au cours de cette demi-heure, il eut le temps de se rendre compte que quelque chose n'allait pas. Quelque chose neutralisait la loi des probabilités. Il ne pouvait mettre exactement le doigt dessus mais il était certain que s'il parvenait, en somme, à déchiffrer le code, il découvrirait la preuve de la connivence qu'il soupçonnait. La chute d'un mouchoir lui permit d'observer leurs pieds, moyen de communication habituel ; mais leurs pieds ne lui dirent rien. Et où se trouvait exactement la connivence ? Entre qui et qui ? Jenyns perdait-il bien autant d'argent, ou était-il plus malin qu'il n'en avait l'air ? Dans ce genre d'affaire, il n'est que trop facile de se laisser emporter. En philosophie naturelle comme en matière d'espionnage, la règle est de chercher d'abord les choses évidentes, et de commencer par résoudre la partie la plus facile d'un problème. Le juge avait un tic : il tapotait des doigts sur la table ; son cousin aussi. Rien que de très naturel. Mais Andrew Wray ne tapotait-il pas d'une manière particulière ? Plutôt qu'un rythme régulier, un mouvement particulier ? Plutôt qu'un rythme régulier, le mouvement d'un homme scandant un air, avec des variations : ne semblait-il pas que Carroll attachait à ses mouvements son regard vif de pirate ? Incapable d'en décider, il se déplaça et se tint derrière Wray et Carroll, pour établir une relation éventuelle entre le tapotement et les cartes qu'ils avaient. Mais ce mouvement ne se révéla pas directement utile. A peine y était-il depuis quelques instants que Wray demanda des sandwiches et une demi-pinte de sherry, et le tapotement s'arrêta — une main tenant un sandwich est forcément immobilisée. Mais avec l'arrivée du vin la loi des probabilités retrouva son jeu normal : la chance tourna pour Jack ; un modeste banc de poissons se reconstitua devant lui, et il se leva un peu plus riche qu'il ne l'était en s'asseyant.

Il ne montra aucune satisfaction indécente ; et même, tous ces messieurs affichaient un tel manque d'émotion qu'ils auraient aussi bien pu jouer pour l'honneur ; mais Stephen savait qu'au secret de son cœur il était enchanté.

— Vous m'avez apporté la chance, Stephen, dit-il quand ils furent à cheval. Vous avez brisé la plus mauvaise série de cartes que j'aie eue de ma vie, semaine après semaine.

— Je vous ai aussi apporté un saumon et deux plies.

— Le poisson de Sophie ! s'exclama Jack. Dieu du ciel, il m'était complètement sorti de l'esprit ! Merci, Stephen, vous êtes un ami comme il n'y en a guère.

Silencieux, ils traversèrent Cocham, en évitant les matelots ivres, les soldats ivres, les femmes ivres. Stephen savait que Jack avait rétabli sa fortune au cours de l'expédition à l'île Maurice : même en déduisant la part de l'amiral, les honoraires de l'agent et les concussions inévitables, les navires de la Compagnie qu'il avait récupérés devaient à eux seuls le situer assez haut dans la liste des capitaines bien pourvus en parts de prise. Mais malgré tout... Quand ils eurent dépassé la dernière maison, il lui dit :

— En tant que tel, il m'appartient de vous dire certaines des choses désagréables qui sont du ressort des amis ; mais comme je viens tout juste de vous emprunter une somme importante, il ne m'appartient guère, en toute décence, de vous inciter à l'économie ou même à la prudence. J'ai les mains liées et je dois me contenter de vous rappeler ce que l'on disait de Lord Anson, dont la fortune avait la même source que la vôtre : qu'il avait fait le *tour* du monde mais qu'il n'avait jamais été *du* monde.

— Je vois ce que vous voulez dire. Vous pensez qu'ils trichent et que je suis le pigeon.

— Je n'affirme rien, simplement qu'à votre place je ne jouerais plus avec ces messieurs.

— Vraiment, Stephen, un juge, comment pouvez-vous ? Et un homme si haut placé dans le service du gouvernement ?

— Je n'accuse personne. Mais si j'avais une certitude là où je n'ai que des soupçons, le fait qu'il soit un juge ne pèserait pas lourd. Certes, il est vil et scandaleux de parler d'une manière désobligeante d'une compagnie si respectable ; pourtant les seuls juges que j'ai connus étaient des personnages pervers, et il me semble qu'ils sont soumis non seulement à la mauvaise influence de l'autorité mais aussi à celle de l'indignation vertueuse, plus délétère encore. Ceux qui jugent et condamnent les criminels s'adressent à eux avec une suffisance vindicative et débridée qui paraîtrait excessive chez un archange et qui est indécente au dernier degré chez un pécheur s'adressant à un autre, lequel est sans défense. Vertueuse indignation, jour après jour, et partout acclamée ! Je me souviens d'un juge de ma connaissance, écumant littéralement — une mousse blanche se formait entre ses lèvres — tandis qu'il condamnait un malheureux gamin à la déportation pour commerce charnel avec une jeune femme belle et hardie ; et ce même homme était un renifleur de jupons, un débauché froid et déterminé, un voluptueux, un libertin, un habitué de l'établissement de Mother Abbot dans Dover Street ; tandis qu'un autre, chez qui j'ai bu du vin, du thé et du cognac de contrebande, expliquait avec véhémence à un contrebandier que la société doit être protégée contre des êtres aussi nocifs que lui-même et ses complices. N'allez pourtant pas croire que je traite de tricheur votre juge : sa respectabilité pourrait n'être qu'un écran utile.

— Eh bien, j'en prendrai grand soin. Je leur ai donné rendez-vous pour la semaine prochaine, mais je me tiendrai aux aguets. C'est une affaire délicate... Il serait malséant d'offenser Andrew Wray...

Ils montèrent au pas jusqu'en haut de la colline ; à leur droite un engoulevent ronflait, perché sur le gibet. Un demi-mile plus loin, Jack reprit :

— Je ne peux croire cela de lui. C'est un homme de poids dans la City, en dehors de toute autre chose. Il connaît à fond les mouvements d'argent et il m'a dit un jour que si je mettais des fonds en titres de la Banque, je ferais certainement un joli profit avant la fin du mois. Et peu après Mr Perceval a fait une déclaration et certaines gens se sont fait des milliers de livres. Mais je ne suis pas pigeon à ce point, Stephen. La Bourse est un jeu et je me contente de ce que je connais : les navires et les chevaux.

— Et les mines d'argent.

— Mais c'est tout autre chose ! s'exclama Jack. Comme je le dis sans cesse à Sophie, les Lowther n'ont pas eu besoin de comprendre quoi que ce soit au charbon quand on en a trouvé sur leurs terres : ils se sont contentés d'écouter les experts, de vérifier que l'on prenait les mesures appropriées, et puis ils ont acheté un carrosse, six chevaux, et sont devenus la plus riche famille du Nord, avec Dieu sait combien de membres du Parlement dont l'un est aujourd'hui même lord de l'Amirauté — mais non, elle ne peut supporter le pauvre Kimber, petit homme pourtant fort civil et fort obligeant : elle le traite d'escroc. Nous sommes allés au théâtre, à notre dernier voyage à Londres, et il y avait sur la scène un bonhomme ; il disait : « je ne sais pas comment cela se fait, mais chaque fois que je suis en désaccord avec ma femme, c'est invariablement elle qui a tort » ; tout le monde applaudissait en minaudant mais j'ai trouvé qu'il le disait très bien et j'ai murmuré « charbon » dans l'oreille de Sophie, mais elle riait si fort qu'elle ne m'a pas entendu. (Un soupir. Puis, d'un ton différent, il ajouta :) Grand Dieu, Stephen, comme Arcturus brille ! L'étoile orange, là-haut. Nous aurons un coup de suroît demain, ou je ne suis qu'un âne : mais il faudrait un bien méchant coup de vent pour gâcher notre bouillon.

Leur bouillon les attendait au cottage avec Sophie, toute rose et somnolente, pour le leur servir en épouse accomplie. Tandis que Stephen le dégustait, Jack sortit puis revint avec une superbe maquette de navire.

— Là, dit-il, voici l'œuvre de Moses Jenkins, le sculpteur de l'arsenal. Voilà ce que j'appelle de l'art. Phidias n'a qu'à bien se tenir. Vous le reconnaissez, bien entendu ?

Stephen se pencha pour regarder le navire comme s'il se trouvait au niveau de l'eau. La figure de proue, une femme en robe flottante ouvrant une mystérieuse assiette couverte, ou peut-être jouant des cymbales, était vaguement familière mais il ne put l'identifier que lorsque son œil aperçut la tête bulbeuse d'un chien jaune tacheté, juste derrière sa tête.

— L'horrible vieux — c'est-à-dire, le *Leopard*, dit-il.

— Exactement, dit Jack avec un regard d'affectueuse approbation. Je craignais que son arrière modifié ne vous trompe mais vous l'avez deviné. C'est le *Leopard* reconstruit. Voici ses renforts en diagonale, vous voyez ? Les goussets en tôle de Roberts. Tout a été refait en arrière des serre-bauquières du gaillard d'arrière. La seule chose que je n'aime pas beaucoup, c'est son étambot à la dernière mode. La maquette est parfaitement à l'échelle. Dimensions : batterie basse, cent quarante-six pieds cinq pouces ; quille, cent vingt pieds trois quarts de pouce ; maître bau, quarante pieds huit pouces et tonnage mesuré, mille cinquante-six tonneaux. Exactement ce qu'il faut pour un voyage au très long cours ! Il ne cale que quinze pieds huit à l'arrière, lège, mais sa cale a dix-sept pieds six de profondeur ! Vous vous souvenez comme nous pleurions après les clous de dix pence, sur la chère vieille *Surprise* ? Les entrailles du *Leopard* seront farcies de clous de dix pence et de toutes sortes d'autres réserves, en quantité. Et il ne manque pas non plus de dents, comme vous voyez : vingt-deux pièces de vingt-quatre livres sur le premier pont, vingt-deux pièces de douze sur le pont supérieur, deux pièces de six sur le gaillard d'avant et quatre pièces de cinq sur le gaillard d'arrière ; et j'embarquerai mes canons tout neufs en laiton comme pièces de chasse. Un poids par volée de quatre cent quarante-huit livres de fer, tout ce qu'il faut pour venir à bout d'une frégate hollandaise ou française ; car ils n'ont pas de vaisseaux de ligne dans les îles des Epices, c'est trop loin.

— Les îles des Epices, murmura Stephen. (Puis, sentant que l'on attendait encore quelque chose de lui, il ajouta :) Quel sera l'effectif au complet ?

— Trois cent quarante-trois. Quatre lieutenants, trois officiers d'infanterie de marine, dix aspirants : et même le chirurgien a deux aides, Stephen. Abondante compagnie, et toute la place qu'il faut. Autre détail charmant pour cet armement, c'est que pour une fois j'ai le temps de le préparer et de choisir mon équipage selon mon cœur. Tom Pullings sera mon premier lieutenant, Babbington revient des Antilles et j'espère récupérer Mowett au Cap. Vous verrez Pullings jeudi, avec Heywood : et Tom sera aussi impatient que nous d'entendre parler de ces eaux et de Bligh, car évidemment c'est lui qui reprendrait, si... je veux dire : c'est lui qui prendrait le commandement si j'étais à terre.

Le jeudi amena Mr Pullings : dans son plaisir évident à retrouver Jack et Stephen, il ressemblait toujours au jeune homme timide et sympathique, tubulaire, doté de longs bras et de longues jambes, que Stephen avait rencontré pour la première fois, aspirant, bien des années auparavant ; mais c'était à présent un homme de plus de poids, qui avait gagné en carrure physique et morale. La compétence dont il fit preuve dans les manipulations du jeune George soumis à son inspection et dans son comportement envers le capitaine Heywood démontrait qu'il était parvenu au plein de son existence, et bien à flot. Sans jamais abandonner une parfaite déférence, il se conduisait comme un homme ayant déjà beaucoup servi, et comprenant parfaitement son métier.

En dépit de leur désir, ils n'apprirent pas grand-chose sur Bligh. Heywood ne souhaitait pas dire la moindre chose contre le capitaine Bligh — un navigateur remarquable — très susceptible lui-même, mais ne se rendant pas compte qu'il blessait les autres — il vous traitait de menteur devant tout l'équipage un jour et vous invitait à dîner le lendemain — on ne savait jamais où on en était avec lui — faisait la vie dure à Christian, le second maître, alors que très probablement il l'aimait bien à sa manière étrange — n'a jamais su où il en était avec l'équipage de la *Bounty* — pas la moindre idée — stupéfait quand ils se sont dressés contre lui — un homme bizarre, fantasque : il s'était donné le plus grand mal pour apprendre à Heywood comment faire ses observations lunaires, et pourtant il l'avait fait condamner à mort avec une haine tenace — il avait également cité son charpentier en cour martiale pour insolence, alors qu'ils avaient survécu ensemble au voyage de la chaloupe — quatre mille milles dans un canot ouvert, et il lui avait fait un procès à Spithead !

Un silence suivit, rompu par le craquement des noix. Heywood n'était qu'un gamin à l'époque : tiré d'un profond sommeil, il avait trouvé le navire aux mains de mutins armés, furieux, déterminés, le capitaine prisonnier, la chaloupe à l'eau ; il avait hésité, perdu la tête, et s'était caché. Ce n'était pas très criminel, mais pas très héroïque non plus : il n'aimait pas y revenir.

Jack, conscient de ses sentiments, fit passer la bouteille ; après quelques minutes, Stephen demanda au capitaine Heywood ce qu'il pouvait lui dire des oiseaux de Tahiti. Fort peu de choses, semblait-il : il y avait des perroquets de différentes sortes, il s'en souvenait, et des colombes, et puis des mouettes « tout à fait ordinaires ».

Stephen tomba dans une rêverie tandis qu'ils disputaient des petites manies du *Leopard* et n'en émergea qu'en entendant Heywood s'écrier :

— Edwards ! Voilà un homme dont je ne me fais pas scrupule de vous dire ce que j'en pense. C'était une canaille, et pas un marin en plus ; et j'espère qu'il rôtit en enfer.

Le capitaine Edwards avait commandé la *Pandora*, envoyée pour capturer les mutins, et avait retrouvé ceux qui étaient restés à Tahiti. Heywood revit le jeune homme qu'il était, quittant l'île dès qu'il avait aperçu le navire, enchanté, sûr d'être bien accueilli. Il vida son verre et dit avec amertume :

— Cet infâme scélérat nous a mis aux fers, il a construit sur le gaillard une chose qu'il a appelée la boîte de Pandore, quatre yards sur six, et nous y a entassés, quatorze hommes, coupables et innocents ensemble — il nous y a gardés quatre mois et plus pendant qu'il cherchait Christian et les autres — il ne les a jamais trouvés, bien entendu, cet incapable — aux fers sans arrêt, sans jamais sortir, même pour aller aux poulaines. Nous étions toujours dans la boîte et toujours aux fers quand cet infâme salaud a planté son navire sur un récif à l'entrée du détroit d'Endeavour. Et que pensez-vous qu'il ait fait pour nous quand il a coulé ? Rien du tout. Ni enlever les fers, ni ouvrir la boîte, alors qu'il a mis des heures à aller par le fond. Si l'aide du capitaine d'armes n'avait pas jeté les clés par le hublot au dernier moment, nous nous serions tous noyés : même comme ça, il y en a quatre qui ont été piétinés et étouffés dans la pagaille — nous avions de l'eau jusqu'au cou... Et ensuite, ce misérable qui avait fait mettre quatre canots à l'eau n'avait même pas pensé à les avitailler : un rien de biscuits et deux ou trois gobelets d'eau, rien de plus, pour atteindre les Hollandais à Coupang, à plus de mille milles de là : d'ailleurs il n'aurait jamais trouvé Coupang s'il n'y avait pas eu le maître. Quelle canaille ! Si ce n'était pas manquer de charité, je boirais à sa damnation jusqu'à la fin des temps.

Heywood but, mais en silence ; changeant tout à coup d'humeur, il leur parla des Indes orientales, des merveilles de Timor, de Ceram, et des casoars apprivoisés circulant parmi les ballots d'épices, des étonnants papillons des Célèbes, des rhinocéros de Java, des filles ardentes de Surabaya, des marées dans le détroit d'Allus. C'était un récit fascinant et en dépit des messages venus du salon où le café refroidissait, ils l'auraient écouté sans fin ; mais alors qu'il parlait des boutres de pèlerins partant pour l'Arabie, la voix manqua à Heywood. Il se répéta une ou deux fois, jeta de tous côtés un regard anxieux, se cramponna à la table et se dressa, oscillant et muet, jusqu'à ce que Killick et Pullings l'entraînent dehors.

— Ce serait le plus beau des voyages, dit Stephen. Hélas, comme j'aimerais y participer.

— Ah, Stephen, s'écria Jack, je comptais sur vous !

— Vous savez quelque chose de mes affaires, Jack : je ne suis pas mon maître, et je crains bien qu'à mon retour dc Londres — car il faut que j'y aille mardi — je me voie forcé de refuser. Mais du moins je peux vous promettre que vous aurez un excellent chirurgien. Je connais un jeune homme fort capable, opérateur brillant, profond naturaliste — une autorité en matière de coraux —, qui donnerait n'importe quoi pour partir avec vous.

— Ce Mr Deering auquel vous avez envoyé tous nos coraux de Rodrigues ?

— Non. John Deering est l'homme dont je vous ai parlé cet après-midi. Il est mort sous mon bistouri.

## Chapitre deux

Sa chaise de poste atteignait les abords de Petersfield quand Stephen Maturin ouvrit son sac et en tira une bouteille carrée qu'il regarda, plein d'envie ; le manque était ardent, mais il se souvint de s'être fixé pour règle que la crise devait être affrontée sans aucune aide. Aussi baissa-t-il la vitre pour jeter la bouteille.

Elle tomba sur une pierre plutôt que sur l'herbe du bas-côté et, explosant comme une petite grenade, aspergea la route de teinture de laudanum ; le postillon se retourna au bruit mais, rencontrant le regard pâle de son passager qui le fixait d'un air froid et hostile, il feignit de s'intéresser à un tilbury qui le dépassait et au cocher duquel il lança : « L'abattoir n'est qu'à un quart de mile, la première à gauche, si tu veux te débarrasser de ton bétail ! » A Godalming, toutefois, pendant que l'on changeait les chevaux, il dit à son collègue de surveiller le bonhomme dans la chaise : un drôle de bonhomme, qui pourrait bien faire une crise, ou cracher une quantité de sang, comme celui de Kingston ; et à qui ça serait-y à nettoyer la saleté ? Le nouveau postillon répondit que dans ce cas il allait le surveiller de près ; rien ne lui échapperait. Mais une fois en route, il apparut au postillon que toute la vigilance du monde ne pourrait empêcher le monsieur de cracher une quantité de sang s'il lui en prenait l'envie ; et il fut heureux quand Stephen le pria de s'arrêter devant la boutique d'un apothicaire à Guildford — sans doute le monsieur allait-il prendre quelque médecine qui le mettrait d'aplomb pour le reste du voyage.

En fait, le monsieur et l'apothicaire fouillaient les étagères à la recherche d'un bocal à col assez large pour recevoir les mains que Stephen transportait dans son mouchoir ; ils le trouvèrent enfin, en firent usage puis le remplirent du meilleur esprit de vin rectifié ; après quoi Stephen dit :

— Pendant que je suis là, je ferais aussi bien de vous prendre une pinte de teinture alcoolique de laudanum.

Il glissa la bouteille dans la poche de son manteau et revint à la chaise avec son bocal à découvert : le postillon ne vit rien d'autre que les mains grises avec leurs ongles bleutés, très visibles dans la transparence de l'alcool neuf. Il monta sans un mot et, son émotion se communiquant aux chevaux, ceux-ci volèrent littéralement sur la route de Londres, traversant Ripley et Kingston, puis Putney Heath, la barrière de Vauxhall, le pont de Londres, pour parvenir enfin à une auberge nommée les Grapes, sur le libre territoire du Savoy, où Stephen avait toujours une chambre réservée, à une telle vitesse que la logeuse s'écria :

— Docteur, mais je ne vous attendais pas avant une heure et plus ! Votre souper n'est même pas encore au feu ! Prendrez-vous un bol de soupe, monsieur, pour vous soutenir après ce voyage ? Un bon bol de soupe, et ensuite le veau, dès qu'il sera cuit ?

— Non, Mrs Broad, dit Stephen, je ne fais que me changer et je ressors. Lucy, ma chère, ayez la bonté de porter le petit sac là-haut : je porterai le bocal. Postillon, voici pour votre peine.

Les Grapes étaient habituées au docteur Maturin et à ses manières : un bocal de plus ou de moins ne comptait pas — ou plutôt il était bienvenu, le pouce d'un pendu étant l'un des meilleurs porte-bonheur que l'on pût avoir dans une maison, dix fois supérieur à la corde elle-même ; et dans le cas présent il y en avait deux.

Le bocal n'étonna donc pas ; c'est la réapparition de Stephen, vêtu d'un habit vert bouteille à la mode et les cheveux poudrés, qui les laissa muettes. Elles le regardèrent avec timidité, l'œil fixe mais sans vouloir le fixer. Parfaitement inconscient de cette observation, il monta dans son fiacre sans un mot.

— On ne croirait pas que c'était le même monsieur, dit Mrs Broad.

— Peut-être qu'il va à un mariage, dit Lucy, les mains crispées sur la poitrine. Un de ces mariages sans les bans, qui se font dans un salon.

— Il y a une femme là-dessous, pas de doute, dit Mrs Broad. A-t-on jamais vu un homme aussi poussiéreux ressortir aussi propre sans qu'il y ait une femme là-dessous ? Je regrette quand même de pas avoir retiré le ticket du prix de sa cravate. Mais j'ai pas osé : non, et pourtant ça fait des années que je le connais.

Stephen dit au cocher de le laisser à Haymarket, qu'il finirait le chemin à pied. Il avait en fait près d'une heure à perdre. Aussi traversa-t-il lentement le marché de St James dans la direction générale de Hyde Park Corner et fit une demi-douzaine de fois le tour de St James Square. Dans cette partie de la ville son vêtement n'attirait pas l'attention, sauf celle des femmes qui partageaient avec lui la rue, femmes nombreuses, sous les arcades, les portiques et les entrées des boutiques, certaines féroces, créatures de mépris et de fureur, la poitrine découverte, satisfaisant à des goûts particuliers, d'autres si jeunettes — à peine adolescentes — que c'était merveille qu'elles puissent trouver client, même dans une si vaste ville. L'une lui promit un bon petit déjeuner avec des saucisses s'il venait avec elle ; et bien qu'il ait décliné son offre avec civilité, répondant qu'il allait voir sa bonne amie, l'idée de nourriture lui excita l'esprit à tel point qu'il entra dans l'une des allées hantées par les valets de pied, derrière St James Street, et acheta à une vieille femme avec un brasero un pâté au mouton qu'il grignota tout en marchant. Il s'en alla, pâté en main, jusque chez Almack où l'on donnait un bal, et s'arrêta dans la petite foule pour observer l'arrivée des carrosses. Après une ou deux bouchées, son appétit, purement théorique, disparut. Il offrit le pâté à un grand chien noir appartenant à un club voisin et qui regardait comme lui : le chien renifla, le regarda dans les yeux d'un air embarrassé, se lécha le museau et se détourna. Un gamin minuscule intervint :

— Je peux le manger pour vous, mon prince, si vous voulez.

— Qu'il vous profite, dit Stephen en s'écartant.

Il entra dans Green Park, vaguement éclairé par la lune cornue, où l'on apercevait quelques couples et des silhouettes solitaires en attente parmi les arbres. Stephen n'était pas de nature couarde, mais le parc avait connu récemment plusieurs meurtres et ce soir il attachait à sa vie plus de valeur qu'à l'habitude : en fait, son cœur, quoique dompté et retenu par l'expérience d'une part et la prudence (ou la superstition) d'autre part, battait comme celui d'un gamin. Il coupa vers Piccadilly et descendit jusqu'à Clarges Street.

Le numéro sept était une grande maison louée par appartements, avec un portier commun ; quand il frappa, la porte s'ouvrit.

— Mrs Villiers est-elle chez elle ? demanda-t-il d'un ton sévère et solennel qui trahissait une attente ardente.

— Mrs Villiers ? Non, monsieur, elle n'habite plus ici, dit le portier d'un ton décidé de refus absolu ; et il fit mine de refermer la porte.

— Dans ce cas, dit Stephen se glissant à l'intérieur, je veux voir la maîtresse de cette maison.

La maîtresse de cette maison était tout à fait disposée à le voir — elle était d'ailleurs dissimulée derrière le rideau d'une porte vitrée dans l'entrée — mais n'avait nulle envie de lui fournir le moindre renseignement. Elle ne savait rien du tout : jamais une chose pareille ne s'était produite dans sa maison ; jamais un policier de Bow Street n'en avait franchi le seuil. Elle avait toujours pris le plus grand soin de veiller à ce que les résidants de cette maison soient au-dessus de tout soupçon, et elle n'avait jamais accepté la moindre irrégularité. Le voisinage tout entier, tous les habitants de St James, tous les commerçants pourraient témoigner que Mrs Moon n'avait jamais autorisé la moindre irrégularité. Dans la suite du discours, traitant des difficultés de préserver la meilleure réputation, il apparut qu'il était question de quelques factures impayées : Stephen dit que toute inadvertance à cet égard serait immédiatement réparée, et qu'il prendrait sur lui de régler tout compte en suspens. Il était le conseiller médical de Mrs Villiers — il se nomma — et le conseiller médical de plusieurs membres de sa famille : il était parfaitement autorisé à le faire.

— Docteur Maturin ! s'écria Mrs Moon. Il y a une lettre pour un monsieur de ce nom. Je vais la chercher. Elle rapporta une feuille pliée, cachetée et libellée de cette écriture si connue, ainsi qu'un certain nombre de factures extraites de son tiroir, enroulées et nouées d'un ruban. Stephen mit la lettre dans sa poche et regarda les comptes : il n'avait jamais soupçonné Diana de modération, n'avait jamais supposé qu'elle fût capable de vivre sans dépasser son revenu, ou tout autre revenu, d'ailleurs, mais pourtant certains des articles facturés l'étonnèrent.

— Lait d'ânesse ? Mrs Villiers ne souffre pas de consomption, madame, et même si elle en souffrait, ce qu'à Dieu ne plaise, il y a là plus de lait d'ânesse qu'un régiment ne pourrait en boire en un mois.

— Ce n'était pas pour boire, monsieur, dit Mrs Moon. Certaines dames aiment s'y baigner, pour leur teint : quoique je n'aie jamais vu une dame avoir moins besoin de lait d'ânesse que Mrs Villiers.

— A présent, madame, dit Stephen au bout de quelques instants, en faisant l'addition qu'il souligna d'un trait, peut-être seriez-vous assez bonne pour me faire un bref récit de ce qui a conduit Mrs Villiers à vous quitter si brusquement. Car les appartements, je le sais, étaient loués jusqu'à la Saint-Michel.

Le récit de Mrs Moon ne fut ni bref ni particulièrement cohérent. Il apparut qu'un monsieur, accompagné de plusieurs assistants d'aspect robuste, avait demandé Mrs Villiers ; s'entendant répondre qu'elle ne pouvait recevoir un monsieur qu'elle ne connaissait pas, il était monté, donnant l'ordre au portier de rester où il était, au nom de la loi — les assistants avaient sorti des matraques marquées de petites couronnes et nul n'avait osé bouger. Elle n'aurait jamais su que c'étaient des hommes de Bow Street, s'il n'y en avait pas eu quelques-uns pour garder la porte arrière et passer par la cuisine : ils avaient dit au valet ce qu'ils étaient, et annoncé que le monsieur était un messager du secrétaire d'Etat, ou quelque chose de ce genre — quelque service du gouvernement. On avait entendu parler très fort là-haut, et le monsieur et deux de ses aides avaient entraîné Mrs Villiers et sa femme de chambre française dans une voiture ; ils étaient très polis, mais fermes, et avaient empêché Mrs Villiers de parler à Mrs Moon ou à quiconque ; ils avaient verrouillé sa porte derrière eux. Ensuite le monsieur était revenu avec deux employés et ils avaient emporté quantité de papiers.

Personne ne savait qu'en penser. Puis le jeudi Mme Gratipus, la femme de chambre, était revenue tout à coup et avait emballé leurs affaires. Elle ne parlait pas l'anglais, mais Mrs Moon croyait avoir compris quelque chose à propos de l'Amérique. Malheureusement, Mrs Moon n'était pas chez elle un peu plus tard cet après-midi-là quand Mrs Villiers était revenue avec un monsieur qu'elle appelait Mr Johnson, un monsieur américain, d'après son accent démodé et sa façon de parler du nez, mais très bien habillé. Elle était apparemment fort gaie, riait beaucoup, avait fait un tour dans ses appartements pour vérifier que tout fût bien emballé, bu une tasse de thé, distribué de bons pourboires aux serviteurs, laissé cette note pour le docteur Maturin, puis était montée dans une voiture à quatre chevaux pour disparaître à jamais. Elle n'avait rien dit de sa destination et nul n'avait osé le lui demander, car c'était une grande dame, très prompte à s'irriter de la moindre impertinence ou effronterie, quoique par ailleurs très estimée — une dame fort généreuse.

Stephen la remercia et lui remit un effet correspondant à la somme totale, en faisant remarquer qu'il ne portait jamais sur lui une telle somme en or.

— Non, bien sûr, dit Mrs Moon, ce serait de la dernière imprudence. Il n'y a pas trois jours, dans cette même rue, un monsieur s'est fait voler quatorze livres et sa montre juste après le coucher du soleil. Voulez-vous que William vous appelle une chaise, monsieur, ou un fiacre ? Tout est noir comme de l'encre là-dehors.

— Je vous demande pardon ? dit Stephen, l'esprit ailleurs.

— Ne voulez-vous pas un fiacre, monsieur ? Tout est noir comme de l'encre là-dehors.

Là-dedans aussi tout était noir comme de l'encre : il savait que la lettre, dans sa poche, contenait un adieu, son congé et la ruine de tous ses espoirs.

— Je ne crois pas, dit-il, je n'ai que quelques pas à faire.

Ces quelques pas le conduisirent dans un café à l'angle de Bolton Street ; juste quelques pas, comme il l'avait dit. Pourtant, combien de pensées naquirent dans son esprit avant qu'il n'ait poussé la porte, ne se soit assis et n'ait commandé du café : des pensées, des idées, des souvenirs infiniment plus rapides que les mots qui auraient pu, mais si mal, les exprimer et retracer l'histoire de ses longues relations avec Diana Villiers, fréquentation émaillée de toute une variété de supplices, entrecoupée de rares interludes d'un bonheur éclatant, mais qu'il avait espéré jusqu'à ce soir mener à une fin heureuse. Pourtant son esprit, tout comme il avait été trop prudent pour admettre une confiance totale dans le succès, refusait à présent d'accepter un échec total. Il déposa la lettre sur la table et la regarda un moment : tant qu'elle n'était pas ouverte, elle pouvait encore contenir un rendez-vous ; elle pouvait encore répondre à ses espoirs.

Enfin, il en brisa le cachet.

> « Maturin — une fois de plus je suis infâme avec vous, mais cette fois ce n'est pas tout à fait ma faute. Un événement des plus malheureux s'est produit que je n'ai pas le loisir de vous expliquer ; mais il semble qu'une de mes amies se soit conduite de la manière la plus *indiscrète*. A tel point que j'ai été molestée par une troupe de coquins, d'argousins de bas étage, qui ont fouillé mes quelques effets et mes papiers et m'ont interrogée pendant des heures. Quel crime je suis supposée avoir commis, je ne peux le dire ; mais à présent que je suis libre, je suis déterminée à retourner immédiatement en Amérique. Mr Johnson est ici, et il a fait les arrangements nécessaires. J'ai manifesté trop de hâte dans mon ressentiment, je le vois ; je n'aurais jamais dû revenir en Angleterre comme une petite impétueuse passionnée. Ces affaires de loi — et elles sont en bonne voie — exigent patience et réflexion. Je ne vous reverrai plus, Stephen. Pardonnez-moi, mais cela ne se peut. Ne me détestez pas car votre amitié m'est très chère. D.V. »

Dans un bref flamboiement de rébellion, de colère, il revécut l'immense déploiement de passion de ces dernières semaines, l'espoir croissant qu'il avait nourri et entretenu en dépit de son jugement et de leurs désaccords souvent violents ; puis la flamme mourut, laissant non pas un chagrin actif, mais un grand désert noir et muet.

En descendant la rue vers le café, ses yeux accoutumés de longue date avaient repéré automatiquement les deux hommes qui le suivaient. Ils étaient encore là quand il sortit, mais leur présence lui fut indifférente. Ils le protégèrent cependant de mauvaises rencontres dans Green Park où il erra entre les arbres, perdu dans ses réflexions, ses pieds le guidant lentement vers l'est et son auberge ; il y tomba d'un coup dans un sommeil profond et triste comme le plomb.

Abel, le garçon d'auberge, lui épargna un lent réveil et la pénible reconstruction de la journée passée en tambourinant à sa porte pour annoncer un messager qui ne voulait rien entendre, un messager officiel qui voulait absolument déposer son message entre les mains du docteur.

— Faites-le monter, dit Stephen.

C'était une note des plus brèves, priant ou plutôt sommant Stephen de se présenter à l'Amirauté à huit heures et demie plutôt qu'à quatre heures comme prévu. Le ton était inhabituel.

— Y a-t-il une réponse, monsieur ? demanda le messager.

— La voici, dit Stephen, qui écrivit d'un ton aussi froid et formel :

« Le docteur Maturin présente ses compliments à l'amiral Sievewright, et lui rendra visite à huit heures et demie ce matin. »

A neuf heures moins le quart, l'amiral attendait toujours le docteur Maturin, il l'attendait même encore à neuf heures, car Stephen, traversant l'avenue en hâte, avait rencontré l'ancien chef des services de renseignement de la marine, Sir Joseph Blaine, ami sûr et entomologiste passionné, qui sortait d'une réunion du Cabinet. Ils se dirent quelques mots hâtifs car Stephen était déjà en retard, prirent rendez-vous pour un peu plus tard et se quittèrent, Stephen pour aller à son rendez-vous et Sir Joseph pour se promener dans St James Park.

— Eh bien, eh bien, docteur Maturin, s'écria l'amiral quand il entra dans la pièce, que diable est-ce là ? Les gens du Home Office ont arrêté deux putains qui passent leur temps à collecter des renseignements, et ils ont trouvé votre nom dans leurs papiers.

— Je ne vous comprends pas, monsieur, dit Stephen avec un regard froid.

C'était la première fois qu'il voyait l'amiral en l'absence du véritable chef de ce département, Mr Warren.

— Bon, dit le marin, je n'irai pas par quatre chemins. Il s'agit de deux femmes, une Mrs Wogan et une Mrs Villiers : les bureaux du secrétaire d'Etat ont l'œil sur elles depuis quelque temps, surtout Wogan — relations avec certains personnages douteux, parmi les royalistes français, et des agents américains. Ils ont finalement décidé d'agir, et par ma foi il était grand temps : ils ont trouvé chez Wogan quelques papiers fort surprenants, dont beaucoup envoyés sous couverture à Villiers et transmis par elle ; et chez Villiers ils ont trouvé un certain nombre de lettres, dont celles-ci — il ouvrit un dossier et Stephen aperçut son écriture. Eh bien, voilà, dit l'amiral, ayant en vain attendu que Stephen parle, j'ai mis cartes sur table, tout est là. Le Home Office insiste pour avoir une explication. Que puis-je leur dire ?

— Il manque une carte, dit Stephen. Comment se fait-il que la police vienne vous demander des informations ? Dois-je comprendre que ma couverture, que la nature de mes activités, a été divulguée à une tierce partie sans que j'en sache rien ? Au mépris de mes accords exprès avec ce département ? Au mépris de toutes les lois des services d'intelligence ?

Le travail de Stephen pour les services secrets était pour lui essentiel : il haïssait la tyrannie napoléonienne avec une passion totale, et il savait, en toute objectivité, avoir réussi à lui infliger quelques coups des plus sévères dans ce domaine. Il connaissait aussi l'étrange diversité des services de renseignement britanniques et la perméabilité stupéfiante, l'amateurisme, de certains d'entre eux — source d'une insécurité qui ne pourrait que trop facilement mettre fin à son utilité et à sa vie. Ce qu'il ne savait pas, toutefois, car ce matin il avait l'esprit lent, c'est que l'amiral mentait : Mrs Wogan s'était emparée, entre autres choses, de certains documents de la marine par l'intermédiaire d'un jeune lord civil de l'Amirauté ; le Home Office avait donc envoyé les preuves à l'amiral, et c'était l'amiral qui exigeait une explication. Sa franchise brutale en avait imposé à un Maturin diminué, qui sentait une rage brûlante consumer son apathie — une fureur provoquée par l'apparente divulgation de son identité.

— Sur mon âme, dit Stephen d'une voix plus forte, c'est à moi d'insister. Je vous demande de me dire immédiatement comment il se fait que les gens du secrétariat d'État rapportent mon nom à vous.

L'amiral fut surpris d'être ainsi rabroué, et dans l'espoir de noyer le poisson il adopta un ton plus conciliant :

— Laissez-moi d'abord vous dire ce qui s'est fait. Toutes les fuites ont été colmatées, vous pouvez en être certain. Nous avons interrogé les femmes séparément, et Warren a très vite obtenu suffisamment de choses pour faire pendre Wogan. Mais elle a certains protecteurs fort respectables ou du moins fort influents — c'est une femme remarquablement jolie —, c'est pourquoi, un procès n'étant pas souhaitable, et comme elle a fourni volontairement certains noms utiles, nous avons fait un marché : elle plaide coupable de fautes qui la feront déporter, mais pas plus. Nous aurions pu la faire accuser d'un certain nombre de crimes, y compris tentative de meurtre car elle a tiré sur le messager et lui a arraché sa perruque, mais nous avons choisi la discrétion. Quant à l'autre, Villiers, nous avons décidé de ne pas la poursuivre : son explication qu'elle considérait le transfert de lettres comme un simple acte d'amitié — qu'elle croyait à une intrigue entre Wogan et un homme marié — était difficile à démolir ; et comme elle a pris la citoyenneté américaine, cela soulevait de graves difficultés légales. Le gouvernement ne veut pas la moindre complication avec les Américains au point de la guerre où nous en sommes : enrôler de force les équipages de leurs navires est assez déplorable, sans que nous allions aussi leur prendre leurs femmes. D'ailleurs, elle est peut-être innocente. En la regardant affirmer qu'elle avait simplement aidé une histoire d'amour, j'ai eu le sentiment que c'était très probable, tout à fait dans son genre. Elle s'est défendue à merveille ; c'est une femme encore plus belle que Wogan, droite comme une flèche, un regard furieux de chat sauvage, rouge de colère, elle injuriait comme un troupier l'agent du Home Office — le tremblement d'une poitrine ravissante, ha, ha ! J'étais venu lancer une ou deux volées — j'aurais voulu qu'il y en ait plus — intrigues amoureuses, ha, ha !

— Vous êtes incorrect, monsieur, vous vous oubliez. J'insiste pour que vous répondiez à ma question au lieu de vous laisser aller à ces réflexions canailles.

Dans l'échauffement licencieux de ses plaisirs imaginaires, l'amiral s'était effectivement oublié, et ces paroles le rappelèrent avec violence dans le présent. Il pâlit et, se levant à demi, s'écria :

— Laissez-moi vous rappeler, docteur Maturin, qu'il existe dans ce service une chose qu'on appelle la discipline !

— Et laissez-moi vous rappeler, monsieur, dit Stephen, qu'il existe une chose qu'on appelle le respect de sa parole. Qui plus est, je me vois obligé de remarquer que votre façon de parler de cette dame serait grossière chez un garçon de cuisine libidineux. Dans votre bouche, elle est offensante au plus haut degré. Par la morbleu, monsieur, j'ai demandé raison à plus d'un pour moins que cela ! Je vous souhaite le bonjour, monsieur : vous savez où me trouver.

Il sortit de la pièce, se heurta au commis qui allait ouvrir la porte, le bouscula et s'élança dans le couloir.

— Envoyez chercher une section d'infanterie de marine ! rugit l'amiral à présent écarlate.

— Oui, monsieur, dit le commis. Voici Sir Joseph, qui veut savoir si le docteur Maturin est encore là. L'infanterie de marine, immédiatement, monsieur.

Sortant par la petite porte verte confidentielle qui donnait sur le parc, Stephen sentit sa colère refluer à mesure que la fatigue s'abattait sur lui comme un voile lugubre, éteignant le feu et avec lui tous les soucis. Mais il n'avait pas fait un quart de mile en direction de l'est qu'il s'aperçut que ses mains et ses genoux tremblaient, que ses nerfs s'agitaient intolérablement comme ceux d'un écorché vif : il avança plus vite vers les Grapes et la bouteille carrée qui l'attendait sur la cheminée.

Mrs Broad, prenant le soleil à la porte, l'aperçut tout au bout de la rue. Elle déchiffra son visage à grande distance et quand il approcha, elle l'interpella de sa voix grasse et joyeuse :

— Vous arrivez juste à temps pour le petit déjeuner, monsieur. Entrez, s'il vous plaît, asseyez-vous dans le salon, le feu est beau et tire à merveille. Vos lettres sont sur la table. Lucy ira chercher le journal et le café sera servi dans la minute. Vous avez bien besoin d'un petit déjeuner aujourd'hui, monsieur, j'en suis sûre, à sortir si tôt l'estomac vide et par des rues tellement humides.

Il opposa quelques objections, mais non, il ne pouvait pas monter — on faisait le ménage dans sa chambre — il y avait partout des seaux et des balais qui le feraient tomber dans le noir — et il resta assis à regarder le feu jusqu'à ce que l'odeur du café fraîchement infusé emplît la pièce et qu'il fît tourner sa chaise vers la table.

Son courrier contenait *The Syphilitic Preceptor*, avec les compliments de l'auteur, et les *Philosophical Transactions*. Après deux grandes tasses qui calmèrent son tremblement, il dévora automatiquement ce que Lucy plaçait devant lui, toute son attention retenue par un article d'Humphry Davy sur l'électricité du poisson-torpille. « Combien j'admire cet homme ! » murmura-t-il tout en mangeant une autre côtelette. Mais il y avait aussi ce charlatan de Mellowes, avec sa théorie pernicieuse attribuant la consomption à un excès d'oxygène. Il lut d'un bout à l'autre ces sottises fallacieuses, pour en confondre un par un les arguments.

— N'ai-je pas déjà mangé une côtelette ? dit-il en voyant qu'on renouvelait le plat chaud.

— C'en était qu'une toute petite, monsieur, dit Lucy en lui en déposant une autre sur son assiette. Mrs Broad dit qu'il n'y a rien de mieux qu'une côtelette pour renforcer le sang. Mais il faut la manger pendant qu'elle est chaude.

Elle parlait gentiment, mais avec fermeté, comme on le fait à celui qui n'est pas tout à fait dans son assiette : Mrs Broad et elle savaient qu'il n'avait rien mangé de tout le voyage, qu'il n'avait pris ni souper ni petit déjeuner et qu'il avait dormi dans sa chemise humide.

Attaquant toasts et marmelade, il entreprit de démolir Mellowes de fond en comble ; remarquant avec quelle indignation sa main avait souligné les bêtises de la péroraison, il se dit : « Je ne suis pas mort. »

— Sir Joseph Blaine désire vous voir, monsieur, si vous le voulez bien, dit Mrs Broad, heureuse que le docteur Maturin ait un ami aussi respectable.

Stephen se leva, avança une chaise près du feu pour Sir Joseph, lui offrit une tasse de café et dit :

— Vous venez de la part de l'amiral, je suppose ?

— Oui, répondit Sir Joseph, mais en conciliateur, j'ose espérer. Mon cher Maturin, vous l'avez traité fort durement, n'est-ce pas ?

— Certes, dit Stephen, et je prendrai tout le plaisir

du monde à le traiter plus durement encore, quand il le voudra et sur n'importe quel terrain. Depuis mon retour je m'attends à recevoir ses amis : mais peut-être est-il assez poltron pour avoir l'intention de me faire arrêter. Cela ne m'étonnerait guère. Je l'ai entendu donner un ordre à cet effet.

— Dans son état d'échauffement, il aurait fait n'importe quoi. Le côté physique de ses devoirs lui convient probablement mieux que le côté intellectuel ; et comme vous le savez, il n'a jamais été question qu'il exerce...

— A quoi pensait donc Mr Warren en lui laissant une telle affaire ? Je vous demande pardon, je vous ai interrompu.

— Il est malade ! Il est terriblement malade : vous ne le reconnaîtriez pas.

— Mr Warren ? Mais qu'a-t-il donc ?

— Une brutale attaque de paralysie. Sa blanchisseuse — il a des appartements dans le Temple — l'a découvert au pied de l'escalier : incapable de parler, la jambe et le bras droit paralysés. On l'a saigné ; mais on dit que c'était trop tard, et qu'il ne reste guère d'espoir.

Tous deux étaient profondément peinés pour Mr Warren, collègue solide quoique sans relief, mais dans le contexte immédiat tous deux savaient que son attaque ne pouvait avoir pour résultat qu'un surcroît de pouvoir pour l'amiral Sievewright.

Après une pause, Sir Joseph dit :

— C'est une chance remarquable que je sois passé à l'Amirauté au moment où je l'ai fait : j'avais oublié de vous dire que les entomologistes tiennent ce soir une réunion extraordinaire. J'ai trouvé l'amiral dans un déchaînement de colère. Je l'ai quitté calme, mal à l'aise et aussi près d'admettre ses torts qu'il est possible pour un homme de son rang dans le service. Je lui ai exposé qu'en tout premier lieu vous êtes un allié purement volontaire, notre allié le plus précieux, et en aucune manière son subordonné au sein de notre département ; que votre travail entièrement bénévole, effectué avec les plus grands risques pour vous-même, nous a permis d'accomplir des merveilles — j'en ai énuméré quelques-unes, ainsi que certaines des blessures que vous avez reçues. J'ai précisé que Mrs Villiers est une dame des plus respectables par sa famille et ses relations, l'objet de votre... (Il hésita et jeta un regard anxieux au visage sans expression de Stephen avant de poursuivre :) de votre admiration respectueuse depuis un très grand nombre d'années, et non point une connaissance nouvelle, comme il le supposait ; que Lord Melville avait dit de vous : « Il vaut pour nous un vaisseau de ligne, à tout moment », expression que je m'étais hasardé à contredire en affirmant qu'aucun vaisseau de ligne, pas même de premier rang, n'aurait pu s'emparer des frégates portant le trésor espagnol en l'an quatre ; et que si, par la manière dont il avait traité cette affaire effectivement délicate, Sievewright vous avait offensé à tel point que nous risquions d'être privés de vos services, j'estimais tout à fait certain que le Premier Lord exigerait un rapport et que ce rapport passerait par mes mains. Car en confidence, je puis vous dire que ma retraite s'est révélée quelque peu hypothétique : j'assiste à certaines réunions à titre consultatif, pratiquement chaque semaine, et j'ai reçu des propositions flatteuses pour un poste doté de pouvoirs remarquablement étendus ; Sievewright le sait. Il fera des excuses, si vous le désirez.

— Non, non. Je ne souhaite pas l'humilier : c'est toujours de mauvaise politique. Mais il nous sera difficile de nous rencontrer en préservant une apparence de cordialité.

— Donc, vous ne nous quittez pas ? Vous ne nous abandonnez pas ? dit Sir Joseph, en serrant la main de Stephen. J'en suis profondément heureux. Cela vous ressemble, Maturin.

— Je ne vous quitte pas. Et pourtant, comme vous le savez bien, sans un parfait accord, nos travaux ne sauraient s'accomplir. Combien de temps encore l'amiral sera-t-il avec nous ?

— Presque une année entière, dit Sir Joseph, qui ajouta, mais en lui-même, « si je ne le coule pas avant cela ».

Stephen hocha la tête puis ajouta :

— J'ai été violemment contrarié par ses tentatives maladroites de manipulation : le vieux loup de mer, dans sa candeur naïve, cherchant à endormir celui qu'il soupçonne d'être un agent double en lui disant que les fuites ont été colmatées, par le ciel ! Essayer de me duper par des moyens aussi archaïques : cela n'aurait pas trompé un enfant d'une intelligence moyenne. Il parlait pour son propre compte, n'est-ce pas ? Cette histoire du Home Office n'était que ruse primitive de marin.

Sir Joseph hocha la tête en soupirant.

— Bien sûr, dit Stephen, si j'avais réfléchi rien qu'un instant... Je ne comprends pas comment j'ai pu perdre à ce point mes esprits. Mais Dieu sait qu'ils ont beaucoup vagabondé depuis quelque temps... Et cette erreur impardonnable, avec les rapports de Gomez.

Stephen les avait oubliés dans un fiacre, ce que Sir Joseph savait bien : erreur classique d'un agent surmené, épuisé.

— On les a récupérés en vingt-quatre heures, cachets intacts, il n'y a pas eu de mal. Mais il est vrai que vous n'êtes pas en forme. J'ai dit à ce pauvre Warren que le voyage à Vigo était trop pour n'importe qui, immédiatement après Paris. Mon cher Maturin, vous êtes épuisé : pardonnez-moi de vous le dire, mais vous êtes absolument épuisé. En tant qu'ami je vous vois mieux que vous ne vous voyez vous-même. Vous avez le visage défait, les yeux creux, le teint plombé. Je vous supplie de consulter.

— Certes, ma santé n'est pas des meilleures, dit Stephen en se tapotant le foie. Je ne m'en serais jamais pris ainsi à l'amiral si j'avais été en possession de toutes mes facultés. Je suis actuellement un traitement qui me permet de tenir jour après jour, mais c'est une potion traîtresse, et bien que je sois en mesure d'arrêter à tout moment, elle risque de me jouer de mauvais tours. Je la soupçonne d'avoir altéré mon jugement dans un cas où j'ai perdu un patient, et cela me pèse fort.

Stephen ne se confiait que rarement, mais il avait pour Sir Joseph beaucoup d'amitié et de respect. Aussi, du fond de sa douleur, lui demanda-t-il :

— Dites-moi, Blaine, jusqu'à quel point Diana Villiers est-elle impliquée dans cette affaire ? Vous savez l'importance que j'attache... Vous connaissez la nature de mon intérêt.

— Je voudrais de tout mon cœur pouvoir vous faire une réponse nette ; mais en toute honnêteté je ne peux vous donner plus que mon impression. Je pense que Mrs Wogan a su l'abuser, dans une large mesure ; mais Mrs Villiers n'est pas sotte et une correspondance amoureuse clandestine se présente rarement sous la forme de documents de quarante pages sur papier ministre. Et puis ce départ précipité — une chaise et quatre chevaux, toute la nuit et le jour suivant jusqu'à Bristol, une chaloupe à six rameurs auxquels on promet vingt livres chacun pour rattraper le *Sans Souci* retenu en rade de Lundy par les vents contraires — ajoute quelque vraisemblance à l'idée d'une conscience inquiète. Pourtant, je suis enclin à penser que tant de hâte était le fait de Mr Johnson, poussé par des motifs purement personnels. Ce n'est pas qu'en tant qu'Américain il ne puisse être lui aussi intéressé par des informations de grande valeur pour son pays ; nous n'avons toutefois pas établi la moindre relation entre lui et Mrs Wogan, en dehors de cette connaissance commune et peut-être fortuite avec Mrs Villiers et, bien entendu, d'un intérêt commun pour l'Amérique. De toute manière, ce sont les Etats-Unis qui ont bénéficié de ces activités, et non la France. Mrs Wogan était leur Aphra

Behn. Leur Aphra Behn, répéta-t-il, la réponse se faisant attendre.

— Aphra Behn, cette femme qui écrivait des pièces obscènes au siècle dernier ? dit enfin Stephen.

— Mais non, mais non : pour une fois vous vous trompez, Maturin, dit Sir Joseph non sans satisfaction. Vous êtes tombé dans l'erreur commune. Quant à sa moralité je n'en ai rien à dire mais elle était avant tout et surtout un agent secret. J'ai eu entre les mains certains de ses rapports d'Anvers, il n'y a pas une semaine, alors que nous faisions des recherches dans les dossiers du conseil privé, et ils sont brillants, Maturin, brillants. Pour le renseignement, rien ne vaut une jolie femme à l'esprit vif. Elle nous disait que Ruyter allait venir brûler nos navires. Il est vrai que nous n'avons rien fait, et que les navires ont été brûlés ; mais le rapport lui-même est un chef-d'œuvre de précision. Eh oui !

Durant la longue pause qui suivit, Stephen observa Sir Joseph assis devant le feu, et l'expression aimable de son beau visage chaleureux, évoquant plus un gentilhomme de campagne qu'un fonctionnaire ayant passé toute sa vie derrière un bureau ; il lui vint à l'esprit que quelque part dans ce vaste cerveau si fin une pensée apparaissait : « Si Maturin approche effectivement du bout de son rouleau, il vaudrait mieux le mettre hors jeu avant qu'il ne commette d'erreur coûteuse. » Cette pensée serait certainement tempérée par une considération sincère, l'amitié et l'humanité, ou même la gratitude ; elle s'accompagnerait probablement d'une clause admettant que Maturin puisse se remettre et qu'alors ses pouvoirs, ses relations et sa connaissance sans rivale de la situation dans sa sphère particulière puissent à nouveau être utilisés ; mais dans l'état actuel des choses, au vu des nombreux facteurs en œuvre, y compris la situation à l'Amirauté, cette pensée, même sans le moindre correctif, serait tout à fait raisonnable et d'ailleurs appropriée pour la partie officielle de l'esprit de Sir Joseph. Un service de renseignement bien tenu doit avoir un système pour traiter ceux qui ne sont plus au mieux de leur forme ou qui s'égarent, et pourtant en savent trop : un abattoir, géré avec plus ou moins de brutalité selon la nature du chef ; ou du moins un passage dans des limbes temporaires.

Sir Joseph sentit le regard pâle posé sur lui et c'est avec un peu de gêne qu'il revint à Aphra Behn.

— Oui, c'était un agent brillant, très brillant. Et nous pourrions dire de Mrs Wogan qu'elle est l'Aphra Behn de Philadelphie. Elle aussi versifie de manière élégante, elle tourne joliment une pièce de théâtre ; les lettres sont une couverture aussi bonne que la philosophie naturelle, ou même meilleure, peut-être. Mais au contraire de Mrs Behn elle a été prise, et doit être déportée sur le premier navire en partance pour la Nouvelle-Hollande, heureuse de n'être pas pendue. Je n'aime pas voir pendre une femme, et vous, Maturin ? Mais j'oubliais — tout est grain pour votre macabre moulin, et il vous faut aussi des sujets femelles. Elle ne sera pas pendue car le D de C, comme dirait notre amiral, s'est intéressé à son sort : il semble qu'ils aient partagé le même lit voici peu de temps. Pour la même raison, elle sera traitée avec certains égards — un coin pour elle seule à bord, peut-être une femme de chambre, et pas de servitude quand elle atteindra Botany Bay où elle passera le reste de ses jours. Botany Bay ! Quel but extraordinaire pour un naturaliste, sinon pour une aventurière ! Maturin, il vous faut, vous avez mérité un répit, quelques vacances pour vous remettre. Pourquoi ne pas accompagner ce navire ? Pour ne pas perdre la main, vous pourrez sonder l'esprit de la dame ; il contient bien plus de choses qu'elle ne nous en a révélées, j'en suis tout à fait sûr, et ce qu'elle pourra dire effacera peut-être vos doutes quant à Mrs Villiers. Pour rendre ma proposition plus alléchante, j'ajouterai que le navire en question doit être commandé par votre ami Aubrey, quoiqu'il ne connaisse pas encore cette partie de sa tâche. Le *Leopard*, car c'est du *Leopard* qu'il s'agit, avait déjà pour instructions de se rendre à Botany Bay pour s'occuper de l'infortuné Mr Bligh, dont vous connaissez les mésaventures ; quand il l'aura fait, et transporté Mrs Wogan ainsi que quelques autres personnes que nous ajouterons pour mieux dissimuler, il rejoindra notre flotte aux Indes orientales où, ayant tout à fait retrouvé vos esprits, vous nous serez de la plus grande utilité. Pensez-y, Maturin, je vous en prie.

Le manque dont souffrait Stephen, temporairement apaisé par la nourriture, revenait avec plus de force. Il s'excusa quelques instants, rejoignit sa chambre pour absorber son breuvage puis revint et dit :

— Votre Mrs Wogan, voyons : vous parlez d'elle comme d'une autre Aphra Behn, donc d'une femme remarquable.

— Je suis peut-être allé un peu loin : j'aurais dû ajouter quelques correctifs de temps et de lieu. Le service secret américain est encore dans l'enfance — vous vous souvenez de ce jeune homme ingénu, avec Mr Jay — et la ruse native, même lorsqu'elle existe, ne saurait remplacer quelques centaines d'années de pratique. Et pourtant, cette jeune femme a été bien formée ; elle savait quelles questions poser, et elle a obtenu bon nombre de réponses. J'ai été surpris de constater qu'il n'y avait aucune liaison avec la France : aucune, du moins, que nous ayons réussi à déceler. Mais ma comparaison ne tient pas, car si la Mrs Behn que j'ai retrouvée dans le dossier fait preuve d'une sagacité remarquable et d'une compréhension de la situation qui ferait honneur à un politicien, Mrs Wogan m'apparaît comme une femme relativement simple, en fait, recourant à l'intuition et à la hardiesse lorsqu'il lui faut dépasser ses instructions, plutôt qu'à un fonds de connaissances considérable.

— Soyez assez bon pour me la décrire.

— Elle a entre vingt-cinq et trente ans, mais conserve tout son éclat ; cheveux noirs, yeux bleus ; environ cinq pieds huit pouces mais elle paraît plus grande car elle se tient si droite — un magnifique port de tête. Silhouette mince mais incontestable ; même si en ce domaine, vous le savez, un peu de garniture peut faire merveille. Un air très comme il faut, sans effronterie ni prétention. Elle écrit comme un chat, souligne un mot sur trois, et ignore l'orthographe. Elle parle en revanche un excellent français et monte à cheval à la perfection : aucune autre éducation décelable.

— On pourrait croire que vous décrivez Mrs Villiers, dit Stephen avec un sourire douloureux.

— Oui, vraiment. Je fus si frappé par leur ressemblance que je me suis demandé s'il n'y avait pas de parenté ; mais il semble que non. Les détails de sa naissance me sont pour l'instant sortis de l'esprit, mais ils sont dans mes dossiers et je veillerai à ce que vous les ayez. Aucune parenté, je crois ; mais la ressemblance est frappante.

Il aurait pu ajouter qu'il y avait aussi dans le cas de Mrs Wogan un amoureux sans espoir, un jeune homme accroché aux franges de sa vie ; un jeune homme si négligeable qu'on l'avait remis en liberté. Ceux qui l'avaient pris n'avaient pu découvrir la moindre trace d'un savoir coupable, et l'on avait jugé préférable de le laisser aller : Sir Joseph n'en conservait que le souvenir d'un profond désespoir et le nom assez inhabituel de Michael Herapath.

Mais quand je parle de son apparente simplicité, poursuivit-il, je fais peut-être partie de cette vaste compagnie d'hommes trompés par les femmes. Il y a dans cette affaire bien des choses que nous ne savons pas encore, l'écheveau mérite d'être débrouillé. Comme je vous l'ai dit, cela vous permettrait de garder la main, Maturin, et cela pourrait peut-être rapporter un joyau. Ayez la bonté de l'envisager.

Au cours de son retour vers le Hampshire, Stephen

retourna la question dans sa tête, mais à un niveau superficiel, le reste de son esprit étant habité par le manque, par une évocation douloureuse et continuelle de la personne de Diana, de sa voix, de ses mouvements, par l'énumération de ses imperfections morales, de sa légèreté, de son extravagance ; mais aussi par un besoin plus passionné, et une tendresse absurde. Quant à la proposition de Sir Joseph, il n'était ni pour ni contre et savait en tout cas ne pas avoir grand choix — aucun, pratiquement. Il partirait, et si l'on pouvait encore se fier à l'expérience passée, le naturaliste en lui reprendrait vie avec le temps. Il rassemblerait de vastes collections ; d'immenses territoires s'ouvriraient sous ses yeux ; son cœur battrait à nouveau à la vue de nouvelles espèces, de nouveaux genres de plantes, d'oiseaux et de quadrupèdes ; les Indes pourraient lui apporter certaines de ces rencontres avec l'ennemi qui effacent tout sauf l'excitation extrême du combat. Mais l'expérience passée pouvait-elle encore lui servir de guide ? La stimulation du séjour à Londres et de toutes ses rencontres s'effaça au cours du voyage, remplacée par une indifférence plus profonde qu'il n'en avait jamais connue.

Il atteignit Ashgrove Cottage dans cet état d'esprit grisâtre, et comme son indifférence ne s'étendait pas à ses amis, il sentit aussitôt que quelque chose n'allait pas. Il fut reçu avec toute l'amitié qu'il pouvait souhaiter mais le visage de Jack, patiné par la guerre et les intempéries, était plus rouge encore qu'à l'ordinaire ; il était plus imposant qu'à l'habitude, plus grand, et l'on sentait les traces de tempêtes récentes dans les échanges un peu contraints entre les deux époux. Stephen apprit sans grande surprise que la nouvelle pouliche avait montré une étrange incapacité à courir plus vite que les autres après les trois premiers furlongs, et qu'elle avait l'habitude de mordre son râtelier, regimber, ruer, cabrer et corner ; qu'une équipe des ouvriers de Kimber avait criblé de pierres le nid de ses bondrées ; que Kimber lui-même était en défaveur, après une révision inattendue et fort coûteuse de ses estimations ; mais il fut vraiment stupéfait quand Jack le prit à part et lui dit qu'il était dans une rage noire contre l'Amirauté, qu'il était sur le point d'envoyer le service au diable — et sa marque avec. Il était habitué à leurs friponneries — il en avait souffert depuis le premier jour —, mais il n'avait jamais pensé qu'ils oseraient lui faire cela, n'avait jamais pensé qu'ils pourraient être assez ---s pour lui dire, à brûle-pourpoint, que le *Leopard* servirait à la transportation.

— Pour un terrien, dit Stephen, cela peut apparaître comme la fonction première d'un navire, sa véritable raison d'être.

— Non, non, je veux parler de transportation ! s'exclama Jack.

— J'avais bien compris.

— La transportation de convicts. Des convicts, Stephen ! Dieu du ciel ! On m'envoie une lettre écrite en pattes de mouche pour m'annoncer l'arrivée d'une navette des pontons — les pontons, au nom du ciel ! — avec un assortiment d'une vingtaine de meurtriers que je dois recevoir à bord et transporter à Botany Bay. Les ordres ont été donnés à l'arsenal pour la construction d'une cage dans le coqueron et de logements pour leurs gardiens. Par Dieu, Stephen, demander à un officier de mon ancienneté de transformer son navire en transport de déportés et de jouer les geôliers ! Je leur écris une de ces lettres ! Il faut que vous m'aidiez pour certaines épithètes, Stephen. Et ce qui me met le plus en colère, c'est que Sophie ne semble pas se rendre compte de la monstruosité d'une telle conduite. Je lui explique que c'est une proposition des plus incorrectes, que je m'étonne de tant d'impudence et que je m'en tiendrai à l'*Ajax*, le nouveau soixante-quatorze, un joli navire sans gibier de potence tapi dans les cales. Mais non. Elle soupire, me dit que sans doute c'est moi qui ai raison, et cinq minutes plus tard la voilà qui pleure le *Leopard*, et ce voyage si agréable, si intéressant et confortable avec tous mes hommes et mes vieux compagnons. On croirait presque qu'elle souhaite me voir partir, quitter le pays le plus tôt possible. Car les ordres du *Leopard* ont été changés et il appareille samedi en huit.

— Un esprit impartial pourrait s'étonner de voir votre dignité offensée à tel point par une vingtaine de prisonniers. Vous qui remplissez si volontiers vos cales de prisonniers espagnols et français, protester à tel point pour une petite troupe de vos compatriotes, que vous avez toujours placés bien au-dessus de n'importe quel étranger et qui de toute manière ne seraient jamais en contact avec vous, surveillés qu'ils seraient par les personnes idoines !

— Cela n'a rien à voir. Les prisonniers de guerre n'ont rien à voir avec le gibier de potence.

— La privation de liberté est pourtant bien la même, avec son statut de servilité subhumaine. Nous avons tous deux été prisonniers de guerre, et prisonniers pour dettes. Nous avons tous deux navigué avec nombre d'hommes coupables des crimes les plus atroces. Pour ma part je n'ai jamais ressenti que ma dignité en fût très affectée. Mais vous êtes évidemment le seul juge en cela ; je remarque cependant, Jack, qu'un bon tiens n'attend personne, comme vous le dites si souvent, et que l'*Ajax* n'est pour l'instant pas grand-chose d'autre qu'une quille nue. Qui sait, d'ici qu'il flotte, son emploi aura peut-être disparu. Il se pourrait qu'il ne fasse que des visites de courtoisie, saluant les couleurs françaises avec une volée à blanc et un grand hourra.

— Vous ne voulez pas dire qu'il y ait risque de paix ? s'exclama Jack, pivotant tout d'une pièce. Je veux dire, les bienfaits de la paix sont remarquables, rien ne les vaut, mais l'on aime être prévenu.

— Je ne dis rien. Je n'en sais rien. Je me contente de vous faire remarquer que l'*Ajax* ne sera pas à l'eau avant six mois au moins ; qu'il y a bien des avantages à rentrer le foin pendant que le soleil brille ; et que seule la pierre qui roule voit du pays.

— Oui, oui, c'est bien vrai, dit Jack d'un air grave. Et cela m'amène à autre chose. Six mois me seraient bien utiles pour mon affaire de mine, pour mettre les choses en train, vous me comprenez. Même plus important que tout cela... vous vous souvenez de m'avoir mis en garde contre les Wray ?

Stephen acquiesça.

— J'avais du mal à le croire, mais vous aviez raison. Je suis allé chez Craddock pendant votre absence : le juge ne jouait pas, et seuls Andrew Wray, Carroll, Jenyns et deux de leurs amis de Winchester se sont assis à la table. J'ai fait très attention après ce que vous m'aviez dit et, sans réussir à voir exactement ce qu'ils faisaient, j'ai constaté que chaque fois que Wray tapotait des doigts de cette manière qu'il a, je perdais. J'ai attendu une demi-douzaine de fois pour être sûr : à la sixième fois il y avait une fort jolie somme sur la table, et les signaux étaient particulièrement clairs. Je les ai imités, pour montrer à Wray que je m'en étais aperçu, et je lui ai dit que je n'avais pas l'intention de continuer à jouer dans ces conditions. « Je ne vous comprends pas, monsieur », dit-il, et je crois qu'il était sur le point de faire quelque réflexion sur les gens qui n'aiment pas perdre, mais il s'est retenu. Je lui ai dit que je m'expliquerais plus clairement quand il voudrait : même si, à dire vrai, je serais bien en peine de savoir qui recevait ses signaux. Ç'aurait pu être n'importe qui. Je serais désolé que ce soit Carroll : il me plaît. Je dois dire qu'il était assez joliment verdâtre. Ils étaient tous assez joliment verdâtres, d'ailleurs ; mais pas un d'entre eux n'a ouvert la bouche quand j'ai demandé si un autre de ces messieurs souhaitait faire une observation. Ce fut un moment déplaisant, et j'ai beaucoup apprécié Heneage Dundas qui a très vite traversé la pièce pour venir à mes côtés. Un moment diablement déplaisant.

Stephen Maturin l'imaginait fort bien : mais son imagination, quoique vivace, restait très au-dessous de la réalité — la rage furieuse de Jack Aubrey à se trouver jouer le rôle de la dupe, du jobard, du pigeon que l'on plume, sans même parler de son honnête colère d'avoir perdu une forte somme d'argent ; le silence dans cette grande salle remplie d'hommes de haut rang et de statut considérable, dont l'un des plus influents se trouvait accusé, ouvertement et à voix puissante, de tricher aux cartes. Le silence dans lequel la plupart, ayant saisi toute la gravité de la situation, détournaient discrètement le regard ; un silence rompu par des conversations artificielles tandis que Jack et Dundas quittaient la salle.

— Wray fait actuellement une tournée des arsenaux, à la chasse à la corruption, et ne sera pas de retour avant longtemps. Je n'ai pas entendu parler de lui avant son départ, ce qui est étrange ; mais il ne saurait en rester là, et je ne souhaite pas avoir quitté le pays quand il reviendra. Je ne souhaite pas avoir l'air de m'enfuir.

— Wray ne se battra pas. S'il a laissé passer douze heures après un tel affront, il ne se battra pas. Il obtiendra satisfaction de quelque autre manière.

— Je suis un peu de votre avis : mais je ne veux pas le laisser se blanchir en affirmant que je suis introuvable.

— Allons, voyons, Jack, c'est pousser les choses beaucoup trop loin. Le monde en général sait bien que les ordres du service ont la priorité sur toute autre chose : une affaire de cet ordre peut fort bien attendre un an ou plus. Nous connaissons tous des cas du même genre, et l'honneur de l'absent n'est jamais mis en doute.

— Malgré tout, je préfère lui donner tout le temps nécessaire pour sa tournée et son...

L'arrivée de l'amiral Snape et du capitaine Hallowell, venus partager un gigot de mouton avec les

Aubrey, coupa court à la conversation, mais assez vite Stephen se retrouva plongé dans le sujet. Sophie lui avait chuchoté qu'elle voulait lui parler et comme les trois marins manifestaient l'intention de refaire le combat du cap Saint-Vincent, boulet après boulet, il n'eut aucune peine à se rendre au salon tandis qu'ils disposaient des coquilles de noix en lignes de bataille, et de s'y rendre avec la certitude d'une longue période de tranquillité.

Sophie commença par déclarer qu'il n'y avait rien sur terre d'aussi atroce, barbare et antichrétien que le duel ; et que ce serait tout aussi atroce si l'homme qui avait tort perdait à tous les coups, ce qui n'était pas le cas. Elle parla du jeune Mr Butler, de la *Calliope,* tout à fait innocent à tous égards, qui était mort de ses blessures à peine un an auparavant ; et Jane Butler qui l'avait soigné avec tout l'amour du monde se retrouvait seule avec deux petits enfants et pas un sou pour les nourrir. Rien, rien au monde, dit-elle les mains crispées en regardant Stephen avec de grands yeux liquides, ne pourrait empêcher Jack de se battre et d'être tué d'une balle ou d'un coup d'épée ; il était donc de leur devoir absolu de l'obliger à partir avec le *Leopard*. Le navire ne reviendrait pas avant longtemps et entre-temps la chose se serait évaporée ; ou cet horrible Mr Wray serait revenu à de meilleures pensées ; ou peut-être... elle hésita et Stephen acheva :

— Ou quelqu'un d'autre pourrait l'avoir éliminé. Ce n'est pas impossible, il fréquente des hommes qui jouent aux courses ou aux cartes et vit très au-dessus de ses moyens. Le traitement attaché à ses fonctions ne dépasse pas six ou sept cents livres par an et il ne semble pas qu'il possède de propriété, pourtant il s'habille comme un homme riche. Mais après ceci, nul n'acceptera plus de jouer aux cartes avec lui pour des enjeux élevés, ce qui rend l'événement moins probable que je ne voudrais. D'autre part, je suis intimement persuadé que Wray n'est pas homme à se battre. Un homme capable de supporter de telles paroles pendant douze heures les supportera pendant douze ans et les digérera enfin dans son triste tombeau. Mon chou, vous n'avez aucun souci à vous faire, je vous l'assure.

Sophie ne pouvait partager la conviction intime de Stephen.

— Pourquoi a-t-il fallu que Jack dise de telles paroles, s'exclama-t-elle. Ne pouvait-il simplement sortir ! Il aurait dû penser à ses enfants.

Et à nouveau elle exprima tous ses arguments contre le duel, avec cette fois une véhémence plus grande encore, comme si Stephen, bien qu'il affirmât être tout à fait de son avis, eût été à convaincre ; comme si convaincre Stephen eût pu de quelque manière avancer ses affaires. Avec toute autre personne il eût souffert d'un profond ennui car, faute d'arguments nouveaux sur ce thème rebattu, elle était obligée de répéter ceux dont s'étaient servis des esprits inventifs depuis une centaine d'années ; mais il l'aimait beaucoup, sa beauté et son désespoir réel l'émouvaient profondément, et il l'écouta sans la moindre impatience, en hochant gravement la tête. Puis, ayant fait une pause pour reprendre son souffle (car si elle parlait habituellement avec une volubilité charmante, un babil d'hirondelle, à présent ses paroles se bousculaient en un flux surprenant), elle le démonta en disant :

— Eh bien, cher Stephen, puisque vous êtes du même avis que moi, vous devez le convaincre. Vous êtes tellement plus habile que moi, vous trouverez des arguments qui m'échappent tout à fait, vous saurez certainement le convaincre. Il a la plus grande confiance en votre intelligence.

— Hélas, ma chère, dit Stephen en soupirant, même si c'était vrai, ce dont je me permets de douter, l'intelligence n'a rien à faire ici. Jack n'est pas plus homme à se battre que — il était sur le point de dire « que moi » mais, tenant à respecter la vérité devant Sophie, il ajouta : que votre pasteur. Il est beaucoup trop sensé.

Mais puisque les hommes sont convenus, depuis un siècle et plus, d'exclure de leur société ceux qui refusent un défi, son point de vue n'a rien à faire ici. Il a les mains liées. La coutume est souveraine, surtout dans l'armée et dans la marine. S'il devait refuser, ce serait la fin de sa carrière ; et il ne pourrait jamais vivre à l'aise avec lui-même.

— Pour vivre à l'aise, il lui faut donc se laisser tuer. Ah, Stephen, qu'avez-vous fait du monde, vous autres hommes ? dit-elle en saisissant son mouchoir.

— Sophie, trésor, ne faites pas la petite fille ; ne soyez pas sotte. Au rythme où nous allons, vous allez finir par pleurer. Vous devez bien savoir que fort peu de ces rencontres se terminent par la moindre égratignure. Non, non : dans bien des cas on se contente d'une insignifiante redéfinition des paroles échangées, ou bien les seconds s'arrangent pour que le combat se termine par quelques passes en l'air ou des pistolets à peine chargés. Pourtant, je crois en effet qu'il vaudrait mieux que Jack soit ailleurs. Je crois qu'il devrait embarquer sur le *Leopard*, s'en aller de l'autre côté de la terre, et y rester un très long temps.

— C'est vrai, Stephen ? dit Sophie en fouillant son visage du regard.

— C'est vrai. Il se conduit comme j'ai vu tant de marins se conduire quand ils sont à terre les poches pleines de guinées ; et il sera bientôt à sec, comme nous disons dans la marine. Les chevaux, les cartes, les constructions et même, Dieu me garde, les mines d'argent. Il ne manque plus qu'un canal à dix mille livres le mile, et le mouvement perpétuel.

— Oh, comme je suis heureuse que vous disiez cela ! s'exclama Sophie. J'avais tellement envie de vous ouvrir mon âme, mais comment une femme peut-elle dire quoi que ce soit de la conduite de son époux, même à son meilleur ami ? Mais à présent que vous avez parlé, je peux vous répondre, n'est-ce pas, sans être déloyale ? Je ne suis pas déloyale, Stephen, pas même dans la moindre de mes pensées les plus secrètes, mais cela me brise le cœur de le voir jeter à tous les vents sa fortune gagnée avec tant de mal, avec d'aussi terribles blessures, de voir cet homme merveilleux, d'une nature si confiante et ouverte, trompé par de vulgaires tricheurs, des escrocs et des maquignons, c'est comme d'abuser un enfant. Et j'espère ne pas vous sembler cupide ou intéressée en disant que je dois penser à mes enfants. Les filles ont leur dot, mais combien cela durera-t-il, je n'en sais rien ; et quant à George... Une chose que maman m'a apprise, c'est à tenir les comptes, et quand nous étions pauvres, je les tenais au sou près, j'étais si fière et heureuse quand nous pouvions terminer le trimestre sans dettes. A présent, j'ai bien du mal à y voir clair, avec tous ces gros paiements qui vont et viennent et ces écarts étranges, mais du moins je sais qu'il en sort beaucoup, beaucoup plus qu'il n'en rentre, et cela ne peut durer. Je suis absolument terrifiée, parfois. Et parfois, ajouta-t-elle en baissant la voix, il me vient une pensée plus terrifiante encore : qu'il n'est pas vraiment heureux à terre et qu'il plonge dans une extravagance après l'autre pour échapper à l'existence morne de la campagne ; et peut-être aussi à une épouse morne. Je voudrais tant qu'il soit heureux. J'ai essayé d'apprendre l'astronomie, comme Miss Herschel dont il parle sans cesse et qui me traite comme si j'étais une enfant ; mais cela ne sert à rien — je n'arrive toujours pas à comprendre pourquoi Vénus change de forme.

— Ce ne sont là que des lubies, ma chère, des vapeurs, des fantaisies, dit Stephen avec un regard de côté, et je vois qu'il faut vous tirer une ou deux onces de sang. Mais pour le reste, je crois que vous avez raison : Jack doit partir, s'habituer à la prospérité, et apprendre à naviguer droit quand il reviendra à terre.

Dans la voix sonore qui guidait les invités échauffés par le vin entre les échelles des maçons, en direction du salon, rien n'indiquait que Jack fût malheureux ;

mais c'est avec un peu d'irritabilité et même d'obstination que quelques heures plus tard, enfonçant fermement son bonnet de nuit sur ses oreilles avant d'en nouer les cordons, il répondit :

— Mon cœur, rien sur terre ne pourra me convaincre d'accepter le *Leopard* dans de telles conditions, vous feriez donc mieux de garder votre souffle pour refroidir votre porridge.

— Quel porridge ?

— Eh bien, votre porridge. C'est ce qu'on dit lorsqu'on veut faire comprendre à quelqu'un qu'il est inutile de poursuivre sur un sujet. Par ailleurs, il y aura une troupe de femmes à bord et vous savez très bien que j'ai horreur des femmes. Des femmes à bord, évidemment. Elles n'apportent qu'ennuis et querelles. Sophie, voulez-vous souffler la chandelle ? Elle attire les papillons.

— Je suis sûre que vous avez raison, mon chéri, et je n'aurais jamais l'outrecuidance d'opposer mon opinion à la vôtre, surtout pour tout ce qui est du service.

Sophie connaissait à merveille la capacité de son mari à s'endormir instantanément et à rester endormi quelles que fussent les circonstances, aussi, faisant très attention au tapis, elle jeta par terre le bougeoir, l'écran et la mouchette. Jack sauta du lit, remit tout en place, et elle poursuivit :

— Mais il y a encore une chose que je dois vous dire, car avec toute cette hâte et ces désagréments, et la milice, et les maçons, vous ne l'avez peut-être pas vu comme moi. Il faut penser à Stephen et à sa déception profonde.

— Mais c'est Stephen qui a commencé par refuser. Le cœur brisé, m'a-t-il dit, il était à peu près certain de ne pouvoir venir : et depuis son retour il n'a pas dit un mot.

— Le cœur brisé, j'en suis bien sûre : il n'en dit rien, mais il est clair comme le jour que Diana l'a de nouveau blessé. Il n'y avait qu'à regarder son pauvre visage quand il est revenu de Londres. Mon chéri, nous devons beaucoup à Stephen. Un voyage à Botany Bay lui ferait le plus grand bien du monde. La paix, la tranquillité et toutes ces créatures nouvelles pour empêcher son esprit de ressasser. Pensez à ce qu'il deviendrait pendant des mois à ruminer dans quelque sinistre logis jusqu'au lancement de l'*Ajax* — il se consumerait et se rongerait de misère.

— Grand Dieu, Sophie, vous avez peut-être raison. J'étais tellement préoccupé avec cette malheureuse affaire de Kimber et du *Leopard* et ma lettre à l'Amirauté que je n'ai pas vraiment réfléchi — bien sûr, j'ai vu qu'il était abattu, et j'ai supposé qu'elle lui avait encore joué quelque méchant tour. Mais il n'y a jamais fait la moindre allusion ; il n'a jamais dit : « Mes affaires ne vont pas aussi bien que je pourrais le souhaiter, d'un certain côté, aussi je partirai avec vous sur le *Leopard* » ou « Jack, un changement de climat me ferait du bien, il me faudrait un climat tropical ». J'aurais aussitôt compris.

— Stephen est bien trop délicat. Voyant que vous aviez changé d'idée pour ce navire, il n'aurait jamais fait allusion à ses propres soucis. Mais si vous l'aviez entendu parler des wombats — oh, juste en passant et sans jamais insister —, cela vous aurait fait venir les larmes aux yeux. Oh, Jack, il est tellement malheureux !

## Chapitre trois

Le coup de chien de nord-ouest avait levé une méchante mer dans le golfe de Gascogne ; depuis deux nuits et un jour le *Leopard* capeyait sous son grand hunier au bas ris et rien de plus, ses mâts de perroquet dépassés depuis longtemps et sa vergue de petit hunier sur le pont, l'étrave pointant vers le nord. Chaque fois qu'une haute vague s'abattait sur la joue bâbord, que sa crête blanche déferlait dans la nuit noire, une masse d'eau envahissait l'embelle, tirant sur les amarrages renforcés des canots et des espars et déportant la proue vers le nord-nord-est ; mais chaque fois le navire revenait à quatre quarts du vent, l'eau fuyant par les dalots. Il peinait, se vautrait lourdement ; comme tous les marins à bord le savaient, la cruelle côte d'Espagne n'était pas très loin sous le vent dans l'obscurité — récifs noirs, falaises noires, sur lesquels des vagues énormes explosaient à une hauteur considérable. A quelle distance, exactement ? Personne n'en savait rien car cela faisait trois jours qu'aucune observation n'était possible dans cette sinistre brouillasse ; mais on sentait la terre proche, et bien des yeux inquiets se tournaient vers le sud.

C'était un rude coup de vent, rude même pour le Golfe ; le navire avait été secoué et ballotté comme une coquille de noix, surtout dans les débuts du mauvais temps, quand le noroît s'était déchaîné en travers de la houle d'ouest, levant une mer croisée, abrupte et confuse qui jetait le navire dans tous les sens jusqu'à ce que la coque se mît à grogner, à prendre l'eau, au point que les pompes fonctionnaient jour et nuit. C'était un bon navire, bon marin, toujours obéissant à la barre ; mais même son capitaine ne pouvait affirmer qu'il fût sec.

Toutefois, ses épreuves s'achevaient : le hurlement du vent dans le gréement était descendu d'une demi-octave, perdant sa malignité hystérique, et il y avait quelques brèches dans la couverture nuageuse. Le capitaine Aubrey, debout depuis douze heures en ciré ruisselant sous le fronteau de dunette, avait appris les manières de son nouveau commandement ; et il tenait à présent son sextant sous le bras. Le sextant était déjà réglé sur l'altitude approximative d'Antarès, dans l'espoir d'un aperçu furtif entre les nuées ; une heure après la première trouée, la noble étoile apparut, courant follement vers le nord dans une longue fente étroite, et se montra juste assez longtemps pour qu'il pût la fixer et l'amener à l'horizon. Certes, son horizon était loin de la perfection, il ressemblait plus à une chaîne de montagnes qu'à une ligne idéale, et pourtant l'indication se révéla meilleure qu'il ne l'avait espéré — le *Leopard* avait encore bien assez d'eau à courir. Il retourna au gouvernail, les chiffres tournant en bon ordre dans son esprit, vérifiés et revérifiés avec un résultat toujours satisfaisant. Puis, s'étant penché sous le vent pour rendre à la mer avec l'aisance issue d'une longue habitude le bun aux épices un peu rassis et le verre de marsala qu'il venait d'avaler, il s'adressa à l'officier de quart :

— Mr Babbington, dit-il, je pense que vous pouvez virer lof pour lof. Il supportera les voiles d'étai de misaine et de grand mât. Cap au sud-ouest un demi ouest.

Tandis qu'il parlait, il vit le visage barbu du quartier-maître pénétrer dans le reflet de la lampe d'habitacle pour observer le sablier : la demi-heure s'achevait, les derniers grains de sable s'écoulèrent, le quartier-maître murmura « Fonce, Bill » et une silhouette en ciré, cassée en deux pour résister à la pluie et aux embruns, se hâta vers l'avant, cramponnée à une ligne de vie tendue de la proue à la poupe, pour piquer sept coups du quart de minuit — trois heures et demie du matin. Babbington tendit la main vers son porte-voix pour appeler le monde afin de virer.

— Laissez, dit Jack, une demi-heure ne changera rien. Virez à huit coups — inutile de faire sortir les bâbordais.

Il était fortement tenté d'attendre le changement de quart pour voir effectuer la manœuvre : mais il avait un lieutenant tout à fait compétent en Babbington, qu'il avait formé lui-même, et en restant sur le pont il ne ferait que montrer un manque de confiance, diminuer l'autorité du jeune homme. Il resta encore dix minutes puis descendit, accrocha son ciré au-dessus d'un baquet, épongea le mélange d'eau de mer et de pluie qui lui trempait le visage avec une serviette posée là tout exprès ; dans sa chambre, un Killick très irrité, arraché aux bras de ses amours après une semaine à peine, s'affairait à raccrocher la bannette qu'une fuite dans le pont avait trempée.

— Ces sacrés calfats de l'arsenal, marmonnait-il, connaissent rien à leur sacré boulot... J'te les calfaterais, moi... Oh, j'te les calfaterais, avec un fer rouge dans le... (Cette idée lui plut ; il perdit en partie son expression hargneuse ; et c'est presque avec aménité qu'il dit :) Voilà, monsieur, vous pouvez vous coucher maintenant. Que vous avez pas séché vos cheveux (cela, d'un ton sévère).

En effet, les cheveux de Jack pendaient en longues mèches jaunes dans son dos. Killick les essora comme un linge, remarqua qu'ils n'étaient plus si épais ni si drus qu'autrefois, les tressa serré puis se retira.

En temps ordinaire, Jack se serait endormi immédiatement avec un manque égal de cérémonie, comme une chandelle que l'on souffle, mais aujourd'hui, de sa bannette oscillante, il gardait l'œil sur le compas répétiteur. Il ne fallut qu'un moment pour qu'un grondement profond vînt s'ajouter au rugissement de la tempête, au fracas des lames s'écrasant sur le flanc du *Leopard*, au chant des innombrables cordages et câbles tendus communiquant à la coque leur voix qui, avec la résonance, prenait un ton plus profond : c'était la ruée de la bordée bâbord, fonçant par le panneau arrière — ceux de l'avant et du milieu étaient bloqués — pour assumer ses fonctions après quatre heures de sommeil. Presque aussitôt la rose se mit à tourner derrière la ligne de foi tandis que le *Leopard* abattait : nord-nord-est, nord-est un quart nord, nord-est, puis plus vite vers le sud-est où la voix du vent s'effaça presque, et ensuite de plus en plus lentement vers le sud-ouest et le sud-ouest un quart ouest, où elle se stabilisa. Le *Leopard* avait viré lof pour lof : il était tribord amures, prenant la mer par le travers avec un joli mouvement de vrille. Jack ferma les yeux : sa bouche s'ouvrit, et il en sortit (il était couché sur le dos, sans épouse à ses côtés pour le pincer ou le pousser) un ronflement profond, grondant, guttural, d'un volume prodigieux.

Les cris, les appels, les coups de sifflet et le bruit des pas sur la dunette à quelques pieds de la tête du dormeur ne le troublèrent pas un instant ; son visage resta vide, inconscient, parfois éclairé d'un sourire ; il eut même un rire, dans un rêve ; mais une part de l'esprit du marin restait en activité. A deux coups du quart du matin, le capitaine Aubrey, en se réveillant, savait que la mer s'était calmée peu à peu pendant le reste de la nuit, que le vent était venu au sud et que le *Leopard* filait cinq nœuds à l'aise.

— Ce café a été réchauffé. Il a bouilli, dit-il en regardant le breuvage brunâtre.

Killick prit une expression pincée, aigrie, et la pensée « Ceux qui traînent dans leur lit jusqu'à point d'heure pendant que les autres peinent et triment, ils ont que ce qu'ils méritent » faillit bien être exprimée ;

mais effectivement le café avait bouilli, crime presque pendable à cette heure de la journée du capitaine, et Killick se contenta de renifler d'un air dédaigneux en disant :

— Y a un autre pot qui vient.

— Où est le docteur ? Et ôtez votre pouce de ce beurre.

— Au travail depuis les six coups du quart du matin, Votre Honneur, dit Killick avec sentiment. (Puis, d'une voix très basse :) Il était pas dedans ; pas du tout.

— Alors sautez à l'avant et dites-lui qu'il y a un peu d'infect café bouilli, s'il peut le supporter. Et mes compliments à Mr Pullings : je serais heureux de le voir. Bonjour, Tom, s'exclama-t-il quand son premier lieutenant apparut. Asseyez-vous, buvez une tasse, vous avez l'air d'en avoir besoin.

— Bonjour, monsieur, ce sera effectivement très bien venu.

— Votre rapport est assez mauvais, sans doute, dit-il, en regardant le visage soucieux, fatigué de Pullings.

— Oui, monsieur, vraiment, dit Thomas Pullings en hochant la tête.

— Pas de mât fendu, j'espère.

— Ce n'est pas si grave que cela, monsieur : mais les convicts ont massacré leur surveillant ; et leur chirurgien est tombé dans la cale et s'est rompu le cou. Tous les convicts sont presque morts de mal de mer et l'une des femmes est en pleine crise. Mais quelle saleté, là en bas, vous ne le croiriez pas ! J'ai posté quelques sentinelles, à tout hasard, mais aucun d'eux ne ferait de mal à une mouche pour le moment — ils sont plats comme des crêpes et ont à peine la force de se plaindre. En dehors de cela, monsieur, et de la pompe à chaîne avant qui est bouchée, des drisses de petit hunier très usées et de la liure de beaupré qui n'est pas tout à fait comme elle devrait être, tout est correct, à peu près correct.

— Ils l'ont massacré, dites-vous, dit Jack en sifflotant. Est-il mort ?

— Comme un clou de porte, monsieur. Sa cervelle répandue sur le pont. Ils ont dû faire ça avec leurs fers.

— Leur chirurgien est mort aussi ?

— Quant à ça, monsieur, je ne peux pas vraiment vous le dire : le docteur l'a fait porter à l'infirmerie.

— Ah, le docteur va le guérir. Vous vous souvenez comme il a scié le haut du crâne du canonnier sur la *Sophie,* et remis sa cervelle... Ah, vous voilà, Stephen ! Je vous souhaite le bonjour. Nous voilà dans de beaux draps, n'est-ce pas ? Mais j'espère que vous avez remis leur chirurgien en état ?

— Point du tout, dit Stephen, je ne suis pas en mesure de réparer une moelle épinière rompue. L'homme était mort comme un lapin avant même qu'on l'ait ramassé.

Ils le regardèrent en silence ; le docteur était manifestement bouleversé et ils l'avaient rarement vu ainsi, rarement vu troublé au-delà d'une certaine irritation — et certes pas pour deux civils qui (ce que nul n'aurait osé dire à ce moment, avant même qu'ils ne soient immergés) étaient bien la plus désagréable paire de bougres qu'ils aient jamais rencontrés. Ils ne pouvaient savoir que toute sa personne appelait sa dose habituelle, mais ils voyaient bien que quelque chose lui manquait. Et n'ayant à lui proposer que sympathie, café, toast et marmelade d'orange, ils les lui offrirent, ainsi que du tabac. Aucun de ces éléments ne pouvait satisfaire son manque précis, mais leur combinaison eut un effet lénitif, et quand Pullings dit : « Ah, monsieur, j'allais oublier : pendant qu'on tirait le chirurgien de la cale, on a trouvé un passager clandestin », Stephen s'écria, avec une attention intense : « Un passager clandestin sur un vaisseau de guerre ? Je n'ai jamais entendu parler d'une chose pareille. » Il y avait sur un vaisseau de guerre bien des choses dont le docteur Maturin n'avait jamais entendu parler, mais il avait fait dernièrement des efforts méritoires pour apprendre la différence entre cargue bouline et cargue fond — on l'avait entendu dire, non sans suffisance : « je suis devenu raisonnablement amphibie » —, et cela leur plaisait. Ils en tombèrent d'accord : un passager clandestin était des plus rare, et même pratiquement inconnu ; avec une courbette vers Stephen, Jack dit :

— Avant de nous attaquer à la vilaine affaire du coqueron, faisons entrer ce, ce *rara avis in mara, maro.*

Le passager clandestin, un jeune homme mince, fut conduit à l'arrière par un sergent de fusiliers marins qui le soutenait plus qu'il ne le retenait. Il était très pâle, là où la saleté et une barbe de huit jours ne dissimulaient pas sa peau, vêtu d'une chemise et d'une culotte déchirée. Il fit une courbette et dit :

— Bonjour, monsieur.

— N'adresse pas la parole au capitaine ! s'écria le sergent d'une voix de sergent, en le secouant par le coude puis en l'arrêtant dans sa chute.

— Sergent, dit Jack, posez-le sur le coffre, là, et vous pourrez aller. A présent, monsieur, quel est votre nom ?

— Herapath, monsieur, Michael Herapath, pour vous servir.

— Eh bien, Mr Herapath, pourquoi vous êtes-vous caché à bord de ce navire ?

A ce moment, le *Leopard* fit une embardée ; la mer, d'un vert clair à présent, s'éleva derrière le hublot, menaçante et délibérée : Herapath devint plus vert encore, mit la main sur sa bouche pour étouffer un haut-le-cœur sec et futile ; entre deux spasmes secouant sa carcasse, il réussit à dire :

— Je vous demande pardon, monsieur, je vous demande pardon, je ne suis pas très bien.

— Killick, appela Jack, mettez cet homme dans un hamac dans l'entrepont.

Killick, créature simiesque et nerveuse, souleva

Herapath sans effort apparent et l'emporta tout en disant : « Gare ta tête dans la porte, compagnon. »

— Je l'ai déjà vu, dit Pullings, il est monté à bord après qu'on a embarqué les convicts ; il voulait s'engager. J'ai bien vu que ce n'était pas un marin — d'ailleurs il me l'a dit —, je lui ai dit qu'on n'avait pas de place pour des terriens, et je l'ai renvoyé en lui conseillant de s'engager dans l'armée.

Il est vrai que cette fois, le *Leopard* n'avait pas le moindre terrien sur ses rôles en dehors de ceux du lot initial. Un capitaine de la réputation de Jack Aubrey, homme strict et parfois tyrannique mais juste et n'abusant pas du fouet, et surtout chanceux quant aux parts de prise, n'avait pas grand mal à armer un navire : c'est-à-dire, pas grand mal à compléter un équipage toujours insuffisant par des volontaires, à condition que la nouvelle ait le temps de circuler. Il lui avait suffi d'imprimer quelques tracts, de fixer rendez-vous dans les auberges appropriées, et l'équipage du *Leopard* avait été au complet. Des hommes qui avaient déjà navigué avec lui, matelots premier brin, qui avaient réussi par des moyens connus d'eux seuls à échapper à la presse et aux recruteurs, se présentaient en souriant, amenaient souvent un ou deux copains, et s'attendaient — rarement en vain — à ce qu'il se souvienne de leur nom et de leur grade. Sa seule difficulté avec cet équipage de marins qualifiés, dont même les matelots de pont pouvaient ferler, ariser et barrer, avait été de le protéger de l'amiral commandant le port. Il avait réussi jusqu'au tout dernier jour où l'amiral, recevant l'ordre de faire appareiller instantanément le *Dolphin*, quel qu'en fût le prix, avait dépouillé le *Leopard* de cent matelots, remplacés par soixante-quatre quidams, gibiers de potence et petits malfaiteurs préférant la mer à la prison du comté.

— Et puis, monsieur, poursuivit Pullings, voyant qu'il avait l'air très abattu, je lui ai dit que ça ne pourrait pas convenir, un homme éduqué, dans la batterie basse — il ne pourrait pas supporter le labeur, il aurait les mains arrachées en un rien de temps, il recevrait des coups de canne et de corde de tous les quartiers-maîtres, il risquerait même d'être fouetté —, et qu'il n'arriverait jamais à s'entendre avec ses compagnons. Mais non, il voulait absolument partir en mer, m'a-t-il dit, et il était prêt à faire n'importe quoi. Je lui ai donné un mot pour Warner, de l'*Eurydice*, à qui il manque cent vingt hommes, et il m'a remercié très poliment.

Stephen aussi avait vu le jeune homme. Il approchait du café de la Parade quand Herapath l'avait abordé, lui demandant son chemin, lui demandant l'heure, et paraissant très désireux de lier conversation ; mais Stephen était un homme prudent ; souvent déjà il avait été pris à parti, parfois sous des formes plus étranges encore, et si cette approche était certes trop pitoyablement naïve pour s'y apparenter, il n'avait pas voulu approfondir la chose, surtout dans son état d'apathie. Il avait souhaité le bonjour à Herapath et pénétré dans le café. Il n'en dit rien toutefois, en partie du fait de sa nature secrète et aussi parce qu'il pensait à Mrs Wogan qu'il n'avait pas encore vue. Il ne lui attachait pas grande importance, et le temps ne manquerait pas au cours de ce voyage qui pourrait durer neuf mois ; pourtant, il fallait être prudent. Diana lui avait-elle parlé de lui ? Il devrait régler toute son attitude sur ce fait.

Jack vida sa dernière tasse et dit :

— Nous ferions mieux de nous y mettre.

Ils sortirent dans la lumière brillante du gaillard d'arrière : soleil déjà haut sur la hanche bâbord, grands nuages blancs traversant en procession solennelle le ciel bleu pâle, cap au nord-ouest ; l'air bien lavé scintillait, transparent, la houle était forte mais régulière, et les vagues parfaites. Le *Leopard* avait récupéré des mauvais traitements avec une surprenante rapidité : au près, bâbord amures, il filait sept bons nœuds, peut-être pas avec la grâce légère d'une frégate bien réglée — l'image d'un joyeux cheval de trait traversa l'esprit de Stephen — mais avec une allure tout à fait honorable pour un deux-ponts. Ses mâts de perroquet étaient encore sur le pont ; le bosco avait envoyé sur l'avant une équipe qui se faisait tremper à refaire la liure du beaupré ; et nombre de gabiers circulaient un peu partout comme de grandes araignées occupées à réparer le gréement endommagé ; pourtant, à son aspect général, propre, net et bien ordonné, aucun terrien et bien peu de marins auraient vu qu'il émergeait depuis à peine cinq heures du plus méchant coup de chien que pût fournir le golfe de Gascogne.

Jack vit tout d'un seul coup d'œil, rapide et professionnel ; puis son front s'assombrit. Deux aspirants accoudés à la lisse regardaient à l'horizon la silhouette sombre du cap Finisterre quand le navire s'élevait à la houle. Les jeunes messieurs n'étaient pas encouragés à s'accouder à la lisse sur un navire commandé par le capitaine Aubrey.

— Mr Wetherby, dit-il, Mr Sommers : si vous voulez admirer la géographie de l'Espagne, vous trouverez en tête de mât un lieu plus approprié et une meilleure vue. Emportez une lunette avec vous, je vous prie. Mr Grant, l'autre aspirant rejoindra le bosco sur le beaupré.

Lattes et prélarts avaient été ôtés des panneaux et Jack longea le passavant, descendit l'échelle du gaillard d'avant et rejoignit le panneau principal ; là, adjurant Stephen de « tenir bon la lisse » car la mer restait forte et capricieuse, il plongea dans l'intérieur, pivotant au pied de l'échelle juste à temps pour voir Stephen suspendu aux mains puissantes de Pullings qui le tenait par son habit, et déployant ses membres comme une tortue.

— Il faut vraiment apprendre à tenir bon, docteur, dit-il en le recevant dans ses bras et le posant sur ses pieds. Nous ne pouvons vous permettre de vous casser le cou. Venez à présent, une main pour vous et une pour le navire.

Ils longèrent le pont inférieur obscur, avec ses massifs canons de vingt-quatre livres amarrés en long contre les sabords bien fermés ; ils descendirent vers l'entrepont et la soute aux câbles, où Jack demanda une lanterne : il ne passait que fort peu de lumière par les claires-voies et comme cette partie du navire avait été aménagée pour recevoir les convicts, il ne savait plus très bien comment elle était organisée. Il fit une pause en haut de l'échelle descendant vers le coqueron, et réfléchit.

Bien qu'il fût le seul maître après Dieu à bord du *Leopard*, c'était ici un autre monde, un espace de vie retranché à son royaume et qu'il lui fallait transporter en Nouvelle-Hollande avec la plus grande hâte, pour qu'il y soit vidé et rendu à sa véritable fonction de partie intégrante d'un vaisseau de guerre. Un monde autonome, avec ses provisions, ses autorités ; un monde avec lequel il n'était en contact que par l'intermédiaire de son surveillant qui, avec ses subordonnés, avait à résoudre tous les problèmes éventuels. Un monde assez nombreux, d'ailleurs, car si l'on avait au début estimé qu'une demi-douzaine de convicts fournirait un paravent suffisant pour couvrir la transportation de Mrs Wogan — pour qu'elle n'apparaisse pas comme la mesure très exceptionnelle qu'elle était en fait —, certains autres organismes ou départements concernés n'avaient pu résister à ajouter au nombre, qui avait finalement dépassé la vingtaine, avec un surveillant, un chirurgien et un chapelain en dehors des gardiens ou geôliers habituels pour les surveiller. Et tous ces gens, convicts ou non, habitaient la partie avant de l'entrepont et le coqueron, sous la flottaison, où ils ne pouvaient en aucune manière entraver les manœuvres ou les opérations de combat et où Jack avait espéré qu'on pourrait les oublier. L'aumônier et le chirurgien étaient autorisés à fréquenter le gaillard d'arrière, mais les autres hommes libres, y compris le surveillant, malgré sa fureur et son indignation, ne pouvaient prendre l'air que sur le gaillard d'avant ; et tous partageaient la même table, dans l'ancienne cabine du maître d'équipage.

— C'est là que les femmes sont enfermées, fit-il, montrant du menton le poste du maître charpentier.

— Y en a-t-il beaucoup ? demanda Stephen.

— Trois, dit Jack, et une autre vers l'arrière. Elle s'appelle Mrs Wogan.

Il se reprit, cria « Eh là, en bas, lumière ! », posa le pied sur l'échelle et descendit à toute vitesse. En avant des grandes bittes s'étendait un espace triangulaire, incurvé, blanchi, fermé par une grille à l'extrémité arrière et éclairé par trois lanternes sourdes. Au sol, une masse de paille flottait dans un pied d'eau de cale et de liquide puant qui suivait les mouvements du navire ; des hommes y gisaient, dans un état de prostration extrême ; quelques-uns étaient blottis contre le pied du mât de misaine ; beaucoup émettaient encore les bruits rauques du mal de mer ; sur quoi étaient-ils allongés, ils ne s'en souciaient pas ; et tous portaient des fers. La puanteur était effroyable et l'air si vicié que lorsque Jack abaissa sa lanterne, la flamme grésilla, faible et bleuâtre. Les sentinelles étaient alignées hors de la cage : à l'intérieur, près de la porte, se trouvait leur sergent et deux gardiens, autour du corps du surveillant. La tête de l'homme était réduite en purée et Stephen se rendit compte qu'il était mort depuis quelque temps, probablement depuis le début du mauvais temps.

— Sergent, dit Jack, courez à l'arrière — envoyez-nous Mr Larkin et le quartier-maître de cale. Mr Pullings, vingt hommes et des fauberts, immédiatement. Les dalots et les conduits de la pompe sont bouchés par toute cette paille : il faut les dégager. Le voilier et de la toile à voile pour le corps. Voulez-vous l'examiner, docteur ?

— C'est suffisant, monsieur, dit Stephen, penché, en soulevant une paupière. Je sais tout ce qu'il me faut.

Mais puis-je suggérer que ces hommes soient immédiatement transportés là-haut et que l'on installe une manche à air ? Cet air est mortel.

— A vous, Mr Pullings, dit Jack, et qu'on pose un tuyau à l'avant, en passant par le dalot de la gatte : il conduira directement dans la sentine avant. Dites au charpentier de laisser tout ce qu'il fait pour réparer la pompe avant. (Se tournant vers les civils, il ajouta :) Savez-vous qui a fait cela ?

Non, dirent-ils, ils ne savaient pas : ils avaient regardé tous les fers, autant qu'ils avaient pu, mais ils avaient bien du mal à se déplacer eux-mêmes et puis ils n'avaient pas d'ordres, mais de toute façon, avec toute cette eau et cette saleté, les fers se ressemblaient tous. A voix basse, avec un mouvement de la tête vers un grand homme décharné qui gisait presque nu, indifférent au clapot qui le poussait de côté et d'autre, l'un d'eux dit :

— Je crois que c'est lui, monsieur, ce grand-là. Et ses camarades.

Mr Larkin, le maître du *Leopard*, descendit l'échelle en courant, suivi de son aide. Jack coupa court à leurs exclamations, donna un certain nombre d'ordres clairs et brefs et, se retournant vers le capot, rugit d'une voix que l'on entendit jusqu'à la dunette :

— Fauberts, la main dessus par ici ! Fauberts ! La main dessus, Dieu vous damne !

Dès que ce travail répugnant fut bien entamé, il dit au premier geôlier de le suivre et poussa Stephen par l'échelle, vers la lumière et la pureté relative de la fosse aux câbles. Il y avait ici beaucoup moins d'eau, mais beaucoup plus de rats ; car, comme à l'habitude dans un vrai coup de mauvais temps, les rats de la cale étaient montés d'un étage ou deux et, les mouvements du *Leopard* restant très brusques, ils n'avaient pas encore jugé bon de redescendre. Jack lança à l'un d'eux un coup de pied habile en s'arrêtant devant la porte du poste du maître charpentier et demanda au geôlier d'ouvrir. La masse de paille était à peu près aussi dégoûtante mais les grabats des femmes s'étaient moins désintégrés et l'endroit était beaucoup moins humide ; deux des femmes étaient à peine conscientes ; la troisième, une fille au large visage naïf, s'assit, clignant des yeux dans la lumière, et demanda :

— Est-ce que c'est pas bientôt fini ? (Elle ajouta :) On n'a rien eu à manger, messieurs, depuis des jours et des jours.

Jack lui dit qu'on allait y veiller et ajouta :

— Habillez-vous.

— J'ai pas de vêtements de reste, répondit-elle, elles m'ont volé ma robe bleue et la jaune en batiste avec les manches en mousseline que ma patronne m'a donnée. Où elle est ma patronne, monsieur ?

— Dieu nous vienne en aide, murmura-t-il tandis qu'il se dirigeait vers l'arrière, au-delà des énormes câbles encore parfumés à la vase de Portsmouth — beaucoup de rats parmi les câbles —, au-delà de l'équipe du charpentier travaillant sur la pompe, et vers la partie arrière de l'entrepont.

— C'est là que nous avons mis l'autre, dit-il, la Mrs Wogan qui doit loger seule. (Il toqua à la porte, demandant :) Tout va bien ici ?

Un bruit à l'intérieur, mais indistinct. L'homme ouvrit la porte et Jack entra. Il vit une femme jeune, assise sur un coffre dans une cabine bien rangée, mangeant des biscuits de Naples à la lumière d'une chandelle. Elle regardait la porte avec indignation et férocité, mais quand il dit : « Bonjour, madame, vous portez-vous bien ? », elle se leva, fit une révérence et répondit :

— Merci, monsieur, je suis tout à fait remise.

Une pause embarrassée : embarras physique, car le barrot du pont inférieur traversant la petite cabine, ou plutôt le grand placard, forçait Jack à se pencher d'un air penaud dans la porte, qu'il bloquait entièrement — l'espace était si réduit qu'il n'aurait pu faire un pas de plus sans entrer en contact direct avec Mrs Wogan ; embarras moral aussi, car il n'arrivait pas à trouver quoi dire, ne savait pas comment expliquer à cette jeune femme, manifestement bien élevée, qui tenait les yeux modestement baissés, et qui avait traversé si dignement une période difficile — couchette nette, couvre-pieds net, tout bien rangé —, que sa chandelle, sa seule lumière, ne pouvait être admise, que conserver une lumière ouverte et surtout à si brève distance de la soute à poudre était l'acte le plus criminel qu'on pût commettre à bord d'un navire. Il fixait la flamme et dit « Toutefois », mais cela ne menait à rien et au bout d'un moment, Mrs Wogan reprit :

— Ne voulez-vous pas vous asseoir, monsieur ? Je suis désolée de ne pouvoir vous offrir qu'un tabouret.

— Vous êtes trop bonne, madame, dit Jack, mais je crains de ne pas en avoir le temps. Une lanterne, toutefois — oui, c'est cela, une lanterne accrochée au barrot. Vous seriez beaucoup mieux avec une lanterne accrochée au barrot. Car je dois vous dire, madame, qu'une flamme nue — c'est-à-dire découverte, c'est-à-dire une flamme non protégée — ne saurait être acceptée à bord. Une flamme est à peine plus — à peine moins — qu'un crime.

Au moment où il le prononçait, ce terme de crime adressé à une femme convict, à une criminelle, lui parut malheureux, mais Mrs Wogan se contenta de dire d'une voix basse et contrite qu'elle était tout à fait désolée de l'apprendre : elle demandait pardon, et ne le ferait plus jamais.

— On va vous apporter une lanterne dans l'instant, dit-il ; y a-t-il autre chose que vous souhaitiez ?

— Si l'on pouvait s'informer de la jeune femme qui me sert, monsieur, cela me rassurerait beaucoup ; je crains que la pauvre créature n'ait subi quelque malheur. Et si je pouvais être autorisée à prendre un peu l'air... Cette requête est peut-être tout à fait déplacée.

Mais si quelqu'un avait la bonté d'enlever le rat, j'en serais infiniment obligée.

— Le rat, madame ?

— Oui, monsieur : dans le coin, là-bas. J'ai fini par l'assommer avec ma chaussure — ce fut un vrai combat.

Jack le jeta dehors d'un coup de pied, dit que l'on s'occuperait de ce genre de chose, que la lanterne serait apportée dans l'instant, lui souhaita le bonjour et se retira. Envoyant le geôlier à l'avant pour s'occuper de la servante de Mrs Wogan, il retrouva Stephen dans la lumière dispensée par la claire-voie de la soute à biscuits, où il examinait avec beaucoup d'attention le rat qu'il tenait par la queue : une rate gravide, proche de son terme, très infestée de puces, une rate portant quelques lésions anormales en dehors de celles infligées par le talon d'une chaussure.

— C'était Mrs Wogan, dit Jack, j'étais curieux de la voir après ce qu'avait dit le messager. Que pensez-vous de la dame ?

— Avec une porte si étroite, et votre masse pour la boucher, dit Stephen, je n'en ai rien vu du tout.

— Une femme dangereuse, disent-ils. Il semble qu'elle ait menacé de tirer sur le Premier ministre, ou de faire sauter le Parlement — une chose scandaleuse qu'il a fallu jouer pianissimo ; j'étais donc curieux de la voir. Un sacré courage, de ça je suis sûr ; un vilain coup de chien de quatre jours et une cabine propre comme un sou neuf ! Grand Dieu, Stephen, ajouta-t-il, quand il eut ôté ses vêtements souillés et qu'ils se furent assis dans la galerie de poupe pour regarder le sillage du *Leopard* s'enfuir loin d'eux, d'un blanc pur sur le bleu intense, avez-vous jamais vu une horreur aussi totale que ce coqueron ?

Il était profondément déprimé : il avait conscience d'avoir manqué à son devoir en ce qui concernait le coqueron. Il n'aurait jamais dû laisser construire la cage de manière qu'elle soit inondée : l'épaisse poutre inférieure sur laquelle reposaient les montants avait fait un barrage — c'était évident à ses yeux, aussi évident que le remède, très simple. Et il aurait dû demander un rapport au surveillant. Cet homme n'était pas obligé de lui en fournir un plus d'une fois par semaine, et ils s'étaient mal entendus dès avant le départ de Spithead, mais il aurait pu le lui demander. A présent, ce malheureux, pompeux, brutal et prétentieux, était mort, et cela voulait dire que Jack serait obligé soit de se décharger de la responsabilité des convicts sur les geôliers illettrés, pauvres débiles inutiles, soit de l'assumer lui-même ; si quoi que ce soit tournait mal, c'est non seulement l'Amirauté qui lui tomberait dessus comme un cent de briques, mais aussi le Navy Office, le Transport Board, le Victualling Office, le secrétaire d'Etat à la guerre et aux colonies, le Home Office, et sans doute une bonne demi-douzaine d'autres organismes, tous plus habiles les uns que les autres à exiger explications, fiches et reçus, à distribuer les réprimandes, à tenir les officiers pour responsables de sommes extravagantes, et à les impliquer dans d'interminables correspondances officielles.

— Non, répondit Stephen, ayant brièvement passé en revue les prisons qu'il avait connues. Jamais.

Il en avait vu d'aussi sales, surtout en Espagne ; il en avait vu de plus humides encore, dans les cachots souterrains de Lisbonne ; mais du moins elles étaient stables. Il était possible d'y mourir de faim et de toute une gamme de maladies, mais pas du simple mal de mer, trépas ignominieux entre tous.

— Non. Jamais. Et il me vient à l'idée qu'à présent que leur chirurgien est mort, je vais être obligé de m'occuper de leur santé. Je regrette beaucoup mon second assistant.

En tant que chirurgien d'un navire de quatrième rang, Stephen avait droit à deux assistants. Plusieurs hommes très qualifiés, dont d'anciens compagnons de bord, s'étaient présentés, car le docteur Maturin était fort apprécié dans le monde des physiciens : ses *Suggestions pour l'Amélioration des Infirmeries*, ses *Réflexions sur la Prévention des Maladies les plus courantes parmi les Marins*, sa *Nouvelle Opération de la Cystotomie Suprapubique* et son *Tractatus de Novae Febris Ingressu* étaient connus de tout ce qu'il y avait d'esprits dans la Navy ; une croisière avec lui voulait dire l'acquisition de connaissances professionnelles, la probabilité d'un avancement et, comme il naviguait en général avec Jack Aubrey la Chance, la possibilité de fortes sommes en parts de prise — l'assistant chirurgien de la *Boadicea*, par exemple, s'était retiré du service avec ses parts, avait acheté une clientèle à Bath et possédait déjà une voiture. Mais, fidèle au principe d'isolation qui l'empêchait d'avoir un valet de confiance, Stephen ne naviguait jamais deux fois avec le même collègue ; et cette fois, non seulement il avait décliné les offres de ceux qu'il connaissait, mais il s'était limité à un seul homme, Paul Martin, brillant anatomiste des îles Anglo-Normandes, que lui avait recommandé son ami Dupuytren, de l'Hôtel-Dieu : car si Martin était sujet britannique, ou plus exactement sujet du duc de Normandie, qui se trouvait également régner sur les îles Britanniques, il avait passé la plus grande partie de sa vie en France où il avait récemment publié son *De Ossibus*, ouvrage qui avait eu un retentissement considérable des deux côtés de la Manche parmi ceux qui s'intéressaient profondément aux ossements. Des deux côtés de la Manche, car la science circulait librement en dépit de la guerre : un peu plus tôt dans l'année, Stephen avait été invité à s'adresser aux érudits parisiens à l'Institut, voyage qu'il aurait pu faire avec le consentement des deux gouvernements sans la présence de Diana Villiers et de certains scrupules qui n'étaient d'ailleurs pas encore vaincus au moment de l'appareillage du *Leopard*.

— L'aumônier, dit-il, l'aumônier pourrait peut-être, comme vous dites, *mettre la main dessus*. J'ai connu des pasteurs qui étudiaient la physique avec un succès non négligeable ; on en a connu qui apportaient une grande aide aux chirurgiens dans l'infirmerie, pendant un combat. En dehors de leurs fonctions spirituelles et pédagogiques, on peut certainement les considérer — car même les chirurgiens ne sont pas immortels — comme des membres potentiellement utiles d'un équipage, et je me suis souvent interrogé sur votre réticence à en avoir à bord. Je n'envisage pas le préjugé barbare que certains esprits incultes ont la faiblesse d'abriter en ce qui concerne les chats, les cadavres et les ecclésiastiques sur un navire ; car cela ne saurait avoir d'influence sur vous.

— Je vais vous expliquer, dit Jack, pesamment. Je respecte l'habit, bien entendu, et le savoir ; mais je n'arrive pas à trouver qu'un vaisseau de guerre soit un lieu approprié pour un pasteur. Ce matin, justement... Dimanche, quand nous gréerons la chapelle, je suis sûr qu'il nous dira de nous traiter les uns les autres comme des frères, et de ne pas faire aux autres, etc. Nous dirons tous amen et le *Leopard* poursuivra sa route avec ces gens aux fers dans ce trou infect, comme avant. Mais voilà ce que j'ai pensé ce matin, dans un autre ordre d'idées : il me paraît tout à fait bizarre et très hypocrite de dire à l'équipage d'un vaisseau de guerre avec ses canons chargés qu'il doit aimer son ennemi et tendre l'autre joue, alors qu'on sait parfaitement que le navire lui-même et tous ceux qui sont à son bord n'ont pas d'autre fonction que d'effacer l'ennemi de la surface de l'eau, s'ils y parviennent. Ou bien les matelots le croient, et que devient la discipline ? Ou ils ne le croient pas, et pour moi cela ressemble fort à se moquer des choses sacrées. Je préfère leur lire le Code de justice navale ou leur faire un discours sur leurs devoirs : venant de moi, sans étole ni surplis, cela fait un tout autre effet.

Il eut envie de mentionner la qualité lamentable de la plupart des aumôniers qu'il avait connus dans la marine et de raconter la vieille anecdote de Lord Cloncarty qui, informé par son premier lieutenant que l'aumônier avait été emporté par la fièvre jaune et était mort en catholique romain, répondit : « Eh bien, tant mieux. » Premier lieutenant : « Enfin, mylord, comment pouvez-vous dire cela d'un clergyman britannique ? » Lord Cloncarty : « Mais parce que je crois être le premier capitaine d'un navire de guerre qui pouvait s'enorgueillir d'un aumônier qui fût vraiment religieux. » Mais il se dit que Stephen étant lui-même papiste risquait d'être choqué, que de toute manière l'anecdote était plus ou moins contraire à ce qu'il voulait faire passer, et il garda le silence tout en observant intérieurement : « Tu as bien failli être pris à contre encore une fois, Jack. »

— Certes, dit Stephen, c'est là une question qui a troublé bien des esprits candides : je ne me hasarderai pas à proposer une solution. Je pense que je vais retourner à l'avant regarder ces nouveaux patients. On a dû les transporter jusqu'au gaillard d'avant, je suppose, les pauvres diables ? Et puis il y a cette Mrs Wogan : quand lui laissera-t-on prendre l'air ? Car je dois vous dire que je décline toute responsabilité pour leur santé s'ils ne prennent pas l'air au moins une heure par jour, en deux fois, par beau temps.

— Grand Dieu, Stephen, j'avais complètement oublié. Mr Needham ! s'écria-t-il d'une voix forte à l'intention de son secrétaire, installé dans la cabine de l'avant, faites passer pour le premier lieutenant. (Et un moment plus tard, comme Pullings entrait en hâte avec une brassée de papiers :) Non, Tom, ce n'est pas pour le rôle des quarts, pas pour l'instant. Faites envoyer une lanterne dans la petite cabine en arrière de la fosse aux câbles, où la prisonnière est enfermée seule.

Pullings avait aussi à découvrir comment le défunt surveillant s'était organisé pour les vivres des convicts, leurs rations, les réserves disponibles, et les pratiques adoptées sur les navires de transportation pour l'exercice des prisonniers.

— Bien, monsieur, dit Pullings de son ton joyeux et compétent. Il y a aussi le passager clandestin, monsieur, que dois-je en faire ?

— Le clandestin ? Ah oui, le bonhomme affamé de ce matin. Eh bien, puisqu'il est si impatient d'aller en mer et puisque après tout il *est* en mer, je pense que vous pouvez l'enrôler comme terrien surnuméraire. Dieu sait quelle idée romantique il a en tête... Le premier pont la lui fera perdre sans tarder.

— Il doit chercher à échapper à quelque fille, monsieur. Une vingtaine de jeunes gens de la bordée tribord sont dans le même cas.

— C'est bien souvent ce type de jeune homme maigre qui procrée abondamment, dit Stephen, alors que le coq du village, tout en paradant comme un taureau de concours, reste en fait assez chaste. Faute d'occasion ? Qui peut le dire ? La flamme est-elle plus ardente dans une forme plus légère ? La subtilité des manières est-elle plus efficace ? Mais vous ne le mettrez pas au travail avant qu'il ait récupéré. Quel amaigrissement ! Il faut le nourrir de bouillie à la cuiller, et avec une petite cuiller encore, une fois par quart, ou vous aurez un autre cadavre sur les bras — vous le tueriez sans peine avec de la bonté et un morceau de porc.

Il réfléchit un moment, et quand Pullings fut parti pour exécuter ses innombrables tâches, il ajouta :

— Jack, avez-vous déjà rencontré des gens d'éducation sur le pont inférieur ?

— Oui, quelques-uns.

— Et comment vous y trouviez-vous, quand vous étiez aspirant et que votre capitaine vous avait dégradé pour incompétence ?

— Ce n'était pas pour incompétence.

— Je me souviens très clairement qu'il vous avait qualifié de rustaud.

— Oui, mais rustaud *lubrique* : j'avais caché une fille dans la fosse aux câbles. C'était une critique de mes qualités morales, pas de mes qualités marines.

— Vous m'étonnez : mais dites-moi, cela vous a-t-il plu ?

— Ce n'était pas un lit de roses. Mais j'avais été élevé en mer, et le poste des aspirants n'était pas non plus un lit de roses. Et puis j'avais une table correcte, rien que des vrais matelots. Pour un terrien, habitué à un peu de délicatesse pour la nourriture, et ainsi de suite, ce serait très dur. J'en ai connu un, le fils d'un pasteur qui avait eu des difficultés au collège, qui n'a pas pu le supporter, il en est mort. Dans l'ensemble, je dirais que si votre homme d'éducation est jeune et en bonne santé, s'il est sur un navire heureux et qu'il sait se défendre, et s'il survit au premier mois, il a de bonnes chances. Sinon, aucune.

Stephen emprunta le passavant du côté au vent ; en dépit du chagrin profond niché dans son cœur et du manque qui habitait tout son être, il sentait son humeur s'améliorer. Le jour était de plus en plus éclatant ; le vent adouci était passé d'un bon quart en arrière du travers et le *Leopard* fonçait sous ses voiles basses, ses huniers et ses bonnettes basses ; toutes neuves, elles déployaient leur blanc éclatant sur le ciel. Grandes courbes lisses et pleines d'une blancheur si intense qu'on en devinait la surface plus qu'on ne la voyait, soulignée qu'elle était par les lignes nettes et précises du gréement. Mais c'est surtout l'air tiède, quoique vivifiant et tonique, qui le baignait et s'engouffrait dans ses poumons, qui éclairait son visage triste et rendait la vie à ses yeux ternes. Il constata avec plaisir que son assistant et l'aide infirmier étaient depuis un moment sur le gaillard d'avant et que Martin pouvait lui donner des nouvelles des convicts encore prostrés. La plupart, toutefois, avaient repris vie, suffisamment du moins pour se tenir assis ou même debout et accorder quelque intérêt à l'existence. Les deux femmes les plus âgées étaient de cette catégorie (la fille un peu simplette devait être avec Mrs Wogan). Elles se tenaient appuyées au fronteau de coltis et regardaient les poulaines, à l'agacement infini des matelots ; car les poulaines, ou plutôt la partie qui se trouve des deux côtés de l'étrave, sont le lieu d'aisance des matelots, leur seul refuge de tranquillité ; et beaucoup d'entre eux étaient pressés par le besoin. L'une des femmes était une bohémienne d'âge moyen, maigre, sombre, aquiline, sauvage ; l'autre, une femme à l'air particulièrement vicieux, dont le visage et le regard affichaient une méchanceté si visible que c'était merveille qu'elle ait jamais pu gagner sa vie dans un métier la mettant en contact avec ses semblables. Pourtant, à en juger d'après sa masse, elle avait dû la gagner correctement : malgré les privations de la prison et le mal de mer, qui donnaient du vague à sa robe rouge crasseuse, elle portait encore bien deux cent dix livres de chair flasque et molle. Cheveux carotte, clairsemés, le dessus teint en jaune ; petits yeux glauques rapprochés et enfoncés dans une vaste face amorphe, et surmontés d'une broussaille incongrue de sourcils. Quelques-uns des convicts auraient pu être ses cousins ; d'autres avaient un air de petits délinquants ; d'autres encore n'auraient pas retenu l'attention s'ils avaient porté une blouse de travail ; et deux étaient débiles. Tous avaient le teint cadavérique des reclus et tous, à l'exception des crétins, une expression d'abattement sans espoir. Avec leurs vêtements repoussants et leurs fers inhumains, ils formaient un groupe sordide et même abject, mené comme du bétail ; ils gênaient ; les matelots les regardaient avec réprobation, mépris et parfois haine.

Le géant soupçonné d'avoir tué le surveillant était en plus mauvais état que les autres : son corps puissant s'agitait encore convulsivement de temps à autre, mais par ailleurs il eût pu être un cadavre.

— Ici, dit Stephen en latin à son assistant, il faut recourir à des mesures drastiques. Un entonnoir ayant été introduit dans son pharynx, nous lui administrerons cinquante, non, trois fois vingt gouttes d'éther sulfurique. (Il prescrivit ensuite une décoction de pelures d'orange et d'écorces du Pérou pour certains des autres, et ajouta :) Vous voudrez bien prendre ceci dans notre coffre. Pour ma part, je vais explorer les réserves de leur défunt chirurgien et voir ce qu'elles contiennent.

Elles contenaient une quantité extraordinaire de gin de Hollande, quelques rares livres et instruments — instruments bon marché, sales, la forte scie encore revêtue sur toute sa longueur de rouille et de sang séché — et la collection des médecines fournies par le Home Office, qui n'avaient rien à voir avec celles que le Sick & Hurt Board fournissait aux navires de guerre. Le Home Office utilisait davantage que le Sick & Hurt la rhubarbe, la poudre grise et la corne de cerf, le baume de Lucatellus, le polypode du chêne et, à la grande surprise de Stephen, la teinture alcoolique de laudanum. Trois flacons de quatre pintes de celle-ci. « *Vade retro !* » s'écria-t-il, saisissant le premier et ouvrant le hublot : mais après l'avoir jeté, il fit une pause et d'une voix raisonnable, raisonneuse, mensongère, il observa que ce qu'il en restait devait être conservé pour l'utilisation des patients ; dans bien des cas, la teinture pourrait être pour eux d'une utilité remarquable.

Puis, s'arrêtant tout juste pour convoquer une sentinelle pâle et morose, il se dirigea vers l'arrière et la cabine de Mrs Wogan. Elle était remplie par Mrs Wogan et sa femme de chambre, occupées à plier des draps, la fille encore à peine vêtue d'une couverture épinglée sur sa poitrine. Dans l'agitation qui s'ensuivit, Stephen remarqua qu'au moins Mrs Wogan était capable d'actes décisifs : elle mit entre les bras de la fille une chemise, une robe simple, dit au garde de la remmener là d'où elle venait et les renvoya.

— Bonjour, madame, dit Stephen, tandis que le

garde et la prisonnière s'éloignaient par l'étroite coursive, non sans pousser des cris stridents pour chasser les rats.

Il s'avança dans la cabine, de sorte que Mrs Wogan en reculant reçut en plein visage la lumière de la lanterne.

— Mon nom est Maturin : je suis le chirurgien de ce navire et je suis venu prendre des nouvelles de votre santé.

Pas le moindre frémissement. Ou bien cette femme était l'actrice la plus consommée, ou bien elle n'avait jamais entendu son nom. Diana, se dit-il avec amertume, n'était peut-être pas si fière de lui. Non : il sonderait à nouveau, et plusieurs fois, par sécurité, mais dès à présent il aurait parié à mille contre un qu'elle n'avait jamais entendu parler de Stephen Maturin.

Mrs Wogan s'excusa de ce désordre, le pria de s'asseoir et lui dit, non sans le remercier de sa bonté, qu'elle allait tout à fait bien.

— Pourtant votre visage est un peu plus jaune qu'il ne faudrait, dit Stephen. Donnez-moi votre main. (Son pouls était normal : une assurance de plus.) A présent, montrez-moi votre langue.

Aucune femme ne peut paraître digne ou jolie la bouche grande ouverte et en tirant la langue : Mrs Wogan sembla être la proie d'un bref combat ; mais Stephen avait toute l'autorité du médecin, et la langue apparut.

— Bien, dit-il, voici une langue admirable. Vous avez sans doute eu de robustes vomissements. On peut dire bien des choses contre le mal de mer, mais en tant qu'évacuation des humeurs mauvaises et des impuretés, il n'a pas de rival.

— A vous dire vrai, dit Mrs Wogan, je n'ai pas été malade : légèrement indisposée, tout au plus. J'ai fait plusieurs voyages en Amérique et le mouvement ne me gêne guère.

— Dans ce cas, peut-être devrions-nous envisager

une purge. Veuillez m'informer de l'état de vos intestins.

Mrs Wogan le lui exposa franchement, car Stephen avait non seulement l'autorité de l'homme de médecine, mais aussi sa qualité non humaine — le masque d'Hippocrate lui était désormais comme une seconde nature —, et elle aurait pu tout aussi bien se confier à une image sculptée : pourtant elle sursauta un peu quand il lui demanda si elle avait la moindre raison de craindre une grossesse et sa réponse, « Absolument pas, monsieur », fut émise avec une réserve considérable. Il n'y avait aucune froideur pourtant dans les paroles qui suivirent :

— Non, monsieur. Si je suis confinée, ce ne sera pas pour cette raison. Et mon teint jaune, ajouta-t-elle avec un demi-sourire empreint de bonne humeur et d'amusement, ne serait-il pas dû à ce confinement ? Que Dieu me garde d'enseigner la médecine à un médecin, mais si seulement je pouvais bénéficier d'un peu d'air pur... Je l'ai mentionné au monsieur très grand, un officier, je crois, qui est passé un peu plus tôt ce matin, mais...

— Vous devez comprendre, madame, que le capitaine d'un vaisseau de guerre a bien des choses dans l'esprit.

Elle joignit les mains dans son giron, baissa les yeux et dit « Oh oui, bien entendu » d'une voix basse et soumise.

Stephen s'éloigna, très satisfait de son ton officiel et pompeux — excellente position de départ pour une retraite ultérieure —, et atteignit le coqucron à présent nettoyé et aussi net qu'il le serait jamais. Pendant qu'il l'examinait, l'énorme tumulte de l'équipage convoqué au dîner se déchaîna là-haut, tumulte familier, précédé mais de très peu par les huit coups de cloche et le sifflet des boscos. Stephen retint près de dix minutes un aide-charpentier fort réticent mais toutefois civil pour lui exposer ses vues sur la meilleure manière de loger les convicts, puis se rendit à l'arrière en traversant la batterie basse, mieux éclairée à présent que les sabords bâbord étaient ouverts et encombrée d'hommes, trois cents et plus, tous assis autour des tables accrochées entre les canons, dévorant à grand bruit leurs deux livres de bœuf salé et leur livre de biscuit par tête (car on était mardi). Le premier pont à l'heure du dîner était un lieu impossible, inconcevable, pour un officier, sauf le jour de Noël, et ceux qui ne le connaissaient pas étaient tourmentés, gênés. Mais beaucoup des Leopards avaient déjà navigué avec le docteur Maturin ou entendu parler de lui par leurs camarades : ils le considéraient comme un être de grande valeur mais totalement irresponsable de ses actes en dehors de l'infirmerie, tout à fait ignorant de ce qui touchait à la mer — à peine capable de dire la différence entre tribord et bâbord, entre le bien et le mal —, presque un innocent, pourrait-on dire. Un monsieur dont on pouvait être fier, car c'était un vrai médecin en même temps que le plus hardi manieur de scie de toute la flotte, mais qu'il fallait cacher le mieux possible, lorsqu'on était à proximité d'autres navires. « Ne bougez pas, je vous en prie », disait-il en passant parmi ces visages en pleine mastication, amicaux ou stupéfaits selon le cas ; il était plongé dans de profondes réflexions sur la comparaison entre Diana Villiers et Mrs Wogan et seule la vision d'une figure très familière l'en fit sortir : la grande figure rouge et souriante de Barrett Bonden, le patron de canot de Jack Aubrey, debout devant lui, oscillant aux mouvements du navire et brandissant une petite cuiller qu'il tenait manifestement à lui montrer.

— Barrett Bonden, que faites-vous ? Asseyez-vous donc tous, pour l'amour de Dieu.

La tablée, huit robustes matelots avec des queues jusqu'à la taille et un neuvième, faible et peu consistant, s'assit.

— Qu'on fait manger Herapath, monsieur, dit Bonden. Tom Davis écrase le biscuit dans cette écuelle, Joe Plaice le mélange avec le jus dans cette autre-là, pour faire une bouillie bien lisse, et je l'expédie avec cette petite cuiller, une très petite cuiller comme vous avez dit, Votre Honneur. Une petite cuiller en argent de la cabine que Killick m'a prêtée.

Stephen regarda la première écuelle, qui contenait une bonne livre de biscuit écrasé, et la seconde, qui renfermait une quantité plus grande encore de bouillie ; il observa Herapath (à peine reconnaissable dans les vêtements fournis par le commis) dont les yeux fixaient la cuiller avec une ardeur douloureuse.

— Bon, dit-il, si vous lui donnez le tiers de ce qu'il y a dans l'écuelle et le reste en cinq fois, par exemple chaque fois qu'on piquera huit coups, vous arriverez peut-être à faire de lui un marin plutôt qu'un cadavre ; car vous devez comprendre que c'est moins la dimension de la cuiller qui compte que la masse totale, la quantité de bouillie.

Dans la grand-chambre, il trouva le capitaine du *Leopard* assis au milieu d'une quantité de papiers, la tête manifestement encombrée de beaucoup de choses, auxquelles Stephen avait tout à fait l'intention d'ajouter quelques autres dès que Jack en aurait terminé avec les comptes du commis. En attendant, il poursuivit sa réflexion : la comparaison entre Diana Villiers et Mrs Wogan ne tenait pas. Toutes deux avaient les cheveux noirs et les yeux bleus, et elles étaient à peu près du même âge ; mais Mrs Wogan était plus petite de deux bons pouces, et ces deux pouces faisaient une différence extraordinaire — la différence entre une femme de grande taille et une autre. Le nez de Cléopâtre. Par-dessus tout, Mrs Wogan n'avait pas la grâce infinie qui ravissait le cœur de Stephen chaque fois que Diana traversait une pièce. Quant à son visage, on ne pouvait guère en juger après ce qu'elle venait de traverser : toutefois, en dépit du manque d'éclat et du teint jaunâtre, il y avait une ressemblance, une ressemblance superficielle assez frappante pour conduire un observateur à imaginer quelque parenté. Mais, pour autant qu'il ait pu en juger en si peu de temps, le visage de Mrs Wogan portait le reflet d'un esprit un peu plus aimable quoique assez résolu. En dépit de son dangereux métier, il pensait y voir l'expression d'une nature plus douce, moins cruelle et impérieuse et peut-être plus naïve ou même affectionnée : cela n'allait pourtant pas très loin. Un léopard, à côté du tigre qu'était Diana, peut-être. « Pauvre image », se dit-il au souvenir des léopards qu'il avait connus et dont aucun ne brillait par la douceur ou la naïveté. Mais plus petit, de toute façon : à plus petite échelle.

— Voilà, Mr Benton, dit Jack, tout est clair et bien bordé. (Et quand le commis eut emporté ses livres :) Stephen, je suis tout à vous.

— Alors ayez la bonté de porter votre attention sur mes convicts. Je dis mes convicts car je suis responsable de leur santé qui, laissez-moi vous le dire, est relativement précaire.

— Oui, oui, Pullings et moi nous en sommes occupés. On accrochera des hamacs dans le coqueron, comme pour des marins — plus de cette infecte paille. Tout le monde prendra l'air sur le gaillard d'avant, par douze, une fois pendant le quart du matin et une fois pendant le premier petit quart. Votre manche à air sera gréée avant la fin de la journée ; et quand l'aumônier et vous-même aurez fait votre rapport, nous verrons lesquels peuvent être débarrassés de leurs fers. Pour l'exercice, ils feront marcher les pompes.

— Et Mrs Wogan, la ferez-vous pomper aussi ? En tant que médecin je dois vous dire qu'elle ne saurait survivre longtemps dans ce placard humide, obscur et pestilentiel. Elle aussi doit prendre l'air.

— Ah, là, vous me coincez, Stephen. Que ferons-nous d'elle ? J'ai trouvé une note dans les papiers du surveillant : on lui disait de lui accorder tous les privilèges compatibles avec la sécurité et le bon ordre, les services d'une femme de chambre, ses propres vivres à concurrence d'une tonne et demie. Pas un mot sur l'exercice.

— Quelle est la coutume sur les navires de transport qui vont à Botany Bay quand ils transportent des personnes bénéficiant de privilèges ?

— Je ne sais pas. J'ai demandé aux geôliers — maudits rustauds de fils de putes à la noix — et tout ce qu'ils ont pu me dire c'est que Barrington, le pickpocket, vous vous en souvenez, avait le droit de prendre ses repas avec le maître d'équipage. Mais cela n'a rien à voir : ce n'était qu'un gamin de rien du tout, alors que Mrs Wogan est manifestement une femme du monde... A propos, Stephen, avez-vous remarqué l'étonnante ressemblance entre elle et Diana ?

— Non pas, monsieur, dit Stephen.

Et un bref silence suivit, au cours duquel Jack regretta d'avoir mentionné un nom qui pouvait raviver une blessure — « Pris à contre une fois de plus, Jack » — en même temps qu'il s'étonnait de la transformation de Stephen, si irritable depuis quelques jours.

— Je ne peux guère l'inviter à se promener sur le gaillard d'arrière, dit-il, ce serait certainement peu convenable puisqu'elle a été condamnée. Une femme très dangereuse, semble-t-il — elle a tiré des coups de feu dans tous les sens quand on l'a capturée.

— Vous ne voudriez certainement pas d'une association avec un malfaiteur ; même si, je crois, il existe un excellent précédent, comme votre aumônier pourra vous le dire. Et puis, comme vous le dites si bien, il y a le risque ; et je comprends tout à fait votre inquiétude. Elle a sans aucun doute une paire de pistolets dans sa poche. Permettez-moi de suggérer toutefois qu'on lui accorde la liberté de prendre l'air sur le passavant à intervalles définis et parfois, quand il fera beau, sur la dunette. J'avoue que pour atteindre la dunette il lui faudra traverser le sacro-saint gaillard d'arrière, et votre appréhension bien naturelle — je ne parlerai pas de votre couardise — vous obligera sans aucun doute à pointer sur elle une caronade chargée à mitraille pendant ce passage. Quoi qu'il en soit, cela me paraît une bonne solution à la difficulté.

Jack savait de longue date combien Stephen défendait avec férocité ses patients, même les moins maritimes, dès qu'ils étaient entre ses mains : ajoutant à cela la ressemblance qui l'avait tant frappé et le mordant exceptionnel de son ami (car Stephen avait parlé sans sourire : sa voix avait un ton cruel), il ravala les mots qui lui montaient à la gorge. Il dut pourtant faire un effort considérable, car Jack n'était ni le plus patient ni le plus résigné des hommes, et il lui parut que cette fois Stephen s'était laissé emporter. Un peu raide, il répondit « J'y penserai » et ne fut pas mécontent, pour une fois, quand le tambour battit Roast Beef of Old England, quelques instants plus tard, convoquant le docteur Maturin au dîner du carré.

Le carré du *Leopard* était de belle taille, avec tout l'espace nécessaire pour l'ensemble de ses officiers et les hôtes qu'ils aimaient inviter, en marins hospitaliers ; c'était une longue pièce terminée par une vaste fenêtre de poupe sur toute la largeur, et qui paraissait encore allongée par la table de vingt pieds située en son centre. Des deux côtés, les cabines des lieutenants : pics d'abordage, tomahawks, coutelas, pistolets, épées étaient disposés avec goût sur les cloisons et les murailles. Aujourd'hui, presque pour la première fois, le carré était plein ; car pendant le mauvais temps exceptionnel de la descente de la Manche et de la traversée du Golfe, le dîner avait rarement réuni plus d'une demi-douzaine d'hommes. Le seul manquant était à présent Turnbull, officier de quart. Il y avait quantité d'habits bleus, de l'écarlate pour l'infanterie de marine, du noir pour l'aumônier, et des vestes de commis bleu clair pour les mousses debout derrière les chaises, le tout propre et bien net en ce début d'un nouvel armement. Vision plaisante dans l'éclat des reflets du soleil mais qui eut peu d'effet sur la morosité de Stephen. Il avait rarement éprouvé une irritation plus générale, ou une moindre certitude d'être en mesure de la maîtriser, et il s'activait de la cuiller comme si le salut reposait au fond de son assiette. Il s'y trouvait, en quelque sorte : la soupe d'orge perlée, lénitive et glutineuse, contribua à remettre en harmonie son être intime et son aspect extérieur — au mépris du libre arbitre —, et quand vint le premier plat, il n'avait plus trop d'effort à faire pour se montrer obligeant. La conversation à la table du carré était des plus banale, plate et polie : prudence naturelle chez des hommes qui allaient partager leurs repas pendant deux ans ou plus et souhaitaient tout d'abord sonder le terrain et déceler la nature de leurs compagnons de table, sans infliger ou recevoir d'affront qui pût mûrir pendant dix mille milles et exploser enfin aux antipodes.

Les Anglais, Stephen le savait — et la plupart des hommes assis autour de cette table étaient anglais —, sont extrêmement sensibles aux différences sociales ; il était conscient d'une série d'oreilles occupées à capter les moindres différences d'intonation et se réjouit spécialement d'entendre Pullings parler avec son bel accent du sud de l'Angleterre : cela témoignait d'une assurance solide sans aucune agressivité, d'une force particulière. Il regarda le premier lieutenant trancher la pièce de bœuf et s'aperçut qu'il avait été fort peu observateur. Il connaissait l'homme depuis si longtemps, depuis l'époque où Pullings n'était qu'un second maître tout en jambes, qu'il représentait à ses yeux la jeunesse perpétuelle : Stephen ne l'avait pas vu mûrir. Il est vrai qu'en compagnie de Jack, le chef qu'il aimait et admirait, Pullings paraissait encore très jeune : mais ici, dans son carré, il étonna Stephen par sa stature et son aimable autorité. Il avait manifestement laissé sa jeunesse dans le Hampshire, peut-être depuis longtemps ; il était en bonne voie pour devenir l'un de ces robustes capitaines de frégate sortis du rang, d'une grande valeur, dans la lignée de Cook ou de Bowen ; et Stephen ne s'en était pas encore aperçu.

Il parcourut des yeux les hommes assis en face de lui. Moore, le capitaine d'infanterie de marine, à la gauche de Pullings ; puis Grant, le second lieutenant du *Leopard*, homme d'âge moyen, l'air précis ; MacPherson, le plus âgé des lieutenants d'infanterie de marine, un Ecossais des Highlands, sombre, au visage intelligent, inhabituel ; Larkin, le maître, homme jeune pour son poste et bon navigateur, mais cet aspect vineux si tôt dans la journée n'était sûrement pas bon signe ; Benton, le commis, petit homme jovial et rond à l'œil humide et pétillant comme le patron d'une taverne active ou un voyageur de commerce prospère. Ses favoris se rejoignaient presque sous son menton ; il portait quantité d'ornements même en mer ; et il était ingénument satisfait de sa personne, surtout de sa jambe bien faite — il était, confessait-il, un homme à femmes.

A la droite de Stephen se trouvait le plus jeune officier subalterne, un jeune homme qui, en dehors des différences d'uniformes, ressemblait exactement au valet que Stephen avait choisi, le plus stupide du contingent de soixante hommes d'infanterie de marine attribué au navire : tous deux avaient les mêmes lèvres épaisses, pâles, la peau dense, sans éclat, les yeux globuleux, couleur d'huître, et au repos leur visage portait la même expression d'étonnement offensé ; chez l'un et l'autre le front donnait l'impression d'une épaisseur osseuse considérable. Howard, tel était le nom du jeune homme : il n'avait pas réussi à retenir l'attention de Stephen et parlait à présent avec son autre voisin, un hôte venu du poste des aspirants et dénommé Byron — il parlait de pairie avec un enthousiasme qui faisait rougir sa vaste face pâle. Babbington, le troisième lieutenant, à gauche de Stephen, était un autre compagnon de longue date ; malgré son air encore très puéril, Stephen l'avait soigné de diverses maladies peu honorables en Méditerranée, dès l'année 1800. Sa passion précoce et tenace pour le sexe opposé avait entravé sa croissance, mais sans calmer ses ardeurs générales, et il faisait un compte rendu animé d'une chasse au renard quand on l'appela — le chien de Terre-Neuve qu'il avait amené à bord, animal grand comme un veau, s'était mis en tête de garder le cotre bleu dans lequel Babbington avait déposé sa marinière de Guernesey et d'interdire à quiconque d'en approcher. Son départ révéla la silhouette noire du révérend Mr Fisher, assis à droite de Pullings. Stephen le regarda avec attention. C'était un homme grand, athlétique, blond, de trente-cinq ans peut-être, plutôt bel homme d'ailleurs, avec une expression ardente et un peu nerveuse : il buvait un verre de vin avec le capitaine Moore et Stephen remarqua que les ongles de sa main tendue étaient rongés jusqu'à la garde tandis que le dos de la main et le poignet arboraient un vilain eczéma.

— Mr Fisher, monsieur, dit-il un moment plus tard, je ne crois pas avoir eu l'honneur de vous être présenté. Je suis Maturin, le chirurgien. (Après un échange de civilités, il ajouta :) Je suis heureux d'avoir un autre collègue à bord, car le spirituel et le physique étant inséparablement mêlés, peut-être peut-on appeler collègues l'aumônier et le chirurgien, en dehors même de leur indispensable collaboration au poste des malades. Avez-vous, monsieur, je vous prie, des connaissances en médecine ?

Non, Mr Fisher n'en avait pas : il s'y serait intéressé s'il avait été nommé dans une paroisse de campagne ; beaucoup de pasteurs de campagne le faisaient ct il aurait sans doute suivi leur exemple : une connaissance de la médecine lui aurait permis de faire le bien — plus de bien encore. Le berger doit savoir comment utiliser ses emplâtres, au sens littéral comme au sens figuré ; car comme le docteur Maturin l'observait à juste titre, les désordres de ses brebis pouvaient appartenir à deux domaines au moins.

Cette déclaration jeta un léger froid dans l'atmosphère, mais dans l'ensemble, le carré avait une opinion favorable de Mr Fisher. Il tenait à plaire et à se montrer satisfait ; et si les officiers n'appréciaient guère d'être considérés comme un troupeau de brebis, une remarque de cette nature était excusable chez un aumônier.

Leur opinion trouva son écho dans le journal de Stephen, qui l'écrivit dans sa méchante petite cabine de l'entrepont pendant l'intervalle entre le dîner et le service funèbre, après lequel il devait examiner les convicts avec l'aumônier et faire son rapport. Il aurait pu partager la splendeur de Jack, bénéficier d'une vaste cabine toute à lui comme il l'avait fait précédemment quand il était l'invité du capitaine ; mais sur le *Leopard*, il ne voulait pas que le chirurgien parût bénéficier de privilèges indus ; et de toute manière son environnement lui importait peu.

> « J'ai rencontré l'aumônier aujourd'hui, écrivit-il. C'est un homme de conversation agréable et de quelque lecture : pas très sensé, peut-être, et quelque peu sujet à l'enthousiasme. Mais il ne se rend pas forcément justice. Il est nerveux, mal à l'aise ; il manque d'assurance. Pourtant il sera peut-être un ajout de valeur pour le carré. Je suis modérément attiré par lui et si nous étions à terre, je dirais que j'ai l'intention de poursuivre ces relations. En mer, il n'y a aucun choix ».

Il poursuivit par une description de ses symptômes : l'appétit revenu, la spécificité du manque intense quelque peu atténuée, la crise de sevrage peut-être derrière lui.

> « Se laisser prendre ainsi, et par un si vieil ami ! Les deux flacons de Winchester dans le coffre du défunt Mr Simpson représentent-ils un danger ou

plutôt une sauvegarde, une preuve constante de résolution — et même de liberté retrouvée ? »

Il s'attarda sur ce point, plongé dans une méditation profonde, lèvres serrées, tête penchée, yeux grands ouverts, fixant la boîte de son violoncelle. Après avoir frappé en vain pendant un certain temps sur la porte de Stephen, l'aspirant que l'on avait envoyé le chercher ouvrit et dit :

— J'espère ne pas vous déranger, monsieur, mais le capitaine a pensé que vous souhaiteriez être présent pour l'immersion.

— Merci, merci, monsieur... Mr Byron, n'est-ce pas ? dit Stephen, éclairant de sa lanterne le visage du jeune homme. Je viens tout de suite.

Il atteignit le gaillard d'arrière à temps pour les dernières paroles et les quatre immersions : chirurgien, surveillant et deux convicts. Ces derniers étaient les seuls cas qu'il eût jamais connu de morts dues au mal de mer.

— Mais sans aucun doute, dit-il à Mr Martin, l'asphyxie partielle, la famine quasi totale, de vicieuses habitudes corporelles et un enfermement prolongé y ont-ils contribué.

Le livre de bord du *Leopard* ne s'attardait pas aux causes ou aux commentaires. Il se limitait aux faits : « Mardi 22, vent SE, cap S27W. Distance 45, position 42° 40' N, 10° 11' W. Cap Finisterre E par S, 12 lieues. Grains frais, temps clair. Equipage diversement occupé. A cinq heures, immergé les corps de William Simpson, John Alexander, Robert Smith et Edward Marno. Raidi les gambes de revers du petit mât de hune. Tué un bœuf, poids 522 livres. » Pour sa part, le capitaine, dans sa lettre-feuilleton à son épouse, se limitait aux effets : rien ne valait un service funèbre pour calmer l'équipage. Ce soir, aucun des aspirants n'irait chahuter dans la mâture, ce qui valait mieux, car les jeunes gens n'ayant jamais navigué n'étaient pas en mesure de faire la course jusqu'en tête de mât et de se laisser descendre par un hauban avec la moindre sécurité dès qu'il y avait de la mer. Le petit Boyle avait fait battre le cœur de Jack dans le clapot de la Manche en s'efforçant d'atteindre la pomme du grand mât tandis que le navire se cabrait comme un cheval au dressage.

> « Il y en a dix en tout, écrivait-il, et je suis responsable envers leurs parents : je me sens comme une poule inquiète. Non pas que certains d'entre eux courent grand risque, sauf de recevoir une raclée. Le gamin que j'ai nommé serviteur du capitaine pour faire plaisir à Harding est un horrible petit chenapan — j'ai déjà été obligé de lui interdire le tafia — et il y en a une couple parmi les plus vieux, neveux d'hommes qui ont été bons avec moi, du genre de racaille que je n'aime guère voir sur mon gaillard d'arrière. Mais revenons au service funèbre. Mr Fisher, l'aumônier, a lu le service d'une manière très convenable qui a plu à tout l'équipage ; et bien que je n'aime guère avoir un pasteur à bord, il me semble que nous pourrions être plus mal tombés. C'est un homme de bonne famille ; il paraît comprendre son devoir ; et pour l'instant il est occupé dans le coqueron avec Stephen à trier les convicts, pauvres malheureuses créatures. Quant à Stephen, il devient diablement grognon et j'ai peur qu'il ne soit très, très malheureux. Il y a une déportée à bord, le portrait de Diana, et j'ai l'impression que ce rappel le blesse : il m'a dit qu'il n'y avait pas la moindre ressemblance — avec une sécheresse qui m'a pris à contre. Une jeune femme remarquable et sans doute une personne d'une certaine importance, car elle loge seule et dispose d'une femme de chambre tandis que les autres, que Dieu leur vienne en aide, vivent et mangent dans un trou où nous ne

voudrions pas mettre nos cochons. Mais nous avons beau temps à présent, après le coup de chien, et le suet pour lequel j'ai prié. Le cher *Leopard* se montre remarquablement raide, et tient très bien sa route. Tandis que j'écris, nous avons le vent un quart par l'arrière du travers et nous filons neuf nœuds depuis ce matin. A ce rythme (car j'ai l'impression que le vent est bien installé) nous atteindrons peut-être l'île en quinze jours en dépit du temps passé à la cape et Stephen aura du soleil, de la natation et des araignées bizarres pour lui remettre les esprits en place. Mon cœur, j'ai pensé cette nuit au drainage de l'écurie et je vous supplie de demander à Mr Horridge de s'assurer que les canaux soient *vraiment profonds*, et revêtus de briques... »

Jack avait raison quant à la gravité découlant du service funèbre et quant à la nature méprisable de certains de ses jeunes messieurs ; mais il se trompait quant à l'examen des convicts. La vue de l'Atlantique qui montait, montait, puis redescendait doucement, avait vaincu Mr Fisher. Et si par un noble effort il parvint à accomplir son devoir, il dut s'excuser aussitôt après et se retirer. Stephen, ayant achevé seul son inspection, se trouvait à présent juste au-dessus de la tête de Jack, sur la dunette, à bavarder avec le premier lieutenant en fumant un cigare.

— Ce jeune homme au dîner, Byron, est-il parent du poète ?

— Le poète, docteur ?

— Oui, le célèbre Lord Byron.

— Ah, vous voulez dire l'amiral ! Oui, je crois que c'est son petit-fils ou peut-être son petit-neveu.

— L'amiral, Tom ?

— Mais oui, le célèbre Lord Byron. On l'appelle encore Jack Temps de Chien : toute la Navy le connaît. Ça c'est de la célébrité ! Mon grand-père a navigué avec lui quand il n'était qu'aspirant et puis encore quand il était amiral, comme maître d'équipage sur l'*Indefatigable* ; et ils avaient toujours des histoires à se raconter sur leur séjour au Chili après le naufrage du *Wager*. Comme l'amiral aimait le mauvais temps ! Presque autant que notre Jack. Il continuait à foncer, en riant, ha, ha, ha ! Mais je ne crois pas qu'il ait jamais valu grand-chose comme poète. C'est d'entendre parler de lui qui m'a d'abord donné envie de partir en mer : et les histoires du naufrage racontées par mon grand-père.

Stephen avait lu un récit de la perte du *Wager* dans les eaux froides, inexplorées et les tempêtes de l'archipel de Chiloé :

— Pourtant, cela dut être un naufrage horrible ? Pas de Cythère, de plage de corail, de palmiers et de filles à peau brune pour remplir la corne d'abondance ? Pas de vivres pour Robinson Crusoé ? Si je me souviens bien, ils ont dû manger le foie d'un marin noyé.

— C'est vrai, monsieur ; une période fort inconfortable, comme le disait mon grand-père ; mais il aimait à s'en souvenir et à y réfléchir. C'était un homme de réflexion, quoiqu'il n'ait pas reçu d'éducation en dehors de l'alphabet et de la règle de trois ; et il aimait à réfléchir aux naufrages. Il en avait vécu sept dans son temps et il avait l'habitude de dire qu'on ne connaissait pas un homme avant de l'avoir vu dans un naufrage. Il était toujours stupéfait, disait-il, d'en voir certains tenir bon mais la plupart s'en aller en lambeaux — la discipline disparaît même dans un très bon équipage, de solides gabiers et même des officiers mariniers fracturent la soute à vin et s'enivrent comme des bêtes, refusent les ordres, pillent les cabines, s'habillent en carnaval, se battent, injurient leurs officiers, sautent dans les chaloupes et les submergent comme un troupeau de terriens affolés... Une vieille croyance qui règne sur le premier pont dit que lorsque le navire est échoué ou ne peut plus gouverner, l'autorité du capitaine disparaît : c'est la loi, disent-ils, et rien ne peut faire sortir ça de leur cerveau stupide.

On piqua quatre coups. Stephen jeta son cigare dans le sillage du *Leopard* et prit congé de Pullings pour aller faire son rapport.

— Jack, dit-il quand il fut dans la grand-chambre, je vous ai parlé avec outrance avant dîner. Je vous en demande pardon.

Jack rougit, dit qu'il n'avait rien remarqué, et Stephen poursuivit :

— Je suis en train de cesser un traitement, un traitement peu judicieux peut-être ; l'effet est assez comparable à celui que produit chez le fumeur invétéré la suppression du tabac, et parfois, hélas, je cède à des crises d'irritabilité.

— Vous avez bien de quoi vous rendre irritable avec ces convicts sur les bras, dit Jack. Incidemment, je crois que vous avez raison pour Mrs Wogan : qu'elle prenne l'air sur la dunette.

— Très bien. Voyons pour le reste. Deux sont des idiots, *sensu stricto* ; trois, y compris le grand gaillard que l'on soupçonne d'avoir tué le surveillant, sont des durs. En un autre j'ai reconnu un résurrecteur : en cas de forte demande de cadavres, les hommes de résurrection trouvent parfois le moyen d'y satisfaire avec diligence ; peut-être faudrait-il donc l'inclure parmi mes aides. Cinq sont de petits êtres stupides, faibles et mous, condamnés pour larcins répétés dans les boutiques et les échoppes ; et tous les autres sont des campagnards trop attirés par les faisans ou les lièvres. Pas grande vilenie chez ceux-là je crois, et vous pourriez avec profit les échanger contre certains des objets envoyés par les recruteurs. Deux d'entre eux, des frères du nom d'Adam, m'ont tout à fait séduit : ils connaissent tout ce qui bouge dans les bois et il a fallu finalement cinq gardes et trois sergents pour les capturer. Voici ma liste. Je recommande la suppression de tous les fers, puisqu'il est impossible de s'échapper de notre prison flottante ; mais les hommes marqués d'une croix pourraient faire leur exercice séparément, pendant quelque temps, afin d'éviter une crise de folie.

— Mais le meurtrier, il faut qu'il reste aux fers jusqu'à ce que je m'en débarrasse.

— Ce fut certainement une action commune : le surveillant les maltraitait autant qu'il le pouvait et d'après ce que j'ai compris, il leur avait déjà extorqué la plupart de leurs économies et de leurs petites provisions pour le voyage. Je pense qu'ils sont tombés sur lui spontanément, masse confuse dans le noir, quand sa lanterne lui a échappé ; aucun, enchaîné, n'aurait pu seul infliger de telles blessures. Bien sûr, pour une demi-guinée et la promesse d'une grâce, la plupart sont prêts à dénoncer ; mais à quoi cela aboutira-t-il ? Laissez les civils résoudre leurs vilaines affaires en Nouvelle-Hollande et, pour l'instant, ôtez les fers : ils ne peuvent servir que d'armes.

— Bien. Et que dire des femmes ?

— Mrs Hoath, proxénète et avorteuse, me paraît avoir perdu le peu d'humanité qu'elle pouvait posséder à la naissance et avoir atteint par une longue persévérance une profondeur d'iniquité que j'ai rarement vu égaler et jamais surpasser. Elle ne nous encombrera pourtant pas très longtemps : son foie seul, sans même parler de l'ascite et de toute une complication d'états morbides, y pourvoira avant que nous ne passions le tropique ; toutefois je verrai ce que le vif-argent, la digitaline et un robuste trocart bien affûté peuvent faire. Salubrity Boswell, la gitane, par contre, est une femme digne d'un siècle plus noble. Son époux ayant été « bitchadey pawdle », comme elle le dit, c'est-à-dire envoyé de l'autre côté de l'eau, elle s'est arrangée pour être « bitchadey pawdle » elle-même afin de le rejoindre. Elle a demandé au frère de son époux de lui faire un enfant — pratique qui rappelle les anciens juifs — afin de pouvoir plaider son ventre pour éviter l'échafaud, après quoi elle a égorgé le juge, en plein jour, le juge qui avait condamné l'époux. Nous pouvons escompter l'enfant d'ici cinq mois, sans doute entre Le Cap et Botany Bay.

— Oh, oh, dit Jack d'une voix sourde, nous voici dans de beaux draps. Et sur un navire du roi, en plus. Je me suis toujours déclaré contre les femmes à bord et voyez où nous en sommes.

— Une hirondelle ne fait pas le printemps, Jack, comme vous le répétez si souvent. Elle m'a aussi dit la bonne aventure : voulez-vous l'entendre ?

— S'il vous plaît.

— J'aurai un voyage prospère, et pas trop long, et tout ce que mon cœur désire.

— Un voyage prospère, ah, bon ! dit Jack, rasséréné. Eh bien, j'en suis sincèrement heureux et je vous en félicite. Il y a toujours quelque chose dans ce que disent ces femmes, vous pouvez bien hocher la tête, Stephen. Il y avait une gitane dans les Downs d'Epsom qui m'a prédit que j'aurais des ennuis avec les femmes, tôt et tard ; et c'est vrai sur toute la ligne. Venez, Stephen, venez souper avec moi ; Killick vous fera des toasts au parmesan et nous pourrons enfin jouer un peu de musique. Je n'ai pas touché mon violon depuis le soir de l'appareillage.

Stephen et Martin faisaient leur ronde de l'après-midi : quelques côtes et clavicules cassées, de vilaines contusions et des doigts écrasés dans l'infirmerie du *Leopard*, inévitables après du mauvais temps, avec autant de terriens à bord, sans oublier l'habituelle gamme des maladies vénériennes. Celles-ci, quoique des plus familières pour un chirurgien de marine, sortaient quelque peu de l'expérience pratique de Martin, et Stephen l'incita à « administrer les mercuriels, malgré la plus intense salivation ; éradiquer le principe nocif le plus tôt possible ; prescrire, administrer et ne rien épargner, au prix de vastes brèches dans leur stock de médications antivénériennes, car une fois le navire assez loin de terre il n'en serait plus besoin, il n'y aurait plus de réinfection à craindre ». Mais Mr Martin devait prendre soin de noter chaque dose en regard du nom du patient, car ces créatures imbéciles devaient payer leur folie libidineuse, non seulement par leur souffrance mais aussi en argent, la valeur de leur médication étant soustraite de leur paie. Ils passèrent dans les quartiers des convicts, où deux hommes présentaient des symptômes de nature étrange qui étonnèrent aussi bien Stephen que Martin ; des symptômes n'ayant aucun rapport avec le mal de mer. Martin chaussa d'abord une paire de lunettes, puis une autre pour les regarder, tout en les auscultant, tournant et palpant ; et une fois de plus Stephen s'interrogea quant au choix de son assistant. L'homme avait un cerveau remarquable, sans aucun doute, mais semblait entièrement dépourvu d'entrailles. Il manipulait ses patients comme s'il ne s'agissait que de spécimens anatomiques, et non d'êtres humains : une médecine inhumaine, mécanique.

— Dans ce cas, mon cher collègue, dit-il, notre diagnostic doit suivre l'événement : entre-temps, pilule bleue et potion noire, s'il vous plaît.

Enfin, prenant le trousseau de clés du défunt Mr Simpson, il se dirigea vers la cabine de Mrs Wogan en les faisant tinter. Il y avait moins de rats dans la fosse aux câbles, remarqua-t-il, et comme le rat d'un navire est un bon moyen de prédire le temps, il lui parut que peut-être les prophéties de la bohémienne allaient se confirmer, du moins pour les jours à venir ; mais parmi ces quelques rats, deux, des mâles cette fois, étaient manifestement malades.

Il toqua, ouvrit et trouva Mrs Wogan en larmes.

— Venez, venez, dit-il, ignorant ses pleurs, ne perdez pas une minute, je vous en prie. Je suis venu vous faire prendre de l'exercice, madame, vous aérer pour le bien de votre santé. Mais il n'y a pas une minute à perdre. Dès qu'ils taperont sur la cloche, ce sera le rappel, et alors que ferons-nous ? Veuillez mettre un vêtement de laine sur votre tête et vos épaules ; vous constaterez que l'air de la mer vous transperce après cette pestilence. Je ne saurais vous recommander des souliers de cette nature : les mouvements sont beaucoup plus violents là-haut. Bottines, ou pantoufles de feutre, ou même pieds nus, voilà ce qu'il faut.

Mrs Wogan se retourna, se moucha, attrapa un châle de cachemire bleu, ôta ses souliers à talons rouges et, remerciant mille fois le docteur Maturin de sa bonté, se déclara prête.

Il la conduisit vers le grand panneau, échelle après échelle. A un moment tous deux tombèrent mollement sur un tas de bonnettes, mais ils finirent par émerger sur le gaillard d'arrière. L'après-midi était plus brillant que jamais et la brise constante, chargée de sel et de vie, balayait les hamacs rangés dans leurs filets le long du pavois. Babbington et Turnbull, officiers de quart, bavardaient près du fronteau tribord ; trois aspirants s'affairaient du sextant sur la jeune lune cornue, étrangement basculée, mesurant sa distance angulaire par rapport au soleil, à présent loin dans l'ouest sur la mer vide et superbe. Le bavardage s'arrêta aussitôt ; les sextants s'abaissèrent ; Babbington redressa ses cinq pieds six pouces et fourra dans sa poche une vieille pipe de terre ; le *Leopard* lofa d'un demi-quart, ses focs frissonnèrent et Turnbull rugit :

— Près et plein, par le diable ! Quartier-maître, attention à la barre. Ne serrez pas plus.

Stephen conduisit Mrs Wogan à travers le pont incliné jusqu'à la balustrade et lui montra le passavant :

— Voici le passavant, où vous pourrez marcher par mauvais temps.

Un sifflement étouffé sortit d'une équipe d'hommes travaillant dans l'embelle. Turnbull s'écria :

— Clarke, prenez immédiatement le nom de cet homme et vous, monsieur, courez jusqu'aux poulaines et retour, sept fois. Clarke, un bon coup de canne pour l'encourager !

— Et ceci est le gaillard d'arrière, poursuivit Stephen en se retournant. Le niveau supérieur, là-haut, s'appelle la dunette ; vous pourrez vous y promener, aujourd'hui et quand il fera beau. Je vais vous y mener par ces escaliers.

La chèvre du carré et le terre-neuve de Babbington, quittant les cages à poules installées près du gouvernail, se dirigèrent vers eux.

— Ne craignez rien, madame, s'exclama Babbington, s'approchant avec un sourire qui aurait été plus ravageur encore si ses folies de jeunesse ne lui avaient coûté autant de dents, il est doux comme un agneau.

Mrs Wogan ne répondit que d'une aimable inclinaison de tête. Le chien renifla sa main tendue et lui emboîta le pas, en agitant la queue.

La dunette était déserte et Mrs Wogan y fit les cent pas, trébuchant parfois quand le *Leopard* exécutait l'un de ses étranges petits bonds. Stephen, ayant observé un puffin jusqu'à ce qu'il disparût à l'arrière, s'appuya au couronnement pour la regarder. Nu-pieds, enveloppée dans son châle, avec ses yeux embués et ses mèches de cheveux noirs, elle ressemblait merveilleusement, jusque dans le chagrin, aux jeunes Irlandaises de sa jeunesse comme il en avait vu tant et tant après la révolte de quatre-vingt-dix-huit. Sa tristesse l'étonnait, car si elle en avait toutes les raisons du monde, avec quinze mille milles de mer devant elle et un sort fort peu enviable au bout, il avait pensé que son moral remonterait quand elle reverrait le soleil.

— Permettez-moi de vous mettre en garde contre toute tentation d'abattement, dit-il. Si vous donniez prise à la mélancolie, vous risqueriez fort de languir et dépérir.

Elle réussit à sourire :

— Ce n'est peut-être rien de plus que l'effet des biscuits de Naples, monsieur. J'ai dû en manger un bon millier, au moins.

— Rien que des biscuits de Naples ? Ne vous nourrit-on pas du tout ?

— Ah, si, et je suis sûre que j'y prendrai bientôt goût. N'allez surtout pas penser que je me plaigne.

— Quand avez-vous pris un vrai repas pour la dernière fois ?

— Oh, cela doit faire assez longtemps... A Clarges Street, je crois.

Rien de délibéré dans ce Clarges Street, se dit-il, et il ajouta :

— Un régime limité aux biscuits de Naples, cela justifie le teint jaune.

Il tira de sa poche une saucisse sèche de Catalogne, ôta la peau d'une extrémité avec son bistouri et dit :

— Avez-vous faim à présent ?

— Grand Dieu, oui ! C'est peut-être l'air de la mer.

Il lui en découpa quelques tranches, en conseillant de les mâcher soigneusement, et remarqua qu'elle était à nouveau près des larmes, qu'elle en glissait en secret des morceaux au terre-neuve et que ceux qu'elle avalait avaient bien du mal à descendre. La tête de Babbington apparut par l'échelle bâbord : il monta, fit mine de chercher son chien, feignit de l'apercevoir, s'approcha et dit :

— Viens, Pollux, n'ennuie pas tout le monde. J'espère qu'il ne vous a pas importunée, madame ?

Mais Mrs Wogan ne prononça qu'un « Non, monsieur », d'une voix très sourde, les yeux baissés et détournés ; et Babbington, sous le feu glacé du regard de Stephen, perdit pied. Turnbull, qui lui succéda, était en meilleure posture ; il avait amené un quartier-maître et un aide-bosco pour arranger le mât de pavillon. Mais avant d'avoir donné le premier de ses ordres, il lança :

— Vous, monsieur ! Par le diable, que venez-vous faire ici ? dans la direction d'un jeune homme qui s'élançait vers la dunette, le visage rayonnant de bonheur.

Le visage se transforma, l'homme s'arrêta.

— Retournez à l'avant ! cria Turnbull. Atkins, corrigez-moi cet homme !

Le quartier-maître partit d'un trait, la canne haute ; l'homme esquiva un ou deux coups puis disparut.

Ce genre de brutalité était familière à Stephen mais il se retourna pour voir quel effet elle avait eue sur Mrs Wogan. A son étonnement, elle avait fortement rougi : plus trace de jaune sur ce visage détourné avec soin pour contempler l'horizon. Quand il lui parla, il constata une transformation tout aussi étonnante d'expression, l'œil brillant, l'esprit ravivé, la volubilité soudaine, les tentatives vaines pour dissimuler quelque émotion agréable et très forte. Le docteur Maturin aurait-il l'extrême bonté de lui dire le nom de ce cordage, de ce mât là-bas, de ces voilures ? Il savait tant de choses ; mais évidemment il était un marin. Oserait-elle lui demander une autre tranche, une toute petite tranche de cette délicieuse saucisse ? Elle tentait par moments de se calmer, mais après une pause, les mots surgissaient à nouveau, pressés, en remarques qui n'étaient pas toujours tout à fait cohérentes.

— Voilà qui est passé beaucoup mieux, observa-t-il.

Et bien que ces mots n'aient rien de véritablement drôle, Mrs Wogan rit en réponse, d'un rire perlé, sans fin, si profondément joyeux, si naturel et si communicatif qu'il sentit ses lèvres s'écarter et qu'il se dit : « Non, non ; ce n'est pas de l'hystérie ; ceci n'a rien de la résonance aigre et morbide de l'hystérie. »

Rencontrant son regard, elle se reprit, devint grave et lui dit ;

— Je vous supplie de ne pas me trouver impertinente, monsieur, mais n'est-il pas dommage de mettre cette saucisse dans votre poche ? Elle est si grasse, et votre habit si beau.

Stephen baissa les yeux : eh oui, son idiot de valet avait dû sortir son meilleur habit à dentelles d'or pour le dîner ; et il portait à présent une large tache de graisse au côté.

— Je ne m'en étais pas rendu compte, dit-il en étalant la graisse avec ses doigts, c'est mon meilleur habit.

— Peut-être, si vous l'enveloppiez dans un mouchoir ? Vous n'avez pas de mouchoir ? En voici un : s'il vous plaît, tenez-la par la ficelle.

Elle sortit un mouchoir de son corsage, l'enroula proprement autour de la saucisse, en noua les extrémités et dit, avec un regard que l'on ne peut guère qualifier d'autre chose que d'affectueux :

— Voulez-vous que je la porte, monsieur ? Il serait bien dommage que votre habit se graisse plus encore ; même si un peu de craie de tailleur en viendra sûrement à bout.

— Qu'est-ce que de la craie de tailleur ? demanda Stephen, qui regardait son habit avec tristesse. (Il reprit :) Venez, venez, il n'y a pas une minute à perdre. Regardez la sentinelle qui part à l'avant. Dans deux minutes ils battront le rappel : notre heure est venue. Il la conduisit à l'échelle du fronteau de dunette où le vent, indiscret et capricieux, s'engouffra dans ses jupons. Mais sur le gaillard tous les regards étaient tournés vers l'avant, rigoureusement corrects, car Jack se trouvait à la lisse au vent. Et quand, ayant maîtrisé ses jupes au pied des marches, elle dit « Et la saucisse, monsieur ? », Stephen mit son doigt sur ses lèvres. Il la conduisit en bas, lui dit qu'elle ne devait jamais, jamais ouvrir la bouche sur le gaillard d'arrière quand le grand monsieur, le capitaine, s'y trouvait ; qu'elle devait manger la saucisse elle-même et qu'il lui fallait tenter d'accoutumer son estomac à la nourriture du bord, « qui était saine, quoique rude, et que l'usage rendrait acceptable à un esprit raisonnable », puis il se hâta vers son poste de combat, à l'infirmerie, tandis que le tambour battait furieusement au-dessus de sa tête.

Le grand monsieur avait l'air plus grand qu'à l'habitude quand Stephen, portant son violoncelle, le rejoignit dans la chambre.

— Vous voici, Stephen ! s'exclama-t-il, son visage énergique et sévère tout illuminé. Je pensais que c'était Turnbull. Voulez-vous m'excuser quelques minutes ? J'ai deux mots à lui dire. Emportez les observations de Grant dans la galerie de poupe, elles vous intéresseront — il parle des oiseaux.

Stephen prit le petit carnet mince, proprement écrit, et s'assit pour le lire dans un fauteuil à bascule sur le magnifique balcon surplombant la mer. C'était le récit d'un voyage de découverte effectué avec un brick de soixante tonneaux, la *Lady Nelson*, qui s'était rendu d'Angleterre au Cap puis en Nouvelle-Hollande par le détroit de Bass sous les ordres du lieutenant James Grant, RN, en 1800, et avait mis onze mois.

De temps à autre il entendait la voix de Jack, ou plutôt du capitaine, froide, distante et pleine d'autorité. Sans qu'il l'élève, elle était remarquablement puissante : remarquablement écrasante aussi. Mr Turnbull n'avait encore jamais navigué avec le capitaine Aubrey et il tenta d'abord de se défendre des accusations de brutalité, d'incompétence et d'incorrection ; mais sa voix se tut bien vite et son capitaine, fort grand et fort mécontent, lui exposa de la manière la plus claire possible qu'il fallait être un fieffé imbécile pour frapper, bâtonner, corriger ou brutaliser des hommes parce qu'ils ne connaissaient pas leur tâche lorsque ces hommes ne pouvaient en aucune manière les connaître, ayant tout juste pris la mer ; qu'un officier, ou prétendu tel, devait connaître les noms de tous les hommes de son quart ; qu'il était aussi facile de dire Herapath que Vous, monsieur ; et qu'il était de la dernière incorrection d'utiliser un langage blasphématoire lorsqu'une dame était à portée de voix — le dernier maquereau de Portsmouth Point en remontrerait à Mr Turnbull sur ce point. La discipline et un navire bien tenu étaient une chose : la brutalité et un navire malheureux en étaient tout à fait une autre. L'équipage aurait toujours du respect pour un officier bon marin, sans avoir à être maltraité : mais comment Mr Turnbull pouvait-il espérer leur respect, alors qu'ils avaient sous les yeux le spectacle de voiles d'avant bordées comme le capitaine Aubrey les avait vues cet après-midi ? Suivirent quelques mots sur le bon réglage des voiles d'avant : Mr Turnbull ferait bien de ne pas oublier la différence entre une voile bordée plat comme une planche et une voile avec un creux approprié, et tirant bien. Cela faisait plusieurs années que Stephen n'avait pas entendu Jack réprimander un de ses officiers, et il fut frappé par le progrès remarquable en efficacité, par l'autorité sévère, impersonnelle, divine, que n'aurait pu en aucun cas feindre ou simuler un homme ne la possédant pas naturellement. C'était le genre de réprimande qu'aurait pu adresser Lord Keith, ou Lord Collingwood : bien peu d'autres possédaient cette même qualité remarquable.

— Voilà, Stephen, dit Jack d'une voix plus familière derrière son dos, voilà qui est fait. Venez boire un verre de tafia.

— C'est effectivement un récit intéressant, dit Stephen en agitant le livre. L'auteur a navigué dans les eaux mêmes où nous allons ; et il est assez observateur, bien que je ne voie pas du tout quel est l'oiseau qu'il appelle « haglet ». Est-il parent de notre Mr Grant ?

— C'est lui-même. Il commandait la *Lady Nelson*. C'est pour cela qu'on m'a demandé de l'embarquer, dit Jack, un soupçon de déplaisir sur le visage. A cause de son expérience, voyez-vous. Mais il n'est pas allé si loin au sud que j'en ai l'intention ; il est resté assez près du trente-huitième parallèle, alors que je veux descendre jusque dans les quarantièmes — vous vous souvenez de la chère vieille *Surprise,* Stephen, et des vents d'ouest que nous avons trouvés là-bas ?

Stephen avait le souvenir le plus vif de la chère vieille *Surprise* dans les quarantièmes rugissants : il ferma les yeux ; par contre, c'était la latitude de l'albatros.

— Dites-moi, reprit-il après réflexion, comment se fait-il que Mr Grant n'ait pas été promu après un tel exploit ? Car c'était un exploit, sans aucun doute, avec un si petit navire.

— C'était un brick, Stephen, dit Jack, un brick. Mais un exploit, sans aucun doute. Surtout du fait que c'était une de ces choses infâmes, avec des quilles mobiles ; et après l'affreux *Polychrest*, j'espère bien ne plus en voir jamais de toute ma vie. Quant à la promotion, poursuivit-il, évasif, la promotion est une affaire délicate, même dans les meilleures conditions, et j'ai l'impression que Grant a réussi à se mettre à dos tous les civils, aussi bien là-bas qu'en Angleterre. Il les a pris à contre, et ils lui ont coupé ses câbles : peut-être n'a-t-il pas le tact nécessaire. Je pense qu'il dut y avoir d'autres causes d'insatisfaction, car à un certain moment il s'est retrouvé tout en bas de la liste des lieutenants ; c'est comme cela que j'ai pu avoir Tom Pullings comme second, car il avait plus d'ancienneté que Grant. Mais au diable tout cela, s'exclama-t-il en attrapant son violon, son violon de mer, car son précieux Amati ne pouvait risquer l'exposition à la chaleur des tropiques ou au froid de l'Antarctique. Killick ! Killick, ho là ! La main dessus !

On entendit la voix de Killick approcher :

— Pas de paix, pas un instant de paix dans cette barque, puis la porte s'ouvrit.

— Monsieur ?

— Toasts au fromage pour le docteur, une demi-douzaine de côtelettes de mouton pour moi et une couple de bouteilles d'hermitage. Vous m'avez entendu ? Stephen, donnez-moi le *la*, s'il vous plaît.

Ils accordèrent leurs instruments, agréable plainte préparatoire, puis il demanda :

— Que diriez-vous de notre vieux Corelli en *do* majeur ?

— De tout mon cœur, dit Stephen, l'archet en arrêt. Il fit une pause, les yeux fixés sur le regard de Jack ;

tous deux hochèrent la tête : il posa l'archet, et le violoncelle entama son chant noble et profond, suivi aussitôt par le violon, lancinant, parfaitement juste. La musique emplit la grand-chambre, l'un parlant à l'autre, les deux chants enlacés, puis le violon tout seul : ils étaient au cœur même de ces modulations complexes, aux articulations ravissantes, et le navire et tous ceux qu'il portait s'enfuirent loin, bien loin de leurs esprits.

# Chapitre quatre

Chaque jour à midi, si le ciel était clair, le *Leopard* déterminait sa position d'après le soleil ; et chaque jour le soleil montait plus haut dans le sud. A l'approche de l'instant critique, l'instant où il franchirait le méridien, le capitaine, le maître, tous les officiers et tous les jeunes messieurs réglaient leurs instruments, retenaient leur souffle, amenaient le limbe solaire sur l'horizon et notaient leurs résultats. Le maître annonçait « Midi, monsieur » à l'officier de quart ; l'officier de quart traversait le gaillard en direction du capitaine, ôtait son chapeau et disait « Midi, monsieur, s'il vous plaît » et le capitaine, qui le savait à merveille par son propre sextant, quand bien même il n'aurait pas entendu la voix du maître à quelques pas, disait « Marquez douze, Mr Babbington » (ou Grant, ou Turnbull, selon le cas), définissant ainsi avec précision la frontière entre une journée navale et la suivante.

L'observation de Jack était généralement d'accord avec celles du maître et de Mr Grant, à quelques secondes près, mais parfois, quand la goutte matinale de Mr Larkin lui avait brouillé la vue, il pouvait y avoir quelques divergences et, dans ce cas, Jack préférait faire noter sa propre observation dans le livre de loch. Pour l'œil d'un connaisseur, ce document austère et laconique, qui ne cite habituellement que des chiffres et des désastres occasionnels, trahissait une sorte d'extase par la régularité des mentions « Temps clair, brise fraîche », de superbes parcours pouvant atteindre deux cent milles marins par jour et de latitude en diminution rapide. « 42° 51' N, 12° 41' W — 37° 31' N, 14° 49' W — 34° 17' N, 15° 3' W — 32° 17' N, 15° 27' W » ; parvenus à ce point, ils laissèrent Madère loin par le travers tribord, à midi, et le lendemain ils passèrent également les Dry Salvages. Stephen les observa, mélancolique, de la grand-hune : autrefois il aurait supplié Jack d'arrêter le navire, d'abandonner cette course insensée, inconsidérée, vers le sud-sud-ouest, et de lui accorder une pause, ne fût-ce que d'une demi-journée, pour observer la population d'insectes et d'arachnides de ces intéressants récifs ; mais il s'épargna cette peine. Il en fit autant quand la silhouette des Canaries défila à l'horizon oriental, heure après heure, le pic de Tenerife, tout blanc, pointant loin sur bâbord : il savait de longue et triste expérience qu'une fois mise en place la rigoureuse routine navale avec son implacable urgence, ses supplications n'auraient pas le moindre effet.

Cette routine s'était mise en place bien avant les Dry Salvages. En dépit des ravages de l'amiral commandant le port, une proportion particulièrement forte de l'équipage du *Leopard* était constituée de vrais marins ; ils s'installèrent dans leur mode de vie habituel aussitôt le cap Finisterre dépassé et le pont remis en ordre, entraînant après eux tous les nouveaux. Cette progression somptueuse, de la hauteur du Finisterre jusqu'au tropique, dans un vent fort, régulier et presque toujours par l'arrière du travers — une seule journée de calme — rendait toutes choses plus faciles, et l'on n'avait pas gréé deux fois la chapelle que les brumes humides de Portsmouth glissèrent dans un autre monde. Avant l'aube éclatante, les ponts étaient lavés, briqués, séchés ; les hamacs en place sur les pavois. Jack prenait son petit déjeuner avec Stephen, et souvent avec l'officier du quart du jour et l'un des aspirants, puis entraînait les jeunes gens à travers les pages du manuel de Mackay sur la longitude. Stephen et

Martin faisaient leur ronde ; les convicts, leur exercice. L'ampoulette d'une demi-heure tournait, puis tournait encore, la cloche piquait, les quarts se succédaient, quatre dîners apparaissaient à la suite : celui de l'équipage, celui des convicts, celui du carré et celui de la chambre. L'après-midi passait ainsi jusqu'au premier petit quart ; puis c'était le rappel aux postes de combat, et ensuite, avant la remise en place des hamacs, les canons du soir : car Jack, capitaine relativement à l'aise, avait complété de sa poche les quotas officiels de poudre et de boulets, limités à cent coups par canon, et le *Leopard* terminait rarement sa journée sans lancer un ou deux rugissements sauvages, crachant des flammes orange dans le crépuscule. Jack avait entamé ce voyage avec de bons chefs pour presque toutes les pièces et de bons servants pour plus de la moitié, et il avait l'intention de franchir l'équateur avec d'excellentes équipes pour ses cinquante canons ; il était en effet profondément convaincu que toutes les qualités marines au monde, toute l'habileté à manœuvrer un navire pour l'amener à portée de l'ennemi ne servaient à rien si les pièces n'étaient pas en mesure de frapper vite et fort.

La vie devint très vite si régulière que ceux auxquels leurs fonctions n'imposaient pas de noter le jour n'avaient comme repères que la chapelle, la lessive (jour où le *Leopard* gréait des lignes d'un bout à l'autre, sur lesquelles on accrochait les vêtements propres à sécher, ce qui lui donnait un aspect fort peu belliqueux, surtout du fait qu'une partie de ces vêtements étaient féminins), ou le sinistre trille du sifflet convoquant l'équipage à l'arrière pour la punition : cela voulait dire que l'on était samedi, le *Leopard* ne punissant qu'une fois par semaine. Jour après jour, Mrs Wogan se promenait sur la dunette, parfois avec sa femme de chambre, parfois avec le docteur Maturin, toujours avec le chien et la chèvre ; mais elle eût pu être un fantôme, traversant, invisible, le gaillard d'arrière, tant elle créait peu de perturbation désormais ; car non seulement le capitaine Aubrey avait interdit de manière particulièrement rigoureuse tout regard concupiscent, toute communication verbale ou muette, mais la conviction s'était peu à peu établie, au carré, au poste des aspirants et même dans l'ensemble du navire, que Mrs Wogan était la propriété privée du docteur, et nul ne souhaitait de dispute avec lui. Invisible est un mot trop fort : à mesure que la terre s'éloignait, le désir de femme se renforçait partout ; et une femme particulièrement jolie, nettement embellie depuis sa première apparition, ne pouvait qu'attirer bien des regards furtifs, bien des soupirs d'envie.

Les jours ne se déroulaient pourtant pas sans événements. A bord d'un navire filant vent sous vergue, commandé par un capitaine aimant à faire courir au plus vite, presque jusqu'à l'imprudence, la tension est continue ; quelque incompétence de l'arsenal peut se révéler à tout instant ; d'ailleurs, un jour, le bâtard d'un racage se rompit sans avertissement ; une autre fois c'est le jumelage mal assemblé de la vergue de grand hunier qui céda, et il fallut descendre la vergue sur le pont en toute hâte. Et bien qu'ils n'aient rien vu d'autre qu'un chébec, loin au vent, depuis qu'ils avaient quitté les sondes à l'entrée de la Manche, à tout instant un ennemi pouvait toujours faire son apparition, avec pour conséquence un combat s'il était navire de guerre, une fortune éventuelle s'il était de commerce. Même leur seule journée de calme apporta son content de plaisante animation.

C'était par hasard un samedi, jour de justice, et à six coups du quart du matin le bosco et ses aides lancèrent leur lugubre trille. Tout l'équipage se réunit à l'arrière, chaque bordée rassemblée en masse informe de son côté du gaillard ; rien ne pouvait les décider à former un groupe ordonné, sauf pour l'inspection, ni à sortir leurs mains de leurs poches, mais ils prenaient des airs dégagés, observant le détachement d'infanterie de marine, rangé en perfection écarlate sur la dunette, baïonnette au canon, le caillebotis dressé au pied du fronteau de dunette, et tous les officiers et aspirants rassemblés derrière leur capitaine, tous équipés de leur chapeau à dentelle d'or, de leur épée ou de leur poignard. Le maître d'armes amena ses prisonniers : trois cas d'ivresse — privation de tafia pour une semaine et ordre de travailler aux pompes quatre, six et huit heures pendant leur quart en bas ; un Turc, pris à voler quatre livres de tabac et une montre d'argent, propriété de Jacob Styles, quartier-maître des écoutes : objets identifiés sous serment, affaire résolue, prisonnier muet.

— Ses officiers ont-ils quelque chose à dire pour lui ? demanda Jack.

Mr Byron plaida que l'homme était un eunuque et que la montre ne marchait pas.

— Cela ne peut aller, dit Jack, ses... ses perspectives matrimoniales n'ont rien à voir dans l'affaire, pas plus que l'état de la montre. (Au Turc :) Déshabillez-vous. (Au quartier-maître :) Liez-le.

— Lié, monsieur, dit le quartier-maître quand le Turc fut plaqué sur un caillebotis, bras et jambes écartés.

Jack et tous les officiers ôtèrent leur chapeau ; le secrétaire passa le livre et Jack lut le trentième article du Code : « Tout vol commis par toute personne dans la flotte sera puni de mort (une pause terrible) ou autrement, selon que la cour martiale, ayant envisagé les circonstances, en décidera. » Il remit son chapeau, dit :

— Neuf coups. Skelton, faites votre devoir.

L'aide-bosco sortit le chat de son sac de toile rouge : neuf coups vigoureux, neuf épouvantables hurlements d'une voix de fausset, assez forte et perçante pour marquer ce jour dans les souvenirs, et pour satisfaire la partie de l'équipage qui prenait plaisir aux courses de taureaux, combats d'ours, combats de boxe, piloris et exécutions — peut-être les neuf dixièmes des personnes présentes.

Vint ensuite Herapath, gabier de misaine, bordée tribord, coupable d'absence à l'appel lors de la prise de quart le vendredi soir : il était pâle, et à juste titre, car depuis ce délit, ses compagnons de table avaient exercé leur humour à ses dépens — c'était le pire crime à bord d'un navire, lui avaient-ils dit, graves, et la punition était de cinq cents coups de fouet, suivis du supplice de la quille si on avait de la chance. De plus, pour la première fois de sa vie (Jack faisant rarement fouetter sauf pour vol) il venait de voir et d'entendre l'effet spectaculaire du chat.

— Qu'avez-vous à dire pour votre défense ? demanda le capitaine.

— Rien, monsieur, si ce n'est que je regrette extrêmement mon absence.

— Ses officiers ont-ils quelque chose à dire pour lui ?

Babbington déclara qu'Herapath n'avait jusque-là commis aucun délit, qu'il était obéissant et de bonne volonté, quoique maladroit ; qu'il s'appliquerait sans aucun doute à l'avenir. Jack exposa alors à Herapath la folie et l'infamie de son acte, observa que si tout le monde l'imitait, le navire tomberait dans une belle anarchie, lui dit de ne pas oublier les paroles de Mr Babbington et de s'appliquer, puis le renvoya.

Plus tard dans la journée, alors que le *Leopard* glissait en silence sur une mer d'huile avec juste assez de brise pour gonfler ses cacatois, Jack fit mettre la yole à l'eau pour faire le tour du navire, vérifier son assiette, et prendre un bain. C'est à peu près le moment que choisit Michael Herapath, dans l'exaltation de son soulagement, pour s'appliquer à apprendre les rudiments de son emploi. Etant mince et léger on l'avait affecté à la hune de misaine, c'est-à-dire aux vergues situées au-dessus de ce point, mais jusqu'ici Miller le Borgne, capitaine de la hune de misaine, ne l'avait jamais envoyé plus haut que la hune même, où il se contentait de tirer au commandement sur le cordage placé entre ses mains. Il s'approcha donc de Miller, assis sur le gaillard d'avant, occupé à se confectionner une paire de pantalons de toile, entouré de quelques autres matelots mêmement affairés ou se tressant des chapeaux de paille, ou encore peignant leur queue de cheveux en prévision de l'inspection et du service religieux de demain, car c'était leur quart de repos, et dit :

— Mr Miller, avec votre permission, je voudrais monter sur la vergue de cacatois.

Miller était le cousin de Bonden, et Herapath bénéficiait du soutien de Bonden qui le considérait comme « un pauvre infortuné, qui ne veut de mal à personne ». De toute manière, c'était un homme d'un bon naturel : il tourna son visage hideux, profondément criblé de poudre à la suite de l'explosion d'une gargousse, et son œil unique et brillant vers Herapath avec un regard gentiment méprisant et dit :

— Très bien, mon gars, je vais trouver quelqu'un pour t'emmener là-haut. Tu pourrais pas choisir une plus belle journée, ça va pas bouger du tout. Je pense que même un agneau nouveau-né saurait pas tomber de la pomme de mât. Mais fais quand même attention à tes mains : le second aime pas trop les taches de sang sur le gréement dormant.

Les paumes tendres d'Herapath étaient effectivement creusées par le maniement des cordages rugueux, et il risquait fort de laisser des traces sanglantes. Miller regarda autour de lui les paires de matelots occupés à se coiffer l'un l'autre et son regard tomba sur un jeune gars aux cheveux coupés court selon la nouvelle mode.

— Joe, dit-il, tu vas porter Herapath là-haut. Fais-lui bien voir où mettre ses pieds. Fais-lui voir comment courir sur la vergue. Fais pas de sottises et de foutues cabrioles, ajouta-t-il gentiment, et je pense que t'auras une part de son tafia du soir.

Ils s'élevèrent, régulièrement, au-delà des barres de

hune et plus loin encore ; l'horizon s'ouvrait, énorme, sous leurs yeux ; Joe montait sans peine et, comme il disait avec un gloussement, « faisait voir les ficelles à Herapath ». Ils s'arrêtèrent un moment sur la vergue pour laisser passer deux jeunes gens chahuteurs et Joe lui montra comment marcher sur la vergue.

— En tête de mât maintenant, dit Joe, il faut que tu fasses attention, mon gars, il n'y a plus d'enfléchures.

La vergue de petit cacatois elle-même, six pouces de large à l'endroit des suspentes et si tentante au pied ; une incroyable étendue de mer de tous côtés, de ciel là-haut, de toile en bas.

— C'est magnifique ! s'écria Herapath. Je n'avais pas la moindre idée...

— Regarde-moi grimper jusqu'à la pomme de mât, dit Joe.

— Je veux courir sur la vergue, dit Herapath.

Il le fit, et Joe, atteignant la pomme de mât, baissa les yeux juste à temps pour le voir perdre pied. Il vit le visage d'Herapath, qui diminuait à une vitesse atroce, et le regardait, figé dans l'horreur : l'homme heurta la balancine tribord de perroquet, avec une violence qui le projeta loin du petit hunier, puis plongea dans la mer avec un énorme plouf. Joe lança d'une voix cassée, stridente : « Homme à la mer ! » et le cri fut instantanément repris sur le pont. Les matelots se mirent à grouiller sur le gaillard d'avant, leurs longs cheveux au vent ; un militaire jeta un faubert et un seau quelque part à proximité du plouf.

Jack était déjà nu comme un ver quand il entendit le cri et vit l'éclaboussure. Il se laissa glisser du platbord dans l'eau claire, aperçut la forme vague à une profondeur étonnante, plongea, rattrapa l'homme, nagea vers le navire qui se trouvait déjà à cent yards, rugit pour demander un bout', fit passer Herapath inanimé et le suivit.

— Mr Pullings, s'écria-t-il, très en colère, arrêtez instantanément ce vacarme infernal ! C'est toujours la même imbécillité, chaque fois qu'un homme tombe à la mer. Vous n'êtes tous qu'une foutue bande d'imbéciles. Fichez-moi tous le camp ! Silence partout ! (Puis, d'une voix normale :) Faites passer pour le docteur.

Stephen se trouvait avec Mrs Wogan sur la dunette et Jack, pivotant pour voir s'il était en route, reçut le regard étonné de la dame en pleine figure. Il rougit comme un gamin, s'empara de Pullings, tout habillé, pour lui servir d'écran et s'engouffra par le grand panneau.

L'incident provoqua quelques grivoiseries et un bon nombre de punitions, privations de tafia pour avoir fait l'imbécile, délit qui tombait sous le coup de l'article 36 : « Tout autre crime non capital commis par une ou des personnes de la flotte, qui n'est pas mentionné dans ce code, ou pour lequel aucune punition n'a été déterminée, sera puni conformément aux lois et coutumes appliquées en mer dans de tels cas », également connu sous le nom de « manteau » ou « couverture » du capitaine. Pour le reste, chacun trouvait normal que le capitaine Aubrey sauve un homme en train de se noyer ; chacun dans le service savait qu'il en avait déjà sauvé une bonne vingtaine, la plupart, comme il l'avouait volontiers, n'en valant pas la peine. Deux se trouvaient en ce moment même à bord du *Leopard*, un Finnois monolingue et une brute d'une stupidité profonde nommé Bolton. Le Finnois ne dit rien mais Bolton en conçut une jalousie mortelle d'Herapath et se mit à parler en termes très choquants de son arrogance insensée, de son caractère infect et de son physique méprisable.

— Il va s'en tirer, le bougre, disait-il, écoutez-moi bien, il va s'en tirer jusqu'à ce qu'on le pende par son... cou : il aurait foutrement mieux valu qu'il reste où il était, ce rat.

— Bien sûr qu'il va s'en tirer, dirent ses compagnons de table, le docteur lui a-t-y pas pompé les intérieurs et lui a-t-y pas farci le gésier de ses médecines ?

Car il faisait également partie de l'ordre naturel des choses que le docteur Maturin sauve tout ce qui tombait entre ses mains : c'était un médecin, un vrai, pas un de ces bons à rien de chirurgiens — il avait soigné le prince Billy des maringuelles, du larynx, des grougnes, avait fait passer le ver à l'amiral Keith et amarré sa goutte avec trois tours morts — y vous regarderait même pas à moins d'une guinée, cinq guinées, dix guinées par tête, à terre.

L'incident n'eut pas beaucoup de répercussion, il ne fut pas même mentionné au livre de bord ; et Jack n'en parla pas quand il reprit sa lettre à Sophie.

*Leopard*, dans le port de Praya

« Nous voici, ma chère âme, non pas à Madère, ni à Grande Canarie, mais à Saint-Jago, aux îles du Cap-Vert ! Cela va vous surprendre, j'en suis sûr. Le vent s'est montré si favorable et si régulier dès l'instant où nous étions sortis du Golfe que je n'ai pas pu supporter de ne pas en tirer le meilleur parti, et d'ailleurs nous avons trouvé l'alizé du nord-est bien plus haut que je ne le pensais et coupé le tropique du Cancer en vingt-six jours, y compris cette affreuse descente de la Manche et le temps passé à la cape. Le *Leopard*, en dehors de son étambot et de ses aiguillots dernier cri qui nous donnent quelques soucis, me plaît extrêmement ; il remonte au vent presque aussi bien que la *Surprise*, vire vent devant avec vivacité, tient bien son cap et, quand nous aurons mangé encore quelques tonnes de nos provisions, fera ses virements lof pour lof aussi bien que n'importe quel autre navire de la flotte — pour l'instant il est sur l'arrière, ce qui le rend un brin paresseux. En un mot, il est très au-dessus de ce que j'espérais ; et j'espérais beaucoup. La plupart des nouveaux matelots se mettent bien au courant et mes anciens compagnons sont ce qu'ils ont toujours été, de bons marins attentifs à leur tâche et juste un peu trop enclins à s'enivrer quand ils le peuvent. Il y a une distillerie sur cette île, hélas, mais je fais mon possible pour les en tenir écartés.

« Tom Pullings tient le navire en parfait état. Il me soulage de la plus grande partie du travail ; je deviens gras, oisif, et Stephen et moi faisons beaucoup de bonne musique. Stephen semble avoir l'esprit plus calme et cette chaleur lui convient : elle a failli me tuer quand j'ai mis mon grand uniforme pour aller rendre visite au gouverneur, suant tout au long d'un infect sentier taillé dans la falaise, couvert de troupeaux de lézards bâillant au soleil, "Quelle sorte de lézard, Jack ?" demande-t-il. "Lizardi percalidi", lui dis-je, c'est-à-dire f... lézards échauffés. Je crois que j'avais tort quand j'ai dit que notre femme convict était le portrait tout craché de Diana. Stephen avait remarqué aussitôt la différence, sans aucun doute, et à présent je la vois clairement. Mais par ailleurs elle ressemble beaucoup à cette femme que nous avons vue avec les amis de Lady Conyngham aux courses, dont vous avez remarqué les vêtements ; et peut-être est-ce la même. Diana pour les couleurs, mais pas pour le reste. Elle n'est pas si grande, d'abord, ensuite elle n'a pas la langue aussi diablement affûtée ; et encore elle a un de ces rires — il part d'en bas, et continue, et ne s'arrête pas, à tel point que j'ai vu tout le gaillard d'arrière la bouche fendue jusqu'aux oreilles et que j'ai dû moi-même me tourner du côté du vent pour cacher mon sourire. Ce n'est pas qu'elle ait beaucoup de raisons de se réjouir, la pauvre âme ; mais quand Stephen est sur la dunette avec elle, elle rit à tel point que même Stephen fait ce drôle de bruit grinçant : je ne me souviens pas d'avoir jamais entendu Diana rire. Du moins, pas de bon cœur comme Mrs Wogan. J'en conclus donc qu'elle ne ravive pas trop les souvenirs de Stephen. Pour l'instant, toutefois, il est assez grincheux, partagé entre son envie d'arpenter Saint-Jago et les autres îles, dont l'une bénéficie d'une race particulière de puffins, et ses devoirs envers les malheureuses créatures que nous sommes obligés de transporter. Quelques-unes sont encore malades et il n'arrive pas à déceler ce qui les tient.

« Il ne perd pourtant pas grand-chose en restant à bord, car ces îles sont tout particulièrement noires et désolées, ayant commencé comme volcans et tendant très fort à redevenir volcans. A l'atterrage, nous avons vu Fogo, qui est un peu dans le sud-ouest et à une vingtaine de lieues, envoyer un beau nuage de fumée. J'ai débarqué hier pour me dégourdir les jambes et voir si je pourrais tirer quelques cailles pour la table, ou peut-être un oiseau ou un singe étrange pour Stephen, et j'ai emmené Grant avec moi dans l'espoir d'améliorer nos relations. Mais je crains d'avoir fait plus de mal que de bien. Nous nous sommes épuisés à arpenter des miles et des miles de pierre ponce et de lave sans le moindre brin d'herbe, et nous n'avons rien rapporté à la maison sauf deux fort mauvaises humeurs ; dans la chaleur, la poussière, la fatigue et la soif — pas une goutte dans les ruisseaux asséchés —, il n'arrêtait pas de me montrer des endroits où il avait vu des outardes et des pintades la dernière fois qu'il est passé. Il n'arrêtait pas de proposer de nouveaux itinéraires, comme s'il était propriétaire de l'île, et d'observer en passant qu'à ma place il aurait mouillé le navire plus près de l'aiguade ; malgré toute sa connaissance des lieux, nous nous sommes finalement perdus, et il nous a fallu redescendre jusqu'à l'eau et escalader les rochers brûlants pour retrouver le village. Il a laissé tomber son fusil, abîmé le percuteur, et la chaleur le rendait de plus en plus maussade ; mais j'ai fait de mon mieux pour le supporter. Vous m'auriez admiré, Sophie. Il est plus vieux que moi de dix ou quinze ans, c'est un excellent navigateur et il a subi beaucoup d'avanies. Mais dès notre première rencontre à bord du navire amiral j'ai été sûr que ça ne marcherait pas : on ne peut pas avoir deux capitaines à bord d'un même navire, et son long commandement indépendant, son remarquable voyage avec la *Lady Nelson* et sa connaissance de ces eaux l'ont placé au-dessus de la subordination. Il fera peut-être un bon capitaine de frégate, mais il est trop vieux et trop haut pour être un second lieutenant. Ah, si seulement l'Amirauté avait exaucé ma demande de Richardson ou Ned Summerhayes — mais si les poules avaient des dents, il y aurait bien des alouettes prises, comme on dit. Stephen est à peu près du même avis que moi, je crois, bien qu'évidemment je ne puisse discuter de mes officiers avec lui puisqu'il partage leur table. En fait, je ne peux en discuter avec personne que vous, ma chérie : et en privé, à votre oreille, je dirai que je serai heureux de voir Turnbull quitter le navire au Cap et de retrouver le jeune Mowett. Mais mon Dieu, quel ingrat je fais : j'ai peut-être une couple de lieutenants, un maître et un bosco que je n'aime guère, mais par ailleurs j'ai Pullings et Babbington, j'ai deux très bons seconds maîtres, quatre ou cinq aspirants convenables, un charpentier et un canonnier de première classe, et près d'une moitié d'équipage du genre d'hommes que j'aime. Bien peu de capitaines pourraient en dire autant, sur un navire tout juste armé. Et puis, cette navigation est si reposante après avoir été commodore avec des capitaines difficiles à commander, plus sataniques l'un que l'autre — un véritable pique-nique en mer.

« Mon cœur, depuis que j'ai écrit ces mots, la *Phoebe* est arrivée, retour du Cap, et très à court d'eau douce. Je donnerai ces lettres à Frank Geary qui la commande à présent (le pauvre Deering et la moitié de l'équipage sont morts de la fièvre jaune quand il était en station aux îles Sous-le-Vent) et vous les aurez avec tout mon amour, bien plus tôt que je n'espérais. Avant que je l'oublie, voici ma procuration pour que vous puissiez toucher ma solde ; et voici une lettre pour Kimber — lisez-la, s'il vous plaît : il doit se limiter au strict minimum, comme nous étions convenus — et une autre pour Collins à propos des chevaux. Ne le laissez pas oublier d'acheter le foin de Wilcox et qu'il soit mis en meule et bien protégé par un chaume (Carey est l'homme qu'il vous faut) dans l'angle entre les nouvelles écuries et la remise.

« Dieu vous bénisse, Sophie ; embrassez les chers enfants pour moi. Quand je pense que George sera en culottes avant que je ne le revoie, cela m'attriste fort : mais si nous continuons au rythme actuel, je serai de retour assez tôt pour le voir monter son premier poney, peut-être pour aller voir les chiens de Mr Stanhope.

« En hâte, ma chérie, car le bosco piétine à la porte. J'ai le sentiment qu'il a déjà dû vendre nos câbles à quelque coquin de ce lieu et qu'il veut que je les file par le bout pour qu'ils soient livrés : il pousse vraiment la corruption un peu loin et il va falloir que j'y mette bon ordre.

Avec mon plus fervent amour,

Votre toujours fidèle et affectionné, Jno. Aubrey. »

Pendant que Jack écrivait, Stephen était à terre avec Mr Fisher. Ils avaient visité l'église et, rencontrant le prêtre, lié conversation avec lui. Le père Gomes était un métis d'un certain âge, gras, de petite taille et la peau sombre — dans ses cheveux blancs, sa tonsure semblait presque noire. L'homme irradiait la bonté et il était manifestement aimé et respecté de ses paroissiens : à sa demande, l'un d'eux entreprit de fournir à Stephen trois sacs de noix de pourghère, ou médicinier, que l'île produisait à la perfection, des noix de la saison nouvelle qui n'avaient pas encore atteint le marché, tandis qu'un autre proposait de le conduire à la maison d'un cousin où il avait souvent vu l'oiseau que décrivait le docteur : le cousin vendait des jeunes puffins de Branco en barils — oisillons salés, autorisés en carême — et avait un oiseau adulte cloué sur sa porte comme enseigne.

Stephen laissa l'aumônier et le prêtre dans la fraîcheur du porche : l'accent anglais de Fisher rendait une partie de son latin incompréhensible pour un Portugais, et la piété du père Gomes dépassait à tel point son érudition que les mots lui manquaient parfois, mais ils communiquaient, sans aucun doute, et jacassaient grand train. Stephen eut l'impression qu'ils le faisaient moins par la langue que par la sympathie et l'intuition.

Les noix de pourghère se révélèrent d'excellente qualité, le puffin était bien le vrai puffin de Branco et non, comme Stephen l'avait craint, un cormoran ou une mouette. Superbe acquisition, mais dans un état de décomposition si avancé qu'il fallut le rapporter à bord en toute hâte avant qu'il ne tombe en morceaux. Après une brève ronde de ses patients et quelques mots échangés avec Martin, il emporta l'oiseau dans sa cabine, écrivit une description précise de son plumage et de ses membres dans son journal puis, à demi asphyxié par la puanteur, le plongea dans un bocal d'esprit de vin pour le disséquer par la suite.

Il alluma un cigare, réfléchit un moment puis poursuivit ses notes :

> « Grâce à ce cher curé, je peux à présent renoncer à la visite de l'Ilheu Branco sans trop de chagrin.

Cela m'a fait grand bien de le voir, c'est peut-être le troisième saint homme que je rencontre. Comme elle rayonne, cette qualité exceptionnelle ! Fisher en était fortement conscient. Pauvre homme, il est en bien mauvais état, je le sens ; mais quelle en est la source, je ne saurais le dire. Je serais désolé que cela soit dû à une chose aussi ordinaire qu'une vérole cachée : pourtant Dieu sait que j'en ai souvent rencontré, quel que soit le rang ou l'ordre, tant le vieil Adam se manifeste avec force et de manière intempestive. *Quaere* : un homme comme Grant serait-il touché par le père Gomes ? Si nous avons le temps, je ferai l'expérience. C'est un homme profondément amer, avec de longs et douloureux services mal récompensés, des espoirs déçus depuis près de vingt-cinq ans. Comme il en veut à J.A. ! Il n'a jamais été au combat, j'ai cru le comprendre, alors que le corps de Jack est tout percé et parcouru de traces de bataille. Macpherson l'a souligné un jour où Jack se dévêtait pour aller nager. L'aspirant l'observait, tout effaré, et Grant s'est exclamé avec rage : "C'est la chance, rien que la chance, un homme ne choisit pas d'être blessé, un homme peut avoir tout le courage et la bravoure au monde et pas une blessure pour le prouver." Il attribue son absence de promotion à un complot généralisé, à Whitehall et ailleurs ; à la jalousie ; et au fait qu'il est de naissance obscure. "Si mon père était gentilhomme de campagne, général et membre du Parlement (allusion transparente à J.A.), je serais capitaine de vaisseau depuis quinze ans et plus." Pourtant l'imbécillité d'un tel argument devrait lui apparaître puisqu'il a servi sous l'amiral Troubridge, qui fut apprenti boulanger. Comme la plupart des marins, il ne sait à peu près rien hors de sa profession ; il a effectivement lu un certain nombre de choses, plus que beaucoup de son espèce, mais ce sont des lectures tardives, inutiles comme fondement d'un savoir ; il est convaincu que personne n'en a jamais fait autant, et il est une fontaine d'instruction importune. Un manque de modestie — un solide fond de suffisance. Il a certainement fait un voyage admirable, mais à l'entendre le raconter on pourrait supposer qu'il a découvert seul à la fois la Nouvelle-Hollande et la terre de Van Diemen, ce qui n'est pas le cas. Pourtant, même J.A., dont l'exigence est élevée, avoue qu'il est un excellent marin. C'est aussi un homme fort consciencieux, qui a le sens du devoir : il entretient une mère âgée et deux sœurs non mariées sur sa solde de lieutenant, huit guinées par mois. Il ne dit pas de paillardises et s'attache à réprimer le langage relâché des officiers d'infanterie de marine. Un homme précis et formel, dépourvu de toute grâce. Il est à son avantage avec Fisher qui écoute ses remarques sur l'hérésie pélagienne avec une remarquable patience ; et il semble connaître sa Bible aussi bien que le Code de justice. Je ne suis pas théologien et je sais fort peu de chose des croyances de ces sectes récentes, si ce n'est qu'elles rejettent ce qu'elles se plaisent à appeler l'abominable superstition de la messe, mais pour autant que mon expérience vaille, elles se soucient avant tout de morale : le mysticisme et la piété ancienne semblent étrangers à leurs membres ainsi qu'à leurs édifices modernes, respectables et parfois splendides. Comment l'un de leurs membres les plus rigoureux percevrait-il donc le père Gomes ?

« Je ne saurais dire. Je ne saurais non plus dire ce que les prochains jours me montreront dans l'infirmerie des convicts : les prodromes sont tels que je devrais avoir une certitude — trop claire, hélas —, n'était cette période de latence, contraire à toutes les autorités, des Anciens à aujourd'hui.

« Après tant de choses que je ne sais pas, j'ai plaisir à noter ici que j'ai décrypté le pauvre Herapath. Il s'est embarqué en secret pour l'amour de Mrs Wogan. Et quand je pense à son refuge, espace minuscule entre deux barils où il est resté une semaine, et au sort auquel il s'est condamné, je ne sais ce qu'il me faut admirer le plus, sa dévotion, sa force d'âme ou sa témérité ; et il serait indécent de ma part de condamner son obstination fatale, quoique je la déplore. Elle ne reste pas insensible à cette preuve manifeste d'attachement, ce qui explique la scène étrange du jour où je l'ai conduite à la dunette pour la première fois, scène que pendant longtemps je n'ai pu mettre en accord avec la raison.

« La réponse a commencé à se former dans mon esprit quand j'ai aperçu le jeune homme dans la demi-obscurité de la coursive qui passe devant la cabine de Mrs Wogan ; il était agenouillé et (comme un nouveau Pyrame) conversait avec elle par le trou où l'on fait passer sa nourriture. Je me suis dissimulé derrière une cloison ou paroi temporaire pour en être bien sûr : d'autres ont tenté d'entrer en communication illicite avec elle, et les aspirants du poste arrière ont percé de petits trous pour observer ses charmes. Mais c'était bien Herapath, et sa conversation consistait surtout en mots tendres, sans grande originalité, mais assez touchants dans leur sincérité évidente, et en exclamations. Quant à elle, j'en distinguais peu de chose en dehors de cet absurde rire perlé — joie empreinte d'un bonheur exceptionnel, cette fois — mais il était clair qu'ils se connaissaient de longue date, avaient des relations étroites, et qu'elle était heureuse de trouver un ami dans cette désolation. Ils étaient si profondément occupés — s'étreignant les mains par l'ouverture — qu'il n'entendit pas un aspirant venir du poste en courant. Je toussai pour l'avertir, mais en vain. Il fut découvert. On lui demanda ce qu'il faisait là et il répondit dans la confusion qu'il était descendu pour se laver les mains et s'était perdu. L'aspirant, le jeune Byron, n'a pas été méchant : il a dit qu'il devait veiller à faire son devoir ; ne savait-il pas que le quart était appelé et que même en courant il allait certainement manquer l'appel ?

« L'air embarrassé de Mrs Wogan à qui j'ai rendu visite aussitôt après m'a confirmé les faits si c'était nécessaire. Elle cachait assez bien son allégresse, mais son pouls la trahissait : toutefois, même sans ce pouls irrépressible, elle n'est en fait qu'un agent médiocre. Douée sans aucun doute pour l'obtention d'informations auprès de certaines sources ; déterminée et résolue ; mais pitoyablement prise au dépourvu quand une intelligence dirigeante lui manque. Nul ne lui a enseigné l'immense valeur du silence ; elle babille (en partie par bonne éducation) et son invention est parfois à peine meilleure que celle du pauvre Herapath.

« Nos relations s'établissent assez bien. Elle sait que je suis un Irlandais, qui aimerait voir son pays indépendant, et que je hais toute domination, toute colonisation. Et quand j'ai dit mon indignation de l'action de ce même *Leopard* attaquant la frégate américaine neutre *Chesapeake* en l'an sept, tuant une partie de ses gens et enrôlant de force des marins américains d'origine irlandaise trouvés à son bord — acte qui a bien failli déboucher sur ce que je qualifierais de déclaration de guerre justifiée —, je pense qu'elle était sur le point d'être indiscrète. Ses yeux lançaient des éclairs ; elle a relevé la tête ; mais je suis passé à des banalités. *Festino lento,* comme le dirait mon cher Jack. Je doute qu'elle puisse m'en dire beaucoup plus que le nom de son chef, son intelligence dirigeante, mais cela vaut tout à fait la peine d'attendre. Même s'il n'y a aucune relation avec la France, le monsieur et ses amis doivent être surveillés. Et si le gouvernement britannique, en traitant les Américains de cette manière inepte et inamicale, en étranglant leur commerce, en arrêtant leurs navires et en enrôlant de force leurs hommes, les oblige à la guerre, de sorte que la relation devra presque obligatoirement se réaliser, il faudra bien coffrer ce chef. Doucement, doucement : il se pourrait que je puisse faire bon usage d'Herapath. Mon métier est odieux, parfois. Et parfois je suis obligé de méditer sur la tyrannie monstrueuse, inhumaine, par laquelle Buonaparte détruit l'Europe, pour préserver mes convictions et pour me justifier aux yeux du jeune homme ingénu que j'étais.

« Louisa Wogan : j'ai pris conscience (je me connais si mal) d'une certaine tendresse, dirais-je, ou chaleur, qui s'était établie dans nos relations, par son extinction après l'apparition de son amoureux. Rien de brutal, non, pas du tout ; rien que l'absence de quelque chose de difficile à définir. Quand elle n'avait pas le moindre allié en ce sombre univers flottant, autonome et puant, elle s'accrochait naturellement à ce qu'on lui offrait, et s'efforçait de manière charmante d'améliorer sa prise. L'extinction n'est que temporaire, je crois, car elle ne voit guère son amoureux, elle ne voit guère quiconque sauf sa femme de chambre (et Mrs Wogan n'a pas plus l'emploi de compagnie féminine que n'en avait Diana Villiers) : je dois donc être attentif. Certains prétentieux d'une fatuité intolérable prétendent que les femmes les poursuivent : ils ne rencontrent que mépris et incrédulité. Pourtant, quelque chose d'assez comparable peut parfois se produire, et pendant un certain temps j'ai eu l'impression qu'une avance de ma part ne déplairait pas trop cruellement. De plus, des mouvements profonds au sein de ma personne ne sont nullement absents : conséquence de mon abstinence, l'opium sous toutes ses formes étant un anti-aphrodisiaque qui neutralise tout désir érotique. Le devoir n'exige-t-il pas que j'y revienne ? Avec modération, bien sûr, et point du tout par complaisance, mais plutôt dans le cadre d'une procédure d'enquête, pour laquelle un esprit clair et chaste est essentiel. Suggestion tout à fait diabolique.

« Dans de tels cas, dit-on, un homme cause une offense mortelle en refusant. Il se peut, mais c'est tout à fait étranger à mon expérience ; et je me dois de ne pas oublier que tous les récits de cette nature sont faits par des hommes, qui aiment imputer à l'autre sexe des appétences et une urgence masculines. Quant à moi, j'en doute : Sappho la brune haïssait-elle son Phaon ? Quoi qu'il en soit, rien de ceci ne peut s'appliquer à moi. Je ne suis pas Phaon, je ne suis pas un jeune homme séduisant mais un allié potentiel, utile, source de confort matériel pour le présent, garantie légère pour l'avenir ; au mieux, un compagnon point trop déplaisant lorsqu'on n'en peut trouver d'autres. Pourtant il existe, je m'en flatte, une certaine amitié réelle : de peu d'ampleur, c'est certain, mais suffisante pour que j'aie le sentiment qu'elle n'aurait pas à se contraindre, qu'elle ne trahirait pas ses principes, en m'accueillant dans son lit. Car il me semble qu'il s'agit d'une femme pour laquelle ce sport n'a pas de grande conséquence mais peut être entrepris par plaisir, par amitié ou gentillesse et même, en présence d'un minimum d'attrait, par intérêt. Avec de telles femmes, la fidélité sexuelle possède aussi peu de sens que l'acte n'a d'importance : on pourrait aussi bien exiger qu'elles ne boivent de vin qu'avec un seul homme. Cette attitude est souvent condamnée, je le sais ; on les appelle putains et d'autres noms malsonnants ; dans le cas présent je ne vois pas que cela affecte mon amitié. »

Il fit une pause, jeta un coup d'œil au dossier que Sir Joseph lui avait envoyé et poursuivit :

« Je vois qu'elle a eu trois liaisons principales : l'une avec G. Hammond, député de Halton, ami de Horne Tooke et lui-même homme de lettres ; l'autre avec le riche Burdett ; et une autre avec Breadalbane, plus riche encore, en dehors de celle avec ce lord civil de l'Amirauté qui a débouché sur la situation actuelle. A un moment l'on mentionne un certain Michael, comme secrétaire : sans doute Herapath. Liaisons relativement connues, mais réputation préservée, du moins dans la mesure où elle put continuer à fréquenter Lady Conyngham et Lady Jersey, auxquelles elle doit sans aucun doute ses relations avec Diana. Il y eut à un moment un Mr Wogan, quelque peu nébuleux, de Baltimore, attaché d'abord à la mission de Mr Jay puis à une autre à Saint-Pétersbourg où il se trouve peut-être encore. Elle a publié une comédie, *The Distressed Lovers*, sous le nom de John Doe, et un volume de poèmes, *Thoughts on Liberty, by a Lady*. Pourquoi, pourquoi Blaine ne m'en a-t-il pas trouvé de copies ? Rien ne trahit un homme autant que ses livres. Ressources d'origine inconnue : versements irréguliers en provenance de Philadelphie ; considérée comme un mauvais risque par Morgan & Levy et les principaux prêteurs de Londres ; combine probablement la haute prostitution avec l'espionnage. »

Un vacarme plus tapageur qu'à l'ordinaire fit trembler son encrier. Il enfonça ses boules de cire plus loin dans ses oreilles, mais en vain. Les dernières tonnes d'eau du *Leopard* embarquaient, les énormes barils plongeant du panneau principal dans les entrailles du navire puis roulant à leur place, en grondant, rangés tonne après tonne dans la cale résonnante, contre les parois, bondes en l'air. En même temps, l'équipage se préparait à lever l'ancre et peu après avoir embarqué la dernière chaloupe, ses câbles de dix-huit pouces commencèrent à rentrer, apportant avec eux quantité d'eau et le parfum caractéristique de la vase de Porto Praya, qui du moins changeait quelque peu la puanteur stagnante de l'entrepont. Les opérations navales s'effectuent rarement en silence et à présent les matelots rangeaient les câbles dans la fosse avec des cris rythmés, entrecoupés de jurons, tandis que sur le cabestan le fifre soufflait de tous ses poumons et que les hommes poussant sur les barres étaient encouragés à prodiguer leurs forces par des officiers mariniers au gosier de bronze : les ordres résonnaient de l'avant à l'arrière, et par-dessus le tout une voix énorme s'écriait avec passion : « Allez-vous passer ces... de garcettes ? » Le vacarme était beaucoup plus fort que d'habitude, en fait, car tous les soins de Jack n'avaient pu tenir l'équipage à l'écart de la distillerie ; et s'il y en avait beaucoup de partiellement abrutis, d'autres étaient excités à tel point qu'ils s'abandonnaient aux facéties, faisaient des crocs-en-jambe, prenaient des pauses, affectaient de boiter ou d'être paralysés et riaient sans mesure.

Mais enfin les vociférations cessèrent et quand Stephen revint sur le pont, il trouva tous les Leopards visibles, sauf six, occupés à lover les cordages, amarrer les ancres et dégager le pont : les six autres étaient allongés sous le vent, sous le jet d'un tuyau qu'un matelot orientait sur eux avec flegme tandis que son compagnon actionnait la pompe. Les Leopards sobres avaient appareillé. Les perroquets étaient bordés depuis une heure et la petite ville était loin derrière. Là-haut de grands nuages blancs marchaient en rang vers le sud-ouest dans un ciel bleu profond ; l'air était tiède mais vif, agréablement frais après le mouillage abrité. Regardant autour de lui, Stephen aperçut le premier phaéton du voyage, d'un blanc éclatant au soleil : le phaéton à bec jaune, volant rapide vers le sud à grands coups d'ailes, sa longue queue bien rigide. Il le regarda disparaître et se dirigea vers l'avant et l'infirmerie des convicts.

Elle sentait fortement le vinaigre avec lequel il l'avait fait laver ; la peinture blanche et propre en faisait un lieu assez clair, aussi net que le faubert pouvait le rendre, et alimenté en air pur par la manche à air. Les patients étaient toujours dans le même état : trois hommes avec une petite fièvre, en prostration profonde, le pouls faible, intermittent et filant, l'haleine fétide, un fort mal de tête, les pupilles contractées. La même maladie pour tous les trois : mais quelle maladie ? Son cours n'en respectait aucune description que lui-même, Martin ou les deux chirurgiens de la *Phoebe* aient jamais rencontrée. En se penchant sur eux pour les observer intensément, il eut pourtant le sentiment que la fièvre se déclarerait bientôt, que la crise n'était plus très lointaine et qu'en peu de temps il connaîtrait son ennemi mais aurait aussi le pouvoir de mettre tous ses alliés en action.

— Continuez la potion gluante, Soames, dit-il à son assistant avant de repartir vers l'autre infirmerie. Elle était occupée par un seul homme en dehors d'Herapath : Jackruski, le Polonais, une fois de plus en coma alcoolique profond.

— Comment leur corps le supporte-t-il, je ne saurais le dire. Je ne peux que supposer que l'air de la mer, un repas solide par jour, l'humidité plus ou moins continue, le dur travail, jamais plus de quatre heures de sommeil ininterrompu à la fois, et le tout dans une foule si serrée de corps suants et mal lavés qu'on la jugerait inhumaine dans un asile de nuit de Dublin doivent être ce qu'exige en fait le corps humain pour conserver sa robustesse ; et que nos notions d'hygiène sont tout à fait fallacieuses. Herapath, comment allez-vous ?

— Beaucoup mieux, monsieur, je vous remercie, dit Herapath.

Stephen regarda ses yeux, tâta sa tête, prit son pouls et lui dit :

— Montrez-moi vos mains. Encore plus de viande crue que de peau intacte, je vois. Il vous faudra porter des mitaines quand vous voudrez tirer sur un cordage : des mitaines de toile, jusqu'à ce que le tégument corné ait eu le temps de repousser. Voulez-vous enlever votre chemise, à présent ? Vous êtes singulièrement décharné, Herapath, et il vous faut retrouver un peu de chair avant de retourner au travail : notre régime n'est peut-être pas délicat, mais il est sain, et comme vous voyez, les hommes se portent fort bien sans rien d'autre. Faire le difficile ne peut convenir. On ne peut rien faire avec l'estomac vide, Herapath.

— Non, monsieur, dit Herapath. (Et il murmura quelque chose du genre « Le biscuit est excellent, j'en mange des quantités en dehors de mes quarts » avant d'ajouter :) Puis-je vous demander de me conseiller, monsieur ?

Stephen l'ayant regardé d'un air interrogateur sans s'engager à rien, il poursuivit :

— Je voudrais remercier le capitaine de m'avoir tiré de l'eau. Mais je ne sais pas si je dois m'adresser à lui en passant par mon supérieur immédiat, ou même si cela ne serait pas incorrect. Je ne sais que faire.

— Pour toutes les questions de service, le premier lieutenant, Mr Pullings, serait l'intermédiaire, je crois ; mais comme vos relations avec le capitaine se sont nouées dans l'océan plutôt qu'à bord et que ce sont par conséquent celles d'une personne privée avec une autre, il me semble qu'un remerciement direct de votre part serait parfaitement correct. Et si comme je le suppose cette note est destinée au capitaine, je me charge d'en être le messager.

Note en main, Stephen déverrouilla la porte de Mrs Wogan et, criant pour couvrir le vacarme des charpentiers qui clouaient une feuille d'étain sur la paroi extérieure de sa cabine, lui dit que si elle en avait le temps il se proposait de la conduire sur la dunette. Il remarqua qu'elle avait l'air moins posé qu'à l'habitude et qu'une tension singulière régnait sur le gaillard silencieux quand ils le traversèrent. Un petit taud avait été gréé pour elle et comme son ombre s'étendait au milieu, c'est là qu'elle fit sa promenade, en tournant autour de la claire-voie de la grand-chambre. Au bout d'un moment, elle dit d'un ton hésitant :

— J'espère que votre patient va bien, monsieur.

— Quel patient, madame ?

— Le jeune homme aux longs cheveux bouclés ; le jeune homme que le capitaine a sauvé avec tant d'héroïsme quand il est tombé à la mer.

— Le jeune Icare ? Je n'avais pas remarqué ses cheveux bouclés. Oh, il se remet, bien sûr ! Rien que quelques côtes cassées, et que sont quelques côtes ? Nous en avons tous vingt-quatre, quoi qu'en dise la Genèse. Nous lui ferons franchir cette passe difficile ; mais parfois je crains que ce ne soit pour le voir dépérir d'inanition et de manque de nourriture — quel gâchis de tous nos efforts ! Cela me rappelle, madame, que j'ai une note de lui à remettre au capitaine. Pardonnez-moi.

Il descendit l'escalier de la dunette jusqu'à la porte de la chambre où la sentinelle l'arrêta : seul le capitaine Moore pouvait être reçu pour le moment. Il remonta à temps pour lui montrer un autre phaéton, et il parlait avec quelque chaleur de leurs habitudes de nidification quand, sous leurs pieds, la sentinelle cogna le sol de son mousquet, ouvrit la porte et clama :

— Le capitaine Moore, monsieur !

— Capitaine Moore, dit Jack, je vous ai envoyé chercher car il est venu à ma connaissance que certains officiers ont jugé bon de désobéir à mes ordres exprès et de tenter d'entrer en communication avec la prisonnière enfermée en arrière de la fosse aux câbles.

Le visage de Moore devint aussi écarlate que son habit, puis d'un blanc jaunâtre.

— Monsieur ! dit-il.

— Vous connaissez les conséquences de la désobéissance aux ordres, capitaine Moore, je crois.

— Peut-être devrions-nous nous écarter, dit Mrs Wogan, mais ce fut inutile : la voix forte de Jack Aubrey, inaudible sur le gaillard en raison de l'interposition de la chambre et de la salle à manger, montait par la claire-voie et se déployait sur la dunette.

— ... de plus, poursuivit la voix terrible, un de vos subalternes a entrepris de soudoyer l'armurier pour qu'il lui fasse une clé de sa cabine.

— Oh ! s'exclama Mrs Wogan.

— ... si cette situation exécrable est le résultat d'un mois de navigation avec cette femme infernale, qu'en sera-t-il à la fin d'un voyage d'une demi-année ou plus ? Qu'avez-vous à dire, capitaine Moore ?

Avec beaucoup d'embarras, beaucoup d'hésitation, le capitaine Moore mentionna la chaleur soudaine des tropiques — ils s'y habitueraient bientôt — et les grandes quantités de viande fraîche et de homards consommées à Saint-Jago.

— Je me demande, dit le capitaine Aubrey, écartant d'un mouvement de la main la chaleur, le bœuf et les homards, s'il ne serait pas de mon devoir de retourner à Saint-Jago, de déposer à terre ces personnes licencieuses et de poursuivre le voyage avec ceux qui sont capables de maîtriser leur passion.

« Comme votre Turc, par exemple », murmura Stephen à part lui.

— Il ne fait pas l'ombre d'un doute que n'importe quelle cour martiale, à la vue de mon livre d'ordres signé par tous les officiers en question, les casserait instantanément : il n'est pas de défense possible — un ordre net a été donné, et désobéi. Toutefois, je ne souhaite pas casser des hommes pour ce qui peut n'avoir été qu'un moment de folie. Mais je tiens à vous dire, capitaine Moore, ajouta Jack avec une férocité froide et terrible, que je ne laisserai pas ce navire se transformer en lupanar : je veux un navire bien tenu. Je veux que mes ordres soient obéis. Et si jamais l'incident venait à se répéter, par Dieu, je les casserais sans merci. Maintenant, monsieur, s'il en reste parmi vos hommes qui comprennent ce qu'est un ordre, après cette honteuse exhibition de leurs officiers, ayez la bonté de faire poster une sentinelle à la porte de la dame. Et veuillez dire à Mr Howard que je souhaite le voir immédiatement.

Howard ne tint pas longtemps. Ayant eu vent de l'affaire bien avant le capitaine Moore, qui dormait, il s'était préparé à l'entrevue depuis une heure au moins : il s'était rasé deux fois, son uniforme était impeccable, sa cravate aussi serrée qu'une cravate peut l'être, et il avait avalé quatre verres de cognac et d'eau. Ce qu'il avait à dire ne parvint pas à la dunette mais on put en deviner la nature d'après l'explosion de Jack :

— Méprisable, monsieur, méprisable ! La défense la plus basse, honteuse, ignoble, indigne d'un gentleman que j'aie jamais entendue de ma vie. Le plus infernal et le plus vil individu qui soit jamais né dans un ruisseau en aurait honte... Killick, Killick, ici, dit-il en agitant sa cloche, appelez la sentinelle et emportez Mr Howard, il s'est trouvé mal, et faites passer pour Mr Babbington.

Babbington reçut la convocation attendue, jeta un coup d'œil pitoyable à Pullings, se lécha les lèvres, prit curieusement la même expression d'appréhension anxieuse que son chien, et se dirigea vers l'arrière, le dos voûté.

Mais Babbington fut exécuté sur la galerie de poupe, où le surplomb amortissait les sons ; et le *Leopard* étant au près pour doubler Fogo, même les voix assourdies furent emportées par le vent.

— La fumée, là-bas, dit Stephen, c'est Fogo, le volcan.

— Mon Dieu, dit Mrs Wogan, quelle chose épouvantable ! (Elle fit une pause avant d'ajouter :) A présent j'ai donc vu un volcan, et j'en ai entendu un.

Cette référence était contraire à leur règle tacite, mais Mrs Wogan était manifestement troublée et le montra un moment plus tard par la manière inepte dont elle revint à Herapath :

— Ainsi votre patient sait lire et écrire ? C'est certainement inhabituel chez un marin ordinaire ?

Stephen réfléchit un moment. Elle avait lancé cette phrase avec un air de curiosité détachée tout à fait honorable, mais le moment était vraiment mal choisi, et il eut envie de lui faire payer son manque d'habileté professionnelle. Mais il était d'humeur bénigne et elle venait juste de se faire qualifier de femme infernale et de quelques autres noms désobligeants, aussi répondit-il :

— Ce n'est pas un marin ordinaire. Il semble être un jeune homme de bonne famille et d'une certaine éducation qui s'est enfui à la mer à cause de quelque infortune ou de quelque malheur, probablement de nature érotique. Peut-être a-t-il fui une maîtresse cruelle.

— Quelle pensée romantique ! Mais s'il est débarrassé de la dame, pourquoi se laisse-t-il dépérir ? Les gens ne meurent pas d'amour, vous savez.

— Vraiment, madame ? J'en ai vu tomber bien bas, pourtant, et suivre des voies étranges, ruiner leur bonheur, leur carrière, leur avenir, leur réputation, leur honneur, leur fortune et leur esprit, rompre avec leur famille et leurs amis, tomber dans la folie. Mais dans ce cas je crains qu'il ne dépérisse, non pas d'un cœur blessé, mais d'un ventre vide. Vous ne sauriez concevoir la promiscuité de la vie du marin, ni son manque total d'intimité. Les marins pour la plupart sont des gens tout à fait corrects ; mais pour une personne élevée dans un mode de vie différent, leur compagnie peut être étrangement pesante. Ce qu'ils mangent, par exemple, et leur façon de le manger — le bruit, la mastication bouche ouverte, les gestes primitifs, les borborygmes, les éructations, la bruyante jovialité, le... — je vous épargnerai certains aspects, mais je peux vous assurer que pour un homme bien élevé n'ayant pas de principes vitaux très robustes, ne connaissant rien de la mer si ce n'est peut-être le courrier de Douvres, qui a vécu retiré et qui se trouve très affaibli par le malheur, toutes ces choses rassemblées peuvent provoquer un état morbide, une anorexie : et il peut littéralement mourir de faim au milieu de l'abondance. Le pauvre Herapath — car il s'appelle Herapath — n'a déjà que la peau sur les os. Je le nourris de ma soupe séchée et le capitaine lui a envoyé un poulet de sa table ; et j'envisage de le voir immerger, véritable squelette, avant qu'il n'en vienne à apprécier... La cloche ! La cloche ; venez, il n'y a pas une minute à perdre.

La sentinelle était déjà à la porte et c'est donc d'une voix très basse que Mrs Wogan dit :

— Ayant été présente au sauvetage du jeune homme, j'éprouve un certain intérêt pour lui. J'ai de vastes quantités de réserves. Puis-je vous supplier d'avoir l'humanité de me permettre de lui envoyer cette boîte de biscuits de Naples, et une langue ?

Stephen revint à la grand-chambre et cette fois il fut admis. Il trouva Jack l'air vieilli, fatigué.

— J'ai eu une après-midi diablement déplaisante, Stephen, c'est vraiment épuisant de se mettre en colère. Ces pédérastes lubriques se sont mis à envoyer à Mrs Wogan des billets doux, à soudoyer à droite, à gauche et au milieu — incapables de garder leur culotte, les chiens. Et ce soir, je vais battre ces jeunes gens, tout le poste des aspirants. Pas au fouet, mais amarrés sur ce canon, une bonne vingtaine de coups de canne à cul nu. Qu'ils pourrissent tous en enfer ! Le croiriez-vous, Stephen ? Ils ont percé des trous dans la cloison de sa cabine et ils étaient là en rang pour la voir en chemise. Ah, l'insupportable femelle ! Comme je voudrais en être débarrassé ! J'ai toujours maudit les femmes, dans leur entièreté, de la tête aux pieds, de la quille à la pomme du mât. J'ai toujours dit que ça arriverait. Souvenez-vous ; j'étais contre dès le début. Qu'elle aille au diable, cette écervelée, cette gourgandine ! Sans elle, nous naviguerions aussi joliment que des... (Dans l'instant, rien de vraiment joli ne lui vint à l'esprit, aussi ajouta-t-il « cygnes » d'une voix coléreuse :)... des maudits cygnes.

— Voici une note pour vous, d'Herapath.

— Quoi ? Ah, Herapath : oui. Merci. Pardonnez-moi. (Il lut, sourit et dit :) Très joliment dit. Je n'aurais pas fait plus joli moi-même. Le mot le plus aimable que j'aie reçu d'une personne que j'ai tiré de l'eau ; il écrit bien, d'ailleurs ; une main élégante. Eh bien, cela me fait plaisir. Il aura une autre volaille. Killick ! Le diable emporte ce démon sourd comme un pot. Killick, il reste un poulet froid, n'est-ce pas ? Envoyez-le à Herapath, à l'infirmerie. Peut-il boire un peu de vin, Stephen ? Pas de vin, Killick : mais sortez-nous une bouteille de sherry.

— Ecoutez-moi à présent, voulez-vous, dit Stephen quand la bouteille fut à demi vide. En ce qui concerne cette dame, vous êtes excessif ; vous êtes injuste. Elle partage le péché d'Eve, bien entendu ; mais pour le reste elle est irréprochable. Pas un regard, pas un coup d'œil, pas un mouchoir perdu. Et je dois vous dire que je demande, quant à moi, carte blanche avec Mrs Wogan.

— Vous aussi, Stephen ! s'écria Jack, le teint avivé. Par Dieu, je...

— Ne vous méprenez pas, Jack, je vous en prie, dit Stephen rapprochant sa chaise et parlant à son oreille. Cela n'a rien à voir avec la chair. Je me limiterai à ceci : son arrestation était en fait liée à une affaire d'espionnage. C'est le sens des quelques mots que je vous ai lus, dans les instructions du surveillant : « Toutes facilités seront accordées au docteur Maturin, sans poser de questions. » Je ne les ai pas expliqués sur le moment, car moins on en dit en cette sorte de chose, mieux cela vaut. Mais vous me permettrez à présent d'observer qu'il vaudrait mieux que la sentinelle circule dans la coursive au lieu d'écouter à la porte : cela lui paraîtrait aussi moins ennuyeux. Et d'ici quelque temps on pourrait la retirer tout à fait.

— Moins on en dit, mieux cela vaut, dit Jack. Exact. Il en sera comme vous le demandez.

Il fit quelques pas de long en large, les mains derrière le dos. Il avait en Stephen une confiance totale, mais tout au fond de lui il éprouvait le sentiment d'avoir été non pas trompé, ni vraiment manœuvré, peut-être *manipulé* eût été le mot juste. Cela ne lui plaisait pas du tout. Cela le blessait. Il saisit son violon et, debout face à la fenêtre de poupe grande ouverte, les yeux fixés sur le sillage, il fit résonner la corde de *sol* en une note profonde et poursuivit, une improvisation exprimant ce qu'il ressentait comme aucune parole n'aurait pu le faire. Mais quand Stephen derrière lui, par-dessus le son, lui dit : « Pardonnez-moi, Jack, je suis parfois obligé d'être tortueux. Je ne le fais jamais par choix », la musique changea, s'acheva par un pizzicato abrupt, joyeux, et il se rassit. En terminant leur bouteille ils bavardèrent de phaétons, des poissons volants qu'ils avaient mangés pour le petit déjeuner, du très étrange phénomène d'un voile élevé se déplaçant dans la même direction que les cumulus bas — chose que Jack n'avait jamais vue dans l'alizé où les vents d'altitudes différentes étaient toujours contraires — et de l'aspect inhabituel de la mer elle-même.

— Vous savez que je dois dîner au carré, demain, dit Jack après une pause. Je me suis demandé, après la déplorable affaire d'aujourd'hui, s'il ne vaudrait pas mieux annuler.

— Cela décevrait Pullings, dit Stephen, et Macpherson qui s'occupe de la table : il a commandé une panse de brebis farcie et un bordeaux peu commun. Cela décevrait aussi Fisher et sans doute l'aspirant Holles, qui est également invité.

— Holles dînera debout, quand j'en aurai fini avec lui, dit Jack, mais peut-être vaut-il mieux que je vienne : ce serait mesquin et j'aurais l'air rancunier. Je doute pourtant que la fête soit aussi joyeuse que Tom Pullings le souhaite.

Le dîner offert par le carré au capitaine fut effectivement assez pesant dans les débuts, bien que le *Leopard* ait à peine achevé l'un des plus beaux parcours de ce voyage ou des précédents, fonçant dans une superbe brise sur la hanche où les perroquets tenaient tout juste, le loch filé horloge après horloge indiquant dix et onze nœuds, et tout l'équipage agréablement excité. Peut-être la panse de brebis farcie n'était-elle pas exactement ce qu'il fallait pour l'occasion ; peut-être était-il impossible de séparer totalement le service des obligations mondaines. Howard était encore trop secoué pour tenter grand-chose, mais Babbington et Moore firent de leur mieux, buvant avec Jack de manière fort sociable, et les histoires drôles du commis aux vivres se révélèrent ressource précieuse, tandis que l'aumônier leur racontait le cas d'un fantôme particulièrement bien authentifié. Le capitaine lui-même produisit un flux honorable d'aimable conversation. Et quand les restes flasques de la panse eurent laissé place au plat favori de Jack, une tête de porc marinée, les sonorités normales de la gaieté navale commencèrent à prendre leur volume habituel. C'est alors que Grant se lança dans une dissertation, singulièrement déplacée, sur le meilleur endroit pour franchir l'équateur. Il affirmait que la seule longitude convenable était 12° ouest ; un peu plus, et cela vous conduisait au cap São Roque ; un peu moins, c'étaient les courants contraires, la houle et les vents traîtres de l'Afrique. Jack ayant clairement annoncé son intention de couper la Ligne par 21 ou 22°, il apparut à tous que ces paroles étaient inopportunes ; mais quand Macpherson voulut lever un autre lièvre, Grant leva la main, dit « Chut, je parle », et sa voix sévère et didactique continua de haranguer son auditoire impatient jusqu'à ce qu'enfin Pullings intervienne :

— Combien de fois avez-vous coupé la Ligne, Mr Grant ?

— Eh bien, deux fois, comme je vous l'ai dit, fit Grant, décontenancé.

— Je pense que le capitaine Aubrey a dû la couper une vingtaine de fois, n'est-ce pas, monsieur ?

— Oh non, dit Jack, pas exactement, pas plus de dix-huit, car je ne compte pas les croisières au large de l'embouchure de l'Amazone. Mr Holles, un verre à votre santé.

— Toutefois, dit Larkin, le maître, qui avait pas mal bu durant le quart du matin et dont l'esprit embrumé en était encore au début des observations de Grant, il y a bien des choses à dire en faveur d'un passage avant même les douze degrés.

— Ah, ça va, fermez-la, chuchota son voisin.

Silence de mort, rompu par un messager : Mr Martin présentait ses excuses au docteur mais souhaitait le voir le plus vite possible.

— Veuillez m'excuser, messieurs, dit Stephen, pliant sa serviette. J'espère vous rejoindre avant le fromage, le fromage de chèvre de Saint-Jago.

— « Eh bien, monsieur ? dit-il à Martin, dans l'infirmerie des convicts.

Martin, sans répondre, tendit le doigt. « Jésus, Marie, Joseph », murmura Stephen. Les trois malades arboraient une éruption couleur de mûre, extraordinairement étendue et d'une teinte foncée, menaçante : aucun doute possible, c'était le typhus, la terrible fièvre des prisons, et sous sa forme la plus virulente. Il en fut certain dans l'instant, mais par acquit de conscience il vérifia les autres signes — pétéchies, rate palpable, langue brune et sèche, fuliginosités au coin des lèvres, fièvre élevée : il n'en manquait pas un.

— A présent, nous savons ce que nous combattons, dit-il en se redressant. Mr Martin, vous avez pris, j'en suis sûr, vos notes de la manière la plus scrupuleuse ; en combinant nos observations, je ne doute pas que nous ajoutions beaucoup de choses à la littérature de cette maladie. Une bien intéressante série d'anomalies, et une révélation convaincante. De la cantharide, s'il vous plaît ; faites préparer par Soames trois lavements à la térébenthine ; et passez-moi la tondeuse.

Et aux patients, qui se sentaient un peu mieux à présent, il dit, abandonnant le latin :

— Nous allons nous attaquer à la racine du mal : ayez courage.

Ils sourirent ; le plus fort des trois dit qu'il reverrait l'Angleterre et qu'il serait heureux de capturer un autre lièvre sur les terres de Mr Wilson. Ils le regardèrent avec reconnaissance.

Stephen et Martin administrèrent tous les remèdes qu'ils possédaient, toutes les formes de soulagement qu'ils connaissaient — épongeages, infusions froides, rasage de la tête —, mais le progrès de la maladie, après avoir été extraordinairement lent, devint extraordinairement rapide. L'heure du rappel aux postes de combat approchant, Stephen envoya une note à l'arrière pour demander que l'on ne tire pas le canon, mais déjà deux des hommes étaient en coma vigil, les yeux grands ouverts, mais l'esprit enfoncé si loin qu'aucun canon n'aurait pu les rappeler. Quand on siffla l'accrochage des hamacs, le troisième fut pris de délire ; et à l'extinction des feux, lui aussi entra dans le coma.

La lumière resta allumée dans l'infirmerie ; dans les yeux brillants de ses patients, Stephen lut la déception ultime, la perte de confiance, le reproche ardent. Entre deux et quatre heures du matin, ils moururent tous les trois. Martin et lui leur fermèrent les yeux, dirent à l'aide-infirmier d'envoyer chercher le voilier dès qu'il ferait jour et s'allèrent coucher. En gagnant sa cabine à l'arrière, Stephen remarqua que le navire avait perdu son erre : les innombrables bruits traduisant son mouvement s'étaient tus, et le murmure de l'eau, coulant en général juste au-dessus de sa tête, était mort.

# Chapitre cinq

Le *Leopard* avait perdu l'alizé du nord-est par 12° 30' nord, beaucoup plus tôt que Jack ne s'y attendait : il refusa le plus longtemps possible l'idée d'une perte totale mais dut finalement admettre la réalité. Cette année, le pot au noir était bien plus au nord qu'à l'habitude et son navire s'y était enfoncé à cœur, porté par le tout dernier souffle de la brise faiblissante. Jour après jour il y restait englué, l'étrave pointant au hasard dans toutes les directions, inanimé, voiles vides, tantôt roulant au point que la plupart des matelots étaient repris du mal de mer, roulant si fort qu'il fallut dépasser les mâts de perroquet avant qu'ils ne soient projetés à la mer, tantôt immobile et frappé tout au long du jour par la touffeur d'un soleil voilé. L'air était épais, sans la moindre fraîcheur même dans le quart de minuit ; la nuit, des éclairs vagabondaient tout autour de l'horizon ; et parfois, la nuit mais plus souvent dans la journée, la pluie tombait si fort, si dru que les hommes sur le pont avaient du mal à respirer et que de chaque côté les dalots crachaient comme d'énormes tuyaux.

Parfois, après ces averses brutales, un peu de brise s'élevait et Jack faisait remorquer le *Leopard* pour orienter l'étrave afin d'en tirer quelque chose. La brise n'atteignait que rarement le navire ; le plus souvent elle ridait la mer à un demi-mille ou plus, et les chaloupes, équipages doublés, s'efforçaient d'y conduire le *Leopard* avant qu'elle ne meure — labeur épuisant, et vain neuf fois sur dix. D'ailleurs ces brises, si l'on peut parler de brises, venaient de tous côtés ; elles pouvaient aussi bien repousser le navire sur ses traces que l'aider à poursuive sa route. La plupart du temps, il demeurait à peu près dans le même carré de mer, entouré de ses débris, barils vides et bouteilles bues par le carré. Mais ce morceau de mer était lui-même en mouvement. Lorsqu'il pouvait effectuer une bonne observation méridienne ou mesurer une double amplitude, Jack déterminait sa position : une vision impeccable de la Lune et d'Altaïr lui démontra que la paire de chronomètres qu'il s'était offerte — instruments remarquables, orgueil de leur constructeur — était encore à quelques secondes à peine de l'heure de Greenwich et que cette mer dans laquelle le *Leopard* se vautrait dérivait doucement vers l'ouest et un peu vers le sud, en un mouvement circulaire dont l'accomplissement exigerait un temps si long qu'il préféra n'en pas tenir compte dans son estime. Comme tout marin, il avait entendu parler de navires pris dans les calmes équatoriaux, impuissants, pendant des semaines ou des mois, mangeant toutes leurs réserves tandis que les algues s'accumulaient sur leur carène ; il avait déjà connu quelques expériences pénibles ; et en étudiant le ciel, la mer, les sargasses, les poissons et les oiseaux, l'air même et toutes ces différences minuscules qui ont tant de significations pour un homme élevé à la mer, il acquit le sentiment que le *Leopard* était dans une bien mauvaise passe. Le navire était morne à présent, oppressé par la chaleur, la maladie et la crainte de l'avenir.

Un jour un banc de cachalots les entoura des deux côtés, nageant en surface, à demi immergés, plongeant, soufflant, réapparaissant un peu plus loin : une bonne cinquantaine de grandes formes sombres et calmes filant à bonne vitesse, parfois si proches qu'on voyait leurs évents s'ouvrir. L'un était une femelle, accompagnée d'un petit pas plus long que la chaloupe du *Leo-*

*pard*. L'équipage comptait une demi-douzaine de baleiniers, mais pas un seul n'ouvrit la bouche à cette vue : les marins, terrifiés par le typhus, démoralisés, épuisés par le remorquage, se contentèrent de regarder d'un regard apathique, voilà tout. Un autre jour, ce fut une masse d'algues en dérive, des frondes échappées à la lointaine mer des Sargasses, et avec elles de nombreux oiseaux encore jamais vus.

Il était inutile d'envoyer chercher Stephen. Stephen s'était enfermé dans l'avant du navire, transformé en une vaste infirmerie, condamné par des cloisons, territoire interdit dont il n'émergeait que pour les immersions quotidiennes. Dès le début de l'épidémie il avait fumigé tout le navire, section par section, avec de grandes quantités de soufre, après avoir envoyé l'équipage dans les canots ou dans les hunes. Puis il s'était retiré avec tous ses patients, en demandant à Jack de faire calfater et goudronner les cloisons, dans l'espoir d'arrêter la propagation de l'infection.

Espoir vain. Au cours de la première semaine, le journal de bord avait enregistré l'immersion de quatorze convicts, des deux derniers geôliers et d'un aide-infirmier, qui tous vivaient ou travaillaient à l'avant, et cette notation était faite de la belle écriture moulée de Needham : à présent c'était la main beaucoup moins habile de Jack qui inscrivait la liste quotidienne, car son secrétaire était passé par-dessus bord avec deux boulets pour l'entraîner au fond et son hamac en guise de linceul, premier des hommes de l'arrière à mourir de la maladie.

Mis à part l'apport continuel d'eau de pluie, les circonstances étaient aussi mauvaises que possible, avec cette terrible chaleur oppressante, cette atmosphère viciée et déprimante, cette crainte excessive et cet abattement général qui avaient envahi l'équipage. Quand l'épidémie frappa le premier pont, elle y tua les hommes plus vite que la peste. Ils avaient perdu l'espoir, et parfois il semblait à Stephen qu'ils préféraient presque ne pas prendre ses potions, pour en finir le plus vite possible : et cela venait très vite, dans bien des cas — migraine, langueur, élévation modérée de température et désespoir immédiat, avant même l'éruption et la fièvre terrifiante, pire encore dans cette chaleur étouffante, pour aboutir à une mort qu'il jugeait souvent inutile. Il le jugeait d'autant plus depuis que ses prescriptions de fortes doses de quinquina et d'antimoine commençaient à faire effet. Il avait à présent onze convalescents, des hommes qui avaient survécu à la crise ; mais en dépit de cette preuve manifeste, certains voulaient mourir, et se résignaient presque avec soulagement à la mort dès l'instant où on les amenait.

— Je crois, dit-il à Martin, que si seulement l'on voyait approcher un navire français, si seulement nous entendions battre le tambour et tonner les canons, plusieurs de nos patients se guériraient d'eux-mêmes et les admissions diminueraient de manière merveilleuse.

— Vous avez raison, dit Martin, reprenant son carnet. Le moral constitue les trois quarts du remède, comme le fait observer Rhazes. Mais qui peut doser ou mesurer le moral ?

Il pressa ses yeux de la main et poursuivit :

— Voyons, dans le cas de Roberts, vous avez bien dit vingt drachmes, n'est-ce pas ? Il me faut le noter.

— Vingt drachmes, effectivement : je suis persuadé qu'il peut le supporter. Et notez-le bien, s'il vous plaît. Nos notes seront d'une importance capitale. Vous les avez tenues très régulièrement, j'en suis sûr ?

— Certes oui, dit Martin avec fatigue.

— Mr Pullings, monsieur, dit le nouvel aide-infirmier.

— Amenez-le. Eh bien, lieutenant Pullings, mon cher, vous avez une méchante migraine, vous éprouvez du froid, une raideur manifeste dans le milieu du corps et dans les membres ? C'est cela. Vous avez trouvé l'endroit approprié, dit Stephen avec un sourire. Vous êtes légèrement atteint et nous pouvons vous prendre en main en temps utile. Nous avons une médecine remarquable qui va traiter votre cas et le résoudre au mieux : et je vous prierai de noter, Tom, que je parie à cent contre un sur votre future marque d'amiral. Jamais Pullings n'a baissé les bras.

Une heure plus tard, Martin demanda au docteur Maturin de prendre son pouls ; quand ce fut fait, ils se regardèrent et Stephen dit :

— Je ne suis pas sûr. Il y a maintes autres causes possibles — vous n'avez rien pris depuis hier soir. Mangez un peu de soupe et restez en bas. Je monterai sur le pont cette fois.

Il décrocha son meilleur habit du taquet et l'enfila, car le *Leopard* faisait encore ce genre de chose dans les règles. Il arpenta le passavant vers la rangée des corps cousus dans leur hamac, cependant que le surplis blanc de Fisher apparaissait sur le gaillard d'arrière. Stephen ne dépassa pas la poulie d'amure du grand mât où il se tint, chapeau en main, pendant la lecture du service funèbre et l'immersion dans l'eau visqueuse des matelots décédés.

Ensuite il discuta avec Jack, à quelque dix yards de distance — c'était assez facile dans cet air immobile et ce navire silencieux —, puis fit quelque temps les cent pas sur le gaillard d'avant. Quand il regagna l'infirmerie, l'état de Martin ne faisait plus de doutes.

— Vous allez prendre nos vingt drachmes ? lui demanda-t-il.

— J'irai même jusqu'à vingt-cinq, dit Martin, et mes notes témoigneront de la progression vue de l'intérieur.

A partir de ce jour, Stephen fut seul. Il avait deux assistants instruits, Herapath, et Fisher dans une certaine mesure, mais ni l'un ni l'autre n'avait de connaissances médicales, ni l'un ni l'autre ne pouvait préparer les remèdes ni juger de leur administration, et il ne put se confier ni à l'un ni à l'autre quand l'énormité de la demande eut épuisé son coffre, l'obligeant à recourir aux placebos, essentiellement de craie pulvérisée, colorée en bleu ou en rouge. Le jour et la nuit ne faisaient plus qu'un, séparés uniquement par les pauses au cours desquelles Fisher endossait son surplis et suivait les morts sur le pont pour les immerger. Bien que les prescriptions soient devenues purement nominales avant même la mort de Martin, les soins immédiats du corps et de l'esprit, l'attention portée aux patients restaient et il s'y appliqua, en enseignant à Herapath tout ce qu'il put ; car, comme il le fit remarquer, les soins représentaient la moitié du combat. Ils avaient sauvé Martin, qui mourut en fait d'une pneumonie contractée plusieurs jours après avoir effectivement surmonté la crise et après avoir écrit une description précise de la maladie, de son apparition au dernier stade de la convalescence, dans un latin sans faute jusqu'au bout.

Le combat semblait sans fin : pourtant, au calendrier, vingt-trois jours seulement se passèrent avant qu'un déluge plus violent encore qu'à l'habitude n'apporte dans le quart de minuit une brise de nord qui entraîna le *Leopard* jusqu'à l'extrême bord de la région favorisée par l'alizé du sud-est.

De l'infirmerie il remarqua le bruit assourdissant de l'averse, l'eau dévalant jusqu'aux genoux sur les ponts et cascadant dans les poulaines ; il entendit appeler tout le monde sur le pont pour mettre à la voile dans le silence qui suivit ; mais cela s'était produit si souvent qu'il n'y prêta guère attention. Même quand il sentit la masse alourdie du navire, entravée par les algues, se mettre en route et qu'il entendit le taille-mer fendre la houle, son trop grand épuisement l'empêcha d'en être heureux, de même qu'il n'avait pas trouvé de satisfaction réelle dans la diminution de la mortalité depuis quelques jours et l'absence de nouveaux cas.

Il dormit assis, n'importe où, se réveillant à l'occasion pour répondre à un appel, donner de l'eau ou aider un assistant qu'il voyait à peine à attacher dans sa couchette un homme en délire. Mais quand il se réveilla au matin, il sut que le navire était dans un autre monde, qu'il était même devenu un autre monde. Un air vrai, propre, respirable s'engouffrait par la manche à air ; tout son être revivait.

Ces notions vagues se confirmèrent quand il parvint sur le pont. Le *Leopard* avait guindé ses mâts de perroquet — il avait fallu trois quarts d'heure à l'équipage réduit, au lieu des dix-sept minutes et quarante secondes habituelles — et courait ouest-sud-ouest à cinq ou six nœuds sous un nuage de toile. Journée nouvelle et brillante, mer nouvelle et pleine de santé, air tonique et transparent, navire plein de vie. Killick, qui le guettait, se précipita à l'avant avec biscuit et pot à café qu'il déposa soigneusement dans une glène de cordage à l'endroit désigné, limite du terrain interdit, puis fit retraite et lança :

— Bonjour, monsieur, c'est ça qu'on demandait dans nos prières.

Stephen hocha la tête, but une gorgée et demanda des nouvelles du capitaine.

— Qu'il est juste allé se coucher, dit Killick, et en riant comme un gamin. Il dit qu'on est sorti du pot au noir : c'est l'alizé béni, le vrai, qu'il dit, et qu'il touchera pas un pouce de toile avant qu'on soit au Cap.

Stephen but son café et trempa son biscuit debout près de la lisse. Le navire vivait une transformation extraordinaire : les hommes couraient, parlaient à voix basse et joyeuse, avaient un air différent ; et l'on riait là-bas sur le beaupré. Tout ce temps, la routine du bord avait été maintenue, mais comme si les matelots étaient déjà à moitié morts ; les ordres étaient exécutés, mais par des automates lents et apathiques. A présent, n'étaient ses ponts dépeuplés, on aurait pu croire que le *Leopard* sortait tout juste de Porto Praya.

Le changement dans l'infirmerie était encore plus étonnant. Des hommes aux portes de la mort la veille soulevaient à présent la tête, et parlaient ardemment de leurs petites voix fluettes. Un convalescent très faible avait même atteint l'échelle et s'efforçait de grimper. Les yeux, les expressions, les paroles qu'il rencontra au cours de sa ronde étaient habités d'une vitalité qu'il n'avait pas vue depuis des semaines, et dont il avait presque oublié l'existence.

— Je doute que nous ayons de nouveaux cas aujourd'hui, dit-il à Herapath.

Il ne se trompait pas : plus d'admission, et trois décès seulement, des cas dont le coma s'était prolongé de manière anormale.

Toutefois, une semaine entière se passa avant qu'il n'ouvre son lazaret, n'autorise ses convalescents les plus solides à remonter sur le gaillard d'avant ou à regagner le premier pont, et ne retourne lui-même à l'arrière.

— Jack, dit-il, je viens vous faire une petite visite. Après quoi, si vous le permettez, je vous demanderai de me prêter une de vos petites chambres. Je meurs d'envie d'un jour et une nuit de sommeil ininterrompu dans le luxe, balancé dans une large bannette sous une claire-voie ouverte. N'ayez pas peur : je me suis fait arroser d'eau de pluie, je me suis savonné de la tête aux pieds et je crois que l'épidémie est terminée. S'il se passe quoi que ce soit, Herapath me réveillera. Herapath connaît tous les symptômes à présent, comme bien peu d'hommes. Herapath ne se laissera pas tromper. Holà, monsieur, s'écria-t-il, en regardant d'un air sévère un visage étranger reflété dans un petit miroir ! Jésus, c'est moi derrière cette barbe.

Une barbe de trois semaines : avec son visage émacié, creusé, cela lui donnait l'air d'un Greco, la longueur en moins.

— La barbe, dit-il, en tirant dessus. Je garderai peut-être cette barbe — le supplice du rasoir réduit au rang de simple souvenir. Les empereurs romains conservaient leur barbe en temps de guerre.

A tout autre moment, Jack aurait souligné quel

abîme sépare un empereur romain d'un chirurgien dans la Royal Navy, mais il se contenta de dire :

— Herapath s'est bien conduit, semble-t-il ?

— Très bien, vraiment : un jeune homme capable, calme, intelligent, sur lequel on peut compter. Et comme je suis seul à présent, je vous demande de bien vouloir en faire mon assistant. Il est vrai qu'il n'a pas étudié la médecine ni la chirurgie, mais il sait lire le latin et le français, langues de la plupart de mes livres, et il n'aura rien à désapprendre, ce qui n'est pas le cas de la plupart des pitoyables charlatans qui viennent à bord sans rien de plus valable qu'un morceau de papier du Bureau médical, une série de recettes de bonne femme et une scie de seconde main.

— Je ne peux en aucun cas faire d'un homme un chirurgien assistant. A quoi donc pensez-vous, Stephen ? Le Sick & Hurt ne l'admettrait en aucun cas. Mais je vais vous dire ce que je peux faire : je peux le nommer aspirant, puisque j'ai, hélas, trois vacances, et il sera détaché pour vous assister.

Il poursuivit l'explication métaphysique des différences entre la nomination permanente et le détachement, mais, constatant que Stephen s'était profondément endormi, le menton sur la poitrine, la bouche ouverte dans sa barbe et un mince croissant de blanc jaunâtre visible sous les paupières, il s'en alla sur la pointe des pieds.

L'aube se leva claire et rapide, un soleil brillant surgit à six heures exactement ; le vent de sud-est soufflait bon frais, et au début du quart du matin le *Leopard* franchit la Ligne : il la franchit sans la moindre cérémonie, toutefois, sans rien pour marquer l'événement en dehors d'un dîner de porc au lieu de pois secs en ce qui aurait dû être un jour sans viande, et un pudding aux pruneaux.

A six coups, Herapath apporta les livres de l'infirmerie et annonça un progrès ininterrompu. Avant de se plonger dans ses sinistres rapports, Jack dit :

— Herapath, le docteur Maturin dit grand bien de votre conduite et souhaite vous garder comme assistant. La règle du service ne m'autorise pas à vous inscrire sur le rôle d'équipage comme chirurgien assistant sans les certificats nécessaires, je me propose donc de vous nommer aspirant. Cela vous permettra de l'assister, de vivre avec les autres jeunes messieurs dans le poste des aspirants et d'accéder au gaillard d'arrière. Cela vous convient-il ?

— Je suis grandement redevable au docteur Maturin de sa bonne opinion, dit Herapath, et à vous, monsieur, de votre offre obligeante. Mais peut-être dois-je vous faire remarquer que je suis citoyen américain, au cas où cela constituerait une difficulté.

— Ah bon, vraiment ? dit Jack. (Il jeta un coup d'œil au rôle d'équipage qu'il avait ouvert pour changer le rang d'Herapath.) Eh oui, c'est vrai. Né à Cambridge, Massachusetts. Eh bien, je crains que cela ne vous empêche de devenir officier breveté dans la Royal Navy. Je suis désolé d'être obligé de vous dire que tout avancement au-delà de second maître vous est fermé.

— Monsieur, dit Herapath, je m'efforcerai de le supporter.

Jack lui jeta un regard aigu. Nul autre que Stephen ne pouvait se moquer du capitaine Aubrey avec impunité : mais Herapath était-il effectivement coupable d'impertinence ? Le visage du jeune homme était calme et grave. Pas le moindre soupçon de sourire non plus sur le visage de Stephen.

— Vous n'êtes pas opposé à combattre les Français, je suppose, poursuivit-il, ni aucune des autres nations avec lesquelles l'Angleterre est en guerre ?

— Aucunement, monsieur. En quatre-vingt-dix-huit, quand j'étais gamin, j'ai pris les armes contre les Français, sous le général Washington. Et je serai heureux de faire tout mon possible contre n'importe lequel de vos autres ennemis ; sauf évidemment si l'Angleterre entrait en guerre avec les Etats-Unis, ce qu'à Dieu ne plaise.

— Amen, dit Jack. Eh bien, je vous accueillerai volontiers sur mon gaillard. Mr Grant vous présentera aux jeunes messieurs : voici une note pour lui. Et comme le pauvre Stokes avait à peu près votre taille, peut-être voudrez-vous racheter ses uniformes quand ils seront vendus au pied du grand mât.

Herapath se retira. Jack et Stephen classèrent leurs papiers ; en vérifiant sur le livre de bord, Jack écrivit DD à côté du nom de cent seize hommes décédés, depuis William Macpherson, lieutenant, infanterie de marine, et James Stokes, second maître, jusqu'à Jacob Hawley, mousse de troisième classe. C'était une tâche pénible car beaucoup de ces noms étaient ceux d'anciens compagnons de bord qui avaient navigué avec eux en Méditerranée, en Manche, dans l'Atlantique ou l'océan Indien — parfois dans tous ces endroits — et dont ils connaissaient intimement les qualités.

— L'un des plus tristes aspects de ce décompte est que nos volontaires ont été frappés plus durement que les autres, dit Jack. Il fut un temps où je connaissais un bon tiers des hommes à bord. Ce n'est plus du tout vrai. Mais un nombre étonnant de repris de justice ont survécu : comment l'expliquez-vous, Stephen ?

— Je n'avancerai qu'une hypothèse, rien de plus. Une attaque légère de petite vérole confère l'immunité ; de même ces hommes, dont beaucoup sortent de prison, ont pu y être infectés d'une forme atténuée de typhus, acquérant ainsi une résistance qui a manqué aux autres. Mais je dois avouer que ce raisonnement est très spécieux car sur nos convicts trois hommes seulement ont survécu et l'un d'eux ne fera pas de vieux os. Les femmes se classent à part, car non seulement elles possèdent la robustesse étonnante de leur sexe, mais l'une au moins est enceinte, état qui semble conférer l'immunité contre beaucoup de maladies.

Jack hocha la tête, parcourut les derniers papiers :

— Ceux-ci sont vos convalescents, je pense ? Dans combien de temps pensez-vous qu'ils soient en état de travailler ?

— Hélas, je n'entretiens aucun espoir d'un prompt retour sauf dans le cas des quelques mousses. Les séquelles de cette maladie sont très pénibles, je le crains, pénibles et prolongées. Des soixante-cinq de ma liste, en d'autres circonstances vous pourriez peut-être en avoir une vingtaine d'à peu près alertes dans un mois ; une autre vingtaine prendra bien plus longtemps ; et les vingt-cinq derniers, qui ont tout juste réchappé, ne devraient pas être à bord du tout, quelles que soient les circonstances, mais dans un hôpital bien équipé.

Jack fit quelques additions et sifflota devant le résultat.

— Au mieux, dit-il, j'ai à peu près deux cents hommes. J'en peux mettre environ cent vingt en bordée. Soixante hommes par quart : que Dieu nous vienne en aide ! Soixante hommes par quart sur un navire de cinquante canons !

— Pourtant les navires de commerce transportent leurs biens à l'autre bout de la terre sans avoir plus d'hommes pour assurer la manœuvre.

— Pour la manœuvre, oui. Mais pour combattre c'est une autre affaire. Nous estimons que les servants de canons peuvent manipuler cinq cents livres par tête. Nos pièces longues de vingt-quatre pèsent juste un peu plus de cinq mille livres, et nos pièces de douze, trois mille quatre cents. Pour combattre d'un côté, il nous faut donc ccnt dix hommes sur le premier pont et soixante-dix-sept sur le deuxième, sans parler de l'autre côté ou des caronades et des pièces de neuf. Et comme vous le savez parfaitement, Stephen, il faut beaucoup de monde pour manœuvrer, pendant le combat. Voici un bien méchant sac de nœuds.

— C'est pire que vous ne le pensez, Jack. Les choses sont toujours pires que vous ne le pensez. Car vous parlez comme si mes convalescents, mes soixante-cinq convalescents, étaient sur le point de retrouver la santé : vous n'avez pas remarqué que j'ai parlé d'autres circonstances, de circonstances favorables. Les circonstances présentes ne sont pas favorables : je dois vous dire que toutes mes réserves médicales sont épuisées. Je n'ai plus de quinquina, plus d'électuaire, plus d'antimoine, plus... en bref, je n'ai plus rien sauf mes antivénériens et un peu d'alba mistura, c'est-à-dire de collyre — un tout petit peu d'alba mistura — et suis donc dans l'incapacité de répondre de mes soixante et quelque convalescents. S'ils ne reçoivent pas des médecines et un régime qu'un navire est tout à fait incapable de leur assurer en plein océan, toute une série de maladies peuvent les emporter. Ceci s'applique avec la plus grande force à ma première liste, celle qui est à votre droite, avec en tête le nom de Thomas Pullings, la liste de ceux qui exigent un secours immédiat.

— Ne pourront-ils tenir jusqu'au Cap ?

— Non, monsieur. Même dans ce temps clément nous avons déjà par douzaines des jambes gonflées, de la débilité périlleuse, de graves symptômes nerveux. Dans les vents froids et le temps furieux au sud du Capricorne, sans une goutte de médecine, mes convalescents ou la plupart d'entre eux seraient condamnés. Et même si mon coffre était plein, ceux de la première liste auraient bien peu de chances de voir l'Afrique.

Jack ne répondit pas tout de suite. Son esprit pesait les avantages et les inconvénients de toucher dans un port brésilien — la perte de l'alizé près de terre, l'habitude des vents, juste sous les tropiques, de se maintenir parfois plein est pendant des semaines, obligeant un navire à louvoyer, bord sur bord, sans gagner beaucoup, ou à courir loin au sud pour trouver les vents d'ouest —, toute une masse de réflexions. Son visage déjà triste devint froid et sévère. Et quand il ouvrit la bouche, ce ne fut pas pour dire à Stephen ce qu'il avait l'intention de faire mais pour demander si Pullings et les malades de l'infirmerie pouvaient déjà être autorisés à boire un peu de vin. Il avait l'intention de leur rendre visite et aimerait emporter deux douzaines de bouteilles avec lui.

Nul ne sut exactement quand il prit sa décision, mais ce fut certainement avant le premier petit quart. Stephen conduisit Mrs Wogan sur la dunette et dut repousser une attaque furieuse de Pollux, le terre-neuve de Babbington ; Pollux ne le reconnaissait pas avec sa barbe et, étant fort attaché à Mrs Wogan, il estimait de son devoir de la défendre. Même quand elle saisit le chien par l'oreille, l'écarta et lui dit de ne pas faire l'idiot — le monsieur était un ami —, l'animal resta méfiant et se tint juste derrière ses mollets, émettant comme un orgue un sourd grondement, en inspirant et en expirant. Babbington était en bas, aussi Mrs Wogan, après avoir en pure perte fait des reproches au chien et même tapé sur cette tête aimante, lui noua au cou une drisse de signaux et l'attacha au râtelier de mât. Ils se dirigèrent vers l'arrière pour regarder le sillage et c'est là qu'ils entendirent le charpentier, occupé à réparer la lanterne de poupe bâbord, dire à l'un de ses aides :

— Qu'est-ce qu'on raconte, Bob ?

Mr Gray était âgé, un peu sourd, et son aide fut obligé de murmurer « On fait cap sur Recife » plus haut qu'il ne l'aurait souhaité.

— Quoi ? dit le charpentier, ne marmonne pas, bon Dieu, ar-ti-cu-le, Bob, ar-ti-cu-le.

— Recife. Mais à peine une escale. Pas d'eau, pas de bétail. Verdure probablement.

— J'espère qu'on aura le temps de trouver un perroquet pour Mrs Gray, dit le charpentier. Elle s'est fait beaucoup de chagrin quand le dernier a crevé. Regarde-moi un peu c'te pièce, Bob, croirais-tu possible que l'arsenal laisse passer une pièce de bois aussi pourrie ? Et toute cette saloperie d'étambot est pareille. Pourriture. Y a rien qui les arrête, ni l'inceste, ni de travailler le jour du Seigneur, et pour finir ils nous envoient en mer dans une vieille passoire, les bougres de salopards.

Bob eut un toussotement significatif, donna à Mr Gray un grand coup de coude et lui dit :

— V'là du monde, v'là du monde, Alfred.

La rumeur concernant la destination du *Leopard,* comme la plupart des rumeurs du bord, était parfaitement exacte : l'étrave pointait plus à l'ouest, loin de l'Afrique. Le vent passa sur l'arrière du travers, et l'on envoya les bonnettes hautes et basses. De même qu'il se déplaçait plus lourdement dans l'eau, traînant sa vaste barbe d'algues, de même la bordée réduite mit beaucoup plus longtemps à établir les voiles. Ils avaient à peine lové tous les cordages quand le tambour battit le rappel ; et après cette cérémonie, sa canonnade, hésitante et maigre, n'eut rien à voir avec le rugissement profond d'un mois plus tôt.

Le soir, Jack dit à Stephen qu'il avait décidé de faire escale dans le plus proche port brésilien et lui demanda de préparer sa liste de médicaments.

— Nous sommes bien équipés en vivres et en eau, dit-il, et j'ai l'intention de rester sur rade, juste assez longtemps pour réunir vos médecines et, si vous me dites que c'est de première nécessité, pour mettre à terre les malades que vous désignerez. Si ce vent tient, nous devrions percevoir São Roque demain et si la brise ne faiblit pas près de terre, Recife peu de temps après. Dès que j'aurai terminé d'établir les nouvelles listes de quarts avec Grant, j'écrirai à la maison. Avez-vous un message ?

— Mon affection, bien sûr, dit Stephen.

Le lendemain, ayant terminé sa ronde, il dit :

— Mr Herapath, le capitaine me dit que nous devons faire escale à Recife, au Brésil, où nous pourrons regarnir notre coffre à médecines. Je vais passer la plupart de mon temps à dresser la liste de ce dont nous avons besoin et à écrire des lettres. Puis-je par conséquent vous demander de conduire sur la dunette Mrs Wogan, la malheureuse femme qui est enfermée dans l'entrepont derrière la fosse aux câbles ?

— Monsieur ?

— Vous n'êtes pas encore familiarisé avec le jargon de mer, je vois, dit Stephen d'un ton suffisant. Je veux parler du pont qui est sous celui-ci, vers le milieu ; et la porte est à votre main droite. Ou, comme nous disons, à tribord. Non, à bâbord puisque vous irez vers l'arrière. Bon, cela n'a pas d'importance : ne soyons pas pédants, pour l'amour du ciel. C'est une toute petite porte avec un trou carré dans le bas — un dalot —, dans la coursive où il y avait à un moment un soldat qui faisait les cent pas. Mais peut-être ne la trouverez-vous pas. Je me souviens, voici quelques années, avant d'être devenu un animal amphibie, d'avoir erré dans les profondeurs d'un navire beaucoup plus petit que celui-ci, l'esprit étrangement embarrassé. Venez, je vais vous montrer le chemin et vous présenter à la dame.

— Ne vous donnez pas cette peine, monsieur. Oh, je vous en prie, ne vous donnez pas cette peine ! s'écria Herapath sorti soudain de son silence. Je connais parfaitement cette porte. J'ai souvent... j'ai souvent remarqué cette petite porte. Elle est sur le chemin d'ici au poste où j'accroche maintenant mon hamac. Je vous en prie, ne vous donnez pas tant de peine.

— Voici la clé, dit Stephen, vous présenterez mes compliments, s'il vous plaît.

L'apparition de Mrs Wogan sous la conduite de l'assistant du chirurgien excita une certaine curiosité discrète sur le gaillard, et beaucoup plus de jalousies. Les aspirants les plus âgés souffraient encore pour elle. Les corrections de leur capitaine n'étaient pas un vain mot, pourtant plusieurs d'entre eux jugèrent nécessaire de visiter la dunette, pour s'assurer que le mât de pavillon était toujours en place, et aussi le couronnement. On observa qu'elle avait fort bonne mine, et si elle était d'une gravité décente, comme la situation du *Leopard* l'imposait, son compagnon et elle semblaient avoir beaucoup à se dire. Trois fois son absurde rire perlé se fit entendre et trois fois tout le gaillard, de l'officier de quart au vieux quartier-maître grincheux qui avait la gouverne, se surprit à sourire bêtement.

La troisième fois le bruit de la porte de la chambre effaça ce sourire. Assagis, ils passèrent du côté sous le vent car le capitaine était parmi eux. Le capitaine regarda le ciel, les voiles, l'habitacle, et entama son habituelle promenade en long, jetant à chaque tour un coup d'œil vers la tête de mât dans l'attente d'un appel. Le rire reprit, assourdi mais tout proche, près du couronnement : ramage chantant, gonflé de joie pure, et irrésistible, sa vie fût-elle en jeu. Malgré le désagrément de sa situation, et le poids sur son esprit, il ressentit en réponse un mouvement au creux de l'estomac et se retourna face au vent. « Et pourquoi diable faut-il que je joue les stoïques, personne n'en sait rien », remarqua-t-il intérieurement. Puis, constatant que son mouvement interne ne se calmait pas, il s'avança jusqu'aux haubans du grand mât, déposa son habit sur un canon, se hissa par-dessus le pavois, par-dessus les hamacs dans leurs filets, et escalada calmement les enfléchures. « Grand Dieu, pensait-il en cheminant, je ne suis presque jamais monté là-haut depuis le départ. Voilà comment un capitaine devient gras et haletant, bilieux, de mauvaise humeur, *Jupiter Tonans.* » Son âge lui permettait de ne pas se presser, il n'avait plus à surpasser un gabier de vingt ans ; et c'était tant mieux car, en atteignant la hune, il constata qu'il avait le souffle court. Il regarda sa bedaine, hocha la tête puis jeta un coup d'œil vers le gaillard.

— Mr Forshaw, lança-t-il au plus jeune de ses aspirants, un gamin à son premier embarquement, lent, stupide et malheureux, apportez-moi ma lunette.

Il attendit sans déplaisir que le visage anxieux du gamin apparaisse : avec une contorsion violente et périlleuse, Forshaw jeta ses courtes jambes par-dessus le rebord, atterrit dans la hune et tendit la lunette sans un mot. Jack voyait bien que pour l'instant le gamin était incapable d'émettre une phrase sensée, en dépit de son calme apparent.

— A présent que j'y pense, Mr Forshaw, je ne vous ai pas vu chahuter dans le gréement avec les autres jeunes gens. Souffrez-vous du vertige ?

Il parlait gentiment, sur le ton de la conversation, pourtant le visage de Forshaw devint écarlate et il fit une réponse totalement absurde :

— C'est terrible, monsieur ; ça ne me gêne pas du tout.

« Nelson savait faire ce genre de chose, se dit Jack, mais je ne pense pas en être capable. » Il poursuivit pourtant :

— L'essentiel, c'est de ne pas regarder en bas avant d'en avoir pris l'habitude ; et de tenir les haubans des deux mains, pas les enfléchures. Allons, venez avec moi jusqu'aux barres de perroquet. Prenons notre temps.

Plus haut, toujours plus haut vers le ciel.

— Vous verrez que très vite cela ressemblera aux escaliers de chez vous. Regardez toujours vers le haut, ne vous accrochez pas trop dur, respirez profondément, passez par les gambes de revers maintenant, en prenant toujours les haubans de perroquet extérieurs, voilà, mettez votre bras autour du pied du cacatois, c'est le mât de cacatois, voyez-vous : quelquefois on l'emplante en arrière du mât de perroquet pour qu'il descende jusqu'au chouquet. Mais cela fait plus de poids dans les hauts. Asseyez-vous sur les barres de hune. C'est elles qui écartent les haubans de cacatois. Regardez, n'est-ce pas superbe ?

Il observa l'étendue d'océan à l'horizon occidental et là, exactement où elle devait être, une masse sombre se dessinait, plus nette qu'un nuage. Il régla sa lunette et le cap São Roque prit la forme si précise dans son souvenir : le parfait atterrage.

— Là-bas, dit-il avec un mouvement de tête, c'est l'Amérique. Vous pouvez redescendre à présent et le dire à Mr Turnbull. Descendre est beaucoup plus facile à cause de la gravité : mais n'oubliez pas de regarder toujours en l'air.

Il observait de temps à autre le visage rond, les yeux levés religieusement, et au-delà le pont, long, mince et si lointain, lamelle étroite bordée de blanc, posée sur la mer, où se déplaçaient de petites silhouettes ; mais c'est surtout le cap qu'il regardait.

— Mon Dieu, combien j'espère que Stephen laissera Pullings à bord, dit-il tout haut. Un an ou plus avec ce Grant comme second me serait...

Le cri de la vigie interrompit ses pensées, car à présent le cap était visible de la vergue AU6dessous, et il entendit lancer :

— Ho, du pont ! Terre à deux quarts de l'étrave sur tribord.

Dès cet instant les Leopards les plus attachés à leur famille se mirent à la plume et ceux qui ne pouvaient écrire dictèrent à leurs amis plus instruits, parfois en langage simple mais plus souvent dans les termes les plus empruntés et les plus officiels qu'ils pouvaient découvrir, et prononcés d'un ton hiératique. Comme il l'avait promis, Stephen transmit la requête de Mrs Wogan qui souhaitait ajouter une lettre au sac bientôt rempli.

— Je serais intéressé d'en voir le contenu, dit-il.

Et comme il s'y attendait, Jack se détourna — très vite, mais pas assez vite pour dissimuler tout à fait son expression de dégoût profond, et même assez proche du mépris.

Le capitaine Aubrey ferait tout son possible pour tromper l'ennemi en utilisant de faux pavillons et de faux signaux, en lui faisant croire qu'un vaisseau de guerre n'était qu'un inoffensif navire marchand, un neutre ou un compatriote, et en recourant à toute autre ruse pouvant surgir dans son esprit fertile. A la guerre, tout était bon : tout, sauf ouvrir des lettres et écouter aux portes. Quant à Stephen, s'il pouvait amener Buonaparte un pouce plus près de l'enfer en ouvrant des lettres, il violerait volontiers toute une voiture de correspondance.

— Vous exultez de joie à la lecture de dépêches capturées, dit-il, car ce sont pour vous des documents publics. Si vous êtes honnête, vous devez alors admettre que n'importe quel document portant sur la guerre est aussi un document public : débarrassez donc votre esprit de ces préjugés inutiles.

La conviction profonde de Jack ne changea pas, mais Stephen reçut la lettre. Il s'assit, l'objet en main, dans l'intimité protégée de la grand-chambre du *Leopard*, mouillé devant Recife au petit matin, très loin sur rade, à un bon mille du récif protégeant le mouillage intérieur. Le premier coup d'œil à la lettre le frappa avec une force tout à fait inattendue car elle était adressée à Diana : il n'avait jamais imaginé cette possibilité — il croyait leurs relations trop superficielles — et il lui fallut quelques minutes pour retrouver son calme et s'attaquer au cachet. Les cachets et leurs pièges n'avaient guère de mystère pour lui, et celui-ci n'exigeait rien de plus qu'une lame mince et chauffée : pourtant il dut s'arrêter deux fois, tant ses mains tremblaient. Si la lettre contenait la preuve de la culpabilité de Diana, cela le tuerait, se dit-il.

A première lecture, il n'y trouva rien de cette sorte. Mrs Wogan se plaignait énormément de la brusque séparation d'avec sa très chère Mrs Villiers — l'événement lui-même trop affreux et pénible pour qu'on le rappelle —, et à un certain point elle avait pensé qu'elles seraient séparées par toute la distance séparant ce monde du prochain car dans son affolement à la vue de ces odieux ruffians, Mrs Wogan avait tiré d'un pistolet, ou peut-être deux, et un autre avait explosé de lui-même ; et cela, semblait-il, avait transformé une dispute sur une innocente affaire galante en crime capital — mais quoi qu'il en fût, ses hommes de loi avaient traité l'affaire très habilement et des amis chers étaient venus à son secours, de sorte qu'elles ne seraient séparées que par la distance de la moitié de ce monde actuel, et cela peut-être pas pour très longtemps. Mrs Villiers serait aimable de la rappeler au souvenir de tous leurs amis de Baltimore, en particulier de Kitty van Buren et Mrs Taft, et voudrait bien avoir l'obligeance de dire à Mr Johnson que tout allait bien et que, comme il le saurait plus en détail par Mr Coulson, aucun dommage irréparable n'avait été commis. Le voyage avait débuté de la façon la plus terrible et ils avaient eu une épidémie à bord ; mais depuis quelque temps, cela allait mieux. Le temps était délicieux ; ses réserves tenaient admirablement ; et elle s'était liée d'amitié avec le chirurgien. C'était un petit homme assez laid, et peut-être s'en rendait-il compte car il avait à présent laissé une horrible barbe recouvrir son visage, terrifiant à voir ; mais l'on pouvait s'habituer à tout, et sa conversation rompait agréablement la journée. Il était poli et généralement aimable mais savait se révéler cassant — répondre sèchement — quoique jusqu'ici elle n'ait jamais osé être impertinente ni rien d'autre que parfaitement docile. Il n'avait pas à être tenu « à bout de gaffe », comme disent les marins ; bien au contraire ; et elle pensait qu'il devait avoir le cœur blessé. Il n'était pas marié, à sa connaissance. Un homme érudit mais, comme d'autres qu'elle avait connus, ridiculement étourdi pour beaucoup de choses de la vie de tous les jours : il avait pris la mer pour un voyage de douze mois sans un seul mouchoir ! Elle était en train de lui en ourler une douzaine, tirés d'une pièce de batiste qu'elle avait emportée. Elle pensait avoir peut-être un *tendre* pour cet homme. Sans aucun doute elle était déçue quand le coup à sa porte annonçait non pas le docteur mais l'aumônier, homme doté de cheveux roux et de deux jambes gauches et qui lui accordait beaucoup de l'attention la plus importune, qui venait s'asseoir à ses côtés pour lui lire de bons livres. Pour sa part, Mrs Wogan détestait tout à fait la combinaison du marivaudage et de la Bible ; elle en avait vu trop, beaucoup trop aux Etats-Unis : Mrs Wogan n'était pas une petite demoiselle à peine sortie de l'école et savait bien ce qu'il avait en tête. Pour le reste, sa vie n'était pas trop désagréable : monotone, bien sûr, mais ce n'était pas l'ennui insupportable de ses dernières années de couvent. Sa femme de chambre racontait d'amusantes histoires de l'existence la plus basse que l'on pût concevoir, ou plutôt ne pas concevoir, à Londres ; il y avait un brave idiot de chien qui marchait de long en large sur la dunette avec elle, et une chèvre laitière qui condescendait parfois à lui dire bonjour. Elle avait une bonne réserve de livres et elle avait même lu de bout en bout Clarissa Harlowe sans se pendre (mais cela, peut-être faute d'un crochet approprié), sans aller voir comment la nigaude réussirait à échapper à cet ignoble poseur de Lovelace — combien Mrs Wogan méprisait la beauté consciente chez un homme — et sans en manquer une ligne : exploit certes sans précédent dans le monde féminin. D'ailleurs, si la chère Mrs Villiers avait jamais à subir la même malheureuse épreuve, Mrs Wogan ne pouvait rien lui conseiller de mieux que la totalité des œuvres de Richardson, accompagnées de Voltaire comme antidote, et d'une réserve illimitée de biscuits de Naples ; mais Mrs Villiers pouvait croire que pour elle c'était tout à fait l'opposé — unc vic dc libcrté totalc, dans la compagnie d'un homme intelligent et bien élevé — qui représentait le souhait constant de son amie très affectionnée, Louisa Wogan.

La première lecture ne fit apparaître aucune culpabilité chez Diana : bien au contraire. La lettre était manifestement destinée à la maintenir dans l'ignorance. Le cœur de Stephen l'avait déjà absoute, mais son esprit exigea une seconde lecture, beaucoup plus lente, et une troisième, avec analyse soigneuse de tous les mots et recherche des marques infimes et des répétitions pouvant trahir un code. Rien.

Il se redressa, satisfait. La lettre n'était pas sans artifices, bien entendu ; et l'artifice le plus évident, l'absence d'Herapath, lui plut énormément. Mrs Wogan savait qu'il existait un risque que la lettre soit lue par le capitaine (elle ne partageait certainement pas ses préjugés) et si elle avait quelque information délicate à transmettre, elle pensait le faire par l'intermédiaire d'Herapath. Elle voudrait très probablement développer le « aucun dommage irréparable » et dire à son chef ce qu'elle avait été obligée de livrer pour sauver sa tête. Tout agent de quelque valeur en ferait autant : du moins tout agent n'ayant pas été acheté ; et Mrs Wogan n'avait pas été achetée. De plus, il lui avait laissé tout le temps voulu pour préparer son amoureux. Il recopia la lettre, pour Sir Joseph dont les cryptographes réussiraient peut-être à découvrir un code là où son examen serré, son épreuve de la chaleur et ses produits chimiques n'avaient rien détecté ; puis il remit le cachet en place et la lettre dans le sac, tout en regardant parmi les plus récentes s'il y en avait une portant l'écriture caractéristique d'Herapath. Rien.

— Jack, y aura-t-il des permissions à terre ?

— Non. Je rendrai visite au gouverneur, bien entendu, par correction, et j'irai voir si je peux trouver quelques marins dans le port. Autrement les seules personnes autorisées à descendre à terre seront vous et les malades que vous insisterez absolument pour débarquer.

Parvenu à ce point, il observa attentivement le visage de Stephen et poursuivit :

— Je n'ai pas l'intention de perdre une minute ; et je n'ai pas l'intention de perdre un seul déserteur. Vous savez comment ils se comportent quand on leur laisse une chance.

— Voici les noms de ceux qui doivent partir, dit Stephen. Je les ai examinés avec le plus grand soin il y a moins d'une heure.

— Comment vais-je l'annoncer à Pullings, je n'en sais rien, dit Jack en parcourant la liste. Cela va lui briser le cœur.

Il semblait vraiment avoir le cœur brisé quand on le descendit dans un sac de toile pour rejoindre les autres à bord d'une chaloupe de louage ; il était trop faible pour se tenir assis, ce qui lui permettait, à son soulagement, de rester allongé, le visage dissimulé. Les autres, quoique en général moins abattus, étaient tous pitoyables et souvent irritables comme des enfants malades. Un certain Ayliffe, quand Stephen l'installa dans le harnais, lui lança : « Joliment, joliment, espèce d'épouvantail barbu : joliment, tu m'entends ? » Stephen lui avait peut-être sauvé la vie, mais l'odieuse cisaille du chirurgien avait aussi taillé une queue de cheveux résultant de dix ans de croissance et de patience. Et à présent, alors que le soleil cognait sur son crâne blanc et nu, la perte en était très sensible à l'esprit grincheux d'Ayliffe.

— Prenez le nom de cet homme ! s'écria le nouveau premier lieutenant.

— Prends-le toi-même, espèce de pet de Français, dit le matelot, et mets-le-toi là où j'pense. Y a pas de fouet qui vaille, ici.

Les autres malades descendirent dans un silence désapprobateur ; car s'ils étaient eux aussi capables, dans la grande maladie, l'urgence extrême et inattendue, ou l'ivrognerie, de jeter la discipline par-dessus bord, c'était aller un peu loin, plus loin que la situation ne le justifiait — après tout le navire n'était pas en feu, il n'était pas échoué, et Ayliffe n'était pas ivre mort. Stephen allait les suivre quand Herapath intervint :

— Puis-je venir avec vous, monsieur ?

— Vous ne le pouvez pas, Mr Herapath, dit Stephen, il a été précisé qu'il n'y aurait aucune permission à terre ; et la transcription de vos notes exige tout votre temps, toutes vos capacités. Vous ne manquez rien : Recife est un port tout à fait inintéressant.

— Dans ce cas, monsieur, puis-je vous demander d'avoir l'obligeance de déposer ceci auprès du consul des Etats-Unis ?

Il sortit une lettre que Stephen mit dans sa poche.

Tard, très tard dans la nuit, sans plus un bruit dans le navire que le murmure aimable de l'alizé dans le gréement, les rares mouvements du quart de mouillage, la cloche et le cri « Bon quart partout ! » des sentinelles après le coup marquant chaque demi-heure, Stephen moucha sa chandelle, appuya ses doigts sur ses yeux douloureux et rougis, sortit son carnet et se mit à écrire :

> « J'ai vu Jack rayonner de plaisir quand il a réussi un parfait atterrage, quand il a calculé les courants, les marées et les sautes de vent et que le résultat lui donne raison ; et cette fois mes prédictions aussi m'ont donné tout à fait raison. Pauvre femme, quel travail elle s'est donné avec son code ; et comme elle devait maudire du fond du cœur Fisher quand il venait lui lire des méditations sur la résignation. A en juger d'après ce qu'elle n'a pas eu le temps de coder, je pense que les experts de Sir Joseph sauront extraire du reste une image remarquablement complète et qu'il sera satisfait du spectacle d'un réseau d'espionnage naissant : balbutiements, peut-être, mais ceux d'un enfant prometteur et même prodigieux. La pauvre, je compatis, accablée des bavardages de cet homme de bien, et ses précieux instants qui s'écoulaient. Son cachet, quoique assez habile avec sa double protection de cheveux, témoignait d'une impatience évidente. Quand nous nous rencontrerons demain, je ne doute pas que nos yeux soient dans le même état, comme ceux d'une paire

de furets albinos ; car si mes copies et mes lettres en double exemplaire à Sir Joseph sont sans doute plus longues, je suis plus accoutumé qu'elle à cet exercice. Je n'ai pas besoin de compter sur mes doigts pour coder, de faire des pâtés et d'écrire à nouveau avec des petits calculs dans la marge ; je n'ai pas non plus à supporter un agacement extrême. Il faudra cependant que j'évite les regards triomphants : je mettrai peut-être des lunettes vertes. »

Il referma son journal, véritable monument de cryptographie, et s'allongea dans sa bannette. Le sommeil l'envahissait, prêt à submerger son esprit, qui cependant brûla clair encore quelques instants. Il réfléchit aux satisfactions de son métier et à ses aspects les plus sordides : la dissimulation constante, le mensonge éternel pénétrant les fibres les plus intimes du menteur, quelle que soit la justification du mensonge ; le sacrifice, dans certains cas qu'il avait connus, non seulement de la vie de l'agent, mais aussi de son essence même ; les baleines ; l'étrange division du carré en deux parties, Grant, Turnbull et Larkin d'un côté, et Babbington, le capitaine Moore et Byron, le nouveau quatrième lieutenant temporaire, de l'autre, avec entre les deux le commis aux vivres, Benton, et l'insignifiant lieutenant d'infanterie de marine, Howard. Peut-être aussi Fisher ; quoique récemment son amitié avec Grant ait crû. Etrange créature que cet aumônier, peut-être un peu futile, instable. Sa conduite au plus fort de l'épidémie avait déçu Stephen, pour autant qu'il eût le temps d'être déçu ; plus de promesses que de résultats : trop occupé de lui-même ? Plus disposé à recevoir de l'aide qu'à en donner ? Beaucoup de répulsion à manier les ordures, sans aucun doute. Et ce souci marqué pour le bien-être de Mrs Wogan... Ils n'étaient pas opposés par une quelconque animosité, toutefois, du moins pas évidente ; plutôt, ils représentaient des attitudes différentes, comme on en trouverait probablement dans l'ensemble du navire, avec les vieux compagnons de mer et les volontaires de Jack d'un côté et le reste de l'équipage de l'autre. « Trouvera-t-il d'autres hommes ? » fut la dernière de ses pensées cohérentes.

Le lendemain apporta la réponse : douze Portugais noirs, et Jack devait faire une autre tentative dans l'après-midi, sa dernière chance avant l'appareillage du *Leopard* à la marée du soir.

— Mais, observa Bonden qui conduisait Stephen chez l'apothicaire pour ses dernières emplettes, je doute qu'il en trouve un seul autre.

— Ne pourrait-il enrôler de force quelques hommes du navire anglais qui vient d'arriver ?

— Ah non, monsieur, dit Bonden avec un grand rire, pas dans un port étranger. Impossible. D'ailleurs c'est un baleinier qui va en mer du Sud et la plupart de ses hommes auront des protections, même si on le rencontrait au large. Il trouverait pas non plus de volontaires à son bord, pas pour le vieux *Leopard*, à moins qu'ils aient navigué avec lui avant. Non, non. Personne n'embarquera sur le *Leopard* de son propre gré, pas sur un vieux navire qui a si mauvaise réputation.

— Mais pourtant c'est un superbe navire ? Mieux que neuf, disait le capitaine.

— Eh bien, voyez-vous, j'ai pas l'intention de me prendre pour un roi Salomon, mais je sais ce qu'un type ordinaire qui a un peu l'habitude de la mer se dit. Il se dit : voilà ce vieux *Leopard* qui a peut-être un bon capitaine, pas une sale brute prêchi-prêcha toujours le fouet en main, mais qu'il est rudement vieux, et rudement à court d'hommes ; il faudra travailler sans répit, alors qu'il aille au diable. Et pourquoi ? Parce que ce *Leopard* c'est un cercueil flottant, et pas chanceux en plus.

— Non, Bonden, le capitaine m'a dit précisément, et je me souviens de ses propres mots, qu'il avait été entièrement remis en état, renforcé avec des diagonales Snodgrass et des goussets Roberts et que maintenant, c'était le plus beau vaisseau de cinquante canons à flot.

— Que ça soit le plus beau cinquante canons à flot, ça c'est vrai. Et pourquoi ça ? Parce qu'il n'y a que le *Grampus* en face, en dehors de deux ou trois autres qu'on appelle les corbillards de la Baltique. Mais pour ce qui est de ses diagonales et de ses goussets... Je vais vous dire, monsieur... continua Bonden, jetant un coup d'œil par-dessus son épaule et faisant passer le canot dans un interstice entre une foule de petites embarcations et la bouée d'entrée.

Il ne dit plus rien pendant un moment et quand il reprit la parole ce fut d'une voix obstinée, chicanière :

— On peut toujours m'en raconter sur le capitaine Seymour et Lord Cochrane et le capitaine Hoste et tous les autres, mais je dis que le nôtre est le meilleur capitaine combattant de la flotte ; et j'ai servi sous Lord Vicomte Nelson, pas vrai ? Je voudrais bien voir qu'on me dise le contraire. Qui donc a flanqué la pile à une frégate espagnole, avec un brick de quatorze canons, et l'a obligée à amener ses couleurs ? Qui s'est battu avec le *Polychrest* jusqu'à ce qu'il lui coule sous les pieds et l'a échangé pour une corvette capturée juste sous leur fort ?

— Je sais, Bonden, dit Stephen calmement, j'y étais.

— Qui s'est attaqué à un soixante-quatorze français avec une frégate de vingt-huit canons ? s'écria Bonden, encore plus fâché. Mais par exemple, poursuivit-il d'un autre ton, plus bas, confidentiel, quand on est à terre des fois on est un peu noyé, si vous voyez ce que je veux dire, monsieur. On est franc comme l'or et des fois on croit toutes les belles paroles de ces terriens qui parlent si bien, avec leurs goussets et leurs diagonales et leurs maudites mines d'argent, pardonnez-moi l'expression, monsieur. Bien sûr, c'est naturel pour un capitaine de penser que son navire est le plus beau :

mais des fois, tout farci qu'il est de goussets et de diagonales, il peut arriver qu'on le croie plus beau que raisonnable, et qu'on en soit persuadé, et qu'on le dise, sans mentir.

— *Leopard !* héla le maître du beau trois-mâts barque américain *Asa Foulkes* qui avait reconnu le canot.

— *Asa Foulkes,* répondit Bonden, non sans accrocher, avec un rire de mépris insultant, sur le nom.

— Avez-vous besoin d'hommes ? On a trois Irlandais de Liverpool à bord et un quartier-maître déserteur du *Melampus*. Pourquoi vous venez pas les chercher ?

Hilarité à bord du trois-mâts et cris de « Foutu vieux *Leopard* ! ».

— A voir vos peintures et vos arrimages, dit Bonden, parvenu par le travers de l'*Asa Foulkes*, vous avez pas sur cette barque un seul marin qu'on voudrait prendre. Ce que je vous conseille, vieux fayot de Boston, c'est de retourner tout droit à Sodome, Massachusetts, à pied, et d'essayer d'y trouver un ou deux vrais bons marins.

Rugissement général à bord de l'*Asa Foulkes*, un seau d'ordures jetées dans la direction du canot et Bonden, qui n'avait pas jeté un seul coup d'œil vers l'Américain, déclara :

— Ça lui a coupé la chique. Alors, on commence par où, monsieur ?

— Je dois aller chez l'apothicaire, à l'hôpital et chez le consul américain. Choisissez s'il vous plaît le point le plus équidistant des trois.

C'est là, et pas plus tard que ne l'attendait Bonden, riche d'une longue expérience, que Stephen revint, chargé d'un perroquet pour le charpentier. Il était suivi par deux esclaves portant assez de médecines pour en administrer à tout l'équipage pendant dix-huit mois, et par deux nonnes avec un gâteau glacé enveloppé de laine.

— Mille mercis, une fois de plus, mes chères mères, dit-il. Voici pour vos pauvres ; et priez pour l'âme de

Stephen Maturin, je vous en supplie. (Aux esclaves :) Messieurs, voici pour votre peine : rappelez-moi au souvenir de l'honorable apothicaire. (A Bonden :) Maintenant, à la maison, s'il vous plaît, et jouez des avirons comme Nelson à Aboukir.

Quand ils sortirent du port et que la rade s'ouvrit devant eux, il dit :

— Il y a un navire bizarre tout près de notre *Leopard*.

Bonden répondit d'un grognement aimable, sans plus ; au bout d'un quart de mille, Stephen reprit :

— De toute mon expérience maritime, je n'ai jamais vu un navire si bizarre.

A la pensée de toute l'expérience maritime du docteur Maturin, Bonden eut un sourire secret et dit :

— Vraiment, monsieur ?

— C'est comme un brick, avec deux mâts, voyez-vous. Mais ils sont versa vice.

Bonden regarda par-dessus son épaule. Son expression changea. Il donna deux grands coups d'aviron et tandis que le canot glissait sur son élan, il se retourna à nouveau.

— C'est une de nos frégates et elle a perdu son mât de misaine à l'étambrai ; beaupré de fortune ; et ses poulaines sont en déroute. C'est la *Nymph,* trente-deux canons, si je me trompe pas : joli voilier.

Il ne se trompait pas. La *Nymph*, capitaine Fielding, allant du Cap à la Jamaïque puis en Angleterre et porteuse de dépêches, avait rencontré un soixante-quatorze hollandais, le *Waakzaamheid,* dans une tempête de pluie à ne rien voir, juste au nord de la Ligne. Il y avait eu un bref combat au cours duquel le mât de misaine de la *Nymph* avait été offensé. Mais en établissant toute la toile possible il avait réussi à semer son lourd adversaire en deux jours de chasse. Quand enfin le Hollandais avait lofé et abandonné la poursuite, la *Nymph* était tout près de terre et un peu plus tard une rafale au large du cap Branco l'avait prise à contre, démâtant la misaine. Heureusement le Hollandais avait abandonné la chasse et il était hors de vue ; on l'avait aperçu pour la dernière fois cap au sud ; et le capitaine Fielding avait amené son navire à Recife pour réparer avant de poursuivre son voyage.

Fielding était plus ancien que Jack. A son avis il ne servirait à rien de gréer une misaine de fortune et de prendre la mer en compagnie du *Leopard* à la recherche du *Waakzaamheid*. En dehors du fait que la *Nymph* transportait des dépêches, ce qui lui interdisait de partir à la chasse aux chimères, le Hollandais marchait plus vite que le *Leopard* mais moins vite que la *Nymph*, et Fielding ne souhaitait aucunement se retrouver aux prises avec un soixante-quatorze en attendant l'arrivée du pesant *Leopard*, qui d'ailleurs, avec son équipage si réduit, ne servirait pas à grand-chose une fois arrivé. Il ne pouvait pas non plus prêter de matelots au *Leopard* : Aubrey en trouverait en quantité au Cap. Et s'il était à la place d'Aubrey, il se tiendrait très au large du *Waakzaamheid* ; c'était un bon voilier commandé par un homme déterminé qui connaissait son affaire et il avait un bon équipage — il avait envoyé à la *Nymph* trois volées en un peu plus de cinq minutes. Ils se séparèrent assez froidement, bien que Jack l'ait régalé de la plus grande partie du gâteau de Stephen, acte, comme Jack lui-même l'observa, ayant bien peu d'équivalents dans l'histoire navale, compte tenu de la chaleur présente et de toutes les circonstances accessoires.

— Pour ma part, je me réjouis, dit Stephen tandis que le *Leopard* dérapait son ancre de bossoir et que l'Amérique se fondait dans le ciel à l'ouest. J'avais des messages de quelque importance et cette *Nymph* rapide et prudente transportera mes copies bien plus vite que les originaux.

## Chapitre six

Sachant la présence d'un navire ennemi dans le même océan, le *Leopard* s'attacha plus que jamais à perfectionner son artillerie. Présence lointaine, presque théorique, puisque d'après le récit de la *Nymph* le *Waakzaamheid* devait se trouver à quelque cinq cents milles vers le sud et l'ouest : pourtant les canons du *Leopard* grondaient tous les soirs après le rappel aux postes de combat, et souvent aussi pendant le quart du matin.

— Car, voyez-vous, disait son commandant, à présent que nous avons nettoyé l'île Maurice et la Réunion, un navire hollandais dans ces eaux ne peut avoir qu'un seul objectif : renforcer Van Daendels aux îles des Epices. Et pour l'y atteindre, il lui faut faire à peu près la même route que nous, du moins jusqu'à la hauteur du Cap.

Il n'avait pas la moindre envie de le rencontrer. Il lui était arrivé au cours de sa carrière de prendre des risques plus grands, mais le *Waakzaamheid* était hollandais et Jack Aubrey s'était battu à Camperdown : aspirant en poste dans la batterie inférieure de l'*Ardent*, soixante-quatre canons, il avait vu le *Vrijheid* tuer ou blesser cent quarante-neuf de ses compagnons, sur quatre cent vingt et un, et réduire l'*Ardent* presque à l'état d'épave. Ce fait, ajouté à tout ce qu'il avait entendu dire des Hollandais, le remplissait de respect pour leurs qualités marines et guerrières. « On peut bien les traiter de Bataves, disait-il, ils nous ont flanqué une cruelle piquette il n'y a pas si longtemps, brûlé l'arsenal de Chatham et Dieu sait combien de navires sur la Medway. » Il se fût montré circonspect face à un Hollandais, même à égalité de chances : dans le cas présent, c'était soixante-quatorze canons contre ses cinquante-deux pièces, et une inégalité beaucoup plus grande en hommes. Il faisait de son mieux pour amoindrir cette disparité en améliorant la vitesse et la précision du feu du *Leopard* ; mais il ne pouvait espérer tirer de tous ses canons et manœuvrer en même temps avant que Le Cap ne lui ait fourni au moins cent trente hommes, et il était tout à fait hors de question de monter à l'abordage et de s'emparer d'un ennemi déterminé de la taille du *Waakzaamheid.* Il avait suffisamment de matelots qualifiés ayant servi avec lui précédemment, et habitués à ce qu'il attendait du maniement d'un canon, pour doter de chefs de pièces et de servants l'une des deux bordées du pont supérieur : pour l'instant, la batterie basse devrait se débrouiller du mieux possible avec le reste, les équipes de servants trop réduites étant complétées par l'infanterie de marine, de sorte qu'il ne disposerait pas du moindre militaire pour le tir de mousqueterie tant que ses malades ne seraient pas rétablis ; ces équipes étaient d'ailleurs disposées de manière que les moins efficaces se trouvent au milieu, dans ce que l'on avait coutume d'appeler l'abattoir car, durant les combats, c'est là que se concentrait la plus grande partie du feu ennemi. Les équipes les plus faibles étaient pour la batterie basse, car si les pièces de vingt-quatre livres pouvaient faire beaucoup de dégâts et envoyer un boulet à travers deux pieds de chêne massif à sept cents yards, les sabords inférieurs du *Leopard* n'étaient pas plus hauts au-dessus de l'eau que ceux des autres navires de la même classe : s'il se trouvait amené à combattre avec la moindre mer, il faudrait les fermer du côté sous le vent, et peut-être même aussi du côté au vent.

Il avait en Mr Burton un bon canonnier, parfaitement

d'accord avec son capitaine pour entraîner l'équipage au tir réel plutôt que de se limiter à la simple manœuvre de mise en batterie et de rentrée des pièces. Il avait une douzaine d'excellents chefs de pièces, il était parfaitement secondé par Babbington à la batterie basse et par Moore pour l'infanterie de marine ; quant aux aspirants les plus âgés, qui adoraient ces exercices, avec leur vacarme, leur ardeur, leur excitation et leur compétition, ils surveillaient de très près leurs divisions. Mais Grant n'était qu'un poids mort. Ses états de service s'étaient limités aux transports, fonctions portuaires et explorations ; il ne s'était jamais trouvé au combat, sans y être pour rien ; c'était un bon navigateur, mais il ignorait tout de la nature profonde d'un combat naval et ne semblait pas disposé à l'apprendre, comme s'il ne croyait pas vraiment au risque d'une bataille ou à la nécessité de s'y préparer autrement que de manière formelle. Et son attitude, son attitude assez évidente, contaminait beaucoup de ceux qui avaient du combat une vision aussi floue que la sienne — beaucoup de fumée et de bruit au corps à corps, et la victoire à la Royal Navy, bien entendu.

Après un ou deux entretiens privés avec Grant, qui ne parvinrent pas à ébranler la suffisance obstinée de l'homme en dépit de ses réponses parfaitement correctes, « Bien, monsieur », à chaque pause significative, Jack se résigna à le considérer comme un autre fardeau à porter, non pas négligeable mais beaucoup moins lourd que le troupeau de terriens de la batterie basse. Et il continua de s'attacher à transformer le *Leopard* en une machine de guerre aussi efficace que possible étant donné les moyens dont il disposait, en changeant ses méthodes du tout au tout pour les accorder à cet étrange équipage réduit et, comme il le disait lui-même, « tailler son habit en fonction de l'étoffe ».

Les séances du matin se déroulaient dans la grand-chambre elle-même. Là, les deux pièces de neuf livres de Jack, en laiton, étaient généralement amarrées en long pour prendre moins de place. C'étaient des pièces légères et superbes, le butin de l'île Maurice, et il les avait fait recalibrer avec soin pour recevoir les boulets anglais de neuf livres : il les avait aussi fait peindre d'un brun chocolat sombre pour éliminer une partie des tâches incessantes d'astiquage qui prenaient tant de temps à bord — un temps que l'on pouvait utiliser beaucoup mieux. Mais cette décision bienveillante et raisonnable s'opposait à quelque profond instinct naval : Killick et ses aides, profitant de quelques petits éclats dans la peinture autour de la platine et de la lumière, avaient peu à peu agrandi la surface de laiton visible, à tel point que les canons brillaient à présent de l'embouchure à la culasse. Et voilà que Jack avait détruit la beauté de la grand-chambre en demandant à Mr Gray de construire l'équivalent d'une épaisse lisse d'hourdi, avec ses courbes, suffisamment robuste pour supporter le recul des pièces de neuf, de sorte qu'en démontant les fenêtres de poupe, comme pour y placer les contre-hublots, et une partie des garnitures de la galerie, il pouvait utiliser ses canons comme pièces de chasse, tirant de bien plus haut que les sabords habituels du carré. Il les faisait tirer presque tous les jours, sous sa surveillance personnelle, avec des équipes différentes et conduites par lui — comme il aimait à pointer un canon ! —, parfois constituées uniquement d'officiers, parfois d'aspirants, mais plus souvent d'une troupe regroupant les extrêmes de la batterie basse : d'une part le premier et le second chef de pièces, d'autre part tous les nigauds, les plus franchement incapables, dans l'espoir que les meilleurs s'amélioreraient et que les pires apprendraient l'exercice au moins assez bien pour être de quelque utilité. Cet emploi des pièces de chasse avait le grand avantage de lui permettre de tirer sur des barils vides flottant dans le sillage, de sorte que ceux qui visaient pouvaient constater le résultat de leurs efforts à différentes portées, sans qu'il ait à mettre en panne une seule minute pour envoyer les chaloupes remorquer des cibles.

Par contre, cela mettait la grand-chambre dans un état épouvantable. La plupart des valets de capitaines auraient pleuré de voir le résultat de leurs soins domestiques dispersé à tous les vents, leurs cuivres adorés, leur peinture, leur toile à carreaux, leurs fenêtres, profanés comme au combat. Et Killick, grand spécialiste de l'insubordination ou de l'insolence muette, supporté au nom du passé et devenu tyrannique, était peut-être le valet le plus rouspéteur de toute la marine, aussi féroce qu'Attila avec les laveurs de ponts et les mousses qui tombaient sous sa coupe, et source d'inquiétude constante pour son capitaine. Mais Jack eut l'heureuse inspiration de l'inviter à faire la première mise à feu, après quoi, au diable la beauté de la grand-chambre — toiles à carreaux percées par les chevilles à boucle et les glissières métalliques, filets remplis de boulets, écouvillons mouillés, débris brûlants pouvaient bien gâter l'impeccable symétrie de ce salon orné d'épées d'un côté et de lunettes de l'autre, les pistolets arrangés en un bel éventail entre les deux, chaises et tables toujours disposées exactement à la même place par rapport au rafraîchissoir à vin, en acajou, placé à côté de la porte de la galerie de hanche tribord, et l'odeur de la poudre pouvait tout envahir —, Killick était là, surveillant la mèche lente comme un terrier surveille un rat ou un fiancé sa promise. Un seul coup de canon suffisait à le rendre civil et même obligeant pour une semaine.

En dehors de ce tumulte de feu matinal, la vie à bord reprit très vite l'agréable monotonie d'un navire de guerre en traversée. Jack et Stephen revinrent à leur musique, jouant parfois sur la galerie de poupe dans la nuit tiède, le sillage traçant une ligne de phosphorescence loin derrière eux sur la mer de velours, ponctuée des images déformées des étoiles australes, sous le chant obstiné de l'alizé. Parfois des oiseaux, difficiles à identifier, attaquaient les lanternes de poupe, et d'autres fois c'est tout un carré de surface qui éclatait en un bref feu d'artifice, un banc de poissons volants échappant à quelque ennemi invisible. La routine quotidienne se maintenait et si les ponts semblaient peu peuplés, cette rareté et la présence de tant de malades alanguis et le crâne rasé apparurent bientôt comme l'ordre naturel des choses : de plus, les crânes, rasés au plus fort de la fièvre, se couvrirent d'abord d'un duvet hérissé puis d'une toison dense et semblèrent aussitôt moins anormaux. Stephen fit intimement connaissance avec les dents cariées du premier lieutenant et sa mauvaise digestion ainsi qu'avec la fièvre attrapée à Walcheren qui affectait le bosco ; et il vermifugea tout le poste des aspirants.

Dans un même retour aux habitudes acquises, il reprit ses promenades avec Mrs Wogan tandis que les convicts survivants prenaient l'air sur le gaillard d'avant. Ils étaient d'ailleurs beaucoup moins réservés qu'au début ; les hommes prêtaient volontairement la main aux pompes et aux tâches les plus simples — ils n'appartenaient plus à un monde entièrement étranger, objet de réprobation, et recevaient parfois des présents illicites de tabac.

Les quelques vivres frais embarqués à Recife disparurent vite ; les gâteaux glacés ne furent plus qu'un rêve ; le carré reprit son régime ordinaire — moins monotone que celui du premier pont, mais pourtant assez fastidieux, sous la responsabilité inepte du jeune Mr Byron qui faisait alterner en guise de dessert pudding aux figues et pudding aux pruneaux. Quant au carré, Grant entreprit d'asseoir son autorité de président de table, faisant de son mieux pour réprimer les jurons et paillardises et pour décourager les jeux de cartes, d'où un conflit avec Moore, homme jovial qui craignait fort d'être totalement réduit au silence et à l'inactivité.

Tout au long des vingt-quatre heures, les quarts

changeaient, on filait le loch, on notait les vents, le cap et la distance couverte : jamais spectaculaire, car la brise, quoique régulière en général, restait si loin dans l'est du sud que le *Leopard* ne pouvait naviguer qu'au près le plus serré, boulines étarquées à mort ; et il traînait toujours une masse d'algues.

Journées paisibles, monotonie ordonnée, scandée par les cloches, entre autres celle que l'aide-infirmier faisait résonner chaque jour au pied du mât de misaine quand les malades se présentaient au chirurgien.

— Au rythme où cela va, nous allons épuiser aussi nos réserves d'antivénériens, dit-il en se lavant les mains. Combien cela en fait-il, Mr Herapath ?

— Howlands est le septième, monsieur, répondit son assistant.

— Le typhus a pu me tromper, mais pas un *lues venerea* : la vérole sous toutes ses formes est aussi familière au médecin maritime que le rhume à son collègue terrien. Ce sont toutes des infections récentes, Mr Herapath, et comme notre bohémienne est la chasteté même, la source ne peut être que Peg, la servante de Mrs Wogan. Car vous observerez que si les voyages prolongés provoquent une augmentation extraordinaire des pratiques sodomites, ce sont bien ici les blessures de Vénus. Nous avons parmi nous un brûlot du diable et son nom est Peggy Barnes.

— Mais, monsieur, comme elle le dit elle-même, elle est enceinte.

Stephen écarta l'argument du geste.

— Comment parviennent-ils jusqu'à elle ? Et comment la rendre chaste ? Le serricunium, ceinture à cet effet, n'existe pas sur les navires de quatrième rang ; ni peut-être sur les autres. Et c'est là, si l'on réfléchit au nombre de femmes que l'on trouve sur certains navires quand leur capitaine est d'une autre humeur, une étrange lacune. Le nôtre, toutefois, obéit à la lettre de la loi, avec bonheur, car il affirme que les femmes sont source de discorde sur un navire. Peut-être le voilier, ou l'armurier, cet homme de ressources... J'en parlerai au capitaine.

Stephen en parla effectivement au capitaine et le fit par hasard à un moment où Jack était particulièrement monté contre le sexe faible.

— Elles vous font le cœur triste, la démarche pesante, l'esprit blessé, la main faible et le genou tremblant, dit-il à l'ébahissement de Stephen. Et tout cela est dans la Bible : je l'ai lu moi-même. Qu'elles aillent toutes au diable ! Il n'y a que trois femmes à bord mais on croirait qu'il s'agit d'une troupe de basilics.

— Des basilics, cher ?

— Oui. Vous devez tout savoir sur les basilics : ils répandaient la mort en regardant les gens. Il y a votre Peggy, qui réduira tout l'équipage de ce navire à une troupe de paralytiques chauves, sans nez et sans dents, à moins qu'on ne l'enferme dans un baril sans bonde. Il y a votre infâme sorcière bohémienne, qui a dit à l'un des Portugais que le navire est malchanceux, à tel point que le fantôme bicéphale d'un aide-shérif assassiné hante le filet de beaupré : tout l'équipage a entendu l'histoire et le quart de minuit a vu ce sinistre revenant, à califourchon sur la vergue de civadière, qui leur faisait des signes et des grimaces — tous les hommes du gaillard d'avant sont partis en courant, se bousculant comme un troupeau de vaches en pagaille, jusqu'au fronteau du gaillard d'arrière, et Turnbull n'a pas réussi à faire régler les voiles d'avant. Et puis il y a votre Mrs Wogan. Mr Fisher est venu me voir juste avant vous. Il pense qu'il serait beaucoup plus convenable que ce soit l'aumônier qui se promène avec elle sur la dunette plutôt que le chirurgien ou son assistant. Il aurait plus de poids dans ses admonitions s'il était seul maître des mouvements de la dame, dont la réputation ne souffrirait plus de certaines rumeurs actuelles ; et la plupart des autres officiers sont de son avis. Que pensez-vous de cela, Stephen, hein ?

Stephen ouvrit les mains sans répondre.

— Je ne vois sûrement pas plus loin qu'un autre à travers un mur de briques, poursuivit Jack, mais je sais fort bien que malgré son habit noir cet homme veut coucher avec elle — je ne vous parle ainsi, Stephen, que parce que vous êtes directement en cause. Comme j'ai quelque respect pour le clergé, je lui ai dit simplement que je n'appréciais guère que l'on discute mes ordres, au carré ou ailleurs, qu'il n'est pas coutume dans le service de remettre en question les décisions d'un capitaine, ou de rapporter à la chambre des rumeurs désobligeantes, et que je comptais que mes consignes soient obéies exactement.

— L'homme est né pour la discorde, comme l'étincelle pour voler vers le ciel : cela aussi est dans la Bible, Jack. Je ferai de mon mieux pour exorciser la vérole et le fantôme. J'ai aussi quelque consolation à vous apporter, mon frère. Le jeune lieutenant d'infanterie de marine, Howard : il joue de la flûte.

— La flûte allemande est le fléau de la Navy depuis ma jeunesse. Tous les postes d'aspirant et tous les carrés où j'ai vécu contenaient une douzaine de brutes capables d'ânonner la première moitié de *Richmond Hill*. Et après ce qu'il a dit de Mrs Wogan, Howard n'est pas un homme que j'aurai plaisir à recevoir ou accueillir à ma table en dehors des obligations du service.

— Quand je dis qu'il joue, je veux dire qu'il joue de manière à calmer les flots et à arrêter les fauves dans leur fureur. Quelle maîtrise ! Quelle modulation ! Quels arpèges en legato ! Albini ne ferait pas mieux — non, pas si bien. Je ne saurais louer vraiment l'homme lui-même : ce sont ses poumons et ses lèvres que j'honore. Quand il joue, cette face de brute militaire, cet œil fixe couleur d'huître, cet... — mais n'en disons pas de mal —, tout disparaît derrière l'afflux et la pureté des sons. Il est possédé. Quand il repose sa flûte, l'éclat disparaît ; l'œil est mort à nouveau ; le visage retrouve sa vulgarité.

— Je suis sûr que vous avez raison, Stephen, mais il faut me pardonner — je ne saurais prendre plaisir à jouer avec un homme capable de parler si mal des femmes.

« Les femmes ne sont pas sans défense, toutefois », se dit Stephen, traversant l'infirmerie pour aller à l'avant reprocher leur conduite irréfléchie à Peggy et Mrs Boswell. Herapath venait de ramener Louisa Wogan de la dunette et le dalot à la porte de sa cabine laissait passer le son douloureusement familier d'une voix torturant un homme.

Quoique passionnée, la voix était basse. Dans le français le plus aisé elle disait à Herapath qu'il était un imbécile, qu'il ne comprenait rien, rien du tout, qu'il n'avait jamais rien compris, à aucun moment. Il n'avait pas la moindre notion de tact, de discrétion, de délicatesse, il ne saurait jamais choisir l'instant favorable. Il abusait odieusement de sa position. Pour qui donc se prenait-il ?

Stephen haussa les épaules et poursuivit son chemin.

— Salubrity Boswell, dit-il, à quoi songez-vous ? Comment se fait-il qu'une femme ayant un jugement aussi bon que le vôtre ait pu agir de manière si irréfléchie que de dire à un marin qu'il est sur un navire malchanceux ? Ne savez-vous pas, madame, que le marin est l'être le plus superstitieux que la terre ait jamais porté ? Qu'en lui disant que son navire est malchanceux et même hanté vous l'incitez à négliger son devoir, à se cacher dans le noir alors qu'il devrait régler les voiles et tirer sur les cordages ? Qu'en conséquence le navire devient effectivement malchanceux, il court au rocher invisible, il sombre, il est pris à contre. Et alors que devenez-vous, madame, et que devient votre bébé ?

Il s'entendit répondre que ceux qui lui donnaient de l'argent faux ne pouvaient attendre que le mauvais sort : il la laissa maussade et lointaine, marmonnant sombrement sur son paquet de cartes, mais il savait que ses paroles l'avaient atteinte et que le peu qu'elle pourrait faire pour exorciser le shérif fantôme serait fait. Cela ne suffirait cependant pas : le spectre risquait de résister à tout exorcisme courant.

— Bonden, dit-il, rappelez-moi, s'il vous plaît, où se trouve le filet de beaupré.

— Eh bien, monsieur, dit Bonden avec un sourire, c'est là où nous serrons la voile d'étai de misaine et le foc.

— Je vous demanderai de m'y conduire, après le rappel de ce soir et l'exercice.

Bonden ne souriait plus.

— Oh, monsieur, il fera noir à ce moment-là.

— Aucune importance. Vous vous munirez d'une petite lanterne. Mr Benton sera heureux de vous prêter une petite lanterne.

— Je ne crois pas que ça puisse aller, monsieur, c'est là-bas, tout au bout, au-delà des poulaines, tout droit au-dessus de la mer, si vous me comprenez, avec rien du tout pour se tenir sauf les marchepieds. Ce serait beaucoup trop dangereux pour vous, monsieur : vous glisseriez sûrement. C'est l'endroit le plus dangereux de toute la barque, avec ces vieux requins affamés juste en dessous.

— Balivernes, Bonden. Je suis un vieux marin, un quadrumane. Nous nous retrouverons ici près de ce... quel est son nom ?

— L'apôtre, monsieur, dit Bonden d'une voix basse et consternée.

— Exactement : l'apôtre. N'oubliez pas la lanterne, s'il vous plaît. Je dois rejoindre mon collègue.

En fait, ni Bonden ni le docteur Maturin ne furent au rendez-vous, sans même parler de la lanterne. Le patron de canot envoya par un mousse ses devoirs et ses respects : la gigue du capitaine était dans un tel état qu'il ne pouvait s'autoriser la moindre liberté. Et l'entretien de Stephen avec son collègue Herapath se poursuivit tard dans la nuit.

— Mr Herapath, commença-t-il, le capitaine nous invite tous deux à dîner avec lui demain pour rencontrer Mr Byron et le capitaine Moore. Venez, courons, il n'y a pas une minute à perdre.

Les battements urgents du tambour pour le rappel du soir lui firent lancer ces derniers mots d'une voix aiguë et ils se hâtèrent de rejoindre leurs postes de combat, dans l'entrepont. Là, ils s'assirent en silence, tandis que le rituel se poursuivait au-dessus de leurs têtes. Herapath fit une ou deux tentatives pour émettre quelques remarques, mais sans succès. Stephen, la main sur les yeux, le regardait de côté ; même à la lumière de l'unique chandelle, le jeune homme était très pâle : pâle et défait. Le cheveu terne et morne, les yeux enfoncés.

— Voici les grands canons rangés, dit enfin Stephen. Je crois que nous pouvons repartir. Venez boire un verre dans mon antre : j'ai du whiskey de mon pays.

Il assit Herapath dans un angle de sa petite cabine triangulaire, parmi les bocaux de calmars dans l'alcool, et remarqua :

— Littleton, la hernie de la bordée tribord, a pris cet après-midi une belle coryphène ; j'ai l'intention de consacrer demain toutes les heures de jour à la disséquer, pour que la chair soit encore comestible quand j'en aurai terminé. Je vous demanderai donc de bien vouloir vous occuper à nouveau de notre jolie prisonnière.

Stephen avait parfois d'étranges déficiences. Il n'avait pas invité le jeune homme dans l'intention de lui délier la langue par l'alcool, ni de provoquer ses confidences. Mais si tel avait été son désir, il n'aurait pu mieux réussir. Après s'être étranglé sur la boisson inaccoutumée — c'était très bon, aussi délicat que le meilleur cognac, mais s'il pouvait avoir un peu d'eau, il le trouverait encore meilleur —, Herapath dit :

— Docteur Maturin, à part même toute mon estime et ma considération, j'ai de grandes obligations envers vous et il m'est douloureux de vous mentir, de manquer systématiquement de sincérité. Je dois vous dire que je connais depuis longtemps Mrs Wogan. Je me suis embarqué pour la suivre.

— Vraiment ? Je suis heureux d'apprendre qu'elle a un ami à bord : ce serait un voyage bien mélancolique toute seule ; et un débarquement plus mélancolique encore. Mais, Mr Herapath, est-il sage d'avertir le monde de vos relations ? Cela ne risque-t-il pas de compromettre la dame et de rendre sa position plus difficile encore ?

Herapath en était tout à fait d'accord : Mrs Wogan elle-même l'avait exhorté à prendre grand soin que cela ne se sache pas et elle serait furieuse si elle apprenait qu'il en avait parlé au docteur Maturin. Le docteur Maturin était toutefois la seule personne dans ce navire à qui il se confierait jamais, et s'il le faisait à présent, c'est en partie parce que cette dissimulation continuelle l'écœurait et en partie parce qu'il souhaitait qu'on ne lui demande pas de l'accompagner pour le moment ; ils avaient eu un désaccord fort douloureux et elle pensait qu'il s'imposait à elle, qu'il utilisait sa position à cette fin.

— Et pourtant, tout d'abord, elle a été si heureuse de me voir. C'était comme nos premiers jours ensemble, il y a bien, bien longtemps.

— En somme, vos relations remontent à un certain temps ?

— Ah oui, vraiment. Nous nous sommes rencontrés pendant la paix, à bord du courrier de Calais à Douvres. J'avais terminé mes travaux avec le père Bourgeois.

— Le père Bourgeois, le sinologue ? Le missionnaire de Chine ?

— Oui, monsieur. Et je rentrais en Angleterre, dans l'intention de m'embarquer pour les Etats-Unis après une ou deux semaines à Oxford. J'ai vu qu'elle était seule et en quelque détresse — entourée d'êtres outrecuidants — et elle a eu la bonté d'accepter ma protection. Très vite nous nous sommes aperçus que nous étions tous deux américains et que nous connaissions les mêmes familles ; que nous avions tous deux reçu l'essentiel de notre éducation en France et en Angleterre et que nous n'étions riches ni l'un ni l'autre. Elle venait de se fâcher avec Mr Wogan — je crois qu'il avait couché avec sa femme de chambre — et elle voyageait sans bien savoir que faire, avec quelques bijoux et fort peu d'argent. Heureusement, ma pension semestrielle m'attendait à Londres chez l'agent de mon père : nous nous sommes donc installés dans une petite maison en dehors de la ville, à Chelsea. Ce furent des jours de bonheur que je n'espère pas pouvoir décrire, et je ne le tenterai pas, de peur de les gâter. La maisonnette avait un jardin, nous avions calculé qu'en y plantant quelque chose nous pourrions tenir en dépit du coût de l'ameublement, du moins en attendant des nouvelles de mon père dans la générosité duquel je plaçais tous mes espoirs. Mes livres m'avaient suivi, de Paris, et le soir, après le jardinage, j'enseignais à Louisa les éléments du chinois littéraire. Mais nos calculs se révélèrent faux, car malgré toute la bonté des maraîchers entourant notre maison, qui nous donnaient des plants et me faisaient même voir comment il fallait creuser la terre, nous n'avions pas rentré notre première récolte de haricots et Louisa n'avait pas appris plus d'une centaine de radicaux que des hommes vinrent emporter sa petite épinette. Je ne sais comment cela se faisait, mais l'argent semblait s'évanouir en dépit de tous nos soins. Mr Wogan était un homme dépensier, avec toute la prodigalité des Sudistes, et peut-être Louisa n'avait-elle jamais appris à tenir une maison avec peu d'argent : elle aussi était née dans le Maryland, entourée de toute une troupe de Noirs ; la population de ces Etats ne considère pas un shilling comme nous le faisons dans le Massachusetts, et l'on n'y trouve pas la même crainte presque religieuse des dettes. Et puis aussi, ayant quelques amis à Londres, tant anglais qu'américains, elle était obligée d'avoir des robes pour les recevoir — elle avait tout laissé derrière elle. Ils venaient de plus en plus souvent et ils amenaient leurs amis dans ce qu'ils appelaient notre chaumière ; des hommes intéressants comme les Coulson, Mr Lodge, de Boston, et Horne Tooke, dont la conversation était un délice. Mais le dîner le plus simple est une affaire coûteuse en Angleterre, comparé à la France ou à l'Amérique, et nos difficultés ne faisaient que croître.

Et puis j'étais sans doute un compagnon ennuyeux. Je ne connaissais pas grand-chose du monde, ma vie avait toujours été très tranquille ; et bien qu'elle fût sensible à la beauté des œuvres de mes poètes, elle ne pouvait partager le plaisir que m'apportait la Chine des empereurs T'ang. Je ne pouvais non plus partager son ardeur passionnée pour les doctrines républicaines. Mon père était loyaliste pendant la guerre d'Indépendance tandis que ma mère avait opté pour l'autre côté, étant apparentée au général Washington. Leur vie commune était difficile, chacun tentant de convaincre l'autre, et j'avais tant entendu parler de politique étant enfant, sans être capable de concilier leurs points de vue, que j'avais rejeté le tout. A mes yeux un roi et un président étaient tout aussi désagréables, lointains et sans importance, et j'en avais conçu une aversion profonde pour tout discours politique. Quoi qu'il en soit, elle se mit à voir de plus en plus ses amis radicaux de Londres : certains étaient riches et haut placés, et elle m'expliqua en toute candeur qu'elle aimait leur train de vie.

Le temps que je reçoive des nouvelles de mon père, nos affaires étaient proches de la crise : je n'aurais pas supporté une semaine de plus le harcèlement des commerçants et d'ailleurs, sans l'indulgence et la bonté du boulanger, nous aurions été plus affamés encore. Mais la lettre de mon père n'apportait rien de plus qu'une traite sur son agent pour payer mon retour en

Amérique et un ordre exprès de rentrer immédiatement. Je lui avais exposé très clairement ma position et il me répondait avec une franchise égale. Je m'étais flatté de réussir, par ma description des sentiments que j'entretenais pour Louisa et de leur nature éternelle, à surmonter la rigueur de ses principes épiscopaliens : je m'étais trompé. Il désapprouvait totalement cette relation : d'abord pour des raisons morales, ensuite parce que la dame était catholique romaine, et troisièmement en raison de ses opinions politiques qui lui étaient odieuses. Il était étonnamment bien informé par ses correspondants londoniens et il avait fait son enquête à Baltimore parmi nos amis communs. Même si la dame n'avait pas été mariée, il ne consentirait jamais à une telle alliance. Lui devant obéissance, il me fallait rentrer sans retard. Et en post-scriptum, il ajoutait que lorsque j'irais voir son agent pour lui présenter la traite, celui-ci me remettrait un paquet que je devais lui rapporter aux Etats-Unis en en prenant le plus grand soin.

Je savais ce que contiendrait le paquet. En tant que loyaliste, mon père avait souffert de lourdes pertes du fait de son soutien au roi George : obligé de se retirer au Canada pendant quelques années, ce n'était que grâce aux convictions de ma mère et à ses relations avec le général Washington qu'il avait obtenu l'autorisation de revenir. Le gouvernement anglais avait entrepris d'indemniser les loyalistes et après de très, très longs retards, les demandes de mon père avaient été en partie reconnues. J'avais entendu de temps en temps parler du progrès de cette affaire par son agent ; et à présent le paiement était arrivé. J'ouvris le paquet, escomptai les billets, et nous nous installâmes à Londres même, dans un appartement meublé de Bolton Street.

L'argent de mon père ne dura guère plus d'une demi-année : nous vivions très joyeusement dans le style qu'aimait Louisa, et nous recevions. Le cercle des relations de Louisa ne faisait que grandir. Quand il ne resta plus guère que cent livres, elle écrivit deux pièces et quelques vers que je copiai pour les théâtres et les libraires. Elle avait une assez jolie plume et obtint un certain succès. A l'époque j'avais l'espoir d'être admis dans une mission à Canton en tant qu'interprète : la connaissance du chinois était ma seule qualification pour gagner ma vie, mais elle était inhabituelle, et l'on m'avait dit que je serais payé grassement. Mais la mission fut abandonnée, et le succès littéraire ne saurait guère soutenir un couple dans les nécessités de la vie ; notre dernière guinée fondit ; et Louisa disparut. Elle m'avait souvent dit que pour des raisons littéraires et politiques, il lui était indispensable de cultiver et même de visiter certains hommes que ni elle ni moi nous n'estimions particulièrement : elle avait souvent fait ces visites, parfois d'une semaine ou plus ; et j'appris alors qu'elle vivait sous la protection de l'un de ces hommes, un Mr Hammond.

Je n'ai pas tenté de vous décrire mon bonheur : je ne dirai rien non plus de mon extrême détresse. Mais elle n'était pas sans bonté ; la rancœur et la méchanceté ne sont pas dans la nature de Louisa. Après quelque temps, ayant appris où je vivais, elle m'envoya de l'argent. Au cours de cette année et de la suivante, elle voyagea beaucoup, mais quand elle était à Londres elle me retrouvait et me donnait parfois rendez-vous dans le parc ou même dans ma chambre. Elle me parlait de ses diverses liaisons avec toute la candeur d'une amie — elle m'a toujours, sauf au moment de cette séparation, traité en ami et nous nous entendions fort bien. A l'une de ces occasions où elle me trouva extrêmement malade, elle me dit que je pourrais l'accompagner en tant que secrétaire : mais je ne devais jamais rien dire de notre intimité. Elle vivait alors dans une petite maison discrète mais parfaitement élégante derrière Berkeley Street et avait un salon où je vis nombre d'hommes remarquables pour leur intelligence, leur rang ou leur richesse et parfois les trois à la fois. La conversation était alerte, plus proche de la manière française que ce que j'avais jamais entendu en Angleterre : elle était rarement peu convenable, mais dans l'ensemble il s'agissait, je crois, de personnes assez dissolues. Je me souviens d'un Mr Burdett ; d'un duc gras et mélancolique ; de Lord Breadalbane. Il y en avait d'autres ; je me souviens de Mr Coleridge et de Mr Godwin — mais ils ne faisaient pas partie de la bande habituelle. Il ne venait pas que des hommes, car nous avions souvent Mrs Standish, et Lady Jersey, avec tout un groupe de ses amies. Pourtant les hommes prédominaient et c'est dans son boudoir qu'elle avait l'habitude de recevoir ceux qui lui étaient le plus proches, tels que John Harrod, le banquier, John Aspen, de Philadelphie, que Mr Jay avait laissé derrière lui, et l'aîné des Coulson — il était leur chef. Ils entraient par la porte donnant sur une autre maison derrière le jardin.

« Vous êtes le compagnon le plus catastrophique que l'on ait jamais vu pour un conspirateur », pensa Stephen tout en versant le whiskey, « à moins bien entendu que vous ne soyez un monstre de ruse et d'habileté. » Et tout haut :

— J'ai connu un Américain, un Mr Joseph Coulson, à Londres. Il me parlait de politique et des sentiments irlandais sur l'indépendance, des Irlandais aux Etats-Unis et des officiers irlandais servant la Couronne britannique. Mais surtout de politique, de politique européenne.

— C'est bien l'homme, et il avait un frère, beaucoup plus jeune, Zachary, qui avait été à l'école avec moi. Joseph parlait sans arrêt de politique : je ne pouvais l'écouter. Et il m'interrogeait aussi très souvent sur l'état des sentiments dans le pays ; il disait que cela affectait la Bourse. Mais je ne pouvais jamais lui répondre, bien qu'il m'ait demandé de prêter attention à ce que disaient les gens. Un homme fort intelligent, en dehors de sa politique : j'en étais venu à le connaître bien car il me donnait à copier des papiers d'une longueur infinie et des lettres à porter en ville. D'après ses airs de mystère et ses recommandations de m'assurer que je n'étais pas suivi, j'en avais conclu que ce devait être un homme de plaisir, comme tant de ceux qui fréquentaient la maison.

Il s'absorba dans la contemplation de son verre ; Stephen dit :

— Je pense que votre position devait être particulièrement douloureuse.

— Elle avait des aspects pénibles. Mais mon principal objectif était atteint : je me trouvais souvent dans la même pièce que Louisa, et je n'en demandais guère plus. Ce que l'on appelle possession n'était pas sans importance pour moi, mais son amitié m'était infiniment plus précieuse. Son amitié et sa présence. Je m'étonnais parfois qu'elle choisisse des protecteurs tels que ceux que je voyais autour d'elle, mais en dehors de quelques rares exceptions dans les premiers temps, je ne les ai jamais haïs ; je n'ai jamais non plus trouvé en moi la force de la condamner, quoi qu'elle fît. C'était peut-être indigne : je crois que je le mépriserais chez un autre. Pourtant je ne doute guère que si l'on exigeait de moi plus d'indignité encore, je la commettrais.

Stephen dit :

— Je parlerais plutôt de courage. Dois-je considérer par conséquent que vous n'êtes pas troublé par les rumeurs concernant Mrs Wogan et moi ? Vous avez dû les entendre dans le poste des aspirants ?

— Non. En partie parce que je ne les crois pas, mais surtout parce que ce terme de possession est tellement aberrant lorsqu'on l'applique à une femme aussi entière que Louisa. Quant au courage... Oui, il m'a fallu un certain courage au début, en dépit de toute ma raison ; mais j'avais un ami doté de... d'armes plus fortes, dirais-je, que la philosophie. Dès le début de mon étude du chinois j'ai rencontré un homme qui m'a introduit aux plaisirs de l'opium, aux plaisirs et à la consolation de l'opium. La puissance m'en était totalement familière avant que je rencontre Louisa, et lorsque ma détresse me pesait trop lourdement, il me suffisait de fumer deux ou trois pipes pour l'alléger beaucoup, pour que mon esprit troublé retrouve sa philosophie, et pour qu'une compréhension calme et totale envahisse mon être. L'opium apaisait aussi la faim et l'appétit sexuel : avec ma pipe et ma lampe, je n'avais pas de mal à me comporter en stoïque.

— N'y trouviez-vous aucun inconvénient ? On parle de perte d'appétit, de décharnement, d'absence d'étincelle vitale, d'accoutumance et même d'un esclavage tout à fait dégradant.

— Dans l'ensemble je n'en ai pas trouvé, mais il faut dire aussi qu'en général je ne m'y laissais aller qu'au maximum une fois ou deux par semaine, comme mon initiateur et la plupart des fumeurs habitués que j'ai connus — une ou deux fois par semaine, comme un homme irait au concert ou au théâtre, si ce n'est que je crois mes concerts et mes pièces plus riches, plus profonds, de loin, et plus variés que tout ce que l'on peut trouver dans la vie objective : rêves, fantasmes et une accession à la sagesse apparente que mes paroles ne sauraient en aucun cas décrire. Quant à l'étincelle vitale, je pouvais travailler douze ou quatorze heures d'affilée sans inconvénient ; et quant au manque de virilité, eh bien, monsieur, si ce n'était pas vous manquer de respect, j'en rirais. Mais par ailleurs, dans l'extrémité de mon malheur, j'abusai de la pipe et alors tout ce que vous venez de dire est bien inférieur à la vérité, car en plus de l'esclavage et de la dégradation c'est la vie tout entière qui se transforme en un cauchemar éveillé. Les rêves envahissent la journée et d'enchanteurs ils deviennent horribles : ils le font par des variations minuscules et subtiles qui stupéfient l'esprit. Il en est de même pour les couleurs — car j'aurais dû vous dire que mes rêves étaient infiniment remplis de couleurs, et que la couleur envahissait aussi les caractères que je lisais ou écrivais, les emplissant d'une signification beaucoup plus grande, que j'étais en mesure d'appréhender mais incapable de nommer. Et pourtant voilà que ces couleurs, par une modification d'un quart de ton, devenaient de plus en plus sinistres, menaçantes et même malfaisantes. Elles me terrifiaient. Par exemple, ma fenêtre donnait sur un mur nu et dans le plâtre fissuré un petit éclat de violet se mettait à grandir, à luire avec une signifiance si diabolique que je me blottissais à terre. J'étais dans cet état d'horreur lucide quand Louisa me prit avec elle en tant que secrétaire. Là, avec elle toute proche presque tous les jours, je me remis. Cela exigea une certaine constance : pendant quelque temps le manque me parut presque intolérable. Mais heureusement il n'y avait pas de circonstance pour l'exacerber à ce moment et je tins bon. Actuellement, je peux regarder ma pipe d'un œil calme et affectionné ; ce n'est plus le monstre malin, malfaisant et nécessaire que cela fut ; et je la sors — ou devrais-je dire je la sortais, car elle est à présent à cinq mille milles de moi — de son logement peut-être une fois par semaine, comme l'ouvrier avec son pot de bière, pour le plaisir, ou quand j'ai besoin d'endurance et de rester éveillé pour une tâche inhabituelle, ou pour me soulager dans un cas d'urgence rare.

— Voulez-vous dire, Mr Herapath, qu'ayant rompu cette habitude vous avez pu retrouver une utilisation modérée et agréable de la drogue ?

— Oui, monsieur.

— Et dans les intervalles, ne ressentiez-vous pas un besoin impérieux ? Le manque n'était pas revenu ?

— Non, monsieur, jamais après cette rupture nette. L'opium était à nouveau mon vieil ami accoutumé ; je pouvais y recourir lorsque je le voulais, ou m'en priver. Si j'en avais à présent, je l'utiliserais comme gâterie dominicale et pour supporter la monotonie des sermons de Mr Fisher ; ils passeraient en un souffle agréable et coloré car, comme vous le savez sans aucun doute, l'opium joue les tours les plus étranges avec le temps ou plutôt avec la perception que l'on a de son passage. Je l'utiliserais aussi dans le cas présent pour alléger ma détresse de la méprise qui s'est installée entre Louisa et moi. Cela me peine infiniment de penser qu'elle puisse me soupçonner d'une telle indélicatesse, que de m'imposer à elle ; et ce qui me peine plus encore, c'est le souvenir de l'éclat soudain qui m'a conduit à lui faire des reproches véhéments, à l'accuser, à tort, de manquer de bonté et d'affection, et à l'avoir laissée en larmes. Comment pourra-t-elle jamais supporter à nouveau ma compagnie, je ne saurais le dire.

— Peut-être, Mr Herapath, dit Stephen, si vous y retourniez à présent, si vous reconnaissiez entièrement votre faute, et vous en remettiez à sa magnanimité, peut-être pourriez-vous dans l'intimité de sa cabine obtenir votre pardon. Voici la clé. N'oubliez pas, je vous prie, de me la rendre demain : en tout état de cause je vous en tiendrai comptable. Et peut-être jugerez-vous plus sage, Mr Herapath, de ne jamais en quelque circonstance que ce soit parler de cette conversation. Rien ne pourrait contrarier plus profondément une femme, non, rien, même la pire et la plus patente des infidélités. Pour moi, je n'en parlerai jamais.

Dans son journal, il écrivit :

« J'ai été profondément frappé par ce que Mr Herapath m'a dit de son retour à la drogue. C'est un homme fort intelligent et, j'en suis persuadé, parfaitement sincère et je pense que je pourrais suivre son exemple. La beauté de Mrs Wogan, ses jolies manières et par-dessus tout ce rire infiniment divertissant ont remué depuis quelques jours mes penchants amoureux. Je me suis surpris à regarder sa poitrine, son oreille, sa nuque, beaucoup trop fréquemment ; et je suis convaincu que la vérité toute nue est que ma barbe est tombée en sacrifice à ses charmes. Il ne fait aucun doute que le devoir m'impose le retour au laudanum et donc à la chasteté. Je suis content d'Herapath : lui et moi dînons demain avec Jack. Que pensera-t-il du jeune homme ? »

Le capitaine Aubrey ne pensa pas grand-chose du jeune homme. Il dit à Stephen avec franchise :

— Je ne voudrais pas dénigrer votre jeune homme, Stephen, mais ne croyez-vous pas que vous devriez le tenir à l'écart de la bouteille ? Il ne tient pas la boisson ; il n'a pas la tête solide. Voyons, avec à peine trois verres, car je ne lui en ai pas versé plus, il était sur le point de chanter *Yankee Doodle*. *Yankee Doodle*, à bord d'un navire du roi, sur mon honneur !

Stephen ne répondit rien. Il était vrai qu'Herapath, quoique pâle, fatigué et même défait comme après un labeur violent et prolongé, s'était comporté étrangement, riant sans raison apparente, claquant des doigts, souriant en secret, répondant souvent au hasard et parlant même quand on ne lui parlait pas — rires intempestifs, expressions facétieuses, tendance à chanter sans qu'on lui demande rien. Il changea de sujet :

— Ce bitture de filin, Jack, où se trouve-t-il ?

— Le filet de beaupré, où se cache le fantôme ?

— Il n'est rien de plus oppressif que la correction ostentatoire d'un *lapsus linguae* évident : je voulais bien entendu parler du filet de beaupré.

— Je vais vous montrer, dit Jack, et il conduisit Stephen jusqu'à l'avant, puis sur le beaupré, jusqu'à la chouque, et l'installa sur la vergue de civadière.

— Oh, oh, voici l'endroit le plus noble du monde ! s'écria-t-il quand on l'eut fait pivoter avec précaution.

Il se retrouva assis, au-dessus de l'eau mais pas trop haut, à l'extérieur du navire, au-delà d'une splendide vague d'étrave, regardant à distance la figure de proue, le *Leopard* en progression perpétuelle, la pyramide des voiles étincelantes, tandis que lui-même, tout aussi perpétuellement, fuyait en arrière sur l'eau lisse.

— Je suis captivé. Je pourrais rester ici toujours.

Quand il put obtenir son attention, Jack lui montra les filières bien tendues et le filet accroché entre elles.

— Voici donc le repaire du fantôme, dit Stephen. Il serait plus approprié de parler d'une nymphe ou même d'une dryade. Donc ce soir, mon frère, il faut que vous me rameniez ici avec deux feux de Bengale bleus. J'ai quant à moi une bouteille d'eau bénite. Ainsi armé, j'exorciserai le fantôme : car cette affaire, n'étant que démence complète, tombe bien évidemment dans le domaine de l'homme de médecine.

— De nuit ? dit Jack.

— Dès qu'il fera suffisamment nuit, dit Stephen.

Jetant un coup d'œil à Jack, il ajouta :

— Vous n'êtes sûrement pas, mon cher, assez pusillanime pour croire aux fantômes ?

— Pas du tout. Je m'étonne que vous fassiez une suggestion aussi déplacée. Mais il se trouve que ce soir je ne serai pas disponible ; et de toute manière il me semble que puisqu'il s'agit là d'une affaire médicale, comme vous le dites vous-même, Herapath serait bien mieux approprié.

Quand Jack sauta de sa bannette, à l'aube, en réponse aux coups frappés à sa porte, son esprit, arraché au rêve d'une Mrs Wogan aimable et consentante, lui dit que le vent n'ayant pas changé et le *Leopard* n'ayant en rien dévié de sa route ni touché à la moindre voile, ce devait être encore un caprice de ce maudit fantôme. Mais en un éclair, en deux enjambées séparant la bannette de la porte, ses souvenirs corrigèrent cette certitude en lui rapportant l'image éclatante de Stephen, armé d'eau bénite et de feux de Bengale, exorcisant le fantôme à la satisfaction de tout l'équipage et en particulier des papistes (un bon tiers d'entre eux) ; la colère de Mr Fisher criant au galimatias ; la réponse de Stephen, peut-être mal choisie, Vénus-Wénus ; le comportement paisible des matelots envoyés dans le filet de beaupré quelques moments après.

— Bonjour, Mr Holles, dit-il à l'aspirant.

— Bonjour, monsieur. Les respects de Mr Grant, et il y a un navire par l'étrave bâbord.

— Merci, Mr Holles, je serai sur le pont dans l'instant.

Et ce fut dans l'instant : en pantalon, torse nu et ses longs cheveux flottant au vent. Il se pencha très loin sur la lisse au vent et l'aperçut, presque par l'arrière, mais les mâts suffisamment décalés pour montrer qu'ils étaient trois, ses huniers mordant le bord rouge du soleil levant.

— Aux drisses de perroquet ! s'écria-t-il, du monde aux bras au vent ! A ferler, à ferler ! Du monde aux boulines. (Et, dans un aparté furieux à l'intention du lieutenant :) Pour l'amour de Dieu, Mr Grant, comment n'avez-vous pas l'idée de rentrer les perroquets dans une telle situation ? (Puis, plus fort, beaucoup plus fort :) Tout le monde sur le pont, à virer lof pour lof.

— Maudite vieille chose, dit-il, en fonçant parmi les matelots affairés, les fauberts, les pierres à briquer et les seaux qui parsemaient le pont pour grimper dans la grand-hune aussi vite qu'un gamin — c'est une question de minutes, et il envoie me réveiller !

La première chose que savait un capitaine en croisière était l'intérêt de voir sans être vu, si possible, ou du moins d'être le premier à voir. C'est pour cela que les ordres constants à bord du *Leopard* étaient de doubler les vigies et de les envoyer en tête de mât avant l'aube pour tirer profit de ce précieux coup d'œil du petit matin. Si les perroquets avaient disparu au premier appel, le *Leopard* aurait pu rester inaperçu. Même ainsi, le navire inconnu ne l'avait peut-être pas vu, le *Leopard* étant très loin dans l'ouest où la nuit s'attardait encore avec un peu de brume.

Il monta plus haut tandis que le *Leopard* virait calmement et s'établissait sur son nouveau cap — on pouvait du moins faire confiance à Grant pour cette manœuvre — et observa l'étranger lointain disparaissant très vite tandis que le *Leopard* s'en écartait, jusqu'à ce que le soleil l'éblouisse. Revenu sur le pont, les yeux remplis d'un disque orange éclatant, il mit sa main en visière et dit :

— Qui l'a vu le premier ?

Un jeune gabier arriva en courant, l'air inquiet, et salua.

— C'est bien, Dukes, vous avez de bons yeux.

Il descendit se vêtir. Le matin était frais comme on pouvait s'y attendre, le *Leopard* se trouvant à présent très au sud du Capricorne et à une journée à peine du courant glacial et de la vaste zone froide précédant la région des vents d'ouest dominants. Tandis qu'il s'habillait, les pensées se bousculaient dans sa tête. Il n'avait que fort peu d'indications précises : c'était un vaisseau, sans aucun doute, mais de quelle puissance et de quelle nature, il n'en savait rien. Il était presque certain de l'avoir vu en train de larguer un ris dans ses huniers : les navires de la Compagnie des Indes, les Hollandais et certains capitaines de la Royal Navy avaient l'habitude de prendre un ris au coucher du soleil par souci de confort. Mais les navires de la Compagnie auraient dû avoir déjà atteint ou dépassé le Cap depuis deux mois, et un retardataire ou un navire supplémentaire n'aurait pas été franchir la Ligne assez loin dans l'est pour se trouver à cet endroit. Ce n'était certainement pas un baleinier. Ce pouvait être un Américain en route vers l'Extrême-Orient ; peut-être appartenait-il à la Royal Navy ; mais selon toute probabilité, il venait d'apercevoir le *Waakzaamheid.*

— Un homme averti en vaut deux, dit-il à Stephen au petit déjeuner.

— Que voilà une belle pensée, dit Stephen, et d'une

originalité remarquable : dites-moi s'il vous plaît quand elle vous est venue.

— C'est bon, c'est bon. Mais si vous l'aviez dite en latin, en grec ou en hébreu, vous en feriez un triomphe d'une demi-heure en vous moquant de ceux qui ne peuvent s'exprimer que comme de simples et honnêtes chrétiens : pourtant ce serait exactement la même chose. Aimeriez-vous que je vous explique la situation ?

— S'il vous plaît : dès l'instant où j'aurai terminé ce morceau de toast.

— Voilà où nous sommes, dit Jack, montrant un point sur la carte à peu près aux deux tiers de la distance séparant l'Amérique du Sud de la pointe de l'Afrique. Pas très loin du Cap. Nous allons garder les alizés quelque temps mais, très vite, sans doute aujourd'hui, nous rencontrerons le courant froid portant à l'ouest, dans lequel l'alizé faiblit — vous verrez peut-être quelques-uns de vos albatros avant même que nous n'atteignions la région des brises variables, de ce côté-ci des vrais vents d'ouest.

— J'ai vu un pétrel, un pigeon du Cap, en descendant.

— Félicitations, Stephen. Et voici l'étranger, à notre vent, comme vous voyez. S'il s'agit bien du Hollandais, et je suis tenté de parier sur le pire, il aura tendance à faire le plus de sud possible pour atteindre les quarantièmes le plus rapidement, passer bien au sud du Cap et faire ensuite du nord et de l'est vers les Indes. Même un homme audacieux, avec un navire bien équipé, à carène propre, et un équipage nombreux, ne se hasarderait pas dans le canal de Mozambique, pas avec nos croisières basées à l'île Maurice ; mais d'autre part...

Jack poursuivit sa réflexion à haute voix, comme le docteur Maturin aurait pu mettre un diagnostic à l'épreuve sur un collègue muet, et l'attention de Stephen partit à l'aventure. Il avait une confiance totale dans la capacité de Jack à résoudre ces problèmes ; si Jack Aubrey ne pouvait les résoudre, personne ne le pourrait et surtout pas Stephen Maturin. Il se mit à lire discrètement les notices nécrologiques sur une vieille *Naval Chronicle* dont la page dépassait sous la carte — « Le dix-neuf de juillet dernier, à bord du *Theseus*, à Port-Royal, Jamaïque, Francis Walwin Eves, aspirant. A l'île Sainte-Marie, le vingt-cinq d'août, Miss Home, fille aînée du regretté vice-amiral Sir George Home, baronet. Le vingt-cinq de septembre, à Richmond, l'honorable capitaine Carpenter, de la Royal Navy. Soudainement, le quatorze de septembre, Mr Wm. Murray, chirurgien de l'arsenal de Sa Majesté, Woolwich. » Il se souvenait de Murray, un gaucher, très habile du bistouri. « Le vingt et un de septembre, à Rotherhithe, le lieutenant John Griffiths, de la Royal Navy, âgé de soixante-sept ans. » En même temps, il entendait Jack rêvasser tout haut aux obligations de ce capitaine hollandais hypothétique qui devait conduire son navire jusqu'aux Indes sans dommage, sans traînasser en chemin — l'opportunité d'ariser les huniers pour la nuit dans de telles circonstances, les avantages d'autres modes de conduite —, et fut soudain réveillé, avec un sursaut de culpabilité, en s'entendant apostropher d'un ton sec : ces beaux graphiques de vent étaient tous fort bien faits, mais on ne devait pas se laisser entraîner par l'idée que la nature respecte les livres, ou que dès la fin des alizés les vents d'ouest s'installent ; surtout par une année comme celle-ci, où l'alizé du sud-est n'était pas descendu au-dessous de la Ligne aussi loin qu'on était en droit de l'attendre — impossible de dire quel vent ils trouveraient un peu plus loin dans l'est ou le sud.

— Non, Jack, bien sûr, dit-il.

Puis il s'égara à nouveau — le sort mélancolique d'un lieutenant de soixante-sept ans — jusqu'à la question :

— Mais s'agit-il bien du Hollandais ? Tout est là.

— Ne pourriez-vous y aller voir ?

— Vous oubliez qu'il a l'avantage du vent et que si je me rapprochais à présent, il aurait toutes les possibilités d'engager le combat dans les conditions qui lui conviennent.

— Vous n'avez donc pas l'intention de combattre le Hollandais ?

— Grand Dieu, non ! Vous êtes incroyable, Stephen. S'attaquer sans raison à un soixante-quatorze, avec des pièces de trente-deux et vingt-quatre livres et six cents hommes à bord ? Si le *Leopard*, avec un demi-équipage et la moitié du poids de métal du Hollandais, peut lui échapper et gagner Le Cap, il le fera, la queue entre les jambes. La fuite ignominieuse est à l'ordre du jour. Après Le Cap, avec un équipage au complet, eh bien, ce pourrait être une autre affaire : mais cela resterait risqué, très risqué... Quoi qu'il en soit, après le dîner, quand il ne restera que quelques heures de jour, je me faufilerai pour essayer de voir ce qu'il en est. Il était à dix milles à l'aube : il doit être à quatorze maintenant, après notre virement de bord. Si je me rapproche jusqu'à quatre ou cinq milles en faisant force de voiles dans le quart de l'après-midi, même s'il fait huit nœuds quand nous en faisons sept, il ne pourra revenir à portée avant la nuit : et il n'y a pas de lune en ce moment. (Après une longue pause de réflexion, il poursuivit :) Grand Dieu, Stephen, je pense souvent à Tom Pullings. Ce n'est pas seulement que je pouvais tout lui laisser, combat ou non, sachant qu'il agirait comme nous l'avons toujours jugé utile, mais je me demande si souvent comment il va.

— Eh oui : moi aussi. Mais je pense que notre sollicitude est inutile. Nous l'avons déposé en pays catholique.

— Vous voulez parler de son salut ?

— Ce qui me préoccupe, c'est son être mortel. Ce que je veux dire c'est qu'il sera soigné non par les vieilles sorcières de Haslar, mais par des franciscaines.

Les soins sont à peu près tout dans ce genre de cas, et la différence entre mercenaires et religieuses est immense. Les bonnes sœurs supporteront les caprices et les nervosités de Tom ; il reprendra santé, alors qu'un hôpital ordinaire aurait pu le tuer ; et s'il se trouve atteint d'un petit grain de génuflexion, cela ne lui fera sans doute aucun mal dans un service où le sentiment de la hiérarchie est porté à des sommets aussi byzantins.

Ce devait être jour de lessive pour le *Leopard,* mais on ne gréa pas de fil à linge et tout l'équipage se consacra à piqueter les boulets. Les canons, en dehors d'un peu de porosité dans la pièce numéro sept de la batterie haute, étaient dans le meilleur état que l'on pût obtenir et Mr Burton avait rempli une quantité de gargousses. Mais au plus profond de leurs coffres, à fond de cale, une partie des boulets s'étaient rouillés, comme d'habitude. On les en sortit par centaines, on les répartit également à côté de chaque pièce, et le navire résonna de la proue à la poupe tandis que l'équipage piquetait avec soin les écailles de rouille, rétablissant une rotondité aussi parfaite que possible avant d'enduire chaque boulet d'un peu de graisse de cuisine.

C'est ce bruit que Stephen expliquait à Mrs Wogan en lui faisant faire sa promenade pendant le quart de l'après-midi ; vêtue d'une jaquette chaude et chaussée de bottines, elle était remarquablement rose et de bonne mine, débordante d'entrain.

— Ah, voilà, dit-elle, j'avais imaginé le navire saisi de folie et tout l'équipage transformé en rétameurs. Mais s'il vous plaît, monsieur, pourquoi tant d'ardeur à les rendre ronds ?

— Pour qu'ils volent bien droit, et frappent l'ennemi dans ses parties vitales.

— Juste ciel, y a-t-il un ennemi à proximité ? s'exclama Mrs Wogan. Nous serons tous assassinés dans notre lit.

Elle se mit à rire, tout bas, puis, incapable de maîtriser sa gaieté, un peu plus haut. Le rire n'était pas fort, mais il portait ; et Jack, accroché depuis plusieurs heures dans les barres de grand perroquet, en saisit un écho et sourit. Ayant conservé tout ce temps le navire inconnu dans sa lunette, il était aussi certain que possible qu'il s'agissait du *Waakzaamheid* : la coque hollandaise à poupe large ne pouvait être confondue avec autre chose. Il se pouvait simplement que ce fût l'un des vaisseaux de guerre pris par les Anglais aux Hollandais, mais c'était fort peu probable, car il avait cap au sud alors qu'un navire anglais aurait fait route vers Le Cap, à trois quarts du vent. Cap au sud, au plus près et sous pleine voilure ; mais malgré les perroquets, il ne faisait pas plus de six nœuds. Un peu lambin, par conséquent, et plus lent que le *Leopard* au près. A moins... à moins que ses boulines ne soient pas aussi bien bordées qu'elles en avaient l'air et que son capitaine soit un être rusé, heureux de voir le *Leopard* se rapprocher peu à peu.

— Ho, du pont ! lança-t-il.

— Monsieur ? répondit Babbington.

— Filez un coup de loch et faites-moi monter un caban, ma flasque et quelque chose à manger.

— Oh, monsieur, s'il vous plaît, s'il vous plaît, est-ce que je peux le porter ? chuchota Forshaw.

— Silence, s'exclama Babbington en lui tapant sur la tête avec son porte-voix. Sept nœuds et trois brasses, monsieur. (Puis :) Mr Forshaw, sautez jusqu'à la chambre, demandez à Killick caban, flasque et quelque chose à manger et foncez jusqu'aux barres de perroquet sans traîner. Vous m'entendez ?

— Est-ce le capitaine qui est là-haut ? demanda Mrs Wogan.

— C'est lui, mon enfant, et il observe ce navire étrange et peut-être méchant depuis un très long temps.

— On croirait la voix de Dieu, dit Mrs Wogan.

Le rire la reprit, mais elle l'étouffa et poursuivit :

— Mais je ne dois pas être irrespectueuse. Y aura-t-il vraiment un combat ?

— Jamais de la vie, madame. Ceci n'est que ce que l'on appelle une reconnaissance. Il n'y aura pas de combat, pas du tout.

— Ah, dit-elle, presque déçue. (Et au bout d'un instant :) N'avez-vous pas très froid, avec votre habit en coton ? Ma jaquette est doublée mais je vous assure qu'elle m'empêche tout juste de grelotter.

— Cet habit est en soie, madame, la plus belle soie de Recife et impénétrable au vent.

— Je suis obligée de vous détromper, monsieur, c'est du coton, du coton sergé que nous appelons jean ; il me semble que ce boutiquier de Recife n'avait pas de conscience, le chien.

— C'était une femme, dit Stephen à voix basse en regardant sa manche.

— Je vous tricoterai un cache-nez. Est-ce le navire qu'on voit là-bas ? Nous regardions dans la mauvaise direction.

Il était là, à quatre ou cinq milles, coque visible de la dunette du *Leopard*.

— C'est cela, dit Stephen, exactement là où le capitaine et moi nous l'attendions.

— Il paraît bien petit, et bien loin. Je m'étonne qu'ils en fassent une telle affaire, à cogner comme des bohémiens. Dites-moi, à quelle distance sommes-nous du Cap ?

— Quelque chose comme un millier de milles, je crois.

— Grand Dieu, mille milles ? Vous aurez certainement votre cache-nez bien avant.

Stephen la remercia, la reconduisit dans la touffeur, à présent assez bienvenue, de sa cabine, et regagna le gaillard d'arrière. Personne ne disait rien et tous les yeux, sauf ceux du barreur, étaient fixés sur le navire inconnu, nettement moins lointain à présent. C'était manifestement un deux-ponts, hollandais sans aucun doute, et probablement un soixante-quatorze. Il ne bougeait pas de sa route, cap au sud-sud-ouest avec le vent au sud-est par l'est un demi est, donc sans trop le serrer pour la voilure qu'il portait, et marchait assez lourdement.

Six nœuds, par rapport aux sept et quelques du *Leopard* ; mais il est vrai que le *Leopard* portait plus de toile. A ce rythme, un temps considérable s'écoulerait avant que l'on puisse communiquer, sauf si le Hollandais mettait à la cape ou réduisait la voilure. Il n'en faisait pas mine pour l'instant : il poursuivait sa route avec obstination, son étrave camuse repoussant la houle comme si le *Leopard* n'existait pas. Combermere, l'aspirant des signaux, avait eu fort peu d'occasions d'exercer ses talents au cours de ce voyage ; il étudiait à présent son livre avec un zèle frénétique, à côté du coffre à pavillons ouvert, tout en espérant que le quartier-maître à ses côtés en saurait plus que lui. Le calme régnait parmi les autres personnes occupant le côté sous le vent du gaillard : on conversait à voix basse, pour ne pas déranger le capitaine, sa lunette posée sur les filets remplis de hamacs. Le navire était prêt au combat, mais cette procédure ou quelque chose d'approchant avait lieu tous les soirs lors du rappel aux postes, et l'atmosphère ne sentait pas l'urgence extrême. Ceux qui avaient déjà combattu, en particulier sous les ordres du capitaine Aubrey, étaient assez silencieux ; les autres, un peu plus bavards.

— Regardez, regardez, s'écria Mr Fisher en montrant du doigt un pétrel à queue d'hirondelle, voilà une hirondelle. Quel bon présage ! Et si loin de la terre !

— C'est un pétrel tempête, dit Grant, *Procellaria pelagica*.

— C'est sûrement un pétrel à queue d'hirondelle, dit Stephen.

— Je ne crois pas. On ne trouve pas le pétrel à queue d'hirondelle sous ces latitudes. Celui-ci est *Pro-*

*cellaria pelagica*, l'un de ceux que nous appelons turbinares.

Il poursuivit par l'exposé à Stephen d'un certain nombre de faits concernant les oiseaux en général, d'un ton didactique qui n'était que trop familier au carré.

— Mr Combermere, dit enfin Jack, la flamme et les couleurs. Mr Larkin — à l'intention du maître posté près de la roue —, donnez-lui un quart et demi.

Le *Leopard* affichait ainsi qu'il était un navire de guerre anglais en armement et abattait un peu pour que le message soit parfaitement lisible. Une demi-minute s'écoula, puis le Hollandais annonça que lui aussi était navire de guerre anglais en armement : il masqua son petit hunier, serra ses basses voiles et s'arrêta, présentant le flanc.

— Signal de reconnaissance, dit Jack, et envoyez notre numéro.

Le signal de reconnaissance s'éleva et se déploya. La lunette de Jack était fixée sur la dunette du Hollandais : il vit préparer la drissée en réponse — pas très vite —, il la vit s'élever sur la drisse — pas très vite non plus, et la distance entre les navires ne cessait de diminuer —, puis, parvenue à mi-drisse, redescendre.

— Paré à border les boulines, dit-il, sans ôter la lunette de son œil.

La drissée du Hollandais remontait enfin, apparemment corrigée : de plus en plus haut, puis elle se déploya. Réponse erronée : pavillons assemblés au hasard dans l'espoir d'un coup de chance.

— Laissez porter en grand, dit-il, et le barreur fit tourner la roue. Mr Combermere, *ennemi de force supérieure en vue : chasse générale au sud-sud-ouest*. Deux coups de canon sous le vent, et laissez les pavillons en place. Et espérons qu'ils les comprennent.

Au même instant, l'enseigne bleue disparut de la corne du *Waakzaamheid,* ses couleurs s'élevèrent, son flanc disparut derrière un nuage de fumée et il se plaça vent arrière. Quelques battements de cœur plus tard, le grondement profond de ses canons atteignait le *Leopard*, et avant qu'il mourût, près d'une demi-tonne de boulets, tirés à portée extrême, labourèrent la mer. Les coups étaient admirablement groupés mais un peu courts : plusieurs poursuivirent leur route en longs ricochets sur la houle et trois atteignirent leur but ; un trou apparut dans la grand-voile ; les hamacs bien serrés se déplacèrent tout à côté de la tête de Mr Fisher ; et l'on entendit, quelque part vers l'avant, résonner un choc.

Le *Leopard* avait déjà abattu : avec la brise par la hanche, il courait rapide vers le soleil couchant.

— Cacatois et bonnettes au vent, dit Jack, puis il monta sur la dunette pour surveiller le *Waakzaamheid.*

Il avait perdu son erre en masquant et bien qu'il larguât et bordât ses voiles basses si vivement que Jack dut hocher la tête d'approbation, bien qu'il établît lui aussi cacatois et bonnettes, il lui fallut un long moment avant de pouvoir rattraper son retard. Et même alors, dans cette brise, il ne gagna rien.

— Mr Grant, dit-il, choquez d'une demi-brasse les écoutes de grand et de petit huniers ; le baril de poix dans les bossoirs arrière, et faites passer pour Mr Burton.

Dans la chambre dénudée, il dit au canonnier :

— Maintenant, Mr Burton, nous allons nous amuser un peu.

La vitesse du *Leopard* diminuait en réaction aux ordres donnés par Jack, et avec elle la distance entre les navires. Les pièces de neuf en laiton étaient déjà chargées et en place : les hommes observaient, le long des fûts brillants, le *Waakzaamheid* qui les rattrapait doucement, derrière une superbe vague d'étrave. Les servants étaient accroupis de chaque côté ; la mèche lente couvait dans les baquets ; les gargoussiers se tenaient en arrière, gargousses en main.

— Quand vous voudrez, Mr Burton, dit Jack.

Au même instant, il y eut un éclair sur le gaillard

d'avant du Hollandais — un coup de réglage de sa pièce de chasse.

— Anspect, Bill, murmura le canonnier.

Il déplaça le coin de mire pour augmenter un peu l'élévation, attendit la montée du *Leopard* au tangage et tira le cordon. Le canon rugit et bondit en arrière sous son corps arqué : déjà l'écouvillon mouillé s'enfonçait dans sa gueule, les hommes maintenaient la pièce et Burton se pencha pour surveiller la chute de son boulet. Un peu court, mais bien droit.

Jack tira : même résultat. Il envoya freiner un peu plus le *Leopard* et quelques minutes après, le *Waakzaamheid* s'étant rapproché d'une centaine de yards, le canonnier lui fit un trou dans la misaine par un ricochet. Dès cet instant, les pièces de neuf livres tirèrent aussi vite que possible, crachant le feu dans la lumière qui faiblissait très vite jusqu'à ce que, brûlants, ils quittent le plancher à chaque recul. Ils ne firent pas grand dommage, bien que Jack fût à peu près certain d'avoir fait mouche trois fois, avant que la nuit brutale ne dissimule complètement la cible. Leur dernière vision du *Waakzaamheid* ce soir-là fut un éclat de flammes lointaines quand il abattit et tira une volée complète, visant les éclairs du *Leopard*, mais visant en vain.

— Rentrez vos pièces, dit Jack. (Et à voix plus haute :) Larguez le baril. Joliment.

Le baril de poix enflammée, habilement garni de pétards, toucha l'eau doucement et s'écarta en lançant des jets de flammes ressemblant beaucoup à ceux d'un canon.

Il retourna sur le gaillard pour donner l'ordre de border les écoutes. Il était trempé de sueur, épuisé, heureux.

— Eh bien, Mr Grant, dit-il, je ne crois pas que nous ayons besoin d'appeler aux postes de combat, ce soir. Quel est votre rapport ?

— Juste un trou dans la grand-voile, monsieur, et quelques cordages coupés ; mais je crains que la première volée n'ait endommagé nos ornements : le léopard bâbord a perdu son nez.

— Le léopard a perdu son nez, dit Jack à Stephen un peu plus tard, quand on put autoriser quelque lumière derrière les contre-hublots et éteindre les lanternes sourdes. Si je n'étais pas si épuisé, je crois que j'en ferais un bon mot, avec tant de vérole à bord ; et il rit de bon cœur à l'idée d'avoir presque réussi un mot d'esprit.

— Quand me donnera-t-on à souper ? demanda Stephen. Vous m'avez invité à partager des toasts au fromage dans le luxe. Je ne trouve ici aucun luxe, mais du désordre ; je ne trouve pas de toasts au fromage, mais un hôte cherchant à badiner sur une maladie grave et douloureuse. Voyons, un instant : il me semble percevoir le parfum du fromage par-dessus l'odeur de la poudre et la puanteur de cette infâme lanterne sourde. Killick, tenez bon : vous êtes-vous occupé du fromage ?

— Qu'il est en train de venir, pas vrai, dit Killick avec colère.

On ne l'avait pas laissé tirer une seule fois et il marmonna quelque chose à propos de « ceux qui ne pensent qu'à leur ventre... qui pensent qu'à leurs foutaises, jour et nuit... jamais contents ».

— Dans l'intervalle, dit Stephen, puis-je espérer que l'on me dise le résultat de tant de hâte, de vacarme et de dérangement ?

— Comment, mais c'est assez visible, dit Jack, dans une demi-horloge nous loferons pour couper le sillage du Hollandais, passer à son vent, envoyer le plus de toile possible et lui dire adieu. Le vieux Batave a fait tout ce qu'il pouvait ; il a bien failli nous causer de la gêne, et si la mer avait été plus forte il aurait pu réussir, car un navire plus gros a l'avantage quand la mer forcit. A présent, tout ce qui lui reste à faire, c'est rattraper le terrain perdu vers le sud, le plus vite possible s'il croit le signal que j'ai envoyé à nos compagnons imaginaires, pendant que nous ferons route vers Le Cap, ayant, me semble-t-il, jeté un peu de poudre aux yeux de cet honnête bourgeois. Nous pourrons tous deux poursuivre en paix nos routes de plus en plus divergentes à chaque quart tout au long de la nuit, de sorte qu'à l'aube nous pourrions être à une centaine de milles l'un de l'autre.

## Chapitre sept

Nouvelle aube : nouveau réveil brutal pour Jack, à nouveau arraché aux bras d'une Mrs Wogan idéale par l'annonce d'un navire sur l'avant bâbord. Cette fois, les perroquets du *Leopard* avaient déjà disparu mais ce n'était guère plus qu'un geste rituel au nom des conventions de la guerre, car cette fois le *Waakzaamheid* était trois bons milles plus proche, parfaitement reconnaissable en dépit de la brume accrochée sur la mer froide et laiteuse — accrochée et bousculée par la légère brise d'est, de sorte que parfois il s'évanouissait presque entièrement et qu'à d'autres moments il apparaissait, spectral, comme grossi, tandis qu'il lofait, déployait ses ailes et s'approchait du *Leopard*.

Ils étaient déjà en bordure du courant portant à l'ouest et la brise levait du clapot sur la surface pâle ; mais il n'y avait pas la moindre houle, rien qui ressemblât aux collines et aux vallées si favorables à un navire plus lourd : à midi, le *Leopard*, établissant tout ce qu'il pouvait porter et faisant route au sud-est, avait noyé le *Waakzaamheid* sous l'horizon.

— Pouvons-nous crier *Io triumphe* ? demanda Stephen au dîner. Voilà deux heures qu'il a disparu, vautré dans sa rage impuissante.

— Je n'ai pas l'intention de crier Io quoi que ce soit tant que je ne serai pas au mouillage dans Simon's Bay, dit Jack. Je n'ai rien voulu dire au petit déjeuner, devant Turnbull et Holles, mais je ne crois pas avoir vu de ma vie rien d'aussi consternant que ce Hollandais, à l'aube, posé à notre vent, entre Le Cap et nous. On aurait pu croire qu'il était resté penché sur mon épaule cette nuit pendant que je traçais la route. Et je n'ai pas du tout l'esprit tranquille quant au déroulement de cette matinée, d'ailleurs. C'était trop loin pour que j'en sois sûr, avec la brume, mais j'ai eu le sentiment déplaisant qu'il ne chassait pas à fond. Pas de bonnettes, comme vous l'avez certainement remarqué. Peut-être que ses mâts de perroquet sont trop légers pour les porter ; mais il m'a semblé qu'il avait moins envie de nous capturer que de nous pousser vers le sud, loin sous le vent. A sa place, et avec un tel avantage en hommes, j'essaierais de m'emparer du navire à l'abordage, plutôt que de le réduire en miettes et de le voir couler sous mes yeux : quel triomphe d'emmener avec lui aux Indes un navire de cinquante canons en bon état ! Peut-être attend-il la bonne occasion. Quoi qu'il en soit, je ferai de mon mieux pour couper son sillage cette nuit et si seulement je parviens à me placer à son vent, avec une brise le moins du monde dans l'est du sud, j'essaierai de le battre au lof. Nous serrons mieux le vent, et ces navires à fond large dérivent toujours plus que nous. Pour peu que la mer autorise le *Leopard* à virer vent devant, je pense que nous pourrions le laisser loin derrière en louvoyant, et l'y laisser pour de bon ; et j'espère être à son vent demain.

Vain espoir. Le calme plat empêcha Jack de couper le sillage du Hollandais pendant la nuit ; et dans l'après-midi du lendemain, tandis que l'équipage au complet enverguait un nouveau jeu de voiles de gros temps, on aperçut au nord-est le *Waakzaamheid,* amenant la brise. C'était une noble vision, avec bonnettes de tous côtés, brillant sous le ciel couvert — cathédrale de toile luisant d'un éclat plus qu'ordinaire et presque intérieur, car lui aussi avait changé de voilure en prévision des vents probables plus au sud —, mais les Leopards ne pouvaient l'admirer. Ils avaient tous vu le boulet perdu qui avait abîmé la figure de proue et ils savaient tous que derrière les sabords de sa batterie basse, le *Waakzaamheid* dissimulait une série de canons hollandais de trente-deux livres, capables de tirer deux fois plus de métal que ceux du *Leopard.* La meilleure part de la coque du *Leopard* était en cœur de chêne, de même que la meilleure part de son équipage ; mais il n'y eut pas un homme à bord pour dissimuler sa joie quand la brise atteignit aussi le *Leopard*, gonfla ses belles voiles neuves et fit gargouiller l'eau sous le tableau arrière tandis qu'il prenait de l'erre. Un peu plus tard la brise capricieuse abandonna le *Waakzaamheid* : il mit la barre dessous et entama une distante canonnade qui eut pour effet de tuer le peu de vent qu'il restait.

Un feu lent et délibéré, pièce après pièce, de la batterie haute : un seul boulet, une forte charge de poudre ; presque toujours trop court, mais une remarquable précision ; et certains ricochets atteignirent le but. Tant que son navire put manœuvrer, Jack en fit autant. Il ne pouvait espérer arriver à grand-chose à telle distance — ses boulets de douze livres ne pouvaient faire autant de mal après le premier ricochet que les vingt-quatre livres du Hollandais — mais il y avait toujours une possibilité d'endommager espars ou gréement, ce qui serait un avantage, le *Waakzaamheid* étant à cinq ou six mille milles de sa première source de matériel. Et puis un boulet égaré pouvait tomber sur une boîte de cartouches ou une lanterne dans l'entrepont, déclenchant un incendie et même l'explosion de la soute à poudre : les chances étaient minimes, mais il en connaissait des exemples. Il y avait aussi d'autres considérations, beaucoup plus importantes. Son capitaine aimant l'artillerie et ayant des moyens, le *Leopard* était exceptionnellement riche en poudre et en boulets ; si Jack, en provoquant le *Waakzaamheid,* pouvait l'entraîner à répondre coup pour coup, la plupart perdus à la mer, l'avantage relatif serait pour lui. Par ailleurs, il savait très bien que même les héros intrépides n'aiment guère rester muets et immobiles en attendant le feu ; et beaucoup des terriens à bord du *Leopard* n'avaient rien d'héroïque. De plus, l'expérience lui avait appris qu'aucune cible ne peut exciter autant de zèle, autant de précision et de soin dans le pointage qu'un adversaire humain : c'était l'occasion parfaite pour tirer le meilleur de ses servants de canons. Le *Leopard* s'en donnait à cœur joie et parfois ses boulets projetaient des embruns sur le Hollandais ; deux fois même, au milieu de cris de joie, le canon numéro sept, le mieux servi, mit au but, tandis que le *Waakzaamheid* ne réussit rien de plus que projeter un boulet en fin de course dans les hamacs du *Leopard*. Jack avait pourtant, et de plus en plus, la conviction déplaisante que son collègue, là-bas, avait exactement la même idée que lui, que lui aussi profitait de la situation pour entraîner son équipage, son équipage affreusement nombreux, vers une perfection plus grande encore. Jack le voyait clairement à la lunette : un homme de grande taille en habit bleu clair à boutons de cuivre, parfois debout sur son gaillard d'arrière, fumant une courte pipe et observant de temps à autre le *Leopard*, à d'autres moments circulant parmi les canons de sa batterie haute ; en dépit de l'atmosphère joyeuse qui régnait à son bord, Jack fut profondément heureux quand une brise légère revint, négligea le *Waakzaamheid* et lui permit de se mettre hors de portée.

Cette nuit-là, nuit de nouvelle lune, ils restèrent presque immobiles, jusqu'au quart de minuit où la pluie froide revint par l'ouest tandis qu'une houle modérée faisait tanguer le *Leopard* en route vers Le Cap, si loin dans l'est et, à présent, dans le nord aussi.

Cette fois personne n'eut besoin de réveiller le capitaine. Il était sur le gaillard bien avant le lever du soleil, emmitouflé dans son caban, près de la lisse sous le vent ; comme il s'y attendait, les premières lueurs du jour lui montrèrent le *Waakzaamheid*, très loin là-bas, entre l'Afrique et lui, sur une route qui couperait la sienne d'ici à quelques heures. Jack changea de cap pour prendre la brise par le travers tribord ; le Hollandais en fit autant, mais pas plus — il ne cherchait pas à se rapprocher. Tout le jour ils coururent ainsi sous la pluie, en routes parallèles, droit au sud. Parfois un grain les cachait l'un à l'autre mais aussitôt après, le *Waakzaamheid* était là, aussi fidèle à son poste que s'il était la conserve du *Leopard*, attentif à ses signaux. Tantôt l'un, tantôt l'autre, gagnait un mille ou deux, mais à la nuit ils se trouvaient toujours à la même distance, après avoir couvert cent trente milles à l'estime — pas d'observation solaire à midi avec cette couche nuageuse. Dès la tombée de la nuit, Jack entreprit de louvoyer, bord sur bord, les deux bordées sur le pont, dans l'espoir de se débarrasser du *Waakzaamheid* qui ne remontait pas si bien au vent, pour pouvoir ensuite s'écarter largement vers le nord et couper son sillage très loin de sa vue. Et il aurait pu réussir si le vent ne l'avait pas trahi, laissant au *Leopard* à peine assez d'erre pour gouverner, alors qu'il dérivait vers l'ouest, entraîné par le courant, de sorte qu'une fois de plus le soleil du matin lui montra cette forme odieuse et familière, exacte au rendez-vous.

C'est la nuit suivante, après une journée de manœuvres dans les brises légères passant par toutes les aires de la rose, que le *Waakzaamheid* fit sa tentative d'abordage. Le soleil s'était couché bien clair dans un ciel promettant une vraie brise pour le matin ; la lumière des étoiles était assez forte avant le lever de la jeune lune, et montrait le Hollandais qui s'approchait sous contre-cacatois, bien qu'il n'y eût pas une ride sur la longue houle huileuse. Le mouvement fut d'abord à peine perceptible ; seule la disparition successive des étoiles basses le trahit au regard aigu de la vigie : le soixante-quatorze avait dû capter le tout premier soupir de l'air nouveau et, parvenu à portée de canon, il mit à la cape et lança une série spectaculaire de volées ardentes. Le *Leopard* était déjà aux postes de combat ;

les lanternes brillaient derrière les sabords bâbord grands ouverts ; les deux batteries de canons étaient sorties ; l'odeur de la mèche lente flottait sur les ponts ; mais Jack ne voulait pas donner l'ordre de tirer avant que les navires ne se soient encore rapprochés. Debout sur la dunette, il observait à la lorgnette de nuit ; il ne croyait pas tout à fait à cette attaque et cherchait les canots qu'il aurait, quant à lui, mis à l'eau. Pas trace, pas la moindre trace ; mais alors qu'il avait presque abandonné, il saisit l'éclat d'un aviron, beaucoup plus loin du navire hollandais qu'il ne l'avait prévu. Le capitaine les avait mis à l'eau dans le noir, chargés d'hommes, sur son autre flanc et les avait envoyés parcourir un arc immense depuis au moins une demi-heure. Ils se rapprochaient très vite pour s'emparer du *Leopard* par tribord tandis que le *Waakzaamheid* l'occupait par ses canons de l'autre bord. « Le vieux renard », dit Jack, et il donna l'ordre de mettre en place les filets d'abordage et de charger les canons à mitraille ; quant à l'infanterie de marine, elle abandonna les canons pour reprendre ses mousquets.

La tentative échoua parce qu'un caprice du vent entraîna le *Leopard* vers le sud plus vite que les canots ne pouvaient nager, de sorte qu'il put tirer sur les premiers et leur faire subir d'épouvantables dégâts, à mitraille, à deux cents yards ; et parce que le *Waakzaamheid* perdit trop de temps à récupérer ses survivants et ses chaloupes pour profiter de la brise. Mais elle aurait fort bien pu réussir : le navire de Jack était incapable de combattre des deux côtés à la fois, et les hommes embarqués sur les canots étaient plus nombreux que son équipage.

— Je ne prendrai plus jamais ce risque, quel que soit le vent, je ferai du près même s'il faut pour cela s'éloigner du Cap pendant des jours et des jours. Tous les signes et toutes les règles indiquent que le vent devrait venir du sud, et c'est tant mieux. Avec un peu de chance, dit-il, en touchant la poignée de bois de son sextant, une brise de sud devrait nous permettre d'entrer assez loin dans les quarantièmes où nous pouvons être sûrs de ne pas trouver de calmes. Pour ce genre d'entreprise, il lui faut une nuit de calme.

Respectant pour une fois les règles, le vent du matin s'orienta au sud. Ce n'était pas une brise ferme ni bien convaincante, mais la vision de plusieurs fulmars et d'un grand albatros annonçait avec certitude des vents plus forts, assez proches ; le *Leopard* en tira parti pour se détacher, virant de bord toutes les deux horloges et chaque fois dans la perfection. Le soixante-quatorze faisait de son mieux, agitant ses lourdes vergues comme de simples baguettes, mais il ne pouvait pas serrer le vent d'aussi près ; à chaque bord il perdait plusieurs centaines de yards et fut même une fois obligé de virer lof pour lof, ce qui lui coûta près d'un mille. Longue journée d'inquiétude avec les timoniers les plus sûrs à la barre, les canons sous le vent rentrés, les canons au vent sortis pour rendre le navire plus raide, tous les trucs possibles pour tirer de la brise un peu plus de poussée, et les maladroits en grand danger d'être assassinés par leurs compagnons à la moindre erreur ; mais une journée qui laissa le *Waakzaamheid* coque noyée dans le nord, de sorte qu'après le rappel, Jack fit raccrocher les hamacs pour permettre à la bordée bâbord, épuisée, de dormir un peu.

« Lofer au mieux » : tel était l'ordre pour la nuit, le *Leopard* courant ferme, avec les amures à tribord, et le courant portant à l'ouest plus fort à présent pour le soutenir. Au matin, le *Waakzaamheid* n'était qu'un éclat pâle sur le fond sombre des nuages à l'horizon ; il avait réduit la toile et semblait découragé.

D'autres albatros apparurent pendant le quart du matin et la vie reprit un cours plus normal. Le carré ne faisait plus partie d'une batterie nue ; les cabines furent remises en place et la salle à manger civilisée réapparut, avec son décor. Le repas lui-même, soupe épaisse, tourte deux-ponts et pudding, n'avait rien d'un banquet royal mais il était chaud et Stephen, gelé jusqu'aux moelles d'être resté dans la grand-hune à regarder les albatros, le dévora. Entre les plats il grignotait un biscuit en le tapotant sur la table pour faire sortir les charançons, geste devenu automatique, et contemplait ses compagnons de table. Quant aux vêtements, les marins n'étaient pas très respectables, accoutrés d'un mélange confus d'uniformes et de vieux habits chauds, tantôt de laine et tantôt d'étoffe. Babbington portait un tricot de Guernesey hérité de Macpherson qui pendait en larges plis sur sa petite carcasse ; Byron avait deux gilets, un noir et l'autre brun ; Turnbull était apparu avec un habit de chasse en tweed ; et si Grant et Larkin étaient plus présentables, ils faisaient au total un triste contraste avec l'infanterie de marine, toujours parfaitement correcte. Stephen les avait observés de temps à autre depuis le début de cette période de tension et leurs réactions l'avaient parfois étonné. Benton, le commis aux vivres, par exemple, ne manifestait jamais la moindre inquiétude d'être capturé, coulé, brûlé ou détruit, mais l'énorme consommation du *Leopard* en chandelles, pour les lanternes sourdes et ailleurs, le rendait sombre, silencieux, insensible. Grant aussi était assez silencieux et ce, depuis les premiers coups tirés dans l'intention de tuer : silencieux tout au moins quand Stephen ou Babbington étaient présents. Durant leur absence, comme Stephen l'avait compris d'après les remarques de l'aumônier, il s'étendait sur les mesures qu'il aurait adoptées s'il avait commandé : le *Leopard* aurait dû soit attaquer aussitôt en comptant sur l'effet de surprise, soit mettre immédiatement cap au nord. Fisher était assez de son avis, tout en admettant que son opinion n'avait pas grande valeur : il régnait une sympathie croissante entre les deux hommes, une certaine similitude sous-jacente. A d'autres égards, l'aumônier avait beaucoup changé ; il ne rendait plus visite à Mrs Wogan et avait même demandé au docteur Maturin de lui porter les livres qu'il lui avait promis.

— Depuis que j'ai échappé de si peu à la mort au combat, dit-il, j'ai réfléchi très sérieusement.

— De quel combat parlez-vous ? demanda Stephen.

— Du premier. Un boulet de canon est tombé à quelques pouces de ma tête. Depuis lors, j'ai réfléchi au vieil adage qui veut que l'on n'approche pas le feu d'un matériau inflammable, et au danger de la concupiscence.

Il avait manifestement envie d'être interrogé et d'ouvrir son cœur mais Stephen n'avait pas envie d'entendre. Depuis l'épidémie il avait perdu tout intérêt pour Mr Fisher qui lui semblait homme banal, trop occupé de lui-même et de son salut, et qui perdait à être connu. Il s'inclina et accepta les livres.

Il avait l'impression que Grant comme Fisher étaient la proie d'une peur profonde. Il n'y en avait pas de signes directs ou évidents, mais tous deux se plaignaient souvent : un flot de reproches et de réprobations sur l'état d'esprit moderne, la génération actuelle, leurs valets inutiles et paresseux, la mauvaise conduite du gouvernement, des partis politiques et de ceux qui entouraient le roi ; dénigrement général, imputation de motifs toujours douteux. Ils lui rappelaient sa grand-mère maternelle dans son vieil âge, quand cette femme raisonnable, solide et courageuse était devenue faible et plaintive, son expression de mécontentement général croissant avec sa vulnérabilité. Il ne savait pas comment l'un ou l'autre se conduiraient dans un combat vraiment sanglant, si leur virilité se manifesterait dans unc crise évidente. Quant aux autres, il n'avait guère de doutes. Il avait connu le lieutenant Babbington tout gamin : brave comme un terrier. Et Byron appartenait à la même espèce familière d'hommes maritimes. Turnbull se conduirait sans doute assez bien malgré son bruyant autoritarisme. Moore avait beaucoup combattu ; il tirerait et se ferait tirer avec beaucoup d'humour, à l'évidence — c'était son métier. Et Howard, l'autre homard, le suivrait certainement avec son flegme militaire : pour autant que Stephen pût s'en rendre compte, il n'y avait pratiquement aucun rapport entre le Howard joueur de flûte et le prétentieux lieutenant d'infanterie de marine. Il avait cependant quelques réserves à propos de Larkin : malgré son courage et ses capacités professionnelles indéniables, il était à présent confit dans l'alcool et, sauf erreur grossière, Stephen jugeait que son corps avait presque atteint les limites de sa résistance.

Ils burent au roi ; Stephen repoussa son siège, afin d'échapper à l'exécrable vin, trébucha pour la centième fois sur le terre-neuve de Babbington et sortit sur le gaillard pour regarder une fois de plus son albatros, noble oiseau qui accompagnait le navire depuis le petit déjeuner. Herapath était là, bavardant avec l'aspirant de quart, et ils lui donnèrent des nouvelles du *Waakzaamheid*, hors de vue depuis deux heures, même des barres de hune. « Qu'il y reste », dit Stephen, puis il regagna sa cabine pour travailler.

Cette cabine, étant dans l'entrepont, ne disparaissait pas au moment du branle-bas et parfois, même durant ces journées éprouvantes, il avait poursuivi une tâche entamée peu après les confidences d'Herapath. Il s'agissait de rédiger en français une description du réseau d'espionnage britannique en France et dans certaines autres régions d'Europe occidentale, avec en passant quelques références aux Etats-Unis, et des allusions à un document séparé traitant de la situation aux Indes orientales hollandaises ; avec ses nombreux détails, agents doubles, pots-de-vin offerts et acceptés et trahisons chez les ministres eux-mêmes, il était destiné à provoquer des perturbations à Paris s'il existait en fait une relation entre les chefs de Mrs Wogan et les Français ; et il était destiné à être transmis à ses chefs par Mrs Wogan elle-même, par l'intermédiaire d'Herapath. La description aurait été découverte parmi les papiers d'un officier décédé, en route vers les Indes orientales. L'officier n'était pas nommé, mais évidemment Martin, qui avait passé la moitié de sa vie en France et dont le français était la langue maternelle, correspondait tout à fait à la description. Des copies de ce document devaient être faites pour les autorités, et le docteur Maturin, sachant que Mr Herapath connaissait bien cette langue, lui demanderait d'avoir la bonté de l'aider dans ce travail. Stephen était certain que ce jeune homme sans artifices en parlerait à sa Louisa et que Mrs Wogan obtiendrait très vite de lui des transcriptions, quelque résistance qu'il pût lui opposer d'abord. Qu'elle s'attacherait ensuite laborieusement à les coder, la pauvre chère femme, et obligerait Herapath à les envoyer du Cap. Stephen avait en son temps empoisonné de nombreuses sources de renseignements ; mais si tout allait bien, ceci promettait d'être le plus bel exemple d'intoxication qu'il ait jamais réussi. Quelle richesse de matière à sa disposition ! Quels détails si convaincants et que seul lui-même, Sir Joseph et quelques hommes à Paris pouvaient connaître !

— Qu'est-ce que c'est ? dit-il, en colère.

— Venez vite, monsieur ! s'exclama un soldat livide. Mr Larkin a assassiné notre lieutenant.

Stephen saisit son sac, verrouilla sa porte et courut au carré. Trois officiers avaient immobilisé Larkin et lui liaient bras et jambes. Sur la table, une demi-pique ensanglantée. Howard, adossé dans sa chaise, la bouche et les yeux grands ouverts dans son visage étonné, tout blanc. Larkin, encore agité des convulsions brutales du delirium tremens, émettait un grondement rauque, animal. Ils maîtrisèrent sa violence et l'emmenèrent. Stephen sonda la blessure, trouva l'aorte tranchée à la pointe de la crosse et observa que la mort avait été presque instantanée.

Le maître s'était levé de table, lui dit-on, au moment où Howard commençait à visser les parties de sa flûte, avait arraché une demi-pique à la cloison, lancé « Voilà pour vous, bougre de joueur de flûte ! » en plongeant tout droit entre Moore et Benton, puis était tombé au sol en rugissant.

— Vous êtes étrangement silencieux, dit Mrs Wogan tandis qu'ils se promenaient sur le passavant une heure ou deux plus tard. J'ai fait au moins deux observations spirituelles et vous n'avez pas répondu. Docteur Maturin, ne devriez-vous pas vous couvrir un peu plus dans cet horrible froid humide ?

— Je suis désolé, mon enfant, de paraître si abattu, dit-il, mais il y a quelques heures à peine, l'un des officiers en a tué un autre dans une crise d'ivresse, la plus jolie flûte que j'aie jamais entendu. J'ai parfois l'impression que ce navire est véritablement maudit. Bon nombre des hommes disent qu'il y a un Jonas à bord.

Quelques jours plus tard (car l'infanterie de marine avait insisté pour que le lieutenant ait un véritable cercueil et une plaque), ils immergèrent Howard par 41°15'S, 15°17'E, le *Leopard* à la cape pour la circonstance dans la forte brise d'ouest. Une fois de plus le livre de bord enregistra « Immergé le corps de John Condom Howard » et une fois de plus Jack écrivit DD à côté du nom.

Après un dîner simple et mélancolique où Stephen était le seul invité, Jack dit :

— Je crois que demain nous pourrons faire route au nord. Avec un peu de chance nous devrions apercevoir la montagne de la Table d'ici trois ou quatre jours et être alors débarrassés de ce fou furieux.

Ils étaient au sud du quarantième depuis le jeudi et bien qu'à cette saison, début de l'été austral, même les vents d'ouest ne fussent pas très fiables au nord du quarante-cinquième ou même du quarante-sixième parallèle, ils avaient été fidèles au *Leopard* et, aidés du courant, lui avaient fait couvrir plus de deux cents milles entre une méridienne et la suivante, jour après jour, sans qu'ils vissent jamais le *Waakzaamheid*.

— Savez-vous par hasard si les Américains ont un consul au Cap ? demanda Stephen.

Son document était prêt ; Herapath le copiait ; l'affaire était en route.

— Je n'en jurerais pas mais c'est fort probable : beaucoup de leurs navires y font escale en route vers l'Extrême-Orient, sans même parler des chasseurs de phoques et autres. Pourquoi voulez-vous — il s'arrêta net et reprit : Que diriez-vous d'un tour sur le pont ? La chaleur de ce poêle me tue.

Dehors, Stephen lui montra un albatros en particulier parmi la demi-douzaine suivant le navire.

— Cet oiseau sombre est à mon avis d'une espèce non décrite et pas du tout *exulans* : regardez sa queue cunéiforme. Comme j'aimerais visiter son lieu de nidification ! Là, vous allez revoir sa queue.

Jack regardait avec politesse et dit « Par ma foi ! », mais Stephen vit bien que la queue de cet oiseau ne l'intéressait pas énormément et poursuivit :

— Vous pensez donc que nous sommes débarrassés du Hollandais ? Quel homme obstiné c'était, vraiment.

— Et d'une ruse diabolique aussi. Je pense qu'il était de mèche avec le diable, à moins... (Il allait dire « à moins que nous n'ayons à bord une sorcière qui communique avec lui par un esprit familier comme bon nombre des matelots le croient : ils disent que c'est votre bohémienne », mais il avait horreur qu'on le considère comme superstitieux et d'ailleurs il n'accordait pas grand crédit à cette histoire. Aussi poursuivit-il :) C'est-à-dire, à moins qu'il ait pu lire mes pensées, et connu par avance l'évolution des vents, en plus. Mais cette fois j'aime à croire que nous l'avons pour de bon laissé en plan. A mon avis, il devrait remonter au nord pour atteindre, vers les soixante-quinze ou quatre-vingts degrés est, la mousson du sud-ouest. Et même j'en serais à peu près sûr, sauf pour une chose.

— Laquelle, dites-moi.

— Eh bien, le fait qu'il sait où nous allons ; et que nous avons saccagé ses canots.

— Je vous demande pardon, monsieur, dit Grant qui s'approchait, mais on envoie dire au docteur que Larkin a recommencé.

Il était à peine nécessaire d'envoyer quelqu'un. Le hurlement s'élevait de la cabine du maître où il gisait attaché, envahissant le gaillard en dépit de la grande voix du vent.

— Je descends immédiatement, dit Stephen.

Jack poursuivit son va-et-vient avec un hochement de tête mélancolique. Dix minutes plus tard, la vigie criait :

— Voile à l'horizon ! Ho, du pont, voile à l'horizon !

— Où cela ? lança Jack, oubliant Larkin.

— Par le travers bâbord, monsieur, huniers visibles à l'horizon.

Jack fit un signe de tête à Babbington qui courut jusqu'en tête de mât avec une lunette : quelques instants plus tard, sa voix répandait le soulagement dans le navire attentif et silencieux.

— Ho ! du pont, monsieur ! Un baleinier. Cap au sud-est.

Le valet du carré, immobilisé dans la timonerie par le premier appel, poursuivit sa course et, passant devant la sentinelle placée devant la porte de la cabine du maître, lui dit :

— Ce n'est pas le Hollandais, mon vieux : rien qu'un baleinier, Dieu soit loué.

De l'autre côté de la porte, Stephen dit à Herapath :

— Voilà, ceci devrait le calmer. Rangez donc l'entonnoir et venez. Allons boire un bol de thé dans ma cabine : nous l'avons bien mérité.

Herapath vint, mais ne s'attarda pas, et ne but pas de thé. Il avait beaucoup à faire, dit-il, évitant le regard de Stephen, et priait qu'on l'excuse.

« Pauvre Michael Herapath, écrivit Stephen dans son journal, il souffre énormément. Je connais trop bien les marques de la torture pour m'y tromper, la torture infligée par une femme déterminée. Peut-être lui donnerai-je un peu de mon laudanum, pour le soutenir jusqu'au Cap. »

Son équipage étant protégé de l'enrôlement forcé, le baleinier ne refusa pas de répondre à un vaisseau anglais ; c'était le *Three Brothers,* de Londres, en route vers les mers du Sud, dit-il en réponse à l'appel du *Leopard* : « Quel navire ? Quel navire êtes-vous ? » En provenance du Cap : non, il n'avait pas vu la moindre voile depuis sa sortie de False Bay.

— Venez à bord boire une bouteille ! lança Jack par-dessus le vent et la mer grise. Les paroles du baleinier lui mettaient du baume au cœur ; elles dispersaient le doute vague, presque superstitieux, l'obligeant sans cesse à se tourner au vent pour rechercher à l'horizon ce point blanc qui en dépit de tous ses calculs trahirait le diabolique *Waakzaamheid*. Les baleiniers, chacun le savait, avaient le regard plus aigu que n'importe quel marin : leur gagne-pain dépendait de ce panache lointain, entr'aperçu souvent sur une mer tourmentée, déchaînée, chargée de nuages, et ils avaient toujours quelqu'un dans le nid-de-pie veillant avec ardeur et constance. Le plus lointain reflet de hunier ne pouvait leur échapper de jour, ni même par ces nuits de lune tardive.

Le maître du *Three Brothers* vint, vida sa bouteille et parla de la poursuite des baleines dans ces eaux presque inexplorées : il les connaissait mieux que la plupart, ayant fait trois voyages ; il fournit à Jack quelques informations de valeur sur la Géorgie du Sud, corrigeant sur sa carte les mouillages de cette île lointaine et peu hospitalière pour le cas où le *Leopard* se trouverait un jour par cinquante-quatre degrés sud, trente-sept degrés ouest, et sur les quelques autres lambeaux de terre perdus dans ce vaste océan austral. Mais bientôt, comme on apportait des bouteilles pleines pour en remporter des vides, son récit devint extravagant ; il parla du grand continent qui devait se trouver autour du pôle, de l'or qu'on y trouvait certainement et du minerai dont il lesterait son navire. Les marins en général n'estiment pas avoir fait leur devoir si leurs hôtes les quittent sobres : Jack était parfaitement heureux en voyant le capitaine regagner son baleinier. Il souhaita au revoir et bon retour au *Three Brothers* et traça la route pour Le Cap : le *Leopard* mit le vent un peu en arrière du travers bâbord en une belle courbe — l'eau blanche jaillissant jusque dans l'embelle — et mit cap au nord sous voiles basses et huniers arisés, le pont incliné comme un toit et les porte-haubans sous le vent enfouis dans l'écume levée par son étrave. Il fonçait vers un banc de nuages bas frangés de grains de pluie et fourrés d'éclairs ; il faisait un froid aigre et les embruns fouettant le pont dans les remous de la grand-voile venaient frapper le visage du capitaine. Mais il avait chaud intérieurement : protégé par une confortable couche de lard en plus de son caban, il était aussi réchauffé par la satisfaction. Il poursuivit sa promenade, comptant le nombre de tours sur ses doigts serrés derrière son dos. Il en ferait mille avant de descendre. A chaque tour il jetait un coup d'œil vers le ciel et sur la mer : un ciel marbré, bleu et blanc au sud avec un éclat d'acier à l'horizon lointain, gris chargé de hauts nuages d'orage dans l'ouest, sombre au nord et à l'est ; et bien sûr une mer marbrée, mais de couleur bien différente, allant du bleu moyen jusqu'au noir par toutes les teintes de gris glauque, et l'ensemble strié d'un blanc qui ne devait rien au ciel mais tout aux crêtes arrachées et à l'écume des orages précédents. Il montait et descendait régulièrement sur la houle longue et même assez forte, de sorte que parfois son horizon n'était pas à plus de trois milles ; à d'autres moments il apercevait un disque immense d'océan, une mer froide, malaisée, mille après mille de désolation, l'élément inconfortable sur lequel il se sentait chez lui.

En surface son esprit était occupé par le malheureux maître : ses livres s'étaient révélés terriblement embrouillés, négligés depuis bien des semaines. L'un des devoirs de Larkin était de tenir le compte de l'eau à bord du *Leopard*, mais ses notes confuses, griffonnées, ne permettaient pas à Jack de savoir où il en était : il lui faudrait, avec le second maître responsable de la cale, se faufiler dans les profondeurs, cogner sur les barils et ouvrir les bondes. Il ne demanderait pas à Grant de le faire, à présent que le premier lieutenant devait tenir un quart : un grincheux mauvais chien, sans désir de plaire, sans bonne volonté — prenant soin de ne jamais s'engager par une parole hâtive mais toujours prêt à présenter quelque objection, à blâmer et critiquer tout un chacun. Un misérable bougre ; bon marin toutefois, il fallait le reconnaître. Il pensa au capitaine Bligh et à sa réputation épouvantable : « Avant de juger un capitaine, se dit-il au sept centième tour, il faut savoir exactement ce qu'il avait à commander. » Jack lui-même avait dû parler à Grant en des termes qui auraient pu le faire considérer comme une brute grossière ; il ne s'était pas emporté mais, à propos de l'intervention de Grant sur ses ordres concernant l'artimon de cape, il s'était exprimé très clairement.

Il revint vers l'arrière ; sept cent cinquante et un ; il entendit des exclamations, vit des regards fixes, des doigts pointés : « Monsieur, monsieur », s'exclamaient à la fois Turnbull, Holles et le quartier-maître ; et du haut du mât « Voile en vue ! », avec une urgence extrême, « Ho, du pont, Ho, du pont... »

Il pivota, et là, à l'ouest-nord-ouest, juste au vent, émergeant d'un grain noir sur un fond de lumière sanglante, il vit le *Waakzaamheid*, non point à l'horizon, menace lointaine, mais coque visible à moins de trois milles.

— La barre à bâbord, dit-il, rentrez la bonnette d'artimon, larguez les ris, envoyez le petit perroquet.

Le *Leopard* pivota sur ses talons si vite que le chien de Babbington fut projeté contre une caronade. Les hommes coururent aux cargues, aux bras, aux écoutes et aux amures et le navire s'établit sur sa route, plein vent arrière.

Le *Waakzaamheid* et le *Leopard* s'étaient aperçus presque au même moment, et à bord des deux navires les voiles surgirent aussi vite que les hommes pouvaient manœuvrer. Le grand perroquet du *Waakzaamheid* explosa dès qu'on l'eut bordé et les laizes d'étoffe s'accrochèrent dans ses étais. « Il en veut, cette fois, pensa Jack. Il va falloir foncer. » Mais les mâts du *Leopard* n'auraient pas supporté un pouce carré de toile supplémentaire sans s'arracher. Il tâta les galhaubans et hocha la tête. Son regard courut jusqu'en haut des mâts de perroquet et il hocha à nouveau — pas question de les descendre sur le pont à ce moment.

— Faites passer pour le bosco, dit-il.

Le bosco vint en courant.

— Mr Lane, portez des toulines et des haussières légères en tête des mâts.

Le bosco, bonhomme sombre et perpétuellement de mauvaise humeur, ouvrit la bouche, mais un regard au visage du capitaine suffit à transformer sa remarque en un « Bien, monsieur » et il plongea dans l'entrepont tout en sifflant ses aides.

— Essayons le grand perroquet, Mr Babbington, dit Jack quand le navire fut bien lancé, toute la poussée du vent dans ses voiles.

Les gabiers grimpèrent, s'échelonnèrent sur la vergue, déferlèrent la voile. La vergue s'éleva, le mât se plaignit, les galhaubans se tendirent encore ; mais la toile solide tenait bon et le *Leopard* accéléra de manière perceptible. Jack regarda en arrière, au-delà du sillage qui déchirait la mer : le soixante-quatorze était un peu plus loin. « Jusqu'ici tout va bien », se dit-il, et à Babbington :

— Ferlez-le tout de même : nous ferons un nouvel essai quand le bosco aura fini.

Jusqu'ici tout allait bien : le *Leopard* gagnait un peu, il distançait un peu le *Waakzaamheid* avec la toile qu'il réussissait à porter. Dans ce vent et cette mer il pouvait se défendre, et bien. Mais il n'avait pas envie d'aller plus loin au sud, où les vents d'ouest étaient encore plus forts.

Au bout d'une heure, il mit le cap à l'est. Instantanément, le *Waakzaamheid* s'orienta pour lui couper la route, suivant la corde de l'arc du *Leopard* : il gagnait plus que Jack ne l'aurait voulu ; en même temps, il envoya une étrange petite voilure triangulaire, comme une aile de pigeon inversée, entre la fusée de vergue de son grand hunier et la tête du mât.

« Ce n'est pas le moment de faire des fantaisies », se dit Jack. Le *Waakzaamheid* avait la haute main pour ce qui était de la route à suivre et il remit le *Leopard* devant le vent, un vent ouest-nord-ouest avec une nette tendance à passer plus au nord encore. Elevant la voix vers la tête de mât de misaine où Lane s'activait avec ses aides, accrochés au moindre support, leurs queues de cheveux pointées, raides et bien droites, vers l'avant, il lança :

— Mr Lane, faut-il vous porter votre hamac ?

Si le bosco répondit, la réponse fut noyée par les huit coups du quart de l'après-midi, suivis du rituel habituel. On fila le loch, aussi loin que possible de l'énorme sillage ; le touret pivota ; le quartier-maître lança « Stop » ; l'aspirant annonça :

— Tout juste douze, monsieur, s'il vous plaît.

L'officier de quart l'inscrivit sur la planche de loch. Le charpentier fit son rapport :

— Trois pouces dans la sentine, monsieur.

Et Jack dit :

— Ah, Mr Gray, j'allais justement vous faire chercher. Les contre-hublots dans la grand-chambre, s'il vous plaît. Je ne veux pas avoir les bas mouillés si par hasard une vague se mettait en tête d'embarquer par l'arrière cette nuit.

— Les contre-hublots, bien, monsieur. Il n'est rien de plus malsain que des bas mouillés.

Gray était un vieil homme, passé maître dans son métier, et quelque peu bavard.

— Cela va-t-il se gâter, monsieur, à votre avis ?

En fait cela s'était déjà gâté depuis longtemps : le *Leopard* plongeait comme un cheval rétif, l'étrave noyée d'eau blanche, et le vent de l'arrière qui, par temps modéré, n'aurait pratiquement fait aucun bruit, les obligeait à vociférer tandis que les embruns arrachés aux crêtes volaient de tous côtés. Mais ils étaient dans les quarantièmes, et pour les quarantièmes cela ne valait pas la peine d'en parler, ce n'était pas ce que l'on peut appeler du mauvais temps.

— J'en ai bien l'impression, Mr Gray : regardez le ciel sous le vent.

Le charpentier regarda et pinça les lèvres ; regarda en arrière, saisit le Hollandais en haut d'une houle, et les pinça de nouveau en marmonnant :

— Qu'est-ce qu'on peut espérer, avec une sorcière à bord ? Les contre-hublots dans l'instant, monsieur.

— Et les sacs d'écubier, bien entendu.

Ils coururent ainsi toute une autre horloge. Au coup de cloche, Jack monta sur la dunette : abrité derrière le couronnement avec sa lunette, il inspecta le *Waakzaamheid*. Dès qu'il eut mis au point sur le gaillard d'avant, il reçut comme un choc car là, bien visible, le capitaine hollandais le regardait. Aucun doute sur cette grande silhouette, cette carrure, ce port de tête particulier : l'ennemi lui était familier. Mais aujourd'hui, son habit au lieu de bleu clair était noir. « Je me demande, se dit Jack, si c'est par hasard ou si nous avons tué un de ses parents ? Son fils, peut-être, à Dieu ne plaise. »

Le soixante-quatorze gagnait un peu à présent et

dans la grande lumière — la soirée était beaucoup plus longue sous ces latitudes et les deux navires avaient laissé les ténèbres très loin au nord — Jack put déterminer la nature de ces triangles bizarres. Il y en avait un autre au petit perroquet : c'était une voile d'étai de cape, le point d'amure en haut.

— S'il vous plaît, monsieur, dit un aspirant, le jeune Hillier, le bosco dit que tout est en place et demande une équipe.

Il faudrait une équipe solide car le projet de Jack était de doubler les galhaubans par des haussières, rien de moins, pour que les mâts fortement renforcés puissent supporter énormément de toile avec ce vent arrière, tout l'effort étant transféré à la coque. Mais pour étarquer ces cordages au point qu'ils remplissent leur office, il fallait une force peu commune. Un jour, quand il était troisième lieutenant du *Theseus*, ils avaient envoyé la grand-voile en toute hâte pour se dégager de Penmarch, et le suroît soufflait si fort qu'il avait fallu deux cents hommes pour border l'écoute : il n'avait pas deux cents hommes valides, mais il avait un peu plus de temps que le capitaine du *Theseus* avec les brisants sous son vent.

Pas de temps à perdre toutefois, car le soixante-quatorze n'était qu'à trois milles et couvrait le mille en cinq minutes à peine ; par-dessus tout, pas le temps de faire une erreur, un dématage dans une telle mer serait la destruction certaine.

— Un palan de hune sur le porte-lof ! lança-t-il à voix haute. Ramenez à l'arrière sur une poulie coupée fixée aux derniers pitons à œil et renvoyez vers l'avant. Allons-y, allons-y. Amenez cette poulie coupée, Craig.

En cinq minutes l'ordre surgit d'une confusion apparente : à demi noyée, l'équipe du bosco revint du porte-lof et l'équipage tout entier se rassembla dans l'embelle et le long des passavants, la main sur les câblots qui allaient agir à l'horizontale, multipliant par trois la force appliquée.

— Silence partout ! cria Jack. Tribord, à vous. A mon signal, tous ensemble et sans mollir : comme une bouline. Ho, un ! Ho, deux ! Ho, comme ça ! Bâbord, à vous : ho, un ! Ho, deux ! Ho, comme ça !

La manœuvre se poursuivit alternativement de chaque côté : mise en tension brève et nette vers l'arrière à partir des porte-lof, vers l'avant à partir des poulies coupées ; les haussières se raidirent régulièrement, de plus en plus, en un rigoureux équilibre de forces, jusqu'à ce que le vent chante la même note sur chacune, jusqu'à ce que chaque paire de câbles, tendue comme barre d'acier, apporte à son mât un soutien extraordinaire.

— Comme ça ! s'écria Jack pour la dernière fois. C'est bien, les gars. Etes-vous paré, Mr Lane ?

— Paré, monsieur.

— Larguez partout. A border le grand perroquet.

La vergue s'éleva. Le mât accepta l'effort sans rien dire. La vague d'étrave du *Leopard* monta plus haut avec l'accroissement de vitesse. Le perroquet de beaupré vint ensuite, tandis que pour soulager l'étrave on ferlait la grand-voile, laissant la misaine prendre tout le vent : plus à l'aise, le navire ne ralentit pas, distançant nettement le Hollandais qui avait pourtant largué le ris de son petit hunier.

C'était une poursuite furieuse sur la mer vide et mauvaise, sous le ciel clair du soir, entre deux navires menés très dur ; et le premier à perdre une voile ou un espar aurait perdu la course. Le soleil se couchait ; dans une heure et quarante minutes la lune se lèverait, à peine sur le déclin. Le crépuscule puis la lumière lunaire ne laisseraient guère de chances de faire des fantaisies sans être remarqué ; pourtant, une demi-heure avant le lever de la lune, il amènerait le vent un quart et quelque sur la hanche, juste pour pouvoir porter les focs et les voiles d'étai de l'avant, qui lui donneraient encore un demi-nœud ou peut-être plus. Et toutes choses bien considérées, on pouvait raccrocher les hamacs : la bordée bâbord irait se coucher tout habillée par précaution, il était inutile de les garder aux postes de combat, à grelotter derrière leurs sabords fermés ; la crise, si l'on en venait à cela, était encore lointaine. Peut-être très loin dans l'est. Il lui était déjà arrivé de chasser quarante-huit heures.

Dans la chambre sombre il trouva Stephen, son violoncelle entre les genoux et une soupière à ses côtés.

— Judas, dit-il, en soulevant le couvercle sur un récipient vide.

— Point du tout, mon cher, on en prépare d'autre ; mais je ne vous la recommande pas. Vous feriez mieux de prendre un verre d'eau teintée de quelques gouttes de vin, quelques gouttes seulement, et un morceau de biscuit.

— Pourquoi l'avez-vous donc mangée, alors ? Pourquoi n'en avez-vous pas laissé un reste, le moindre reste ?

— C'est seulement que mon besoin m'est apparu plus grand que le vôtre, mon affaire de plus grande importance que la vôtre. Car si la vôtre est une affaire de mort, la mienne est une affaire de vie. Mrs Boswell est en travail et je pense pouvoir vous promettre pour ce soir ou demain un complément d'équipage.

— A dix contre un, une autre de ces... femmes, dit Jack. Killick ! Killick !

Une autre soupière apparut, des côtelettes brûlantes, un pot de café et un morceau de pudding consistant.

— Cela va-t-il durer longtemps, à votre avis ? demanda Stephen par-dessus la voix de son violoncelle.

— Chasse arrière, chasse ardente, dit Jack.

— Et celle-ci l'est-elle vraiment ?

— Elle ne pourrait guère l'être plus, avec ce Hollandais si proche et juste sur notre arrière.

— C'est donc une poursuite acharnée, opiniâtre, déterminée, inspirée par l'animosité. Voilà donc une chasse ardente. Laissez-moi vous dire quelque chose à mon tour : une présentation par le siège est aussi une opération longue et difficile. Il me semble que nous aurons tous deux une nuit fort active : permettez-moi de demander un autre pot de café.

La nuit de Stephen fut effectivement active, étant donné l'absence de forceps et d'expérience en obstétrique ; mais, quand Jack fut monté sur le pont pour changer de route — vers le sud, puisque le Hollandais s'attendait à ce qu'il fasse du nord — et eut observé son poursuivant un moment à la lumière de la lune, il s'étendit dans sa bannette et s'endormit aussitôt. Le clinfoc et la voile d'étai de misaine portaient bien, le *Leopard* gouvernait bien, et le soixante-quatorze était à quatre ou cinq milles. Il n'avait pas perçu tout de suite le léger changement de direction de Jack et le *Leopard* lui avait encore pris un bon mille avant qu'il établisse ses voiles d'avant.

Il s'éveilla rafraîchi ; pourtant son esprit endormi avait enregistré le choc de l'eau sur les contre-hublots et en montant sur le pont il ne fut pas surpris de constater que le vent et la mer avaient forci. La lune froide et brillante éclairait une chevauchée régulière de grandes vagues fonçant vers l'est, séparées par des creux larges et profonds ; leurs crêtes commençaient à s'écrouler en cascades blanches sous le vent, et la note générale du vent dans le gréement était montée d'une demi-octave. Si cela empirait — comme c'était probable d'après l'aspect du ciel à l'ouest et le toucher de l'air —, il lui faudrait remettre le *Leopard* vent arrière ; le navire ne tiendrait pas sa route avec une mer plus forte par la hanche. Le *Waakzaamheid* était toujours à la même distance, mais cela ne durerait sans doute pas.

Le quart de minuit passa, horloge après horloge ; ils continuaient à courir, sans rien choquer ; chasse acharnée, opiniâtre, déterminée. Quand on piqua huit coups, avec les deux bordées sur le pont, il rentra la civadière, mit la vergue en long, envoya le petit foc et lofa d'un autre quart. Ce serait peut-être sa dernière chance d'y parvenir, car à présent l'air était chargé d'eau et le navire fonçait dans la mer à une vitesse qu'il n'aurait jamais crue possible, une vitesse qui aurait été impossible sans ses haussières en tête de mât. Mais ce n'était plus la rapidité exaltante de quelques heures auparavant ; c'était une course folle, cauchemardesque, et dans un vent vraiment violent.

Heure après heure, durant le quart du jour, heure après heure, le vent forcit. Deux fois, juste après sept coups, l'arrière du *Leopard* faillit être coiffé par une lame folle : la progression des rouleaux perdait sa régularité, se désorganisait. Huit coups : il remit le navire au vent arrière en rentrant les voiles d'étai. Il était impossible d'obtenir une lecture précise du loch car la bourrasque envoyait le bateau de loch en avant de l'étrave ; l'aide-charpentier vint annoncer deux pieds d'eau dans la sentine. Le *Leopard* travaillait et souffrait tant qu'il en entrait beaucoup par les flancs, en dehors même de ce qui descendait des ponts, en dépit des capots bloqués, et par les écubiers, en dépit des sacs.

Le soleil se leva sur une mer en travail aux crêtes brisant en avant des rouleaux : mer couverte d'écume d'un horizon à l'autre sauf dans le fond des creux, plus profonds à présent ; de tous les reliefs le vent arrachait des embruns, des gouttes et de l'eau qu'il poussait en un voile gris assombrissant et emplissant l'air. Le *Waakzaamheid* était à moins de deux milles. Le danger extrême d'une navigation dans une mer très forte apparaissait de plus en plus : dans les creux, dans les vallées entre deux vagues, le *Leopard* était presque encalminé tandis que sur les crêtes toute la force du vent le frappait, menaçant d'arracher les voiles à leurs ralingues ou d'emporter les mâts ; pire encore, il perdait un peu de son élan dans le fond alors qu'il avait besoin de toute sa vitesse pour distancer les rouleaux poursuivants, car s'ils le rattrapaient, il serait submergé, écrasé par la masse déferlante. Il aurait alors dix chances contre une de pivoter, de se mettre en travers, présentant son flanc au vent, et la lame suivante l'engloutirait.

Ce n'était nullement la mer la plus forte que Jack eût connue ; ce n'était pas encore le chaos total qui suit dix jours de mauvais temps — vagues géantes après mille milles de fetch, qui se recouvrent, se dressent comme des montagnes, brisent, déferlent, explosent avec une force énorme — mais cela semblait promettre un avenir de ce genre ; et déjà le *Waakzaamheid* montrait combien un navire plus grand était favorisé. Ses mâts plus hauts, sa masse plus importante lui permettaient de perdre moins d'élan quand il était en partie encalminé et il n'était plus guère qu'à un mille : en revanche, il avait rentré ou perdu ses triangles bizarres.

Un albatros planant sur tribord pivota dans le vent et franchit le sillage, saisissant au passage quelque chose en surface ; ce n'est qu'en voyant l'éclat brillant de ses ailes qu'il se rendit compte à quel point l'écume était jaune. Malgré sa concentration extrême sur le navire et les innombrables forces qui s'exerçaient sur lui, il put s'étonner de la maîtrise parfaite de l'oiseau, de la manière dont ses étincelantes ailes de douze pieds le soulevaient sans le moindre effort et l'emportaient en travers des lames en une courbe aisée, tranquille. « J'aimerais que Stephen puisse... » pensait-il, tandis que le *Leopard* escaladait la crête suivante, mais un craquement à l'avant et le bruit d'une toile battante l'interrompirent. Le petit hunier avait éclaté.

— Ferlez, ferlez ! s'exclama-t-il — il restait une chance de le sauver. A hisser le grand hunier !

Il courut à l'avant, appelant le bosco. Pas de bosco. Mais Cullen, le capitaine de la hune de misaine, était au mât avec les aides du bosco : il ferlait le hunier, vergue amenée sur son chouquet, tandis que le navire plongeait sur la longue pente dans l'écume de la déferlante. Après à peine quelques minutes d'hésitation, le grand hunier au bas ris maintint le *Leopard* en avant des rouleaux qui le poursuivaient, mais il était trop en arrière pour la poussée idéale — la vitesse était moindre, et les embardées possibles.

On pouvait encore envoyer un autre petit hunier :

— Faites passer pour le bosco ! s'écria-t-il — et enfin l'homme s'approcha en trébuchant : ivre, pas ivre mort, mais incapable. Redescendez, lui dit Jack. (Et au plus vieux de ses aides :) Arklow, prenez la suite, petit hunier numéro deux et nos meilleurs rabans d'envergure.

Lutte cruelle là-haut sur la vergue, cruelle et longue, combat contre la toile animée d'une force gigantesque, mais enfin ils réussirent à l'enverguer et descendirent, mains en sang, avec un air d'hommes fouettés.

— Descendez, dit Jack. Faites soigner vos mains ; dites au valet du commis qu'il vous donne un verre à chacun et quelque chose de chaud.

Penché sur la lisse, les yeux à demi fermés pour résister aux embruns, il vit que le *Waakzaamheid* n'était plus qu'à un millier de yards. Il haussa les épaules : pas un navire, pas un vaisseau de premier rang, pas même un quatre-ponts espagnol ne sortirait ses canons par une telle mer.

— Mr Grant, dit-il, faites gréer les pompes : nous sommes lourds. Puis, jetant un coup d'œil au nouveau petit hunier tendu comme un tambour, il descendit manger quelque chose.

Comme le capitaine hollandais, Killick semblait capable de lire dans ses pensées : du café et une pile de sandwiches au jambon arrivaient au moment où Jack accrocha son suroît trempé et pénétra dans la chambre sombre ; il s'assit sur un coffre à côté du canon tribord. La fenêtre de poupe remplacée par du bois ne laissait pas passer un filet de jour et même la claire-voie était recouverte d'un taud.

— Merci, Killick, dit-il après la première gorgée vorace. Des nouvelles du docteur ?

— Non, Votre Honneur, rien que des cris et

Mr Herapath qui va pas bien. Il faut que ça aille mal avant d'aller mieux. C'est ce que je dis toujours.

— Aucun doute, aucun doute, dit Jack mal à l'aise.

Puis il s'attaqua aux sandwiches : crêpes froides épaisses remplaçant le pain, mais bienvenues. Tout en mâchant, il pensait aux femmes, à leur sort pénible, à la malédiction d'Eve, à Sophie, à ses filles bientôt grandes. Un vacarme énorme de bois brisé, un flot d'embruns, un flot de lumière et un boulet perdu interrompirent ses réflexions. Regardant à travers le contre-hublot brisé, il vit un autre éclair à l'étrave du *Waakzaamheid.* Pas un bruit dans ce rugissement universel, et la fumée fut aussitôt emportée, mais manifestement le soixante-quatorze avait ouvert le feu avec ses pièces de chasse, orientées droit devant par les sabords de son étrave camuse, et avait mis au but un coup heureux qui venait de casser sa tasse de café — une chance sur un million.

— Killick, une autre tasse, lança-t-il, en transportant le reste de son petit déjeuner dans la salle à manger. Et faites venir le charpentier.

« Je n'attendais pas cela aujourd'hui », se dit-il. Sans doute, l'objectif de la guerre est la destruction de l'ennemi et il avait vu des navires français totalement détruits lors de vastes combats navals ; mais dans un corps à corps l'idée de la capture était généralement prédominante. Il s'attendait que le soixante-quatorze le poursuive et s'empare de son navire, ou l'essaie, quand le vent aurait un peu faibli : dans cette mer, toute capture était impossible et le capitaine hollandais ne pou vait vouloir que tuer. Toute bataille verrait sombrer le premier navire à perdre un mât ou une voile essentielle et donc la maîtrise de sa manœuvre : la perte corps et biens. « Un homme sanguinaire. »

Il ne resta pas longtemps en bas, mais comme les choses avaient changé quand il revint sur le pont ! Non que le vent eût forci — au contraire, il avait molli de manière légère mais certaine —, mais la mer était encore plus abrupte. Et le navire souffrait à présent, lourd à monter, malgré les pompes qui crachaient un grand flot d'eau par-dessus bord. Il allait falloir rentrer le tourmentin : il écrasait l'avant et d'ailleurs son bâton cintrait comme un arc.

— Mr Grant, nous allons rentrer le tourmentin et brasser la grand-voile en pointe.

— Tout de même, monsieur... commença le second — il avait l'air vieux tout à coup —, mais il s'arrêta net.

Avec son centre de voilure abaissé, le *Leopard* se vautrait dans les creux les plus profonds, mais sa vitesse était telle encore qu'il pouvait sans aucun doute échapper aux rouleaux poursuivants à condition d'être bien mené : Jack nomma pour la barre une équipe d'hommes, des matelots premier brin, quatre à la fois, deux horloges par tour. Le plus grand danger était le choc quand le vent le frappait en plein, sur les crêtes ; en temps normal, Jack aurait navigué sous un petit hunier au bas ris, ou même moins — juste assez de toile pour rester devant la mer. Mais avec l'approche du *Waakzaamheid*, il n'osait rien rentrer ; il ne pouvait pas non plus renvoyer le foc. Si la situation se maintenait, il lui faudrait compenser la perte de poussée en allégeant la charge : il ferait pomper les tonnes d'eau douce de la cale. Le *Waakzaamheid* était à un demi-mille. Il aperçut deux éclairs, mais pas la chute des boulets, perdus dans ce chaos blanc.

Il fit le tour du navire — longues enjambées vers l'avant, dans la poussée du vent, rude bataille pour revenir — et put constater que tout était aussi bien assuré que possible ; il n'y avait aucune probabilité de changement de voile dans l'avenir immédiat — de changement volontaire — et il appela Moore, Burton et ses meilleurs chefs de pièces.

— Monsieur, dit Grant comme il quittait le gaillard, le *Waakzaamheid* a ouvert le feu.

— J'ai cru voir, Mr Grant, dit Jack en riant, mais on peut jouer à deux à ce jeu-là, vous savez.

Il fut surpris de ne rencontrer aucun sourire en réponse, mais ce n'était pas le moment de se pencher sur les humeurs de son second, et il entraîna son équipe dans la chambre.

Ils dégagèrent les canons, déposèrent les contre-hublots des sabords d'arcasse et virent une falaise d'eau verte qui s'élevait à cinquante yards, marquée du sillage du *Leopard*. Elle dissimulait le ciel, et se précipitait vers eux. La poupe du *Leopard* monta, monta : l'énorme vague passa en douceur sous la voûte et dans la fumée d'embruns ils aperçurent le *Waakzaamheid*, très bas, descendant la pente lointaine.

— Quand vous voudrez, Mr Burton, dit Jack au canonnier.

Un trou dans son petit hunier pourrait le déchirer. Le canon bâbord rugit et la chambre se remplit de fumée. Pas de trou : pas de point de chute du boulet non plus. Jack, à tribord, avait le Hollandais dans son viseur. Un rien d'élévation et il tira le cordon. Il ne se passa rien : les embruns avaient mouillé l'amorce. « Mèche ! » s'écria-t-il, mais le temps qu'il l'ait en main, le *Waakzaamheid* était passé au-dessous de sa ligne de visée, trop bas pour sa pièce. Du fond du creux, il tira, éclair de flamme lointain, puis encore deux coups avant que la montagne d'eau gris-vert ne les sépare.

— Puis-je vous suggérer un cigare, monsieur ? dit Moore. On peut le tenir dans la bouche.

Second chef de pièce, il maniait l'écouvillon et son visage était à six pouces de celui de Jack : emmitouflé dans son ciré, il ne restait rien en lui d'un officier d'infanterie de marine sauf son beau teint rouge et la cravate nette qu'on apercevait sous son menton.

— Excellente idée, dit Jack, et dans le calme passager avant la réapparition du *Waakzaamheid,* Moore lui alluma un cigare à la mèche du baquet.

Le *Leopard* s'éleva, le Hollandais apparut, tout noir dans l'eau blanche des crêtes déferlantes, et les deux pièces de neuf livres tirèrent ensemble. Recul des canons, activité furieuse des servants, grognements, pas un mot, écouvillon, boulet, en batterie. Nouveau tir et cette fois Jack vit son boulet, sombre dans la brume d'eau, voler vers le but : il ne put le suivre jusqu'au bout, mais la ligne de tir était bien nette, un peu basse. Ils étaient sur la crête et le vent chargé d'eau, irrespirable, envahissait la chambre ; les servants travaillaient sans la moindre pause, trempés jusqu'aux os.

Descente, descente de la pente dans l'écume blanche arrachée à la vague, pièces en batterie et en attente. Au fond du trou, puis remontée de l'autre côté.

— Je crois que j'ai vu tomber son boulet, dit Moore, trop court de vingt yards sur notre hanche tribord.

— Je l'ai vu aussi, dit Burton, il veut démolir notre gouvernail, venir bord à bord et nous envoyer une volée, ce chien sanguinaire.

Le *Waakzaamheid* à nouveau sur la crête : Jack versa l'amorce dans la lumière avec sa corne à poudre, derrière l'abri de sa main, le cigare serré entre les dents et bien brillant ; cette fois, chacun des canons tira trois coups avant que le *Leopard* ne monte trop haut, de plus en plus haut, poursuivi par les boulets du Hollandais. Toujours plus haut : une montagne énorme, lente et majestueuse, mais traversée à telle vitesse que trébucher serait fatal. Coups de canons alternés, pointés et lancés avec une intensité si résolue que les hommes ne voyaient même pas la masse d'eau arrachée qui s'abattait sur eux à chaque crête. Toujours plus haut, et le *Waakzaamheid* gagnait visiblement.

Babbington était là, attendant une pause.

— Prenez la suite, Moore, dit Jack quand le canon rentra.

Il enjamba le palan et Babbington lui dit :

— Il a touché notre hune d'artimon, monsieur, droit dedans.

Jack acquiesça. Il était beaucoup trop près : à bout portant ou presque, et le vent poussait ses boulets.

— Pompez l'eau douce, sauf une tonne, et essayez le foc aux deux tiers.

Retour aux canons, à nouveau en batterie. C'était au *Waakzaamheid* à tirer et il le fit, frappant l'étambot du *Leopard* dans la partie haute : un choc habile qui secoua le navire perché en haut d'une lame ; quelques instants plus tard, une vague d'eau verte pénétrait par les sabords.

— Bien visé dans une telle mer, Mr Burton, dit Jack.

Le canonnier tourna vers lui son visage ruisselant au regard fixe, éclairé d'un sourire soudain.

— Pas mal, monsieur, pas mal, mais si je n'ai pas mis au but voici deux coups, je m'appelle Zébédée.

Le *Leopard* reprit un peu d'avance avec l'aide de son foc, une centaine de yards ; et les montagnes russes se poursuivirent, toujours à la même distance. C'était l'artillerie la plus étrange du monde, avec cette activité furieuse entrecoupée de pauses, l'attente des coups ; sur la crête, l'eau envahissante, le plancher inondé ; la muraille d'eau ; la répétition. Pas un ordre ; rien de la discipline rigoureuse de la batterie ; entre les coups, quelques mots lancés à tue-tête par les hommes assourdis. La crainte d'être submergés par ces énormes rouleaux qui s'élevaient sous leur nez, qui s'élevaient et cachaient le soleil avec une régularité implacable, et la crainte de venir en travers n'affectaient pas la chambre.

Rugissement sauvage dans l'équipe de Burton :

— Le mantelet est touché ! s'écria Bonden, second chef de pièce. Ils ne peuvent plus fermer le sabord.

— Alors nous sommes tous dans le même bateau, dit Moore. A présent, les Hollandais auront les pieds mouillés chaque fois qu'il plongera l'étrave, et j'espère que ça leur plaira, ha, ha !

Triomphe bref. Un aspirant vint rapporter que le foc était arraché ; Babbington avait tout en main ; il essayait d'établir une voile d'étai de cape ; la moitié de l'eau douce était partie.

Bien qu'allégé, son foc manquait au *Leopard* ; le *Waakzaamheid* remontait et à présent la montagne de mer ne les séparait que quelques secondes. Si le *Leopard* ne reprenait pas d'avance quand toute son eau aurait été pompée, les canons du pont supérieur devraient suivre : n'importe quoi pour s'écarter et préserver l'intégrité du navire. Le tir était plus abondant, plus continu ; les canons s'échauffaient, reculaient avec plus de brutalité, et Burton puis Jack réduisirent la charge.

Plus près, plus près encore, ils étaient à présent sur la même pente, sans plus de creux pour les séparer : un trou dans le petit hunier du Hollandais, mais il ne se déchira pas, et trois boulets successifs vinrent frapper la coque du *Leopard* tout près du gouvernail. Jack avait fumé cinq cigares jusqu'au bout, il avait la bouche sèche et brûlée. Il visait le long de sa pièce, attendant la seconde où le beaupré du *Waakzaamheid* s'élèverait au-dessus du viseur, quand il vit tirer sa pièce tribord. Une fraction de seconde plus tard il écrasait son cigare sur l'amorce et il y eut un vacarme énorme, bien plus fort que le rugissement du canon.

Au bout de combien de temps put-il regarder, impossible de le dire. Impossible aussi de dire ce qui se passait quand il put enfin regarder. Il était couché près de la cloison de la chambre, Killick lui tenait la tête et Stephen cousait activement : il sentait le passage de l'aiguille et du fil mais aucune douleur. Il regarda à droite et à gauche.

— Ne bougez pas, dit Stephen.

Il commençait à sentir la douleur lancinante et tout se mit en place. Le canon n'avait pas explosé : Moore continuait à tirer. On l'avait écarté ; une blessure ; un éclat de bois sans doute. Stephen et Killick le couvrirent de leur corps quand une vague verte s'engouffra dans la chambre, puis Stephen coupa le fil, enroula une étoffe humide autour de ses oreilles, d'un œil et du front et dit : « Est-ce que vous m'entendez ? » Il acquiesça ; Stephen se pencha sur un autre homme étendu par terre. Jack se dressa, retomba et s'en alla en rampant vers les canons. Killick s'efforça de le retenir mais Jack le repoussa et saisit le palan pour aider à sortir le canon tribord tout chargé. Moore se pencha, cigare en main : derrière lui, Jack aperçut le *Waakzaamheid* à vingt yards, énorme, tout noir, fendant la mer. Quand Moore baissa la main, Jack s'écarta automatiquement ; mais il était encore ahuri, ralenti, et le recul du canon le rejeta à terre. A quatre pattes il chercha le palan dans la fumée, le trouva quand l'obscurité s'éclaircit, et le saisit. Mais pendant un moment il ne comprit pas les acclamations qui remplissaient la chambre, l'assourdissant : c'est ensuite que par les sabords démolis il vit le mât de misaine du Hollandais chanceler, vaciller, les haubans se rompre, le mât et sa voilure tomber par-dessus l'étrave.

Le *Leopard* atteignit la crête. Il fut aveuglé par l'eau verte, puis sa vision s'éclaircit et à travers le brouillard sanglant coulant de son pansement, il vit l'énorme rouleau avec le *Waakzaamheid* en travers dans la déferlante, sur le flanc, engagé. Chaos énorme et momentané de coque noire et d'eau blanche, d'espars arrachés, de cordages fous, et puis plus rien qu'une immense montagne gris-vert nappée d'écume.

— Mon Dieu, oh, mon Dieu, dit-il, six cents hommes !

# Chapitre huit

Tout le jour, le *Leopard* courut sous petit hunier, et tout le jour, le baromètre remonta. Le vent continuait à faiblir — Jack l'avait remarqué juste avant la disparition du *Waakzaamheid* — mais, la mer restant toujours aussi forte ou même plus, il était impossible de changer de route de plus d'un quart, et plus encore de prendre la cape.

Jack gisait dans sa couchette, étrangement nébuleux. Il savait que le navire se comportait bien, qu'il était en de bonnes mains ; il savait que les pompes avaient pris le dessus et que le charpentier s'était occupé des hublots détruits, que Killick et ses aides remettaient en état la grand-chambre où ils avaient déjà réinstallé le poêle ; il savait que, selon toute probabilité, la tempête s'épuisait, que le navire en sortait sain et sauf, avec tous ses canons. Si le Hollandais n'avait pas sombré à ce moment précis, les pièces auraient dû suivre l'eau douce par-dessus bord. Pourtant, toutes ces certitudes restaient très loin de lui. Il savait, mais cela ne l'intéressait guère. La vision du *Waakzaamheid* couché sur l'eau, écrasé par cette terrible lame, revenait sans cesse à son regard intérieur. C'était la guerre ; l'ennemi avait cherché le combat, fait de son mieux pour détruire le *Leopard* ; le destin s'était retourné contre lui, et l'exploit du *Leopard* apporterait un soulagement intense aux navires de la Royal Navy en mission dans les Indes orientales. Mais il restait habité d'une étrange peine, une sorte de chagrin persistant.

Une lumière apparut et il ferma les yeux.

— Eh bien, mon cher, dit Stephen, vous n'aimez pas la lumière : très bien.

Il la dissimula derrière un livre et ils bavardèrent un moment. Comme Jack l'avait supposé, c'est un éclat de bois qui l'avait blessé, deux pieds de chêne au rebord déchiqueté, arrachés par le boulet du Hollandais.

— J'ose dire que cela vous donnera pendant quelque temps des douleurs à la tête, dit Stephen, la blessure même est spectaculaire et gâchera votre beauté ; mais vous avez eu pire. C'est la blessure de Lord Nelson, savez-vous ? La peau du front rabattue sur l'œil.

Jack sourit, il aurait presque donné un bras pour suivre les traces de Nelson.

— Mais je n'aime guère le choc que le côté plat vous a donné ; je soupçonne un peu de commotion. Pourtant, ce n'est rien au regard de ce que le recul du canon aurait pu faire. Sans l'intervention de votre saint patron, vous ne seriez que bouillie, de peu d'intérêt même pour l'anatomie. Dans les conditions actuelles, j'ai de grands espoirs pour votre jambe. Y avez-vous quelque sensation, pour l'instant ?

— Ma jambe ? Quelle jambe ? Comment, mais elle est tout engourdie ! Sur mon honneur, elle est tout engourdie.

— Ne vous faites pas de souci, mon cher, j'ai vu préserver des membres bien plus abîmés.

Après un silence au cours duquel Jack parut perdre tout intérêt pour sa jambe, il dit :

— Stephen, qu'avez-vous autour du cou ? Vous n'avez pas été blessé, j'espère ?

— C'est un cache-nez de laine contre le froid, tricoté par Mrs Wogan. Le rouge intense est destiné à augmenter la sensation de chaleur chez celui qui le porte, par association d'idées. Je lui suis très obligé.

— Que Mr Grant il demande s'il peut faire son rapport, dit Killick, passant la tête par la porte, dans un murmure enroué.

Stephen sortit pour dire à Grant que le patient ne devait pas être dérangé ; tout dérangement pourrait lui agiter l'esprit.

— Voulez-vous dire qu'il n'est pas bien dans sa tête ? s'exclama Grant.

— Non point, dit Stephen.

Le ton avide de l'homme, sa volonté évidente de croire le pire lui déplurent extrêmement ; de toute manière il était irrité par le manque de sommeil et quand il regagna la chambre à coucher, son visage portait une expression méchante, reptilienne. Mais Jack, lointain, ne s'en aperçut pas.

— Après un combat, dit-il, je suis toujours mélancolique. Cette fois c'est encore pire. Je revois ce navire en travers, et tout son monde, ces cinq ou six cents hommes. Je ne cesse de le revoir. Pouvez-vous m'expliquer cela, Stephen ? Cela a-t-il une raison physique ?

— Dans une certaine mesure, sans doute, dit Stephen. Vingt-cinq gouttes de ceci — il les versait avec grand soin, à la lumière du lumignon — rétabliront vos humeurs, pour autant qu'un remède puisse le faire.

— C'est moins dégoûtant que vos doses habituelles, dit Jack. J'ai oublié de vous demander comment s'est passée votre nuit. Comment va votre bohémienne ?

— Je ne saurais répondre de Mrs Boswell : l'opération césarienne n'est pas une mince affaire même sans ouragan. Mais si l'on peut le nourrir, l'enfant vivra peut-être, pauvre créature. Il est, comme vous l'aviez prédit, du sexe féminin, donc robuste. Je n'ai d'abord pas su qu'en faire.

— Il y a la fille qui sert Mrs Wogan.

— C'est vrai. Mais vous vous souviendrez qu'elle est déportée pour infanticide, infanticide répété. Elle est un peu excentrique en ce qui concerne les bébés, et ne m'a pas semblé la personne appropriée. Mais je m'en suis ouvert à Mrs Wogan et elle a fort aimablement proposé ses services. Elle le veille à présent, dans un panier garni de laine, et demande qu'on veuille bien l'équiper d'un poêle suspendu.

— Par Dieu, Stephen, comme je voudrais que Tom Pullings soit ici, dit Jack avant de sombrer dans le sommeil.

Dans le carré, Byron et Babbington jouaient aux échecs, observés par Moore et Benton. Fisher prit Stephen à part :

— Qu'est-ce que j'entends dire, que les esprits du capitaine sont en désordre ?

Stephen le regarda un moment et dit :

— Il n'est pas dans mes fonctions de discuter des maladies de mes patients, et si l'esprit du capitaine était de quelque manière affecté, je serais le dernier à le dire. Mais comme il ne l'est pas, je peux vous dire que le capitaine Aubrey, bien qu'affaibli par la perte de sang, est intellectuellement capable d'en remontrer à n'importe qui ici, un ou deux, ou même trois ou quatre. Par la morbleu, monsieur ! s'exclama-t-il, que veut dire ce questionnement ? Vos manières sont aussi offensantes que votre propos. Vous êtes un insolent, monsieur.

Il fit un rapide pas en avant et Fisher recula, effaré. Il était désolé d'avoir offensé, il ne voulait aucun mal, si un souci naturel l'avait conduit à commettre une inconvenance, il retirait tout ce qu'il avait dit. Sur ce, il fit le tour de la table et sortit en hâte.

— Bravo, docteur, dit le capitaine Moore, j'aime qu'un homme sache mordre quand on l'ennuie. Venez boire un verre de tafia.

Stephen tourna son regard froid vers l'officier mais, malgré sa nuit difficile et ses responsabilités, malgré la férocité suscitée par son inquiétude à l'égard de Jack, le visage rond et rouge de Moore, amical et de bonne humeur, lui arracha un sourire.

— Non, vraiment, dit-il, j'ai réagi hâtivement, beaucoup trop hâtivement.

— A vrai dire, dit Moore, parvenu presque au fond

de son verre, les esprits du capitaine ont été quelque peu en désordre pendant un moment, et qui s'en étonnerait après le coup qu'il a reçu. Vous ne me croirez peut-être pas, mais quand je l'ai félicité de sa victoire il m'a dit qu'il ne pouvait en tirer aucune joie. Le capitaine d'un navire de cinquante canons mécontent d'avoir coulé un soixante-quatorze ! Manifestement, pendant un moment il a été troublé. Mais de là à dire que ses esprits sont en désordre, vraiment...

La porte, en s'ouvrant, libéra une bouffée d'air glacial, et Turnbull apparut, réclamant une boisson chaude. Il était couvert de neige qu'il éparpilla généreusement dans le carré en secouant les gros flocons de son manteau.

— Il s'est mis à neiger, dit-il, le croiriez-vous ? Un demi-pied sur le pont, et ça tombe vite.

— Que fait le vent ? demanda Babbington.

— Il ne cesse de faiblir et la neige a tout à fait aplati la mer. Il a commencé par pleuvoir puis cela a tourné en neige. Le croiriez-vous ?

Grant sortit de sa cabine et Turnbull lui dit qu'il s'était mis à neiger. D'abord il avait plu, à présent il y avait un demi-pied de neige sur le pont, et le vent comme la mer avaient étonnamment faibli.

— De la neige, dit Grant. Quand j'étais dans ces eaux, je ne suis jamais descendu au sud du trente-huitième et il n'y avait pas de neige. Dans les quarantièmes il n'y a rien que vents violents, tempêtes et pestilences : croyez-moi, et je parle avec trente-cinq années d'expérience, un capitaine prudent ne descendra jamais au sud du trente-neuvième. Il ne trouverait pas de neige là-haut, je crois.

Stephen ne trouva pas non plus de neige sous le quarante-troisième parallèle, quand il sortit sur le pont très tôt le lendemain matin ; mais il faisait extrêmement froid et il ne s'attarda que les quelques minutes nécessaires pour voir que la houle, toujours grosse, n'était plus couronnée de déferlantes, que le ciel était bas et sombre, que les nuages circulaient posément, pas trop vite, et que l'albatros par le travers tribord était un oiseau jeune, dans sa seconde ou peut-être sa troisième année. En se retournant pour regagner la cabine, il aperçut la tête d'Herapath qui sortait de la descente : Herapath l'aperçut aussi et recula, le visage troublé.

Stephen eut un soupir discret. Il aimait bien Herapath ; il regrettait la trahison provoquée et nécessaire du jeune homme, avec ses souffrances inévitables. Mais il y avait un visage plus amical de l'autre côté du fronteau, un sourire ouvert, accueillant.

— Bonjour, Barrett Bonden, dit-il, que faites-vous ?

— Une nouvelle garniture pour l'artimon. C'est une belle matinée pour cette saison, monsieur.

— Ce froid est désagréable. L'air est humide et coupant.

— Oui, c'est peut-être un peu frisquet. Cobb me dit qu'il sent la glace. Il a été baleinier et ces gens-là sentent la glace de très loin.

Tous deux regardèrent Cobb, et le baleinier, rougissant, se pencha sur sa garniture.

« La glace, pensait Stephen en regagnant la cabine, et peut-être le grand manchot austral, le phoque à fourrure, l'éléphant de mer... Comme j'aimerais voir une montagne de glace, une île flottante ! »

— Killick, bonjour, et comment va-t-il ?

— Bonjour, monsieur : l'a passé une nuit tranquille et se trouve aussi confortable qu'on peut l'espérer.

Confortable, peut-être, mais il semblait encore renfermé, réservé : sans doute beaucoup de douleur dans la tête. Des nausées, certainement : il n'avait pas touché à l'énorme petit déjeuner apporté par Killick. Mais Stephen fut assez content de la jambe et quand Jack affirma sa détermination d'être sur le pont pour la méridienne, il accepta, exigeant seulement un support approprié et de la laine sur la peau.

— Vous pouvez aussi recevoir Mr Grant si vous le souhaitez, ajouta-t-il. Sans doute êtes-vous impatient de connaître l'état du navire. Mais vous seriez sage de parler très doucement et de rester le plus calme possible.

— Oh ! dit Jack, je l'ai envoyé chercher dès mon réveil et je lui ai demandé ce que diable il avait en tête à changer de route sans ordre. La ligne de foi — avec un brusque hochement de tête vers le compas suspendu au-dessus de sa bannette et une grimace de douleur — marquait le nord-est, et ensuite le nord. On aurait pu croire que j'avais été tué au combat. Je l'ai vite détrompé. Comme ce bonhomme a une voix forte : sa mère devait être une des vaches de Stentor. Qu'est-ce que c'est ?

— Que c'est Mr Byron, monsieur, dit Killick, qui demande s'il peut signaler une montagne de glace au vent.

Jack acquiesça, fit une nouvelle grimace. A l'entrée de Byron, Stephen se leva, posa un doigt sur ses lèvres et quitta la pièce. Le jeune homme, plus prompt que Mr Grant, murmura :

— Une montagne de glace au vent, monsieur, s'il vous plaît.

— Très bien, Mr Byron, à quelle distance ?

— Deux lieues, monsieur : dans l'ouest-sud-ouest un demi ouest.

— Je vois. Veuillez faire assourdir la cloche, Mr Byron, elle me résonne dans la tête.

Tout au long du jour on piqua une cloche assourdie, sur un navire devenu silencieux comme un tombeau, à tel point que les matelots proches des descentes entendaient distinctement vagir le bébé de Mrs Boswell dans l'entrepont.

Il se tut dès qu'il put fourrer son petit visage rouge et fripé dans la poitrine brune de sa mère, et Mrs Wogan dit :

— Voilà, pauvre petit agneau : je reviendrai la chercher dans une heure.

— Vous êtes fort adroite avec ces petites créatures, dit Stephen en la reconduisant vers sa cabine.

— J'ai toujours aimé les bébés, dit-elle, et parut sur le point de poursuivre.

Après une pause dont il ne sortit rien, Stephen ajouta :

— Vous devez mettre les vêtements les plus chauds que vous ayez, pour votre promenade, que je vous demanderai aujourd'hui de faire de bonne heure avec Mr Herapath. Vous avez mauvaise mine, un teint jaune depuis quelques jours et l'air est extrêmement vif. Je vous recommande deux paires de bas, deux paires de culottes, bien remontées sur le ventre, et une pelisse.

— Ma parole, docteur Maturin, dit Mrs Wogan en se mettant à rire, ma parole, vous n'êtes pas un homme fréquentable. Vous me dites que je suis laide et vous nommez ce qui ne peut pas l'être.

— Je suis médecin, mon enfant : il arrive que mon office me rende aussi peu fréquentable que la tonsure pour le prêtre.

— Les hommes de médecine ne considèrent donc pas leurs patients comme des êtres de la même race qu'eux ?

— Laissez-moi vous expliquer : lorsque je suis appelé auprès d'une dame, je vois un corps féminin, plus ou moins dérangé dans ses fonctions. Vous me direz qu'il est habité par un esprit qui peut avoir sa part dans ses souffrances, et je suis tout à fait d'accord avec vous. Mais pour moi le patient n'est pas une femme au sens habituel de ce mot. Toute galanterie serait déplacée et, pire encore, non scientifique.

— Je serais bien attristée de n'être à vos yeux qu'une simple femelle dérangée, dit Mrs Wogan, et Stephen constata que pour la première fois depuis qu'ils se connaissaient, elle semblait avoir perdu son sang-froid. Pourtant... vous souvenez-vous qu'au début de ce voyage vous avez eu l'indiscrétion de me demander si j'étais enceinte ?

Stephen acquiesça.

— Eh bien, dit-elle en tortillant un morceau de lainage bleu, si vous me posiez cette question aujourd'hui, je serais obligée de répondre oui, peut-être.

Après les investigations d'usage, Stephen lui dit qu'il était trop tôt pour être sûr ; que son opinion était probablement correcte ; et que dans tous les cas elle devait prendre le plus grand soin d'elle-même — pas de baleines, pas de corset serré, pas de souliers à hauts talons, pas de gourmandises excessives, pas de grande vie.

Mrs Wogan était jusque-là nerveuse et solennelle, mais la mention de la grande vie sur un océan si désolé — il ne restait de ses provisions qu'un demi-pot de confiture, trois livres de biscuit et une livre de thé — la fit rire avec tant d'amusement que Stephen dut se détourner pour préserver le sérieux de son personnage.

— Pardonnez-moi, dit-elle enfin, je ferai tout ce que vous me dites, religieusement. J'ai toujours eu envie d'un bébé à moi, et bien que celui-ci arrive un peu à contre-temps, il aura le meilleur départ que je puisse lui donner. Puis-je vous dire, ajouta-t-elle d'une voix hésitante, combien j'apprécie votre discrétion ; même avec le docteur Maturin, je redoutais cet entretien — peut-être devrais-je dire cette confession — avec ses questions personnelles, à peu près inévitables. Vous avez été plus délicat encore que je ne l'espérais ; je vous en suis tout à fait obligée.

— Point du tout, madame, dit Stephen, mais la vue de ses yeux noyés de larmes et pleins d'une affection confiante le mit fort mal à l'aise et il fut heureux quand elle poursuivit avec une gravité inhabituelle :

— Combien j'espère fausse cette rumeur que le capitaine est mourant. J'ai entendu cette terrible cloche étouffée et tous les matelots disent à Peggy qu'elle sonne le glas pour lui.

— Ils n'ont pas repris leurs conversations avec elle ! s'exclama Stephen.

— Oh non, dit Mrs Wogan saisissant ce qu'il voulait dire, ils ne lui parlent qu'à travers les barreaux. S'il vous plaît, comment va-t-il ? J'ai tant entendu parler de sang et de blessures.

— Il a été blessé, c'est vrai, et cruellement ; mais avec l'aide de Dieu il pourra s'en sortir.

— Je dirai une neuvaine pour lui.

A midi, la neuvaine était commencée mais Jack n'apparut pas : ce n'était pas tant que l'effort soit excessif ou que les nuages bas interdisent toute observation, mais il était profondément endormi. Un sommeil profond, sain et durable, un tour de pendule et plus encore, tandis que Killick et le cuisinier dévoraient les énormes repas préparés pour lui, repas qu'ils avaient concocté pour lui refaire un beau sang rouge. Il se réveilla souffrant moins, mais s'il était encore un peu distant, « une mesure et quelque en retard », comme il le dit, il éprouvait un vif intérêt pour le bien-être et le comportement du navire. Sa jambe se remettait ; peu avant midi, le lendemain, il clopina jusqu'au gaillard pour observer la scène avec la plus grande attention — la même attention dont il était l'objet, quoique discrètement, de la part de ses officiers, des jeunes messieurs et de tous les membres de l'équipage qui n'étaient pas employés à l'avant. Il vit une mer grise et brumeuse, d'où s'élevaient des vapeurs ; une mer lisse soulevée par une houle tranquille ; un ciel bas mais se dégageant çà et là quand le nuage, ou plutôt la brume, s'ouvrait, laissant apparaître un bleu pâle ; le *Leopard,* impeccable, glissant sur la mer fumante, sans la moindre trace des mauvais moments écoulés en dehors de la hune d'artimon encore en réparation. Sur la hanche tribord, un banc de baleines, toutes proches, sondant, soufflant, roulant dans la mer en toute tranquillité. Le gaillard vit un capitaine grand, pâle, l'air étrange, un pansement propre sur son visage émacié, silencieux, le mouvement hésitant.

— Ho, du pont ! lança la vigie. Ile de glace trois quarts en avant du travers bâbord. Peut-être à une lieue.

Le regard de Jack vit au loin, dans la brume légère, l'île : un bon demi-mille de longueur, une grande pointe triangulaire. Midi était trop proche pour une inspection détaillée, mais il constata qu'elle était entourée d'une masse de blocs flottants. Il gagna sa place habituelle, s'appuya à la lisse, donna sa montre à Bonden, prit son sextant et leva les yeux. Tous les officiers, tous les jeunes messieurs firent de même ; si seulement la brume voulait bien s'écarter dans le nord, on aurait quelque chance de faire une observation, et elle s'évanouissait très vite. Au zénith le soleil pâle perça : un ha ! général de satisfaction, et Jack nota son observation tandis que Bonden lui donnait l'heure à sa montre. Puis vint le rituel de midi, transmission du maître à l'officier de quart, de l'officier au capitaine, le grave « Notez ceci, Mr Byron », de Jack, et le sifflet envoyant l'équipage au dîner. Tous étant persuadés que Jack avait tout à fait récupéré, l'ordre fut exécuté dans le vacarme habituel. Il porta la main à son front, pivota, trébucha sur sa jambe affaiblie et tomba de tout son long sur le pont.

Ils coururent à son aide, furent à peine remerciés de leur peine, et quand il fut debout, cramponné à la lisse, il dit :

— Mr Grant, quand l'équipage aura eu son dîner, nous mettrons à l'eau la yole et le cotre rouge pour aller chercher de la glace sur cette île.

— Je vous demande pardon, monsieur, mais cela va couler sur votre habit, dit Grant.

Effectivement, la blessure s'était rouverte, le pansement était déjà traversé d'un sang rouge qui coulait sur son visage.

— Bon, bon, dit-il avec humeur. Bonden, donnez-moi votre bras. Mr Babbington, écartez du chemin votre animal poilu.

Il avait eu l'intention d'inviter à dîner avec lui Grant

et un aspirant. Il était parfaitement conscient de l'importance de préserver l'image du capitaine invulnérable, infaillible, au-dessus de tous les maux de ce monde, en particulier avec un équipage comme celui du *Leopard*, avec quelques officiers médiocres et ce qui apparaissait à présent comme une proportion importante de novices, et il avait senti l'atmosphère de curiosité intense et de doute ; mais soudain il repoussa l'idée de supporter une heure la forte voix métallique de Grant et décida de remettre au lendemain.

Avant son repas solitaire, Stephen, ayant changé le pansement, passa un moment avec lui. A Stephen il dit :

— Voilà où nous sommes, voyez-vous, par 42°45'E, 43°40'S. Une bonne méridienne, et j'ai vérifié les chronomètres avec une observation lunaire il y a à peine dix jours, nous ne pouvons donc avoir plus d'une minute d'écart.

Stephen regarda la carte :

— Le Cap paraît bien loin.

— Environ treize cents milles, à une vingtaine près. Grand Dieu, nous en avons fait, de l'est, avec le diable sur nos talons !

— Il faudra plus longtemps, je présume, pour remonter tout cela et revenir jusqu'au Cap ?

— Retourner vers Le Cap n'a guère d'intérêt. Nous sommes à moins de cinq mille milles de Botany Bay et ici, dans les quarantièmes, avec une probabilité de vent portant tout du long, nous devrions les couvrir en moins d'un mois. Quant aux matelots, Mr Bligh ou l'amiral pourront nous en fournir tout aussi bien qu'au Cap. Nos vivres ont très bien tenu ; au lieu de remonter dans le vent ou de faire du nord et de l'ouest, j'ai l'intention de poursuivre toujours sur ce parallèle ou peut-être un peu plus au sud.

— Adieu Le Cap, dit Stephen.

— Oui. Aviez-vous particulièrement envie de revoir Le Cap ?

— Oh, pas du tout, dit Stephen. Mais, à propos, vous avez vidé toute l'eau douce. Que boirons-nous pendant ce mois ?

— Mon cher Stephen, dit Jack, souriant pour la première fois depuis le combat, il y a autant d'eau douce que nous pouvons le souhaiter, à quelques milles sous le vent. Si vous aviez été sur le pont pour la méridienne, vous l'auriez vu, une monstrueuse et superbe île de glace, assez pour nous faire faire dix fois le tour du monde. C'est pour cela que j'ai maintenu le navire cap au sud-est. On trouve toujours ces montagnes flottantes dans les hautes latitudes, mais je n'espérais pas les rencontrer si vite, car nous sommes dans ce qu'ils appellent l'été.

Stephen avait manqué l'iceberg le matin, étant plongé dans les papiers de Mrs Wogan pendant qu'elle se promenait avec Herapath, mais il n'avait pas l'intention de le manquer à présent. Dès qu'il fut libre, il revêtit son cache-nez, un caban et un bonnet de laine, emprunta la lorgnette ordinaire de Jack — malgré toute son affection pour Stephen, Jack refusait de lui prêter son meilleur instrument — et trouva un coin abrité du côté des volailles grelottantes. Il s'assit sur une cage à poules pour observer avec satisfaction l'imposante montagne : bien plus impressionnante qu'il ne l'avait imaginé, une masse énorme, chantournée à la base en formes extravagantes — golfes profonds, cavernes, pinacles, surplombs. Une île ancienne, présuma-t-il, fondant très vite en dérivant vers le nord. Un grand nombre de blocs détachés flottaient à ses pieds et certains tombèrent du sommet sous ses yeux. Un spectacle tout à fait passionnant. Le Cap escamoté était une déception, surtout que lui-même et Mrs Wogan y comptaient beaucoup : elle avait presque terminé son rapport, il ne lui restait à coder que quelques pages du compte rendu d'Herapath. Elle était devenue beaucoup plus rapide à la tâche, quoique utilisant toujours le code taché d'encre, plié et replié dont il avait fait une copie à une autre occasion pour l'inclure dans la lettre qu'il voulait envoyer du Cap — jeter au panier une telle lettre d'un agent ! Mais enfin, se dit-il en haussant les épaules, Le Cap ou Port Jackson, le résultat sera à peu près le même, quoique je regrette la perte de temps. Si ces imbéciles d'Anglais incitent les Américains à leur déclarer la guerre, ils pleureront la perte de ces quelques mois. Très loin, là où les canots s'affairaient, un forme sombre se hissa sur la glace. Il observa plus attentivement. Un léopard de mer ? Si seulement il voulait bien tourner la tête. Maudite lunette ! Il essuya la lentille sans grand résultat : ce n'était pas la lunette qui s'embrumait mais la brume qui lui brouillait la vue. Un brouillard jaunâtre, qui s'épaississait, de sorte que les aiguilles de l'île apparaissaient et disparaissaient comme les clochetons de verre d'un château flottant. La glace rentrait à bord à belle allure, hissée en gros blocs avec des crochets et il était question d'utiliser l'autre cotre et peut-être la chaloupe. D'après le peu que l'oreille inattentive de Stephen avait saisi des conversations du gaillard d'arrière, les officiers n'étaient pas d'accord. Babbington ne cessait de répéter que lorsqu'il était à bord de l'*Erebus,* au nord des Grands Bancs, il avait remarqué que le courant portait toujours vers une île de glace ; plus l'île était grande, plus le courant était fort — chacun le savait dans le nord. D'autres voix affirmaient que c'étaient balivernes ; que tout le monde savait que dans ces latitudes le courant portait toujours à l'est ; l'hémisphère Sud était tout autre chose ; Babbington ne voulait que se rendre intéressant avec ses bancs de Terre-Neuve ; il ferait mieux de garder ça pour son chien, ou bien pour l'infanterie de marine.

Le *Leopard* continua de tirer des bords carrés pendant un certain temps après que Stephen eut abandonné tout espoir de voir au loin, et en dépit du brouillard apparemment immobile, ses perroquets captaient assez de brise là-haut pour lui communiquer une vitesse confortable, de sorte qu'il virait sans peine à la fin de chaque petit bord. Babbington insistait avec ardeur pour qu'on en réfère au capitaine ; Grant affirmait qu'on ne devait pas le déranger. Le capitaine était bien trop malade pour être dérangé. Finalement, Babbington vint vers Stephen et lui dit :

— Docteur, pensez-vous que je puisse aller dans la chambre sans faire de mal ?

— Certainement, si vous parlez d'une voix raisonnable et non comme si votre interlocuteur se trouvait à sept milles et sourd comme un pot. Cela peut être utile dans le carré, Mr Babbington, où l'on vous interrompt avant que vous ayez ouvert la bouche ; mais pas aujourd'hui dans la chambre. Car vous devez bien considérer que la perte de sang rend les oreilles particulièrement sensibles.

Deux minutes plus tard, Jack apparut, appuyé sur l'épaule de Babbington. Il regarda la mer et la brume puis dit :

— Où est la yole ?

— Entre l'île et nous, monsieur, par le travers bâbord. Je les ai vus il n'y a pas dix minutes.

— Signalez au cotre de suivre, laissez porter et récupérez-la. Nous n'avons pas l'intention de rester là toute la journée à tirer le canon pendant qu'ils vagabondent dans le brouillard à notre recherche. Je n'aime pas non plus l'allure de ce courant. Il y aura toute la glace voulue demain et un temps clair si cette brise tient.

Le *Leopard* laissa porter, mit à la cape à trois quarts de mille de l'île, déchargea la yole, la hissa à bord et attendit quelques instants le cotre. Pendant ce temps, un maigre rayon perça le brouillard et Stephen, incapable de distinguer autre chose qu'un unique pétrel géant, eut pourtant le plaisir de voir des masses de glace plus grosses encore dégringoler des falaises au-dessus du banc de brume basse, des masses grosses comme des maisons qui se brisaient au pied de la montagne, plongeaient droit dans la mer, soulevant des fontaines d'eau : des blocs monstrueux, par dizaines.

Le cotre fut remonté. Jack dit :

— Civadière, misaine, huniers et perroquets : donnez du tour à l'île, largement, avec ce maudit courant, et ensuite cap à l'est-sud-est.

Changement de quart. Turnbull monta sur le pont, emmitouflé comme un ours ; Babbington lui transmit les ordres :

— A vous le soin ; civadière, misaine, huniers et perroquets ; donnez beaucoup de tour à l'île et ensuite cap à l'est-sud-est.

Stephen, léchant un morceau de glace — pas du tout salée —, médita une fois de plus sur le caractère répétitif du service.

Jack s'attarda jusqu'à ce que Turnbull ait réglé les voiles et que le *Leopard* atteigne cinq ou six nœuds, puis il dit :

— Mr Grant, venez prendre une tasse de thé dans la chambre. Vous joindrez-vous à nous, docteur ?

— Merci, monsieur, dit Grant, mais je suis sûr que vous n'êtes pas en état d'avoir de la compagnie.

Jack ne répondit pas : il resta un moment à regarder par-dessus bord, tentant de percer la brume et d'apercevoir l'iceberg par le travers bâbord, mais il avait disparu. Puis il se dirigea vers l'arrière, tenant le bras de Stephen et suivi assez gauchement par Grant.

Le malaise persista pendant qu'ils buvaient leur thé, poussant Grant à parler d'une voix plus forte et plus claironnante qu'à l'habitude. Stephen fut heureux d'y échapper :

— Je vais aller un moment m'asseoir auprès de Mrs Wogan et de son poêle, dit-il en se dirigeant vers l'entrepont.

Il était sur le premier barreau de la dernière échelle quand il fut projeté d'un coup jusqu'en bas. Un choc énorme et résonnant en semblait la cause, et l'arrêt brutal du mouvement du navire. Aussitôt, tous ceux qui étaient en bas lui passèrent sur le corps en se précipitant sur le pont et il lui fallut un moment pour reprendre ses esprits. Il entendait des cris furieux et contradictoires, « la barre au vent », « la barre sous le vent », et des hurlements confus.

Herapath descendit en deux bonds, un grand clou à la main. Voyant Stephen, il s'écria :

— La clé, la clé, il faut que je la sorte de là !

— Calmez-vous, Mr Herapath, la coque n'est pas défoncée, il n'y a pas de voie d'eau évidente, pas de péril immédiat. Mais voici la clé et celle du coqueron. Vous pourrez les libérer si l'eau monte.

Il parlait avec assez de calme mais le désarroi total d'Herapath l'affecta au point de le conduire à entrer dans sa cabine, effectuer un choix rapide et judicieux parmi ses papiers et les glisser sur sa poitrine avant de remonter sur le pont.

Il y trouva l'apparence d'un désordre absolu, avec des hommes courant vers l'arrière et d'autres courant vers l'avant pour rejoindre les vagues ombres sur le gaillard d'avant. Le navire et tout ce qui l'entourait étaient enveloppés d'une brume épaisse jusqu'à ce qu'un tourbillon de vent la déchire et là, bien au-dessus de la tête du mat, il vit un mur de glace, plus haut, plus haut encore, incliné et surplombant le pont ; et sa base, où se brisaient les vagues, n'était pas à vingt pieds.

— A lofer partout, dit la voix de Jack, forte et claire, renforcée par l'écho de la glace.

Le désordre disparut, les vergues s'orientèrent en grinçant, la paroi immense glissa de côté, doucement, doucement, jusque par le travers. Puis la brume se referma et un silence de mort se fit.

— Voile d'étai de petit perroquet, dit Jack. Gréez les pompes.

Le bruit des pas et des cordages s'éteignit : dans le silence on n'entendait plus rien qu'une chute retentissante de glace un peu à tribord, le grincement des pompes et le jet de l'eau par les dalots. Nul ne parlait :

sur le gaillard d'arrière, tous étaient immobiles et leur haleine condensée venait épaissir la brume. Silence, et le navire immobile, comme mort.

Puis un énorme arrachement qui secoua le *Leopard* d'un bout à l'autre et il se mit en mouvement.

— La barre au milieu, dit Jack.

— Pas de barre, monsieur, dit le quartier-maître en faisant tourner la roue.

Babbington se précipita en bas.

— Le gouvernail est arraché, monsieur, vint-il dire.

— Nous y remédierons bientôt, dit Jack. Tout le monde aux pompes.

Ce fut le début d'une période d'intense activité. Stephen vit ferler des voiles, amener d'autres voilures, et choquer des écoutes. Mr Gray ou ses aides ne cessaient de monter pour annoncer la profondeur d'eau dans la sentine et Jack disparut, sautillant, le bras autour du cou de Bonden. Quand il revint, il avait le visage ferme et confiant mais Stephen fut certain qu'il avait découvert en bas une situation très grave. L'impression fut confirmée dans la minute, quand des équipes furent enlevées aux pompes pour entreprendre d'alléger le navire. Ses précieux canons passèrent par-dessus bord, poussés par les sabords ouverts dans la mer calme et brumeuse, leurs bragues si soignées taillées à la hache. Tous les boulets à portée de main. Toute la glace encore sur le pont. Les ancres, câbles tranchés à l'étrave, et les grands câbles à la suite, et baril après baril de vivres, tous ceux qui étaient les plus près des panneaux. Des heures d'un travail acharné.

— Comme elle crache bien, dit Stephen à son voisin sur la manivelle de pompe.

— Trop bien, mon vieux, dit le matelot, qui ne l'avait pas reconnu dans l'obscurité montante. Les dalots ne suffisent pas. L'eau se balade sur le pont et si cette foutue mer force un peu elle va dégringoler par les panneaux à chaque coup de tangage.

— Nous en viendrons peut-être bientôt à bout.

— Tiens ta langue et pompe, espèce d'imbécile, tu ne connais rien à rien.

La mer força, le vent aussi ; on envoya des hommes dans les dalots sous le vent pour les dégager et faciliter le passage de l'eau à la mer. Finalement il fallut bloquer le capot de descente, et alléger le navire devint plus difficile. A minuit, les plus habiles furent rappelés des pompes et s'installèrent dans l'embelle, avec aiguilles et paumelles, à la lueur des lanternes, pour coudre des rouleaux de filasse sur une bonnette et la transformer en paillet lardé que l'on ferait passer sous la coque pour aveugler la voie d'eau ; les pompes ne cessaient de marcher et peu à peu la nuit prit un caractère d'éternité — pousser sur le guindeau, attendre dans le noir le coup de roulis pour pousser de toute sa force, plus rien d'autre ne comptait au monde. A un moment, un grand cri de joie souligna l'annonce que la pompe bâbord était à sec, mais ils ne s'arrêtèrent pas ; et si l'annonce se révéla fausse — ce n'était qu'un blocage temporaire du conduit —, le cri était encourageant.

Une fois toutes les mesures d'urgence prises, les hommes furent relevés à intervalles réguliers ; ils se pressaient à l'arrière dans le carré où le commissaire et son aide posaient sur la table du tafia léger, du biscuit, du fromage et des saucisses. Ils mangeaient tous ensemble, épuisés, harassés par la manœuvre des lourds guindeaux des pompes et plus encore par le vent et la pluie glacés, mais encore enjoués, pleins d'espoir, comme si ce n'était qu'un cauchemar désagréable et prolongé qui finirait bien par s'achever.

Le matin gris et lent leur montra une mer agitée, perturbée, un vent fort et croissant : le *Leopard*, lourd, bas sur l'eau, avait perdu son grand hunier et son petit perroquet. On ne pouvait détourner des hommes des pompes pour les ferler, et ils avaient été arrachés. Peu après, le petit hunier les suivit. Mais la bonnette destinée à boucher la voie d'eau était par-dessus bord et sur les deux passavants les hommes maniant des cordages s'efforçaient de la faire glisser le long des fonds. Le grand problème était de découvrir la voie d'eau car le navire ayant d'abord touché par l'arrière avant de pivoter, accroché sur sa quille, on ne pouvait savoir où elle se trouvait. Grant, perché tout au bout du bâton de foc en dépit de la mer très forte — qui faillit bien le tuer deux fois —, n'avait pu repérer aucun dégât à l'étrave ; et dans la cale encombrée, pleine d'eau, il était évidemment impossible d'inspecter les fonds ou les flancs.

Mais selon toute probabilité, la voie d'eau devait être à l'arrière, où le gouvernail avait pris le choc ; on découpa un passage dans le plancher pour atteindre la cale à biscuit tout à l'arrière, et en sortir tout ce qui pouvait alléger le navire pour le jeter par les fenêtres du carré. Une fois cette cale dégagée, on pourrait descendre plus bas encore et peut-être trouver l'avarie, dans les façons de l'arrière. En même temps, on travaillait à un autre paillet, le premier n'ayant pas eu grand effet. Tout au long de ces heures, les pompes fonctionnèrent toujours aussi fort ; jamais de pause pour une chaîne brisée, jamais le moindre ralentissement de l'effort général. Mais la mer à présent passait par-dessus le pavois et trempait les hommes aux guindeaux. Chaque pompe rejetait une tonne par minute, en un jet superbe, pourtant l'eau ne cessait de monter dans la sentine : sept pieds, huit pieds, dix pieds.

C'est quand Mr Gray vint annoncer dix pieds dans la sentine que la chaîne de la pompe tribord cassa ; le pauvre vieil homme dut se mettre à démonter l'enveloppe pour atteindre le maillon — des heures de travail dans le noir après son tour au guindeau. Et dès que la réparation fut faite, le charbon nageant dans l'eau boucha la pompe.

Stephen avait perdu la notion du temps. Il semblait s'écouler autour de lui ou sur lui dans une hâte, une confusion perpétuelle ; du moins, tant de choses se produisaient en même temps qu'il n'en pouvait garder la trace, tout en étant conscient que quelque intelligence dirigeait des mouvements confus dans l'obscurité. La seule chose claire dans son esprit — le centre de son activité physique et mentale, sauf dans les rares occasions où on l'appelait pour panser une blessure — était la pompe, et la tâche simple, directe, urgente de la faire tourner pour que le navire ne sombre pas.

A présent, avec l'équipe inactive pendant qu'on réparait, il resta un moment abruti puis les suivit jusqu'au carré. Les hommes pompaient depuis si longtemps et avec tant de fureur dans cette pluie, cette neige fondue, que dès qu'ils avaient une pause à l'abri ils tombaient endormis à peine la dernière bouchée avalée, ou même avant.

Les heures passèrent. La pompe fut réparée et l'aspirant responsable les réveilla. Un autre tour, et le mouvement reprit son côté mécanique ; le vent et la pluie se remarquaient à peine. La relève : sommeil profond apparemment momentané ; et puis rappel.

Après une période indéfinie, Stephen constata qu'on avait préparé un autre paillet pour étancher la brèche et que les hommes s'acharnaient à la tâche laborieuse de faire passer la voile sous les fonds, opération longue et pénible, avec des ordres innombrables résonnant par-dessus le grincement des pompes. Etre un rouage animé dans la machine était déjà très dur, l'effort physique le plus dur et le plus prolongé qu'il eût jamais accompli : il n'enviait en rien l'homme qui devait commander tout cela, ajoutant au reste un terrible effort mental.

Non sans peine, la voile fut passée jusqu'à l'arrière et étarquée à fond. L'eau gagnait toujours. Jack avait passé à la pompe tout le temps qu'il ne consacrait pas à alléger le navire ou à lutter contre la voie d'eau. Sa jambe ne lui permettait pas de se déplacer autant qu'il l'aurait souhaité et il avait dû s'en remettre à Grant pour une bonne part du travail et des décisions immédiates ; et Grant se comportait extrêmement bien. Il en venait à l'apprécier : Grant connaissait son affaire à fond — un vrai marin.

Il était fier aussi des hommes du *Leopard*. Ils travaillaient noblement. La discipline était revenue après la panique initiale — il est vrai que ses officiers et lui avaient pris le plus grand soin de ne pas leur laisser accès à quoi que ce fût de plus fort que le tafia coupé d'eau du carré. Ils avaient peiné sans désemparer, trempés, dans ce froid terrible, sans rien pour les encourager qu'une fausse nouvelle, sur un navire qui ressemblait déjà à une épave — il n'avait jamais vu des pompes travailler aussi vite pendant autant d'heures.

Mais après sa dernière visite à la sentine et le rapport qu'on lui fit, il se demanda combien de temps ces hommes tiendraient contre le découragement, le vent glacial et l'épuisement physique. Jusque-là, il avait pu faire aux équipes des pompes des annonces qu'il croyait, du moins en partie, et qui leur donnaient du cœur : cette fois, il ne put émettre qu'un « Holà ! Allons-y ! » bien usé.

Grant le releva, avec le même cri, et il trébucha jusqu'au carré pour manger un morceau. Il y trouva Stephen et Herapath occupés à panser de nombreuses blessures — doigts écrasés et autres, chez les hommes occupés à sortir les barils de farine de la cale à biscuits — et les femmes. Il n'en fut pas surpris ; l'eau était maintenant au-dessus de l'entrepont. Au-dessus de l'entrepont : la cale était pleine, et tout le monde le savait.

Byron et trois des jeunes gens étaient aussi là : dans cinq minutes ils iraient réveiller les hommes de leur division. La plupart s'étaient fort bien conduits, pour autant qu'il ait pu le voir, portant les messages et coordonnant le labeur de l'équipage, mais il avait remarqué quelques absences. Un petit garçon sanglotait convulsivement, mais ce n'était qu'épuisement : Jack l'avait vu sur le pont cinq minutes plus tôt, courant avec une énorme charge de vieux câbles. Byron lui passa sans rien dire un morceau de fromage. Il le prit, le mit dans sa bouche et tomba endormi, si l'on peut appeler sommeil un tel abrutissement. Mais il reprit conscience quand on appela la relève et retourna dans le noir à la pompe tribord, au bras de Bonden. Il y avait moins d'hommes à la tâche à présent — il s'en cachait de plus en plus — et ceux-là travaillaient en silence, avec moins de force : l'espoir faiblissait, s'il n'était pas entièrement évanoui. Il lança « Holà ! Allons-y ! » mécaniquement et, ce faisant, obligea son esprit à explorer de nouvelles façons de découvrir la brèche et de gouverner le navire quand elle serait colmatée ; Pakenham avait fait un gouvernail avec plusieurs mâts de hune...

Comment il franchit cette nuit, nul ne pourrait le dire, mais après une période d'obscurité où le temps n'avait pas de signification, il se retrouva en route vers la chambre, à demi conduit, à demi porté par Bonden. Avant qu'il ne l'atteigne, toute la chaleur du travail à la pompe avait disparu et le froid l'atteignit au cœur. Stephen pansa sa blessure et l'obligea à s'étendre, jurant de le réveiller dans une heure.

— Asseyez-vous sur ce coffre, Bonden, dit Stephen, et buvez un peu de ce café. A présent, dites-moi, combien de temps encore vont-ils tenir ?

Il avait déjà entendu beaucoup de murmures, de la part des hommes terrifiés, épuisés, réclamant les canots, réclamant n'importe quoi sauf pomper sans arrêt sur un navire qui ne pouvait que sombrer — qui pouvait sombrer à tout instant, les entraînant tous au fond. Il avait senti la peur panique de cette plongée mortelle, du sort du Hollandais, il avait entendu bien des fois le mot « malchance ».

— Je ne pense pas qu'ils tiendront la journée, dit Bonden, je veux dire, les hommes qui ne connaissent pas le capitaine. Ils disent que les canots auraient dû être mis à l'eau immédiatement — ils disent que Mr G. connaît ces eaux et qu'il les emmènera au Cap — ils disent que le capitaine n'est pas bien dans sa tête. J'ai sonné un de ces bougres pour ça — d'mande pardon, monsieur — et de toute façon tout le monde sait que c'est un bateau de malchance.

La tête de Bonden tomba sur sa poitrine ; tout ensommeillé, il murmura « Ils disent que Mr G. a dit quelque chose à Turnbull... » puis plus rien.

Jack était réveillé, gris mais vivant, réchauffé par le bon petit déjeuner de Killick, quand Grant vint le voir, annonça que l'eau dépassait le sommet de la sentine et gagnait vite, et que le nouveau paillet s'était déchiré.

— Voilà où nous en sommes, monsieur. Nous avons fait tout ce que nous pouvions pour le navire. Nous n'arriverons pas à passer un nouveau paillet avant qu'il sombre. Puis-je avitailler les canots ? Je présume que vous prendrez la chaloupe.

— Je n'ai pas l'intention de quitter le navire, Mr Grant.

— Il coule sous nos pieds, monsieur.

— Je n'en suis pas sûr. Nous pouvons encore le sauver — aveugler la voie d'eau — faire un gouvernail avec un mât de hune.

— Monsieur, l'équipage a travaillé dur, très dur, depuis le moment où nous avons touché. Nous ne pouvons honnêtement leur donner le moindre espoir. Et si vous me permettez de parler franchement, je doute qu'ils accomplissent leur devoir, avec l'eau jusqu'à l'entrepont. Je doute qu'ils obéissent aux ordres.

— Obéiriez-vous aux ordres, Mr Grant ? demanda Jack avec un sourire.

— J'obéirai aux ordres, dit Grant, profondément sérieux — aucun homme ne m'accusera jamais de mutinerie. A tout ordre légitime. Mais, monsieur, est-il légitime d'envoyer des hommes à la mort, sans ennemi, sans combat ? Je respecte votre décision de rester à bord de votre navire mais je vous demande de vous mettre à la place de ceux qui pensent autrement. Je suis sûr que le navire va sombrer. Je suis sûr que les canots peuvent atteindre Le Cap.

— Je vous entends, Mr Grant, dit Jack. (Et il réfléchit : des hommes mécontents ne feraient plus rien dès cet instant — ils connaissaient certainement l'opinion de Grant ; il serait inutile d'écraser la mutinerie, si l'on pouvait parler de mutinerie, même s'il pouvait compter sur l'infanterie de marine.) Je vous entends. Je pense que vous avez probablement tort et que le *Leopard* tiendra. Mais qu'il tienne ou pas, je reste à bord. Tout homme doit faire ce qui lui paraît juste. Si vous pensez juste de partir avec les canots, faites-le, et que Dieu vous aide. Mais veillez à prendre des vivres. Qu'est-ce que c'est, William ? dit-il en levant les yeux.

C'était Babbington, vieilli, jaune, brisé.

— Le bosco est là avec un groupe d'hommes, monsieur. J'ai dit que je pensais que vous les verriez, dit-il avec un regard significatif. Doivent demander au capitaine Moore de venir ?

— Non. Je les verrai.

Ils voulaient les canots, dirent-ils : ce n'était pas un manque de respect — ils pensaient avoir fait leur devoir — mais la barque allait couler et ils voulaient tenter leur chance avec les cotres et la chaloupe.

— Oui, dit Jack, vous avez fait votre devoir, nul ne pourrait en demander plus, et il est vrai que le navire est en bien mauvais état. Mais je suis sûr qu'il a plus de chances de réussir que les canots. Quoi qu'il en soit, je reste à bord. Je vous le dis encore une fois, je vous le dis franchement, je suis sûr qu'il tiendra. Si vous et vos hommes retournez à la pompe pendant que nous posons un autre paillet, je vous promets de donner à Mr Grant l'ordre de préparer les canots. Ils seront là, tout prêts, s'il n'y a pas d'espoir pour le navire. Voilà, Mr Grant, dit-il quand ils furent seuls. Cela vous donne quelques heures pour avitailler vos embarcations. Mettez à l'eau et préparez la chaloupe et les deux cotres : laissez la yole, elle ne vous servirait à rien. Prenez ce dont vous avez besoin mais, pour l'amour de Dieu, ne laissez pas les hommes ouvrir la soute à alcool.

Ils partiraient, il en était certain. Avant même qu'il n'ait essayé un nouveau paillet. Certains de ces hommes étaient acharnés à s'enfuir, même en canots ouverts avec treize cents milles de mer entre eux et Le Cap, et bientôt il n'y aurait plus moyen de les retenir, sauf par la mort ; et tuer des hommes parvenus à ce point n'apporterait rien. Quand Stephen entra, il lui dit :

— Les canots vont bientôt partir, probablement un peu avant la nuit. Si vous voulez vous en aller, habillez-vous chaudement et prenez mon manteau imperméable. Ils vous emmèneront, j'en suis sûr.

— Ils ? Vous ne partez pas ?

— Non. Je reste à bord du navire. Mais je ne veux pas que vous éprouviez la moindre obligation de rester si vous préférez partir.

— Est-ce une question de principe ? (Jack acquiesça.) Voyons, voulez-vous être franc avec moi, maintenant ? Je ne parle pas pour moi mais pour certains papiers que j'ai. Laissons les principes de côté — je connais votre opinion sur ce que doit faire un capitaine —, quelle est la meilleure solution ?

— Je peux me tromper, mais je crois encore que c'est le navire. Pourtant la chaloupe réussira peut-être. Bligh a fait plus avec la sienne et Grant est un excellent marin : il sera certainement à bord de la chaloupe.

— Alors je vais lui donner ce que j'aurai réussi à copier. Pardonnez-moi à présent, Jack, mais il faut que je travaille le plus vite possible. Le navire est en effervescence avec cette affaire de canots, et certains des hommes risquent de s'effondrer très vite.

Jack claudiqua jusqu'au gaillard. Un semblant d'ordre régnait encore. Il y avait un homme près de la roue inutile ; l'ampoulette avait été retournée ; les pompes fonctionnaient régulièrement. Le vent s'était calmé, et avec lui la mer ; le *Leopard,* étrangement bas dans l'eau, poursuivait sa route, ses voiles réglées de manière à maintenir la brise par le travers. Il appela le bosco et donna l'ordre de mettre à l'eau la chaloupe puis les cotres. On ne toucherait pas à la yole. Une tâche longue mais exécutée avec efficacité, par des hommes travaillant avec ardeur ; il était conscient des regards furtifs que lui jetaient les hommes et les gamins du gaillard. Quand ce fut fait il dit à Grant de se munir de vivres et descendit écrire à l'Amirauté et à Sophie. C'est à cet instant que le décalage entre lui et le présent s'effaça, s'évanouit tout à fait. Il en avait été habité depuis ce jour lointain du *Waakzaamheid,* il avait éprouvé ce sentiment d'observer le monde à distance, de se déplacer et de fonctionner plus par devoir que par nécessité intime ; l'instant où cela disparut, où il revint tout à fait à la vie, lui parut délicieusement douloureux.

Au même instant, au-dessous de lui, dans l'entrepont où l'eau clapotait autour de ses chevilles, Stephen écrivait comme un possédé : un résumé qui couvrait pourtant page après page de code en lignes serrées.

Tous deux furent tirés de leurs devoirs d'écriture par un vacarme de braillements et de cris. Ce que Jack craignait le plus s'était produit : en allant à l'arrière sans commandement pour chercher des vivres, quelques matelots avaient forcé la porte de la soute à alcool. Certains étaient déjà ivres morts, d'autres suivaient leur exemple. A peu près au même instant, la pompe bâbord tomba enfin en panne, bouchée par le charbon tombé dans la sentine ; aussitôt son équipe se hâta vers l'arrière ; aussitôt la voie d'eau se mit à gagner plus vite. C'était la fin.

Pour finir, le départ des canots ne marqua pas une séparation claire et nette entre ceux qui voulaient partir et ceux qui, par devoir ou loyauté envers leur capitaine, et foi dans ses pouvoirs, voulaient rester. Ce fut une période d'affreuse confusion, panique chez certains, folie d'ivrognes chez d'autres, une période où les cabines furent pillées, les coffres ouverts, de sorte que des matelots apparurent en habit à dentelles, bicorne et deux paires de pantalons, et que des hommes furent tués ou noyés en s'efforçant de grimper dans les canots. Certains voulurent lancer la yole, mais Bonden et une vingtaine de ses amis ne les laissèrent pas faire. La séparation se fit beaucoup en fonction des capacités de chacun à tenir l'alcool ; certains bons matelots qui seraient restés une heure plus tôt passèrent par-dessus bord. Pourtant, en gros, cela se fit en fonction de l'attachement au capitaine, en dépit de quelques départs étonnants, solennels.

Mais après le pillage de la soute à alcool, les derniers moments furent si sordides et si tristes que Jack refusa de les voir. Ayant serré la main de Grant, lui ayant remis les paquets de courrier pour l'Angleterre et souhaité tout ce qu'un marin peut espérer, il se retira avec ses cartes et ses dessins de gouvernail de secours.

Stephen resta jusqu'au bout près de la lisse : quelques-uns l'appelaient pour qu'il embarque sur l'un ou l'autre des canots mais il se contentait de secouer la tête. Il vit la chaloupe hisser une voile au tiers et s'écarter, cap au nord ; le cotre rouge, incapable de dresser son mât, la suivait à l'aviron tandis que le bleu revenait au navire, avirons en déroute, et heurtait la muraille. Ils avaient déjà perdu leur voilure et en réclamaient d'autres. Quelqu'un jeta un ballot de toile dans le bateau et une vingtaine d'hommes, ayant réfléchi, peut-être, ou cessé de réfléchir, sautèrent du pavois et des porte-haubans. La dernière vision qu'en eut le *Leopard* fut une masse sombre dérivant vers l'arrière, où ceux qui étaient dans l'eau glacée s'efforçaient de grimper dans le canot tandis que ceux qui étaient dans le canot s'efforçaient de les en empêcher.

# Chapitre neuf

« Mercredi 24 décembre. Cap estimé E 15° S. Latitude estimée 46° 30' S. Longitude 49° 45' E. Première partie, brise fraîche WNW, ensuite calme et beau. Equipage employé à pomper et larder une bonnette pour aveugler la voie d'eau. L'eau un pied et demi au-dessus des barrots de l'entrepont à l'avant, un pied au milieu et à l'arrière.

« Jeudi 25 décembre. Cap estimé E 10° E. Latitude observée 46° 37' E. Longitude estimée 50° 15' E. Vent léger et variable avec brume fine et pluie. Mer calme avec plusieurs petits blocs de glace. Après-midi, ferlé la misaine, mis à l'eau une ancre flottante pour freiner le navire et passé le paillet vers l'avant à partir de l'étambot en étarquant bien entre les estains et les porte-haubans d'artimon. Voie d'eau colmatée, les pompes ont gagné cinq pieds dans la journée. »

Jack recopiait sur le livre de bord ses notes brouillonnées : parvenu à cette mention triomphante, il sourit. Il fut tenté de l'embellir d'une ou deux épithètes — d'ajouter quelque chose sur le cri d'enthousiasme — très faible — à l'annonce du premier pied gagné sur l'eau — de décrire l'extraordinaire changement moral, l'afflux de force qui faisait tourner les guindeaux à toute vitesse, de sorte qu'au lieu d'être obligés d'encourager, menacer, frapper ou même cajoler les matelots épuisés, leurs officiers devaient retenir leur zèle, de crainte que les pompes ne cassent ou ne s'étouffent à nouveau — de parler du dîner de Noël (porc frais et double pudding aux pruneaux) dévoré par équipes, avec tant de joie. Mais il savait bien que même s'il trouvait les mots pour décrire cette transformation, le livre de bord n'était pas le lieu approprié et il se contenta de dessiner dans la marge une petite main, doigt tendu.

Ses premières notes, celles qui correspondaient aux premiers jours après le départ des canots, avaient été perdues alors qu'il essayait, avec les charpentiers, de gréer un gouvernail quelconque, en travaillant par la fenêtre de poupe — une lame embarquée par l'arrière avait inondé la chambre. Ces notes contenaient le relevé de la route du *Leopard* vers l'est, plein vent arrière la plupart du temps, chemin poursuivi dans une apparente agonie sans fin tandis que son équipage consacrait ses efforts, pour partie, à le maintenir à flot, et pour partie, à tenter de le diriger. Jamais les pompes ne s'arrêtaient, sauf quand une chaîne cassait ou quand ce charbon diabolique venait les obstruer. Les hommes ne cessaient de pousser les guindeaux, parfois même ils écopaient quand l'eau remontait par les dalots et les panneaux, comme si le navire, enfin, sombrait.

Aujourd'hui encore, sa blessure si bien pansée que le navire ne faisait pas plus d'eau que les pompes ne pouvaient en rejeter, le *Leopard* restait incapable de virer ni vent devant ni lof pour lof. Il était très sur l'avant, de sorte que l'eau qui avait envahi cette partie de la coque ne venait pas vers la sentine ; et le vent, invariablement d'ouest, de même que la mer de l'arrière, le maintenaient dans cette situation. Le premier appareil à gouverner, trop lourd pour ses supports, avait été emporté ; la mise à la traîne de diverses sortes de pales et de vannes au bout des dernières haussières n'avait guère d'effet ; et aucune combinaison de voiles et d'ancres flottantes n'avait réussi à déplacer l'étrave de plus de quelques quarts. A présent, il était occupé avec Mr Gray, pour autant que les faibles forces dont disposait encore le pauvre vieux charpentier le lui permettent, à mettre en place un aviron de gouverne, un objet dont le principe remontait aux premiers âges de la voile, transposé à une échelle considérable.

La possibilité de gouverner, d'importance primordiale dès l'instant où le *Leopard* avait perdu son gouvernail, était plus présente encore à son esprit depuis quelques jours. A tout moment, les îles Crozet pourraient apparaître, et pour les atteindre il lui fallait être capable de manœuvrer. Quand apparaîtraient-elles, exactement, il ne pouvait le dire : tout d'abord il avait peu confiance dans la longitude indiquée par leur découvreur français et ensuite ses chronomètres avaient été bousculés dans la ruée et l'ivrognerie du départ des canots, de sorte qu'il n'avait plus, pour définir sa position, que sa montre de gousset. Toutefois, ni lui ni le Français ne pouvaient s'être beaucoup trompés quant à la latitude, et il avait maintenu le *Leopard* aussi près de 46° 45' S qu'il l'avait pu, malgré la rareté des méridiennes que lui permettait ce ciel couvert. Et depuis des jours, en dépit de la pénurie d'hommes, les meilleurs yeux étaient en tête de mât.

Le livre de bord se poursuivait : « Dimanche. Cap E 10° N. Latitude estimée 46° 50' E. Longitude 50° 30' E. Brise fraîche de W et WNW. Pompe bâbord à sec. Gréé la chapelle pour brève prière et action de grâce. Lu le Code de justice. Remontrance à Wm Plaice, James Hole, Thos. Paine et Mr Lewis pour ivresse et sommeil. Employé le monde à la machine à gouverner et aux pompes. Envoyé la misaine et la voile d'étai milieu. Après-midi, rupture de la chaîne de pompe tribord pour la huitième fois. Réparée et remise en état en moins d'une heure. »

Jack avait presque terminé la mise à jour du livre de bord quand le tambour tant attendu se mit à battre ; il sortit sous la pluie et descendit vers le carré. Tous les officiers y prenaient désormais leurs repas ; comme le cuisinier du capitaine et celui du carré étaient partis avec les canots et que les talents de Killick en cuisine ne dépassaient guère les toasts au fromage, leur nourriture venait tout droit de la cuisine du bord, sans fioritures. Ils la consommaient toutefois encore avec un certain style et conservaient un aspect assez correct, car avec le capitaine en président de table, cela s'apparentait un peu à une invitation à la grand-chambre et ils portaient tous au moins un habit d'uniforme. Les aspirants demeurés à bord étaient sortis de leur poste inondé pour prendre les places laissées libres par le départ de Grant, Turnbull, Fisher et Benton ; toutefois, la longue table restait un peu dégarnie, surtout du fait qu'il n'y avait pas de valets derrière les sièges ; mais comme l'observaient fréquemment Jack, Babbington, Moore et Byron, moins on est de fous, mieux on mange. Le repas d'aujourd'hui, selon une coutume immémoriale, aurait dû être composé d'une demi-pinte de pois secs et de bouillie d'avoine, car c'était un jour sans viande ; mais les pompes exigeaient encore des efforts inhabituels et l'aviron de gouverne en demanderait plus encore, aussi chacun avait-il reçu un morceau de bœuf salé. Comme chaque officier prenait son tour au guindeau, nuit et jour, et comme la température était à peine supérieure à zéro, le carré dévora son bœuf en silence, avec une avidité sauvage, et ne se détendit qu'à la disparition des assiettes et à l'apparition du vin. Bref retour à la civilité — le toast au roi — un peu de conversation — puis Jack dit « Bien, messieurs... ».

L'aviron de gouverne était un objet imposant, une vergue de misaine garnie d'une pale à l'extrémité : il devait pivoter sur le couronnement, renforcé à cet effet, et pour orienter l'extrémité intérieure on avait gréé des palans sur l'artimon et la vergue de la voile barrée. La mise en place d'un tel engin exigeait beaucoup d'habileté dans le maniement des cordages, poulies, épissoirs, une familiarité intuitive avec la dynamique marine : Stephen ne pouvait servir à rien — on l'invita même à s'éloigner — et lorsqu'il eut fini son tour à la pompe, il resta près du pavois, à profiter de la vue des oiseaux.

Ils s'étaient multipliés de manière étonnante depuis quelques jours — skuas, prions, albatros et pétrels de différentes sortes, becs-en-fourreaux, sternes — et semblaient faire le va-et-vient avec quelque point fixe dans le nord. Le nord toutefois était pour l'instant noyé dans la pluie et il passa du côté tribord, où la lumière était meilleure, pour regarder dans l'eau où régnaient les manchots : il avait vu un phoque les poursuivre, de sorte que les petites créatures jaillissaient à la surface comme des poissons volants, mais moins loin, et avec de moins bons résultats, hélas. Et il avait vu aussi ce même phoque poursuivi, pourchassé et démembré par une troupe d'orques épaulards, au point que la mer en avait rougi. Les manchots : ils étaient là, volant sous l'eau, agiles, poursuivant de longs poissons minces qui à leur tour se nourrissaient d'une infinité de jolies crevettes, roses comme si elles étaient cuites. Le devoir appelait Stephen aux côtés de Mrs Boswell, de la jeune Leopardina et des pensionnaires de son infirmerie ; l'humanité l'incitait à rendre visite à Mrs Wogan. En vain. « Si sa constitution peut supporter un accouchement par césarienne au milieu d'un combat, se dit-il, cinq minutes de retard ne sauraient affecter Mrs Boswell ; par ailleurs, elle se remet fort bien — elle est sans aucun doute endormie. » Cinq minutes — dix minutes — et comme la chaleur du travail à la pompe l'abandonnait — comme le vent pinçait à travers son quatrième gilet et son cache-nez —, il fut récompensé par ce qui lui parut être le fond de la mer s'élevant à la surface le long du navire, une vaste plaine obscure, définie de mieux en mieux jusqu'à prendre la forme d'une balcinc. Mais une baleine de dimensions incroyables : elle s'élevait toujours, sans hâte, et comme il regardait, retenant son souffle, la mer s'arrondit en une bulle lisse — la surface s'ouvrit —, le dos ruisselant de la créature apparut, d'un bleu gris sombre juste pointillé de blanc, du mât de misaine jusqu'à l'artimon. La tête se souleva encore et souffla un jet d'air instantanément condensé en panache aussi haut que la hune de misaine, qui vint flotter par-dessus le beaupré du *Leopard* ; à cet instant, Stephen laissa échapper sa respiration. Il crut entendre le sifflement de l'inspiration juste avant que la tête ne s'enfonce et que l'énorme masse ne s'efface en un mouvement lent, aisé ; une nageoire dorsale apparut très loin en arrière, la silhouette rapide de l'aileron de queue, puis la mer se referma doucement sur le léviathan ; mais son esprit était si bouleversé qu'il n'était même plus sûr de rien.

— Cobb, Cobb ! s'écria-t-il, apercevant le baleinier qu'il attira vers le bord. Qu'est-ce que c'est ? Dites-moi, qu'est-ce que c'est ?

On apercevait encore près d'un acre de ce dos monstrueux, glissant lentement parmi les crevettes.

— Ah, c'est rien qu'un rorqual, une baleine bleue, dit Cobb, c'est pas la peine de s'en occuper.

— Mais elle faisait au moins trente mètres ! Elle allait d'ici à là.

— Pas de doute, dit Cobb, mais c'est qu'une baleine bleue, une vilaine chose, méprisable. Vous lui plantez un harpon dans la peau et qu'est-ce qu'elle fait ? Elle se rue sur vous comme le tonnerre et réduit votre bateau en miettes et ensuite elle vous tire mille brasses de ligne. Pas la peine de s'en occuper. Maintenant, si vous permettez, monsieur, faut que je monte. Il y a Mose Harvey qui me regarde tout pincé parce qu'il attend qu'on le relève.

Gelé jusqu'aux moelles, Stephen descendit après un dernier regard à la mer ; il inspecta avec beaucoup de satisfaction les sutures de Mrs Boswell puis se rendit jusqu'au magasin qui lui servait d'infirmerie. Herapath l'attendait ; ensemble ils examinèrent leur seul patient, l'eunuque turc. En raison du ramadan, le Turc ne mangeait ni ne buvait rien tout au long du jour ; et comme il refusait aussi le porc le soir, il était à présent dans un grand état de faiblesse. Ils avaient tenté de le tromper par une obscurité artificielle, mais quelque horloge interne s'opposait à leurs efforts. « Seule la nouvelle lune pourra guérir ce cas », dit Stephen, et ils parlèrent de la santé générale du navire, étonnamment bonne en dépit de la longue absence de provisions fraîches et du labeur incessant. Stephen attribuait ce fait à la forte réduction des effectifs — les hommes, quand ils dormaient, le faisaient environnés d'espace, plutôt que d'un air vicié —, au froid tonique et, par-dessus tout, au sentiment de crise qui ne laissait pas de place à l'hypocondrie.

— Et c'est à ce même sentiment de désastre imminent, dit-il, que nous devons sans aucun doute l'étonnante harmonie, la quasi-unanimité avec laquelle les travaux du navire sont effectués. On n'entend pas un mot dur, pas une rebuffade véhémente ; les cannes, les bouts de corde n'encombrent plus les mains des licteurs. Une joyeuse complaisance, même un zèle anticipatoire prévient l'exercice maussade de l'autorité ; et c'est là-dessus, peut-être plus que sur tout autre facteur à l'exception des talents du capitaine pour la navigation, que nous pouvons compter pour notre salut éventuel. Et il fut sans doute providentiel que nous soyons débarrassés des éléments discordants, de ceux que nous pourrions qualifier de balourds malappris...

— On est débarrassés du Jonas, voilà tout, dit le Turc, à leur grande surprise. Tout va bien maintenant, plus de Jonas.

Stephen s'approcha pour observer le visage glabre, jaune, défait : le Turc ferma un œil au regard vif, dit « Plus de Jonas », ferma l'autre œil et ne dit plus rien.

— C'est vrai, monsieur, dit Herapath après une pause, je l'ai entendu dans tout le navire — mes anciens compagnons de table — toute la batterie basse. Ils étaient convaincus que Mr Larkin était un Jonas : c'est pour cela qu'il buvait tant, disent-ils, parce qu'il le croyait aussi. Ils ont été très contents qu'il essaie d'embarquer sur le canot dans la dernière bousculade et, ajouta-t-il dans un murmure, je crois que quelques-uns d'entre eux l'ont aidé à passer par-dessus bord.

Stephen acquiesça : très probable. Il aurait offert quelques réflexions sur le pouvoir de la foi si le cri « Terre » ne l'avait cloué sur place.

Sur le pont, au bout du regard des pompeurs, là-bas, par le travers bâbord, un sommet enneigé apparaissait et disparaissait entre les nuages à dix ou quinze milles au nord. Stephen, Herapath, les quelques terriens restants et les convicts jubilaient ; ils auraient acclamé, cabriolé, jeté leur chapeau en l'air, sans la réserve anxieuse et interrogatrice des marins.

Pour ceux-là, il était clair que tout dépendait de l'aviron de gouverne. S'ils parvenaient à ramener le *Leopard* dans le vent pour qu'il puisse virer et rester au plus près sur un bord ou l'autre, tout irait bien. Et même s'ils n'amenaient le vent d'ouest que d'un quart en avant du travers, le navire pourrait atteindre la terre avec les amures à bâbord, à condition que l'opération soit effectuée dans l'heure, avant qu'on ne soit emporté trop loin à l'est. Mais si l'aviron ne parvenait pas à le faire rentrer dans le vent, ou même à le placer vent de travers, assez vite, il était condamné à poursuivre sa route, sans rien entre ses fonds percés et l'océan Antarctique qu'un morceau de toile à voile usée qui ne pourrait tenir bien longtemps.

Une fois de plus le navire se mit à bourdonner d'activité intense. Ils étaient bien peu à pouvoir se rendre utiles dans le gréement long et complexe de l'aviron, mais une fois les voiles réglées pour amener l'étrave le plus au nord de l'est qu'il fut possible, tous se remirent aux pompes, tous s'affairèrent à alléger le bateau pour qu'il réponde mieux à sa barre, quand il aurait une barre.

« Holà ! Allons-y ! » s'écriaient-ils, et l'eau se remit à jaillir en un jet d'une force prodigieuse. Stephen était placé entre Moore et son dernier sergent, tous deux marins théoriques fort expérimentés qui, tout haletants, le tenaient informé de la progression de la manœuvre. Elle était d'une lenteur exaspérante : ils ne cessaient de regarder la montagne, plus visible à présent que les nuages s'étaient fondus en pluie, et de dire que le navire n'était pas sous le vent, non, et d'un bon mille encore. Il était manifeste, d'après leur discours émaillé de retenues, prises en double et autres, que le capitaine ne laissait rien au hasard : c'était sagesse sans aucun doute, mais une impatience énorme s'amassait, un violent désir de voir essayer l'aviron, gréé à la perfection ou non.

Une heure passa ; la pluie s'abattait sur le dos fumant des pompeurs ; enfin, l'on appela quelques hommes à l'arrière. Ceux qui pompaient virent le sommet de l'aviron se mettre en place juste en arrière du mât d'artimon ; ils virent les palans se raidir ; et après une pause où la pluie se transforma en neige fondue, ils entendirent crier « Paré à tribord : joliment, joliment, une demi-brasse. A choquer sur bâbord ». Le mouvement du *Leopard* changea de façon perceptible. Toujours faisant tourner le guindeau avec fureur, les pompeurs tendirent le visage au vent, le sentirent venir par le travers puis un peu sur l'avant. Ils entendirent l'appel familier des hommes aux boulines : « A border, un, à border, deux, à tourner ! » indiquant que le navire naviguait près du vent — un appel qu'ils n'avaient pas entendu depuis des semaines. Vent portant, d'un quart : et pas mieux. En dépit de tous les ordres tombés de la dunette, de tous les mouvements de l'énorme aviron, le *Leopard* ne voulait pas serrer le vent de plus près. Jack ne pouvait établir la bonnette d'artimon, et tout leur labeur récent pour remettre le navire sur le cul afin qu'il puisse virer lof pour lof lui interdisait de serrer plus, ou du moins de le faire en gardant un peu de vitesse.

— Pourtant, dit Moore, il va y arriver. A très peu de choses près, mais il va y arriver.

Et Stephen, regardant vers l'avant, vit qu'effectivement le *Leopard* pointait non pas droit sur l'île mais un peu à son vent.

Ce fut le début d'une série d'opérations effectuées avec une vitesse extraordinaire : brasser les vergues, amener les focs, les renvoyer, les border plat, établir des voiles d'étai, envoyer des hommes du côté bâbord du gaillard d'avant et dans les poulaines pour faire contrepoids — toutes les manœuvres concevables pour amener le navire de quelques yards au vent, pour surmonter sa dérive naturelle, l'effet des vagues qui ne cessaient de repousser son étrave sous le vent, l'effet du puissant courant orienté droit à l'est. D'abord, Moore les expliqua une par une, puis il fit silence ; et en observant l'île, Stephen la vit glisser peu à peu de la droite du beaupré à un point où le beaupré tranchait le sommet en deux et enfin, quand elle n'était plus qu'à un mille, nettement à gauche. Il n'avait jamais vu une meilleure démonstration de la dérive : le *Leopard* gardait le cap plein nord, mais il dérapait de côté dans une mer qui bougeait elle-même, qui se déplaçait en masse vers l'est, de sorte qu'au total c'est l'île qui semblait aller vers l'ouest.

La lumière faiblissait vite à présent — la teinte mauve se déployait très bas dans le sud-ouest —, pourtant la côte rocheuse était bien visible, surmontée de nuages d'oiseaux de mer, avec les silhouettes minuscules des manchots, des foules de manchots, debout sur les plages ou émergeant de l'eau. De plus, il y avait une petite baie abritée, sans ressac, juste sous le vent d'une sorte d'éperon.

D'autres ordres sur la dunette.

— Il va engager toutes ses forces à présent, dit Moore, ses dernières réserves.

— Une demi-brasse, joliment, encore une demi-brasse, dit Jack, et l'île glissa vers la droite : la petite baie s'ouvrit plus grande. Une demi-brasse — par Dieu !

Dans un long craquement déchirant, l'aviron se rompit à la tête. Le bras et la pale se mirent à flotter, retenus par un cordage, l'étrave du *Leopard* s'écarta du vent, l'île partit vers la gauche en un long mouvement, lent, régulier, jusqu'à se placer par la hanche bâbord, puis s'effacer peu à peu, inaccessible comme la lune.

— Amenez la voile d'étai et le perroquet d'artimon, dit Jack au milieu d'un silence pesant.

Moins de trois jours après, les premiers cas de scorbut apparurent à l'infirmerie. C'étaient quatre matelots premier brin, aux épaules larges, aux bras longs, solidement construits, des hommes responsables, pleins d'entrain en cas d'urgence, éléments de valeur au sein d'un équipage. A présent, ils étaient moroses, inertes, apathiques ; et seul le sentiment du devoir les retenait de se plaindre ou de se laisser totalement aller. Stephen souligna les symptômes physiques, gencives spongieuses, haleine puante, sang extravasé et, chez deux patients, réouverture de vieilles blessures ; mais il insista plus encore sur la morosité, partie la plus grave de la maladie.

— Je dois avouer, Mr Herapath, dit-il, que rien ne me peine plus que de voir ainsi dépendre l'esprit des nourritures du corps. Cela tend vers un nécessitarisme de base contre lequel je me rebelle de toute la véhémence de mon esprit. Et ici, dans ce cas particulier, je suis dérouté. Ces hommes ont reçu leur jus de citron souverain. Peut-être devrions-nous inspecter le tonneau : la plupart des marchands sont à demi escrocs et tout à fait capables d'avoir fourni un jus trafiqué.

— Avec votre respect, monsieur, dit Herapath, il me vient que peut-être ces hommes n'ont pas eu leur jus.

— Mais il est mélangé à leur tafia. Malgré toute la méchante perversité des marins quant à leur santé, ils ne sauraient éviter de le prendre. Nous utilisons là le diable à des fins légitimes : exécrable en théologie, mais parfaitement sain en médecine.

— Oui, monsieur, mais Faster Doudle, le plus grand, était de ma table, et il échangeait souvent son tafia pour du tabac : peut-être en est-il de même pour les autres.

— Les chiens ! Les maudits chiens. Je vais leur faire leur affaire. Holà, une cuiller : une cuiller, ici, et une demi-pinte de jus. Je mettrai fin à tout ceci : ils boiront leur tafia ou recevront le fouet. Et pourtant, vous savez, dit-il après une pause, cela paraîtra étrange de ma part, moi qui me suis toujours élevé contre leur rhum infect — qui ai fait circuler dans la flotte une pétition demandant l'abolition de la coutume monstrueuse selon laquelle le tafia non consommé en cas de maladie est fourni au patient lors de sa libération, en guise de compensation —, si je demande au capitaine de donner l'ordre que chaque homme consomme sa ration. Quoi qu'il en soit, dans le cas présent une potion citronnée fera l'affaire, je crois.

La potion fit l'affaire ; les symptômes physiques disparurent ; mais la morosité demeura, non seulement chez les ex-patients mais dans tout le navire — atmosphère idéale pour l'apparition de maladies, comme Stephen le souligna. En dehors d'une vingtaine de pauvres écervelés que les canots n'avaient pas emportés, les hommes étaient attentifs à leur devoir, mais l'entrain n'était plus là. La voie d'eau reprit le dessus quand l'étoupe du premier paillet fut passée à travers la fente et la mise en place d'une nouvelle voilure fut une affaire épuisante et lente pour des résultats visibles modérés : le *Leopard* poursuivait sa route vers l'est et un peu vers le sud sous petite voilure, dans un vent fraîchissant, pompes en marche jour et nuit. A tout moment, le temps, assez clément pour les quarantièmes depuis quelques semaines, pouvait se gâter ; le *Leopard* risquait d'avoir à courir devant une énorme tempête, dans une mer croissante, et de l'avis général il ne pourrait y survivre.

— Dites-moi, Mr Herapath, dit Stephen, dans un

cas tel que celui-ci, si l'on vous fournissait une grande quantité d'opium, fumeriez-vous une pipe ?

Herapath se dérobait au renouvellement de leur intimité. Il ne pouvait le dire — sans doute pas — peut-être y avait-il quelque chose d'indécent dans l'utilisation du produit contre l'appréhension — mais enfin, peut-être le ferait-il après tout.

Sauf au moment où leurs travaux exigeaient sa présence, il évitait Stephen autant qu'il le pouvait, soit en pompant plus que son temps, soit en s'enfermant dans la cabine qu'il avait héritée du commissaire — il y avait bon nombre de cabines vacantes, à l'avant comme à l'arrière. Il ajouta :

— Veuillez m'excuser, monsieur, j'ai promis de prendre un tour à la pompe.

Stephen soupira. Il avait espéré lancer Herapath sur le sujet de la poésie chinoise qui semblait être la seule consolation du jeune homme lorsqu'il était privé de la compagnie de sa maîtresse. Plus d'une fois, dans les débuts, Herapath avait parlé de ses études, de cette langue et de ses poètes, et Stephen l'avait écouté avidement jusque tard dans la nuit. Mais ces jours étaient passés et à présent il s'enfuyait comme il venait de le faire, laissant ses papiers sur la table de l'infirmerie. Resté seul, Stephen regarda les feuilles couvertes de caractères bien nets : ce pourrait être une recette pour faire le thé, se dit-il, ou la sagesse d'un millier d'années. Mais il remarqua sur l'une des feuilles une traduction tracée entre les lignes, selon la méthode directe du mot à mot qu'Herapath lui avait expliquée :

> Au pied de mon lit, clair de lune
> Le sol gelé ?
> Tête levée, j'observe la lune
> Tête baissée, je pense à mon pays.

Il y avait effectivement une lune à trois jours de son plein, balayée par quelques nuages. Il soupira encore.

Cela faisait quelque temps qu'il n'avait pas dîné ou conversé en tête à tête avec Jack : il avait scrupule à sembler vouloir forcer sa confiance dans de telles circonstances, d'autant plus que Jack était plus lointain, plus renfermé depuis l'échec subi au large de cette île, totalement préoccupé par la préservation de son navire, et souvent enfermé dans la cale arrière avec le charpentier, à la recherche de la brèche. Pourtant, ces brefs moments manquaient à Stephen et il fut particulièrement heureux quand, en regagnant sa cabine, il rencontra le jeune Forshaw, portant une invitation « quand le docteur aurait un moment de libre — il n'y avait rien d'urgent ».

En traversant le gaillard il nota une relative douceur de l'air — nettement au-dessus de zéro — et une étoile particulièrement brillante près de la lune.

— Vous voici, Stephen ! s'exclama Jack. Comme vous êtes bon de venir si vite. Vous sentez-vous l'esprit à faire un peu de musique ? Juste une demi-heure ? Dieu sait dans quel état sera mon violon, mais j'ai pensé que nous pourrions gratter un peu, ne serait-ce que pendant une horloge.

— Cela se pourrait, dit Stephen, mais écoutez, voulez-vous, je vais vous dire un poème :

Au pied de mon lit, clair de lune
Le sol gelé ?
Tête levée, j'observe la lune
Tête baissée, je pense à mon pays.

— C'est un remarquable poème, dit Jack, bien qu'il ne rime pas. (Et après un moment où lui aussi pencha la tête :) Je viens tout juste de la regarder, moi aussi, avec mon sextant : une parfaite observation lunaire, avec le vieux Saturne à côté, brillant comme un diamant. J'ai ma longitude à une seconde près. Que diriez-vous du Mozart en si mineur ?

Ils jouèrent, sans beauté mais avec profondeur, ignorant leurs cordes souvent discordantes et frappant droit au cœur de la musique qu'ils connaissaient le mieux, leur chemin jalonné de notes pures. Sur la dunette au-dessus de leurs têtes où les hommes de barre épuisés maintenaient le nouvel aviron de gouverne et où Babbington était de quart, les hommes écoutaient intensément ; c'était le premier son de vie humaine qu'ils aient entendu, en dehors des brèves réjouissances de Noël, depuis un temps difficile à mesurer. Bonden et Babbington, qui connaissaient Jack depuis bien des années, échangèrent un coup d'œil significatif. Le dernier mouvement s'envola vers sa fin splendide, vers l'accord final inévitable, magnifique, et Jack posa son violon.

— Je vais à présent le dire aux officiers, dit-il sur le ton de la conversation, comme s'ils n'avaient pas cessé tout ce temps de parler navigation, mais j'ai pensé que vous aimeriez le savoir d'abord. Il y a une terre vers 49° 44' E et 69° E. Un Français du nom de Trémarec l'a découverte — l'île de la Désolation. Cook n'a pas pu la retrouver, mais je pense que Trémarec s'était trompé de dix degrés. Je suis persuadé que l'endroit existe ; le baleinier au large du Cap m'en a parlé, et il en a fixé la position par une observation lunaire. De toute manière, je suis assez confiant pour préférer le risque de ne pas la trouver au risque de remonter vers le nord. Je n'ose pas faire force de voile ce soir, de crainte de rencontrer des glaces ; mais demain matin, si le vent et le temps le permettent — et c'est chose d'importance, Stephen —, j'ai l'intention de mettre cap au sud. Je n'en ai rien dit jusqu'ici, en partie parce que je nc pouvais déterminer notre position et en partie pour ne pas susciter trop d'espoirs chez les hommes ; ils ne supporteraient pas une autre déception telle que celle des Crozet. Mais j'ai pensé que vous aimeriez savoir. Peut-être pourriez-vous dire une ou deux prières. Ma vieille nounou disait toujours qu'il n'y a rien de mieux que le latin pour les prières.

Prières ou pas, le matin se leva clair et beau. Et mystère ou pas, une certaine excitation régnait déjà à bord. Les pompes tournaient un peu plus vite, et si le moral de l'équipage pouvait se mesurer d'après leur jet, il avait dû s'élever de dix à douze pour cent. Les vigies grimpaient en tête de mât non pas en courant, mais sans la langueur du jour précédent ; presque aussitôt l'un des hommes cria qu'il y avait une voile très loin à l'horizon sud et si cette illusion fut chassée, ce n'était qu'une autre montagne de glace — il y en avait deux monstrueuses à un mille au vent, et dans la nuit le bienheureux clair de lune leur avait permis d'en éviter deux autres —, le cri suscita une nouvelle animation. Et lorsque avec un soin infini l'étrave du navire fut amenée plein sud, et qu'on renvoya de la toile, cette animation crût étonnamment, surmontant l'immense fatigue qui pesait comme une chape de plomb sur tout l'équipage — ni hommes ni garçons n'avaient eu plus de quatre heures de sommeil d'affilée entre les tours à la pompe, aussi loin que l'on pouvait s'en souvenir.

— Je vous souhaite le bonjour, madame, dit Stephen en ouvrant la porte de Mrs Wogan. Je pense que vous allez pouvoir enfin prendre un peu l'air. Le ciel est clair, le soleil brille avec une tiédeur étonnante et si notre dunette est à présent la scène d'une étrange activité, le passavant nous reste, le passavant au vent, madame. Et nous ferions mieux de profiter du matin pendant qu'il dure.

— Grand Dieu, docteur Maturin, ce serait le paradis. Je n'ai pas vu le ciel ni vous depuis un siècle. Nous n'étions qu'une troupe de femmes, toutes ensemble, tricotant sans un instant d'arrêt et tentant de nous tenir chaud ; toutefois un bébé est un vaste sujet de conversation. Est-il vrai que nous allions vers le pôle antarctique ? Y a-t-il des terres au pôle ? Je suppose qu'il doit y en avoir, sans quoi ils ne l'appelleraient pas le pôle : ni n'auraient d'ailleurs envie d'y aller. Essayez, je vous prie, cette mitaine, pour la taille. Grand Dieu, votre main est devenue calleuse à un point — le travail perpétuel à la pompe, je présume. La terre ! Bien sûr, nous ne pouvons guère espérer rencontrer des boutiques mais j'ose penser qu'il y aura là l'équivalent des Esquimaux et des fourrures à vendre. Combien j'ai envie de fourrure, un lit de fourrure profond, profond et une chemise de nuit en fourrure aussi !

— Je ne vous promets pas d'Esquimaux, mais je peux vous garantir les fourrures, dit Stephen avec un bâillement. Ce sont ici les mers d'où provient la peau de phoque, tant appréciée de notre époque moderne. On m'affirme de manière crédible que le pôle lui-même est entouré de trois rangées de phoques ; et ce matin j'en ai vu par moi-même suffisamment pour constituer la cargaison d'un navire modéré par la taille, ou l'emplacement, comme on dit ; des phoques de trois espèces différentes, ainsi que vingt-quatre baleines et une pléthore d'oiseaux, y compris, à ma stupéfaction, un petit canard ressemblant assez à une sarcelle et ce qui pouvait bien être un cormoran. Je vous suis infiniment obligé, madame, de cette aimable pensée de mitaines.

Tout le jour ils naviguèrent et tout le jour le baromètre baissa dans la cabine de Jack. Il avait annoncé les rudes tempêtes de Manche et du Golfe, le maudit mistral de Méditerranée, un typhon au large de Maurice, mais il était rarement descendu aussi vite. Après avoir pris les quelques précautions qu'imposait la situation, le capitaine resta sur la dunette, à observer le ciel occidental par le travers au vent ; et tout ce temps le soleil brillait clair sur le pont égayé par les vêtements accrochés, entre autres les chaussons et les bonnets roses de Leopardina. Le *Leopard* gîtait aimablement dans la belle houle bleue et Stephen se promenait avec Mrs Wogan sur le passavant, lui montrant non seulement les phoques dont elle pourrait faire son lit, mais aussi ceux qui ne conviendraient pas, et dix-huit baleines, ainsi que tant d'oiseaux qu'une femme de moins bonne nature eût pu se rebeller.

De temps à autre, Jack regardait la tête de mât ; il n'avait pas envie d'y monter lui-même, de crainte de soulever des espérances qui pourraient être réduites à néant, et il souhaitait de toutes ses forces que la vigie appelle. Il était dans un état de tension et d'anxiété qu'il n'avait jamais connu et le rire perlé de Mrs Wogan déclenchait des éclairs de colère dans son esprit ; pourtant, il fit les cent pas, longuement, les mains serrées derrière le dos, du couronnement au fronteau et retour, sans montrer la moindre émotion. Et quand enfin l'appel vint, il fit encore plusieurs va-et-vient avant d'emporter sa meilleure lunette dans les barres de petit perroquet.

Oui, elle était bien là, haute terre, roche noire sous la neige, par l'avant bâbord. Même avec la dérive du *Leopard* et le courant portant à l'est à près de deux nœuds, il pouvait encore passer bien au vent de la terre. Plus loin vers le sud et l'est, des montagnes s'élevaient, lointaines ; et dans la forme de la terre il reconnut l'île de la Désolation décrite par le Français. Aucun doute : c'était bien l'atterrage pour lequel il avait prié.

Il redescendit habité d'un triomphe sobre et retenu, fit établir avec soin voile après voile jusqu'à ce que les mâts du *Leopard* se plaignent en dépit de leur soutien remarquable. A sa grande surprise — l'eau n'étant au mieux qu'un lest mobile —, le navire était étonnamment raide, et une fois que sa masse énorme eut pris un peu d'élan, le *Leopard* fendit la mer avec rapidité.

Il appela le jeune David Allan, le dernier aide-bosco restant et actuel bosco, et passa en revue avec lui ce que possédait le navire en matière d'ancres et de câblots. Ils avaient procédé de même avant le triste jour des Crozet et le total restait à peu près semblable, à savoir l'ancre à jet et juste assez de câbles et d'haussières pour mouiller une touée raisonnable. Mais depuis lors, deux caronades, destinées non pas au *Leo-*

*pard* mais à l'établissement de Port Jackson et de ce fait transportées en cale, avaient été retrouvées et apportées à proximité du panneau principal : amarrées à l'ancre, elles constitueraient un engin de mouillage presque du même poids que la petite ancre de bossoir, suffisant pour mouiller sur un seul câble, à condition d'avoir un fond de bonne tenue et une marée modérée.

— Et pour le reste, monsieur ? demanda Allan.

— Pour le reste, aussitôt que nous serons assez près de terre, nous réduirons la toile. Vous reprendrez les haussières qui soutiennent les mâts, vous les épisserez bout à bout, vous les ferez sortir par le hublot du poste et nous procéderons selon les circonstances.

Allan eut l'air un peu déconcerté, mais la tranquillité avec laquelle le capitaine semblait supposer qu'il était tout à fait capable d'accomplir cette tâche l'impressionna ; et quand on lui dit qu'il aurait tous les gabiers et les quartiers-maîtres du bord, et que les pompes aillent au diable, il retrouva son entrain.

Plus près, toujours plus près, la terre toujours par l'avant bâbord. Avant dîner, la côte nord était visible du pont, jusqu'à la ligne blanche où elle rencontrait la mer. Et quand le repas eut été dévoré on vit bien que cette terre était un cap aigu pointant vers le nord. Plus près encore ; Jack arpentait la dunette d'un pas plus rapide, et malgré son estomac de crocodile, les morceaux de vieux bœuf qu'il avait avalés restaient là, dans sa panse rigide, aussi fermes et solides que lorsqu'ils avaient quitté le chaudron de la cuisine. Nuages montants à l'ouest ; et dans le ciel pâle du sud, les débuts d'une aurore australe, un rideau scintillant qui tremblait tout là-haut, sur un quart du ciel, léger ruisseau prismatique tombant sans cesse sans quitter la même place. Trois vastes îles de glace au vent, l'une d'elles longue de quatre milles et peut-être haute de deux cents pieds, et de nombreuses masses plus petites éparpillées sur la longue houle régulière, jetant parfois un éclat en roulant sur elles-mêmes.

Quand devait-il commencer à réduire la toile, pour laisser au bosco la disposition des précieuses haussières ? Pouvait-il demander à son équipage épuisé de dépasser les mâts de perroquet en prévision du coup de vent, et puis lui imposer des efforts imprévisibles quand il faudrait amarrer le navire ? Quels étaient les courants de marées dans ces eaux inconnues ? A l'ouest, la menace se renforçait : des éclairs scintillaient à l'horizon lointain — lointain, mais pas tellement. L'air du temps avait changé.

Ces décisions et beaucoup d'autres, il était seul à pouvoir les prendre. La sagesse collective serait peut-être préférable, mais un navire ne peut être un parlement : le temps manquait pour débattre. La situation changeait très vite, comme si souvent avant une action, où il faut annuler d'un coup tout un plan bien établi et prendre des mesures nouvelles. Cela reposait sur lui seul, et il s'était rarement senti plus solitaire, ou plus faillible, en voyant approcher le cap et avec lui le moment de la décision. Le manque de sommeil, la souffrance, la confusion du jour et de la nuit pendant des semaines produisaient leurs effets sur lui ; il avait l'esprit brouillé, abruti ; pourtant une erreur commise dans l'heure à venir risquait de coûter la vie au navire.

La houle forçait ainsi que le vent. Il savait fort bien que s'il se mettait à souffler vraiment, à souffler comme le vent pouvait souffler dans les quarantièmes, les nuages à l'ouest couvriraient le ciel avec une vitesse extraordinaire et cette journée apparemment douce se transformerait en une obscurité hurlante emplie d'eau emportée. Une visite dans la chambre lui montra le baromètre encore plus bas : affreusement bas. Revenu sur la dunette il vit qu'il n'était pas le seul à avoir remarqué que la mer forçait — une mer étrangement perturbée, comme mue par quelque force peu distante ; de l'eau blanche aussi et une étrange couleur verte dans la courbure des vagues et dans le creux des houles. Il regarda vers le nord-ouest : le soleil, brillant encore, était entouré d'un halo et encadré de deux parhélies. Sur l'avant, l'aurore avait gagné en force : des rubans d'une splendeur irréelle. Sous ses pieds, les pompes ne cessaient de tourner, mais aussi bien en bas qu'ici sur la dunette, il sentit monter l'appréhension. Quoique raide, le *Leopard* gîtait à présent jusqu'à plonger profondément son bossoir bâbord dans la houle sous le vent. Et le ressac se renforçait sur les icebergs et sur la face au vent du cap. Le sifflement dans le gréement était plus fort et plus haut, et il augmentait vite : une note dangereuse, dangereuse.

La vaste étendue d'eau entre le *Leopard* et le cap était beaucoup plus blanche que verte ; sous le vent de la pointe, où moins d'une demi-heure auparavant l'eau était lisse, on voyait apparaître un vilain raz, une longue bande étroite d'un blanc pur courant vers l'est à partir de la pointe du cap et qui deviendrait plus longue, plus large et plus méchante encore quand la marée atteindrait son plein.

La situation avait changé, vraiment, mais il y avait pire à venir, et à venir vite. Une vapeur grise envahit le ciel comme un rideau que l'on tire, suivie par des nuages échevelés ; les éclairs se multiplièrent par le travers tribord, beaucoup plus proches, et droit devant, un grain blanc, précurseur de la formidable tempête, balaya sur un ou deux milles la mer au nord du cap, voilant tout à fait la terre.

Il ne s'agissait plus de savoir où et comment il pourrait négocier le raz, mais s'il pourrait approcher du cap et passer sous son vent, ou s'il serait obligé de mettre le navire vent arrière devant le mauvais temps croissant et de prendre la fuite. Il fallait faire vite : dans cinq ou dix minutes, à ce rythme, il ne resterait plus de choix ; il ne resterait plus qu'à prendre la fuite ou périr. Ou prendre la fuite et périr : l'équipage ne pourrait pomper à l'infini — ils étaient déjà tout près de leurs limites, malgré cet encouragement — et de toute manière le

*Leopard* ne pourrait que sombrer dans une mer telle que celle qui allait se lever d'ici la nuit.

La marmite bouillonnante du raz se renforçait encore, jamais il n'en avait vu d'aussi méchant ; pourtant il fallait que le *Leopard* le traverse, bon gré, mal gré. Il fallait le traverser ou fuir, et fuir n'avait d'autre perspective que la fin, à peine retardée.

« Bon gré, mal gré, Tom Collins », se dit Jack à lui-même et, élevant la voix pour se faire entendre malgré le vent :

— Foc et trinquette. Mr Byron, donnez-lui un demi-quart.

Il avait pris sa décision : elle s'était formée clairement dans son esprit et il était à présent calme et lucide, assez détaché. Il fallait faire vite et la seule question restait de savoir si les voiles et les mâts pourraient entraîner la coque remplie d'eau sans céder, de savoir si le *Leopard* pourrait battre la tempête d'ouest et franchir ce mille de mer avant qu'elle n'atteigne toute sa force et le couche sur l'eau ou le force à courir plein est. C'était un choix désespéré : si la moindre voilure cédait en arrière du mât de misaine, si l'aviron ne tenait pas, ou l'un des mâts de hune, tout était perdu. Mais du moins le choix était fait, et il pensait qu'il était bon. Il ne pouvait que se reprocher de ne pas avoir fait marcher le navire plus vite, plus tôt : d'avoir perdu quelques minutes plus tôt dans la journée.

Sous ce nouveau déploiement de voilure, le navire fit une sorte de bond en avant, avec la lourdeur d'un cheval de trait, et laboura la mer plus rapidement. Le vent venait à présent par l'arrière du travers et il enfonçait son étrave sous le vent dans l'eau verte qui balayait le gaillard. Terriblement surtoilé, il pouvait encore le supporter, tout juste ; et il fonçait à travers les hautes vagues dont les crêtes blanches traversaient l'embelle à hauteur d'homme. Sur une montée à la lame, une rafale le coucha et la lisse sous le vent disparut dans l'écume. Encore un quart d'abattée — on pouvait se le permettre — et le *Leopard* fonça vers la terrible zone où la tempête frappait le cap avec une force redoublée pour se joindre à la violence du raz.

Les forces adverses atteignaient maintenant leur point culminant : le risque de démâter devenait énorme.

Un quart de mille à couvrir, et le vent de plus en plus fort. « Le grand perroquet », dit-il et le *Leopard* fit une embardée terrible quand on borda la voile. Un instant de pause, le temps suspendu comme avant une chute, et il plongea dans le raz : il trébucha comme s'il avait heurté la glace. Tout autour d'eux le rugissement des déferlantes et un vent intolérable ; des lames explosant de tous côtés, un coup à assommer un bœuf dans la rafale à contre ; une confusion d'eau verte et blanche, un nuage d'embruns recouvrant le navire. Et quand ils retombèrent, il était passé, et se balançait encore dans l'eau lisse sous le vent de la haute pointe de terre.

La transition fut d'une brutalité incroyable. D'un instant à l'autre, le *Leopard*, environné de lames déferlantes, brutalisé par un vent furieux, se retrouva glissant en silence sous l'abri d'une énorme falaise, ses mâts encore balancés d'un mouvement pendulaire par la rafale à contre qui avait projeté le capitaine dans les dalots.

Il se releva, jeta un coup d'œil en l'air — les mâts supérieurs avaient tenu mais le grand perroquet était arraché à ses ralingues — et se pencha par-dessus la lisse pour observer la terre. Après le cap elle s'inclinait vers l'ouest, vers l'ouest, vers une baie dont l'étroite ouverture était presque fermée par des îles.

— L'équipe du bosco, au travail : Allan, à vous, et lestement. Mr Byron, faites sonder, s'il vous plaît. Pas de fond avec cette ligne !

Le cri était étrangement sonore — pas le moindre bruit en dehors de cela, en dehors du clapotis de l'eau léchant les flancs et du cri des oiseaux de mer.

— Faites passer et armez la sonde de grand fond. Aux pompes, là ! A quoi diable pensez-vous ? s'exclama Jack, mais sans rudesse : il aurait cessé de pomper lui-même en un tel instant.

La longue pause de stupéfaction se prolongeait : aux pompes, les hommes poussaient mécaniquement, tout en regardant autour d'eux, abasourdis ; le navire courait encore à grande vitesse, sur son erre, à travers une eau profonde et verte, dans l'ombre d'une falaise monstrueuse. A droite, une terre désolée, roches noires couronnées de neige ; à gauche, une mer semée d'îlots ; tout là-haut, le tumulte d'une violente tempête d'ouest, avec éclairs dans les nuages ; et ici, un calme surnaturel, comme si le monde, tout à coup, était devenu sourd.

— Ho, du gaillard ! lança Jack brisant le silence. Comment se présentent ces haussières ?

— Toutes dégagées du mât de misaine, monsieur, et allongées.

Le jet solennel et lourd de la sonde de grand fond :

— A virer, attention, attention, embraquez, faites filer partout ! (Puis :) Cinquante brasses, monsieur (et, après une brève pause :) Sable gris et coquilles.

Un mille plus loin, le *Leopard* avait presque perdu son erre. Le ciel était à présent aussi bas que le haut des falaises et l'air habité d'un fin crachin. Les voiles pendaient, flasques, mais la brume de pluie, là-haut, indiquait la présence d'une légère brise renvoyée par la terre. Ils établirent les derniers perroquets pour en profiter, et poursuivirent leur route.

— Comment sont les haussières à présent ? demanda Jack.

— Quatre élongées, monsieur, répondit Allan, presque sous ses pieds, en bas du fronteau de dunette où Faster Doudle et lui s'acharnaient comme des possédés sur leurs épissures longues.

Le fond remontait régulièrement, toujours du même bon sable coquillier ; à l'approche d'un passage entre les îles fermant l'entrée de la baie, la sonde à main se remit à l'œuvre avec célérité :

— A la marque, dix-sept ; et seize brasses ; seize brasses et demie ; à la marque, dix-huit brasses...

Passage libre en eau profonde ; derrière les îles on voyait jusqu'au fond de la baie, sorte de rade en forme d'aumônière largement déployée après l'entrée étroite, crique profonde abritée de trois côtés.

Jack observa intensément l'îlot le plus proche ; il sortait bien droit de l'eau et d'après le mouvement de l'écume et du courant autour de la roche noire, on voyait que la marée montait encore.

— A manœuvrer les bras, dit-il en clopinant vers l'avant.

Il n'avait pas l'intention de s'échouer sur un rocher s'il pouvait l'éviter et ce courant le faisait avancer à une vitesse étonnante.

— Monsieur, monsieur ! s'écria Babbington, courant après lui. Il y a un mât de pavillon au fond de la baie.

Jack quitta des yeux la surface de l'eau pour un instant, vit que le fond de la baie se divisait en deux anses, chacune avec une plage au pied de la falaise, et que l'une d'elles était surmontée d'un mât planté sur la hauteur.

— Mon Dieu, dit-il, c'est vrai. Allan !

— Monsieur ?

— Où en êtes-vous ?

— L'haussière est prête, monsieur, et sortie par le hublot du poste.

Plus proche, plus proche encore, avec des phoques attentifs de tous côtés, certains d'une taille monstrueuse ; un des innombrables oiseaux de mer lui fienta dessus — quel porte-bonheur ! —, et les yeux fixés sur une petite île toute proche du bord, l'oreille suivant l'appel du sondeur, il lança :

— Tout le monde à mouiller l'ancre.

Longue pause, encore un peu d'approche, puis :

— La barre dessous, toute.

L'étrave rentra dans le vent ; les hommes se précipitèrent aux drisses, bras, écoutes et boulines, masquèrent le perroquet d'artimon, et il dit :

— Mouillez.

L'ancre et ses caronades firent gicler l'eau, l'haussière fila tandis que le *Leopard* partait en marche arrière.

— Bosse, dit-il.

— Bosse en place, monsieur, répondit Allan.

Le *Leopard* fut stoppé, il s'arrêta d'une secousse légère qui les fit tous sursauter. L'haussière se leva, se raidit, tint bon ; c'était l'instant critique. L'ancre allait-elle tenir ? L'ancre tenait, oui, oui, l'ancre tenait ; l'haussière, quoique toujours tendue par la poussée de la marée sur la coque, reprit une courbe douce et les matelots du *Leopard* poussèrent tous un grand soupir. Pourtant, la renverse de la marée, et Dieu sait quelle vitesse le courant atteignait dans ces mers, pourrait le faire pivoter, arracher l'ancre du fond, et jeter le navire sur les îles toutes proches.

— Mettez la yole à l'eau, dit Jack. Mr Babbington, ayez l'amabilité de vous rendre sur ces rochers qui sont entre nous et la côte, en portant une ligne amarrée à l'haussière du hublot du poste. Amenez l'haussière jusqu'à la roche, et amarrez le tout. Vous pouvez prendre la barre de fer, si vous voulez , et un grappin ; vous prendrez un soin particulier de tout bien amarrer, Mr Babbington, et ensuite, peut-être, dit-il, en saisissant l'un des apôtres de bois, nous pourrons dormir ce soir profondément.

# Chapitre dix

Ils dormirent profondément, si profondément que Stephen, réveillé à trois heures du matin pour son tour à la pompe tribord, fut d'abord incapable de retrouver son chemin vers cet endroit familier, jusqu'à ce que l'aspirant tout assoupi qu'il devait relever l'y conduise par la main, et ensuite incapable de reconstituer les événements de la veille avant d'avoir poussé le guindeau pendant une demi-heure — avant que l'exercice et la pluie glacée aient dissipé les brumes de ce sommeil profond comme une transe.

— Je pense que c'étaient des éléphants de mer que nous avons vus en entrant dans la baie, dit-il à Herapath, son voisin. Forster affirme que l'éléphant de mer est doté d'un scrotum externe : ou suis-je en train de le confondre avec le phoque à oreilles, *Otaria gazella* ?

Herapath n'avait rien à dire là-dessus, ni sur toute autre espèce de phoque. Il était profondément endormi, tout debout et pompant qu'il fût. Mais dans la nuit, les pompes, quoique languissantes, gagnèrent cinq pieds sur la voie d'eau : sa coque n'étant plus travaillée par le mouvement de la mer ou la contrainte des mâts, le *Leopard* ne faisait pas plus d'eau que le quart n'en pouvait évacuer. Ils réussirent à le rendre sec, ou du moins tout juste humide, car la siccité n'était pas une notion valable sur Désolation, où il pleuvait presque sans arrêt, et s'attaquèrent à la longue tâche de vider les cales pour atteindre la brèche et mettre en place un gouvernail.

D'abord, ils n'eurent que la yole pour transporter les centaines de tonnes qu'il fallait évacuer, mais à cela s'ajouta bientôt un radeau, actionné par un système de palans et de rappels qui le faisaient circuler sur l'eau calme de la crique, parfaitement tranquille même au début de leur séjour où la tempête soufflait avec une violence si brutale, tout là-haut, que même les albatros ne s'y hasardaient pas. La baie subissait évidemment l'effet du courant de marée qui se frayait un chemin entre les nombreux îlots, mais il retardait le travail bien moins que l'intense curiosité des manchots. Bien que nichant, beaucoup de ces oiseaux trouvaient le temps de se masser en foule dense sur la plage du mât de pavillon et de se presser pour observer le déchargement, passant entre les jambes des hommes, les faisant parfois tomber, les gênant sans cesse. Certains des phoques étaient aussi encombrants et plus difficiles à chasser. Ils recevaient souvent coups de pied ou de poing des matelots exaspérés, mais rien de plus, car les ordres étaient stricts : la plage devait être considérée comme un terrain sacré. Il était interdit d'y verser le sang, quoi qu'il advînt un peu plus loin.

Pendant les premiers jours, Jack laissa les Leopards en prendre à leur aise, avec tout juste un quart de mouillage, pour qu'ils puissent faire le plein de ce sommeil qui leur était, à ce moment, devenu presque aussi nécessaire que la nourriture. Quant à celle-ci, tout était simple : il y avait de la viande fraîche à profusion, à portée de main. Et ils y portèrent la main, souvent à l'excès, car c'était pratiquement une terre vierge et les créatures ne craignaient pas les hommes. Pas tout à fait vierge, cependant : une bouteille, au pied de la vergue de bonnette cassée qu'ils appelaient le mât de pavillon, contenait un papier indiquant que le brick *General Washington* de Nantucket, commandé par Wm. Hyde, était passé par là, et que si Reuben venait chercher des choux il devait dire à Martha que tout allait bien et que

Wm. pensait rentrer à la maison avant l'automne, avec une bonne cargaison.

Après cette période de repos, quant tout le monde fut remis, gras et repu de quatre repas de viande par jour, Jack les mit au travail et le matériel s'entassa sur la plage au mât : monceaux bien nets et bien carrés, couverts de toile à voile, entassements si hauts et si larges qu'avant même que la cale arrière fût débarrassée à demi il parut impossible qu'un seul navire eût contenu tout cela. Travail constant, et même dur, par moments, mais les longs jours d'été laissaient aux hommes tout le temps de se promener, assassinant éléphants de mer, phoques, albatros, pétrels géants, petits pétrels, pigeons du Cap, sternes, toutes ces créatures familières qui se posaient ou nichaient sur leur chemin. Stephen était parfaitement conscient que ces créatures elles-mêmes vivaient d'un carnage incessant, que les skuas ne cessaient de piller les œufs et les poussins des autres espèces, que les léopards de mer dévoraient tout animal à sang chaud qu'ils pouvaient attraper, et qu'aucun des oiseaux ne montrait la moindre pitié envers les poissons ; mais du moins ils respectaient dans leur tuerie une certaine hiérarchie, alors que les marins ne respectaient rien et massacraient sans discrimination. Il les raisonnait ; ils l'écoutaient gravement et n'en faisaient qu'à leur tête, prenant simplement soin de se tenir hors de vue, de vagabonder plus loin, jusqu'aux grandes colonies d'albatros, sur les hautes pentes, ou aux rookeries de phoques dans la crique voisine. Il savait que ses paroles n'étaient pas chargées d'une conviction totale car il passait lui-mêmc toutes les heures du jour à recueillir des spécimens de toutes choses, des éléphants de mer aux plus petites mouches aptères et aux tardigrades d'eau douce, et une bonne partie de la nuit à les disséquer ou à classer des œufs, des os et des plantes. Il savait qu'une partie de la tuerie était nécessaire et que les barils de manchots, de jeunes albatros et de chair de phoque auraient leur utilité, mais cela le rendait malade ; et au bout de quelques semaines, il se retira sur une des îles de la baie, une île interdite à tous sauf au chirurgien du *Leopard*.

On lui fit un petit canot de toile et on pensa qu'en l'obligeant à porter deux vessies d'éléphant de mer, gonflées d'air et fixées à sa personne, il ne pouvait rien lui arriver sur une eau si paisible. Mais après une malheureuse expérience où il s'emmêla dans son parapluie et où l'on découvrit que les vessies ne soutenaient que ses maigres cuisses, de sorte que seule la présence du terre-neuve de Babbington le sauva, on lui interdit de circuler seul.

Le devoir de l'accompagner échut en général à Herapath, guère plus utile pour le déménagement d'une cale que Stephen lui-même. Le monde habituel des papiers et du secret, des êtres arpentant les pavés d'une ville, était si loin, si irréel, que sa conduite envers le docteur Maturin semblait le blesser moins profondément ; et ses travaux de copie des documents empoisonnés étaient séparés du présent austral par une telle somme d'expérience qu'ils auraient pu avoir lieu des années auparavant. Leur intimité d'antan se rétablit un peu ; bien qu'Herapath eût horreur de s'enfoncer jusqu'aux genoux dans l'herbe épaisse et trempée qui couvrait la plupart des terrains bas, et bien qu'il ne se souciât guère de savoir si le gros volatile couvant qu'ils observaient était un albatros royal ou un albatros hurleur, il ne détestait pas ces expéditions, tant qu'on ne lui demandait pas trop souvent d'admirer les algues d'une mare ou un poussin de cormoran aux yeux bleus. Il s'était construit un abri au bord de l'eau et il y restait assis des heures, à pêcher à la ligne, pendant que Stephen se promenait. Il faisait presque toujours trop humide pour lire ou écrire, mais c'était un jeune homme contemplatif et la vue de son bouchon flottant sur l'eau laissait son esprit s'évader, sans jamais rompre son attachement local ; parfois même il prenait un poisson. Quand il pleuvait trop fort même pour le docteur Maturin, ils s'y asseyaient tous les deux, bavardant de poésie chinoise ou plus souvent de Louisa Wogan, qui vivait à présent sur le rivage et que l'on voyait parfois au loin, silhouette bien droite enveloppée de fourrure, promenant le bébé de Mrs Boswell dans les rares rayons de soleil ; car l'emprisonnement des femmes n'était plus guère que nominal.

— Ceci est le paradis, dit Stephen en débarquant.

— Un peu humide pour le paradis, peut-être, suggéra Herapath.

— Le paradis terrestre n'était pas une immense étendue de sable desséché, un désert aride, d'ailleurs Mandeville en cite particulièrement les murs moussus, preuve certaine d'une abondante humidité. J'ai déjà découvert cinquante-trois sortes de mousses sur ce seul îlot ; et sans aucun doute il y en a d'autres.

Il parcourut du regard les rochers noirs ruisselants, les pentes intermédiaires couvertes d'une herbe rude, enchevêtrée, de choux jaunes et visqueux, souvent dans un état de lente décomposition, ou d'une terre détrempée ; partout, des fientes d'oiseaux de mer, partout des écharpes de brume ou de pluie.

— Ceci ressemble beaucoup à la partie nord-ouest de l'Irlande, mais sans les hommes : cela me rappelle un promontoire dans le comté de Mayo où j'ai observé pour la première fois la phalarope... Irons-nous d'abord rendre visite aux pétrels géants, ou préférez-vous les sternes ?

— A dire vrai, monsieur, je crois que j'aimerais mieux rester un moment assis à l'abri. Le chou m'a tourné les intérieurs en eau.

— Sottises, dit Stephen, c'est le chou le plus sain que j'aie rencontré de toute ma carrière. J'espère, Mr Herapath, que vous n'allez pas rejoindre ces stupides femelles geignardes et plaintives dans leur complainte sur le chou. Il est, c'est vrai, un peu jaune sous certains éclairages, il est un peu aigre, il a une odeur étrange : eh bien, tant mieux, dirais-je. Du moins cela empêchera ces Phéaciens voraces d'en abuser comme ils abusent des créatures vivantes, s'empiffrant de chair jusqu'à ce que le peu de cerveau qu'ils ont soit noyé dans la graisse. Aliment plein de vertus ! Même ses détracteurs les plus farouches, prêts à faire les déclarations les plus virulentes et à jurer à travers une planche de neuf pouces que le chou les fait péter et gargouiller du ventre, ne sauraient nier qu'il a soigné leur purpura. Qu'ils gargouillent jusqu'à ce que le ciel en résonne et s'agite ; qu'ils pètent feux et flammes, gibiers de Gomorrhe, je n'aurai pas sur la conscience un seul cas de scorbut, la honte du chirurgien de marine, tant qu'il restera un chou à cueillir.

— Non, monsieur, dit Herapath.

Il ne pouvait qu'en être d'accord : il en avait vu les effets. L'équipage du *Leopard,* ayant tué un éléphant de mer au début du séjour, en avait dévoré, pour changer l'ordinaire, le foie énorme qui avait provoqué une éruption de taches d'un bleu sourd, nettement dessinées, de deux pouces de diamètre. Stephen avait aussitôt prescrit le chou qu'il avait découvert et essayé sur lui-même et sur son aide, une plante peu attrayante et dotée d'une odeur surprenante. Toutes les taches avaient disparu. « Les Leopards ont perdu leurs taches », avait observé Jack — le premier rire franc, les yeux tout plissés dans un visage écarlate d'hilarité, auquel il se soit laissé aller depuis cinq mille milles. Comme le navire était à court de jus de citron et que c'eût été de bonne pratique même avec pléthore d'antiscorbutique, Stephen insista pour que le chou soit ajouté tous les jours au dîner ; quant à ses prétendues vertus laxatives, il n'en avait pas constaté d'inconvénient ; et si elles existaient, en dehors des caprices d'hypocondriaques bien nourris, c'était tant mieux. Des hommes, disait-il en regardant son capitaine avec sévérité, des hommes qui dévoraient au petit déjeuner deux œufs d'albatros pesant chacun près d'une livre de commissaire devaient être purgés chaque jour de leurs humeurs grossières.

— Non, monsieur, dit à nouveau Herapath, mais si vous me pardonnez, je suis un peu las et j'aimerais pêcher un moment. Vous vous souviendrez que la dernière fois, quand le pétrel géant m'a couvert d'huile, vous avez dit que je pourrais m'en dispenser.

— C'est seulement que vous avez surpris le pauvre oiseau en tombant, et en tombant, vous me permettrez de l'observer, d'une manière singulièrement abrupte et maladroite, Mr Herapath.

— Le sol était humide et couvert d'excréments de phoque.

— Les pétrels ne supportent pas la moindre gaucherie, dit Stephen.

Mais il est vrai qu'Herapath n'avait guère de chance ; bon nombre de pétrels lui avaient craché à la figure leur puante huile stomacale, sans la moindre provocation, alors qu'ils ne s'en prenaient jamais à Stephen ; et un albatros lui avait infligé un pinçon cruel, jusqu'à percer sa manche inoffensive.

— Bon, dit-il, faites comme il vous plaira. Partageons-nous les sandwiches car j'ai l'intention de rester jusqu'au coucher du soleil.

Le paradis de Stephen était de bonne taille : une heure de marche de la rive intérieure à la rive extérieure et, au contraire de la plupart des îles, masses de roches amoncelées et abruptes, il ne possédait guère de falaises sauf deux du côté du large ; c'était, pour la plus grande part, un dôme lisse. Mais malgré ses nombreux acres d'étendue libre, il était à peine assez vaste pour toutes les créatures qui s'y pressaient à la saison de reproduction, venues de l'océan austral illimité, presque entièrement dépourvu de terres, où elles vagabondaient le reste de l'année. Les rares oiseaux résidants, l'étrange sarcelle, le cormoran aux yeux bleus, peut-être le bec-en-fourreau, avaient à peine la place de se retourner et Stephen même devait marcher avec beaucoup de prudence pour ne pas piétiner des œufs ou plonger dans les terriers creusés par les innombrables prions. Le sommet du dôme était occupé par les grands albatros, et la circulation y était plus facile ; l'herbe était moins longue et les nids bien espacés. Il connaissait assez bien nombre des membres de la colonie, les ayant regardés parader, construire leurs nids et s'accoupler, et aujourd'hui il en reconnut plusieurs qui se promenaient pour rendre visite à d'autres nids — l'endroit ressemblait un peu au pré d'un village, couvert d'oies blanches, mais d'oies gigantesques déployant des ailes vastes comme celles des génies dans les contes arabes, ou circulant à pied, ou couvant leur monticule creux. La plupart, d'ailleurs, y étaient à présent installés — bien peu de nids ne contenaient pas d'œuf — et il se fraya un chemin dans la foule jusqu'au premier nid où il avait vu une couvée, si l'on peut appeler ainsi un œuf unique. La couveuse était endormie, la tête sous l'aile ; elle était si bien habituée à lui qu'elle ouvrit à peine un œil en grognant quand il glissa doucement la main sous sa poitrine pour découvrir si l'œuf pépiait déjà, mais non. Il s'assit à côté, sur un nid vacant, pour observer. Un grand mouvement d'air — un flot de chaleur et l'odeur poissonneuse d'un oiseau — l'albatros mâle atterrit près de lui, trébuchant sur le sol tout en repliant ses immenses ailes, et s'en vint marmonner à son épouse un sourd murmure en mordillant son cou tendu. Aux pieds de Stephen, un minuscule pétrel noir mat se glissait, maladroit, parmi les touffes d'herbe et à hauteur de tête les skuas pirates planaient, lorgnant de côté et d'autre à la recherche d'une proie mal gardée. La pluie avait cessé : il dépouilla sa peau de phoque — il la portait comme un paysan porte un sac, sur la tête et les épaules —, sortit son déjeuner, pivota sur son nid et observa la partie de l'île qu'il venait de traverser. A droite, au bord de l'eau, des éléphants de mer pesant chacun plusieurs tonnes. La plupart étaient aimables ou du moins indifférents, mais il y avait un vieux mâle de vingt pieds doté d'une remarquable collection de femelles qui ne supportait toujours pas son approche, bien qu'il le connût depuis déjà longtemps : il se dressait, se tortillait, baragouinait, grinçait des dents, dilatait son nez et allait jusqu'à rugir. « Si seulement il savait, se dit Stephen, si seulement il pouvait imaginer la modération actuelle de mes désirs charnels à l'égard de Mrs Wogan, il n'aurait aucune crainte pour son harem. » Venaient ensuite les petits phoques à fourrure avec leurs charmants enfants : il les connaissait bien. Plus loin à gauche, étagée sur toute la pente, l'énorme rookerie de manchots, myriades et myriades d'oiseaux. Et presque hors de vue, l'endroit où se reproduisaient les léopards de mer : bien qu'il ait trouvé dans l'estomac d'un léopard de mer onze manchots adultes et un petit phoque, à terre ils étaient en bons termes avec leurs proies ; en fait, toutes ces créatures variées rampaient ou marchaient en foules mêlées, respectant quelque contrat social qui se dissolvait dès la mer atteinte. Un autre bruit d'ailes, un cri strident, et le biscuit avec une tranche de phoque qu'il avait placé sur une touffe d'herbe s'évanouit, emporté par un skua. « Oh, le voleur, dit-il, le sinistre anarchiste ! » Mais en fait, il avait déjà suffisamment mangé et poursuivit son observation sans ennui.

Là, entre lui et la petite colonie installée sur la plage, se trouvait le navire, un navire d'allure très bizarre : après avoir sondé la baie de tous côtés, on avait déplacé le *Leopard* pour l'amener tout près d'un rocher afin de pouvoir le coucher en partie. Ils avaient découvert la voie d'eau, longue entaille terrible et cruelle, blessure presque mortelle, et elle était depuis longtemps réparée ; à présent, le principal problème était le gouvernail et le navire restait là, l'arrière entouré d'échafaudages, grotesquement enfoncé de l'avant pour surélever la poupe afin qu'ils puissent lutter plus efficacement avec l'étambot, les fémelots, les aiguillots et le reste.

Soudain, la yole entra dans son champ de vision, avec Bonden aux avirons, Jack et le petit Forshaw tassés dans la chambre. Elle s'arrêta à une certaine bouée. Jack visa au sextant différents points, dictant des chiffres que l'aspirant notait sur son carnet : il poursuivait ses opérations de levée, comme chaque fois que le courant s'opposait aux travaux sur la coque du *Leopard*. Stephen approcha du bord de la pente d'où les albatros avaient l'habitude de s'élancer et là, tandis que six des immenses oiseaux plongeaient dans la brise autour de lui et par-dessus sa tête, il appela « Holà ! ».

Jack se retourna, le vit, lui fit un geste ; le canot s'approcha. Il disparut à ses pieds et bientôt Jack se hissa le long de la pente. Ce n'était pas sa jambe qui le faisait peiner et souffler, l'engourdissement ayant disparu depuis quelque temps, mais plutôt sa masse. Tout ce temps où il pouvait à peine couvrir une centaine de pas, il avait dévoré avec voracité ; et sa gloutonnerie ne faisant que croître, il venait à présent au sommet de la colline chercher les œufs de son petit déjeuner.

— Cela paraît presque sacrilège, dit Stephen quand Jack les lui montra. Quand je pense combien je soignais le mien, le seul spécimen peut-être dans les trois royaumes, comment je le protégeais du moindre choc en l'enveloppant de coton de joaillier, l'idée d'en briser un délibérément...

— On ne peut faire d'omelette sans casser d'œufs, dit Jack, très vite, avant que la chance ne se soit enfuie à tout jamais. Ha, Ha ! Stephen, que dites-vous de cela ?

— Je pourrais dire quelque chose sur les perles et les cochons — les perles étant ces œufs sans prix, si vous me suivez bien — si je tentais une repartie du même acabit.

— Je ne me suis pas hissé jusqu'ici pour laisser

insulter mon esprit, qui, je dois vous le dire, est plus généralement apprécié dans le service que vous n'avez l'air de le croire, dit Jack, mais pour pleurer sur mon sort ; pour m'asseoir par terre et pleurer sur mon sort.

Stephen le regarda avec attention : les mots en eux-mêmes étaient joyeux, facétieux, badins, mais il sentait il ne savait quelle fausse note dans l'expression ou l'accent. Tout au long de son service dans la marine, Stephen avait observé l'esprit de plaisanterie systématique, presque mécanique et obligatoire, habitant les divers carrés et postes qu'il avait connus ; le flot des petites joies, des boutades de longue date, des proverbes et allusions plus ou moins comiques qui composaient pour une si grande part les échanges quotidiens entre ses compagnons de bord. Cela lui paraissait une caractéristique particulièrement anglaise et qu'il trouvait souvent lassante ; d'autre part, il en admettait la valeur en tant que protection contre la morosité et encouragement à la force d'âme. Cela protégeait aussi des hommes obligés de vivre ensemble contre les formes plus adultes de la discussion, dans lesquelles ils auraient risqué de s'engager tout entiers pour s'opposer en désaccords violents : en était-ce l'objectif profond, ou s'agissait-il simplement d'une manifestation de légèreté nationale et de manque d'inclination pour les discussions intellectuelles, il n'en savait rien ; mais il savait Jack Aubrey si bien en accord avec cette tradition, partageant à tel point la conviction que toute solennité renfermait quelque chose d'indécent, qu'il pouvait bien difficilement se résoudre à parler sans sourire de choses extérieures à la marche d'un navire — il irait à la mort avec un calembour à demi composé, s'il ne trouvait pas mieux.

Mais quand son humour sonnait faux, il sonnait terriblement faux. Cela rappelait à Stephen une suite pour violoncelle qu'il avait souvent essayé de jouer avec peu de succès, et dans laquelle, par des changements successifs et très légers, un thème tout simple et candide de l'adagio endossait une qualité cauchemardesque. Il reconnaissait à présent quelque chose de même nature, et son regard attentif détecta une extrême lassitude derrière le regard souriant de Jack, comme s'il n'était pas loin du désespoir. Comment ne l'avait-il pas vu plus tôt ? La richesse fantastique de Désolation avait dû l'absorber totalement : c'était vrai, en fait — des oiseaux comme il avait toujours rêvé d'en voir, des oiseaux qu'il pouvait toucher ; une flore, une faune presque inconnues et pour une fois le temps de les étudier. Il dit :

— Eh bien, mon frère, qu'est-ce qui ne va pas ? La coque s'est-elle rouverte ?

— Non, non, la coque va très bien — mieux que neuve. Non : c'est le gouvernail.

Au cours de cette longue période de déménagement de la cale et de colmatage de la voie d'eau, Stephen s'était contenté d'une vision générale et vague du progrès : bien peu de ceux qui s'en occupaient l'avaient assailli de détails techniques, et de toute façon il était généralement trop trempé, gelé, épuisé, en fin de journée, trop rempli de ses propres découvertes fascinantes pour écouter avec attention les rares descriptions entendues près du feu d'huile de phoque où il s'installait, bouche bée, l'œil clignotant. Il s'était contenté de laisser les experts accomplir leur tâche tandis qu'il accomplissait la sienne. Il avait vu les belles planches neuves couvrir entièrement la brèche, à l'intérieur et à l'extérieur ; il avait vu le beau gouvernail neuf, composé avec soin de bois pris sur des mâts de hune de rechange et indiscernable, à ses yeux, de l'ancien ; et sa seule crainte était que le *Leopard*, sec, étanche et remis en état, ne fasse voile bien avant que ses collections aient dépassé un stade très superficiel.

Il entendit à présent une vraie description technique et il apprit que les plus sombres pressentiments des experts s'étaient réalisés. La liaison essentielle entre le gouvernail et la coque ne pouvait être effectuée, ou du moins ne l'était pas encore ; et Jack ne savait pas comment y parvenir. L'étambot construit selon de nouveaux principes, réalisation de pacotille que Jack avait détestée dès l'origine, se révélait horriblement défectueux, si endommagé par la glace et pourri si profondément derrière son revêtement de cuivre que « le pauvre vieux Gray a pleuré, positivement, quand nous l'avons découpé ». Le seul moyen de fixer le gouvernail était de forger de nouveaux fémelots, ces massives ferrures à deux branches portant un œil pour recevoir les aiguillots du gouvernail, et de les forger avec des bras beaucoup plus longs, afin qu'ils atteignent le corps même du navire, où le bois était assez solide pour les retenir. Mais si le *Leopard* pouvait fournir suffisamment de fer, il n'avait pas de forge. Elle était passée par-dessus bord, avec l'enclume, les masses et tout l'outillage de l'armurier, lorsqu'on avait sacrifié les canons, les ancres et tant d'autres objets lourds pour maintenir le navire à flot. Presque tout le charbon avait été jeté, en sacs, ou pompé avec l'eau dans laquelle les fragments flottaient à fond de cale ; et si l'huile de phoque suffisait à chauffer les huttes et l'entrepont, elle ne pouvait porter le fer à la température de soudure. D'ailleurs, même si elle l'avait pu, il était impossible de travailler le fer sans une enclume et de lourds marteaux.

— Mais quel triste oiseau je fais, pour l'amour de Dieu ! dit Jack. Je parle comme si c'était la fin du monde, ce qui n'est pas le cas. J'ai quelques idées pour améliorer le fourneau, en soufflant sur des os trempés dans l'huile, et je pense aussi tirer de l'eau l'une des caronades et la transformer en une enclume et une couple de masses — on peut faire des merveilles au ciseau à froid et à la lime, avec de la patience. Et même si finalement il s'avère impossible de mettre le gouvernail en place, nous pourrons construire un canot, un cotre à demi ponté, par exemple, et envoyer Babbington chercher de l'aide avec une douzaine de nos meilleurs hommes.

— Un canot pourrait-il survivre dans une telle mer ?

— Avec un peu beaucoup de chance, oui. Grant pensait certainement avoir une chance raisonnable. Quoique, bien sûr, il n'avait guère plus de mille milles à faire, et nous en avons le double. Mais un canot ne se construit pas vite et avec la glace qui remonte vers le nord à mesure que les nuits rallongent, j'ose dire que nous serons obligés d'hiverner ici. Cela vous plaira peut-être, Stephen, bien que cela implique d'assommer bon nombre de vos phoques ; mais cela ne plaira à personne d'autre, avec le rhum presque terminé et le tabac qui s'achève.

Il esquiva un albatros passant à quelques pouces de sa tête, se leva et dit :

— Mais nous n'en sommes pas là : j'ai encore quelques cordes à mon arc — un meilleur modèle de soufflet, par exemple, et un nouveau foyer. Toutefois, il me faut faire des préparatifs et s'il n'y a pas quelque progrès d'ici la fin de la semaine je me mettrai à dessiner les plans du canot.

Voyant l'expression grave et soucieuse de Stephen, il ajouta :

— C'est un grand soulagement de pleurnicher un peu au lieu de jouer sans cesse le je-sais-tout encourageant, et j'en ai remis un peu : ne me prenez pas trop au sérieux, Stephen.

La semaine passa, puis une autre ; partout, dans le paradis de Stephen, les albatros éclorent et les choux fleurirent. Mais à terre des équipes continuaient à battre le fer parmi les pierres brisées, sans grand succès ; et le plan général du canot pour l'année prochaine commençait à prendre forme.

Avec les jours plus courts, le temps s'était mis au beau, signe peut-être alarmant ; à terre, le massacre augmentait ; le tonnelier préparait baril sur baril de viande et de chair d'oiseaux, cuite dans l'huile de phoque, car le sel, assez rare, était indispensable pour conserver les choux. Ce ne serait pas agréable à manger, mais cela les tiendrait en vie, pensaient-ils, durant l'hiver antarctique, quand tous les phoques et les oiseaux seraient partis. Le rhum était à présent limité à une ration par table de huit hommes, le tabac à une demi-once par semaine et par tête. En tant que médecin, Stephen ne pouvait qu'applaudir à ce sevrage de substances nocives ; en tant que membre de l'équipage, il ressentait la mélancolie pesant sur tous ceux pour lesquels la boisson et le tabac faisaient partie des rares plaisirs de la vie, et il passait encore plus de temps sur son île ; hépatiques et lycopodes faisaient leur apparition, et il était plongé dans la variété des lichens.

Après une longue soirée parmi eux, il regagna l'abri où Herapath avait passé la journée, tantôt pêchant, tantôt regardant ses amours sur la plage, avec une petite lorgnette achetée à Byron pour trois onces de tabac — l'argent avait depuis longtemps perdu toute valeur parmi eux.

— J'ai pris cinq petits poissons, dit-il d'une voix assez forte (les phoques crabiers avaient commencé leur concert du soir, ouaou, ouaou, ouaou).

— Présage remarquable, dit Stephen. Plus aurait été superflu. Mais qu'avez-vous fait avec notre canot ?

— Le canot ? dit Herapath avec un sourire. Dieu du ciel, le canot ! (Soudain une expression horrifiée envahit son visage.) Il est parti !

— Peut-être n'avons-nous pas attaché l'amarre avec assez de soin. Il n'est pas allé très loin, toutefois : regardez, il est entre les îles à l'entrée de la baie.

— Irai-je le chercher à la nage ?

— Pourriez-vous vraiment nager aussi loin ? Moi, je ne pourrais pas. Et même si j'en étais capable, je ne crois pas que je m'y risquerais. Non, Mr Herapath, remettez votre habit. Nous sommes très à court d'hommes et le capitaine Aubrey ne me pardonnerait jamais si une orque épaulard ou un léopard de mer, ou l'humidité sur la peau, venait à le priver d'un homme. Non, appelons plutôt la terre. Ils prendront la yole, rattraperont notre canot et nous sauveront.

— Certainement, dit Herapath en reboutonnant son habit. J'ai beaucoup d'obligations envers le capitaine : il m'a sauvé la vie, vous vous en souviendrez.

— Bien sûr, vous l'avez souvent mentionné. A présent, ensemble : holà, la terre !

« Holà, la terre ! » s'écrièrent-ils, et les phoques crabiers se mirent à aboyer plus fort, bientôt rejoints par les éléphants de mer et les petites otaries à la voix aiguë. A un moment, ils crurent voir une silhouette lointaine faire un signe en réponse dans le crépuscule, mais ce n'était qu'illusion.

— Ils n'enverront personne, dit Herapath. Ceux qui sont à terre penseront que nous sommes à bord et ceux du navire, à terre.

— Quelle évaluation précise de la situation ! Et voilà que la pluie mortelle a repris. Il va se mettre à geler et nous penserons avec plus d'envie encore aux vêtements chauds, aux manteaux de peaux de phoque imperméables gisant dans nos cabines.

Ils s'assirent à l'entrée de l'abri, regardant les lumières lointaines à travers le crachin ; au bout d'un moment, Stephen dit :

— Quelle activité anime les plus petits pétrels, à cette heure du jour ! Mais regardez, voici un canot qui va nous délivrer. A droite du rocher avec un cormoran posé dessus. Il entre dans la baie.

— Ce n'est pas la yole ! Il est bien plus grand que la yole.

— Et alors ? A moins d'être mené par des ours ou des Huns, il nous délivrera. Holà, du canot !

— Holà, répondit la baleinière, avirons à l'arrêt.

— Veuillez avoir l'obligeance de remorquer vers nous le petit canot de toile qui se trouve à votre gauche ; il est hors de notre portée et nous sommes pour ainsi dire abandonnés sur cette île.

Murmures dans la baleinière. Mouvements d'avirons, reprise du petit canot, approche de la baleinière.

— Vous dites que vous êtes abandonnés ? demanda une silhouette de haute taille, sautant par-dessus l'étrave en touchant l'île.

— Abandonnés au sens figuré, dit Stephen. La corde tenant notre canot s'est défaite et nous sommes séparés de nos amis. Je vous suis très obligé, monsieur. Ai-je le plaisir de m'adresser à Mr Reuben ?

— C'est lui, dit l'homme à terre en indiquant du doigt la baleinière.

Mr Reuben se fraya un chemin parmi les rameurs, sauta à terre et abaissa son visage jusqu'au niveau de celui de Stephen avec un air d'extrême surprise.

— Je suppose que vous êtes débarqués d'un navire anglais, dit-il enfin.

Son haleine était extraordinairement puante, son visage bouffi ; Stephen vit clairement qu'il souffrait du scorbut, une forme modérément avancée.

— Exactement, dit Stephen.

— Eh ben, dit quelqu'un dans la baleinière, ça c'est le bouquet.

— Ça me coupe la chique, dit un autre.

— Sommes-nous déjà en guerre avec l'Angleterre ? demanda Reuben.

— Non, dit Herapath, pas au moment où nous avons quitté Portsmouth. Vous venez des Etats-Unis, je suppose.

— A présent, si vous voulez bien m'excuser, messieurs, dit Stephen, penché sous une nouvelle rafale de pluie et mettant avec beaucoup de soin le pied dans son fragile esquif, nous devons aller rassurer nos amis. Encore mille mercis, et j'espère que vous nous ferez l'honneur d'une visite. Venez, Mr Herapath.

— Vous avez pas touché à aucun de nos choux ? lança une voix derrière eux.

— Des choux ? dit Stephen. Des choux, vraiment !

Le soleil levant, à nouveau clair, balaya l'obscurité qui enveloppait cette rencontre. Il montra deux navires dans la baie : le *Leopard*, bien sûr, et le brick *La Fayette,* de Nantucket, commandé par Winthrop Putnam. Le brick était entré dans la baie avec le début du flot et un peu plus tard son patron, avec son second Reuben Hyde, vint à terre et jusqu'au mât de pavillon. Là, ils rencontrèrent le capitaine Aubrey qui, bien que le *La Fayette* n'ait pas salué le *Leopard*, leur souhaita le bonjour, tendit la main et les invita à prendre un petit déjeuner.

— Eh bien, monsieur, dit le capitaine Putnam, prenant sans grande ardeur la main tendue, je vous suis obligé, mais (il capta les effluves de café frais, sortant de la cabane de Jack, toussa et poursuivit) vous voulez dire ici, à terre, sans doute ? Eh bien alors, je veux bien.

C'était un grand homme maigre au nez bleu et au regard bleu perçant, un côté du visage très enflé. Taciturne et réservé, pour ne pas dire prudent ; de temps à autre il portait la main à sa joue et serrait les lèvres de douleur.

Il avait quitté Nantucket depuis deux ans et demi, fait une assez bonne récolte d'huile de baleine, de blanc de baleine et de peaux de phoques, et rentrerait à la maison dès qu'il aurait cueilli une cargaison de choux pour le retour : il avait pas mal de scorbut à bord, dit-il, du scorbut et bon nombre d'autres maladies.

— Vous devriez laisser mon chirurgien examiner vos malades, dit Jack.

— Vous avez un chirurgien à bord, vraiment ! s'écria le capitaine Putnam, nous avons perdu le nôtre au large de la Géorgie du Sud, de coliques du ventre.

— Oui, et il est très fort pour le scorbut ; quant à vous scier une jambe, il bat tous les chirurgiens de la flotte.

Putnam fut long à répondre.

— Eh bien, pour vous dire le vrai, monsieur, dit-il avec un autre sursaut de douleur, je n'ai pas envie de demander une faveur à la marine du roi George.

— Ah ? dit Jack

— Et je vous dirai, monsieur, que je n'ai pas non plus la moindre envie de mettre le pied à bord du *Leopard*. Nous l'avons reconnu dès que nous sommes entrés. Je ne dis pas cela pour vous, monsieur, parce qu'il avait un autre capitaine en 1807, quand il a tué mon cousin à bord de la *Chesapeake*, en enrôlant de force ses matelots, mais j'aimerais mieux voir le *Leopard* au fond de l'océan qu'à la surface. Je pense que c'est le point de vue de la plupart des Américains.

— Eh bien, capitaine, dit Jack, j'en suis profondément désolé.

Et il l'était, d'ailleurs — très profondément désolé. Il connaissait parfaitement l'incident dont l'Américain gardait un souvenir si cuisant : en 1807, le *Leopard*, commandé par Buck Humphreys, avait tiré trois volées sur une frégate américaine non prévenue, la *Chesapeake,* tuant ou blessant une vingtaine de ses hommes et la forçant à amener ses couleurs : s'il avait été lui-même américain, il n'aurait jamais pu pardonner ou oublier une telle insulte. Lui aussi aurait souhaité le *Leopard* au fond de l'eau. Pour sa part, il condamnait totalement cette affaire : il n'aurait jamais été aussi loin pour capturer quelques déserteurs, ni même une centaine. Mais il ne pouvait le dire à un étranger, à un étranger assez peu amical, de plus. Au lieu de cela, il proposa une autre tasse de café — le *La Fayette* avait bu la dernière goutte du sien au sud du cap Horn — et dit encore quelques mots d'éloge du docteur Maturin.

— Il a d'ailleurs un assistant américain, ajouta-t-il. Ce sont ces messieurs que votre canot a sauvés hier soir.

— J'ai bien pensé qu'ils ne devaient pas être des marins, dit le capitaine Putnam, plus proche du sourire qu'il ne l'avait été jusque-là.

Il se leva, remercia le capitaine Aubrey de son hospitalité et dit qu'à son avis l'assistant américain du chirurgien pourrait se trouver en situation assez incertaine quand la guerre éclaterait, si même elle n'était pas encore déclarée.

— Vous pensez donc qu'elle est probable ?

— Si les Anglais continuent à entraver notre commerce, à arrêter nos navires et à prendre les hommes qu'ils veulent considérer comme britanniques, comment pourra-t-on l'éviter ? Nous sommes une nation fière, monsieur, et nous vous avons déjà battus. Si j'avais été le président Jefferson j'aurais déclaré la guerre immédiatement, à la minute où le *Leopard* a tiré sur la *Chesapeake.* Laissez-moi vous dire, monsieur, que nous avons des frégates, construites et en construction, qui sont capables d'écraser tout ce que vous avez de la même classe ; et donc, quand on vous fera la guerre, on sera en mesure de vous flanquer une vraie dérouillée. Oui, monsieur.

Sa colère montait avec ses paroles ; il fixa Jack dans les yeux d'un regard farouche et après le dernier « oui, monsieur » emphatique, il regagna son canot accompagné par son second, resté silencieux tout au long de l'entretien.

Un peu plus tard dans la journée, l'attitude collective du baleinier se fit si possible plus apparente encore. Ses canots débarquèrent, sur ce que les baleiniers considéraient manifestement comme leur plage privée, des hommes qui escaladèrent les pentes pour ramasser leurs œufs et leurs choux. Jack avait pris des mesures pour que les Leopards qui étaient à terre n'entrent pas en conflit avec les baleiniers, mais ce fut presque inutile. Les baleiniers passaient sans rien dire sauf quelques grognements, et ne communiquaient qu'indirectement par des remarques destinées à être entendues : « C'est ce vieux ---- de *Leopard* », « Souviens-toi de 1807 », « Ils ont volé la moitié de nos ---- choux, les salauds » et ainsi de suite. C'étaient des hommes d'aspect très rude, certains si barbus qu'ils ressemblaient à des ours ; pourtant, un œil attentif voyait bien qu'ils n'étaient pas tous dans la meilleure forme ; ils haletaient et s'arrêtaient pour souffler sur les pentes les plus rudes ; bien peu transportaient plus d'une cinquantaine de livres mais ils redescendaient courbés sous leurs filets de choux, et dévorant des feuilles crues tout au long du chemin.

Pendant ce temps, Jack observait non seulement les baleiniers mais aussi leur brick, dont la cuisine crachait par sa cheminée un beau ruban de fumée noire venue sans aucun doute d'un feu de charbon. Quelle ligne de conduite adopter ? Il n'en avait pas la moindre idée. Tout baleinier, travaillant loin de chez lui pendant des mois et des années, avait forcément une forge ; mais il ne pouvait courir le risque d'en voir dénier l'usage au *Leopard*. Dans son état d'esprit actuel, Putnam refuserait certainement et ce serait la fin de toute négociation. Moore était pour la manière forte : l'infanterie de marine s'emparant des baleiniers à terre, de leurs canots, et prenant le brick à l'abordage.

— Il n'y aurait pratiquement pas de résistance, dit-il. J'ai vu quantité de malades se traîner sur le pont ; et après tout, ce n'est que pour leur emprunter leur forge — ils n'iraient guère se gendarmer dans un tel cas.

— J'en doute fort, dit Jack.

Le capitaine Putnam avait déjà sorti ses quatre pièces de six livres et gréé des filets d'abordage : précaution naturelle pour un baleinier fréquentant les îles cannibales de la vaste mer du Sud, mais beaucoup plus significative devant Désolation. De toute manière, en cette époque de tension, l'usage de la force provoquerait sans aucun doute un incident diplomatique sinon même la guerre, en raison du nom maudit et de la mauvaise réputation du *Leopard*. Pourtant, ce serait peut-être la seule solution : d'ailleurs la guerre était peut-être déjà déclarée et dans ce cas il aurait tous les droits — le brick serait une prise de guerre, avec sa forge. C'était extrêmement tentant. Et il lui fallait agir vite, car le navire baleinier repartirait dès qu'il aurait recueilli sa verdure.

— Faites passer pour le docteur Maturin, dit-il.

A ce moment, le docteur Maturin et son assistant étaient à nouveau au paradis, à farfouiller dans les petites mousses, Herapath dans un état d'excitation totale mais réprimée. Il s'intéressait beaucoup moins à la botanique qu'à la probabilité d'une guerre, qu'il retournait dans tous les sens au milieu d'un flot d'hypothèses ; et il demandait instamment à Stephen d'intercéder auprès du capitaine pour qu'on l'autorise à rendre visite au *La Fayette* en dépit des ordres du matin.

— Mais comme vous êtes vous-même américain, dit Stephen, le capitaine ne serait pas en mesure de vous ramener sans violer les lois internationales et comme vous savez, le *Leopard* est terriblement à court d'hommes.

— Est-il donc vrai qu'un citoyen américain né aux Etats-Unis ne peut être repris sur un navire américain ?

— Sur l'évangile.

— Mais je laisse un otage à terre : jamais, jamais je ne l'abandonnerai, comme vous le savez bien.

— Je le sais, mais le capitaine Aubrey ne le sait pas. Pauvre Mrs Wogan. Ce doit être bien dur pour elle de voir la liberté flottant à moins d'un demi-mille : car elle aussi serait hors de portée de la loi anglaise, dès qu'elle aurait mis le pied sur un pont américain. Peut-être vaudrait-il mieux ne pas le lui dire, toutefois, pour qu'elle ne risque pas d'entreprendre quelque acte inconsidéré. Elle ne le sait peut-être pas et — chut, j'entends une voix.

Il aurait fallu qu'il soit sourd pour ne pas l'entendre. Allan avait acquis tout l'organe d'un vrai bosco et de la yole il hélait de toutes ses forces les plantes moussues du paradis — le capitaine demandait à voir le docteur.

— Faites place, vous autres, dit-il, s'adressant aux

manchots, en entraînant Stephen par le sentier que d'innombrables générations d'oiseaux avaient tracé.

— Dites-moi, Mr Allan, dit Stephen dans le canot, pourquoi tant de hâte ? Avons-nous des nouvelles de cette terrible guerre — avons-nous appris qu'elle ait éclaté ?

— Dieu nous en garde, monsieur, dit Allan, j'ai mon frère aux Etats-Unis, qui a déserté de l'*Hermione,* quand même qu'il était quartier-maître et mûr pour un brevet ; et j'ai pas envie de lui tirer dessus. Non : tout ce que je sais c'est que le capitaine était mort d'impatience de vous voir.

L'anxiété de Jack se calma un peu quand Stephen entra. Il lui présenta le cas et après un moment de réflexion, Stephen dit :

— La meilleure solution serait peut-être de laisser agir Herapath. Il a terriblement envie d'aller à bord du baleinier. La visite est naturelle ; il a une obligation envers ce navire : ce sont ses compatriotes. Laissez-le aller, et je pense qu'il en sortira du bien.

— Mais reviendra-t-il ? Je ne peux me permettre de perdre même un terrien comme Herapath — il peut pomper en cas d'urgence ou tirer sur un cordage. Le baleinier peut repartir quand il le veut : il n'est pas obligé d'hiverner ici et d'y mourir de froid ou de faim. Il rentre à la maison, Stephen — imaginez cela ! Et même si le *Leopard* était en parfaite condition, il ne serait pas agréable pour lui d'être obligé de servir avec nous en cas de guerre.

— Je me porte garant de son retour, simplement parce que c'est un être d'honneur : il a un sentiment très fort du devoir, il est très sensible au fait que vous lui ayez sauvé la vie et que vous l'ayez promu. Il m'en a souvent parlé au cours du voyage, et pas plus tard qu'hier. Il reviendra certainement.

— Oui, il m'a l'air d'un homme convenable, dit

Jack. Très bien : envoyons-le chercher. Killick, faites passer pour Mr Herapath.

— Mr Herapath, on me dit que vous souhaitez rendre visite au baleinier, et vous avez ma permission. Vous savez sans aucun doute quelle animosité existe entre les Etats-Unis et l'Angleterre, et que malheureusement le *Leopard* en est en partie cause : c'est pour cela que j'ai cru préférable d'interdire les habituels échanges de visites, pour éviter toute querelle. Vous connaissez aussi l'état du *Leopard* : l'usage pendant une journée d'une forge et des outils appropriés lui permettrait de prendre la mer au lieu d'hiverner ici. Le baleinier possède certainement une forge mais étant un gentleman, vous comprendrez que je répugne extrêmement à demander une faveur au capitaine américain, que je répugne extrêmement à exposer le service ou moi-même à une rebuffade. J'ajouterai qu'il répugne tout autant à me faire une requête, ce dont je l'honore. Toutefois, à la réflexion, il pourrait se sentir enclin à échanger l'usage de sa forge contre nos services médicaux. Vous pouvez lui donner un aperçu de la situation, mais sans nous engager dans une requête précise — attention, Mr Herapath, n'allez pas nous exposer à un affront, quoi que vous fassiez. Et s'il s'avère qu'il soit prêt à l'échange, eh bien, je vous serai fort obligé. Fort obligé, vraiment, car je répugnerais plus encore à utiliser la force.

— Mais pour sûr, monsieur, vous ne pourriez faire cela ! s'écria Herapath.

— Cela me paraîtrait odieux. Toute chose pouvant accroître l'animosité me paraîtrait odieuse : je déteste absolument l'idée d'une guerre entre nos deux pays. Mais nécessité fait loi et j'ai des devoirs envers le navire et son équipage, en particulier les femmes qui autrement pourraient être obligées d'hiverner ici, avec tout ce que cela comporte. Espérons cependant que nous n'en viendrons pas là. Voyez, je vous prie, ce que vous pourrez faire pour éviter un tel état de chose : il n'y a pratiquement rien que je refuserais. Et à propos, Mr Herapath, je me souviens que vous m'avez dit être citoyen américain : inutile de vous dire que si vous aviez le moins du monde l'air d'un rat qui abandonne un navire condamné, je ne vous autoriserais pas à y aller.

Herapath partit, resta une heure et revint.

— Monsieur, dit-il, je ne sais vraiment pas quoi vous dire. J'ai trouvé Mr Putnam confiné dans son lit, et parfois la douleur de sa mâchoire le rendait incohérent. Ses officiers sont ses cousins et copropriétaires et ils ont aussi leur mot à dire. Je suis désolé d'avoir à vous confirmer, monsieur, que leur ressentiment contre l'Angleterre est très fort. Ils ont une forge mais Mr Putnam et Reuben ont juré qu'aucun Anglais ne mettrait jamais le pied sur le navire ; les deux autres étaient moins violents. Celui qui a une jambe horriblement enflée et son frère étaient favorables à un accommodement ; ils ont parlé de la santé de l'équipage en termes très graves et j'ai vu certains cas qui m'ont choqué. Mr Putnam était indécis, et dans un accès de souffrance il m'a demandé d'extraire la dent. Je lui ai dit que je n'avais pas d'instruments avec moi et que je devais retourner consulter mon chef.

— Très bien, Mr Herapath, dit Jack. Je vois que vous avez fait tout ce qu'il fallait : bien joué, mon garçon, comme nous disons.

Herapath eut un sourire forcé et Stephen, observant son visage contraint, son expression un peu penaude, fut convaincu qu'il ne s'était pas contenté d'étudier la forge et la santé des baleiniers.

— A présent, dit Jack, voici votre chef. Je vous laisse bavarder médecine et pilules.

— Docteur Maturin, dit Herapath quand ils furent seuls, puis-je vous demander de venir avec moi, ne serait-ce que pour donner votre avis ? Il y a sur ce baleinier des hommes qui dépassent de très loin mes compétences. Vous m'avez enseigné les symptômes et le traitement des maladies habituelles mais il y a des cas que je n'ai jamais vus. Les orteils gelés que leur chirurgien avait amputés et qui sont à présent bleu et vert, peut-être gangreneux ; une blessure de harpon qui a mal tourné ; et ce qui m'a semblé être une strangurie, et aussi... je n'ai même pas pu m'occuper de la dent du capitaine, qu'il a horriblement massacrée avec une pince. Et ils me regardaient tous avec tant de confiance — d'ailleurs ils ont beaucoup souhaité que je parte avec eux et m'ont offert ce qu'ils appellent une part de docteur. Je n'aurais jamais dû me présenter comme assistant chirurgien. Je me sens terriblement coupable.

— Oh, vous vous en tireriez très bien, une fois les choses remises en ordre, dit Stephen. J'ai connu dans les hôpitaux beaucoup de jeunes gens qui en savaient bien moins que vous. Vous êtes un homme de lecture, et avec Blane et Lind comme référence et un coffre à pharmacie convenable, vous vous en tireriez très bien. Votre conscience est trop chatouilleuse : je l'ai déjà remarqué.

— Voulez-vous venir avec moi, monsieur ? J'ai mentionné que vous venez d'Irlande et que vous êtes ami de l'Indépendance : vous seriez très cordialement reçu, je le sais. Cordialement reçu, et je suis sûr que Mr Putnam accepterait vos honoraires quels qu'ils soient, même s'il n'ira jamais jusqu'à demander vos services au capitaine Aubrey.

— Je n'ai jamais escroqué d'honoraires à personne, dit Stephen en fronçant les sourcils. Reprenez-vous, Mr Herapath. Tout ce que nous voulons, c'est l'usage de sa forge. Et le capitaine Aubrey n'ira pas plus le demander que Mr Putnam ne demandera la visite du chirurgien du *Leopard*. C'est une situation ridicule, ridicule. Chacun, en tant qu'individu, tirerait l'autre de l'eau ; chacun porterait secours à l'autre même en courant des risques considérables. Mais chacun, représentant de sa tribu, accablera l'autre de tous ses canons, pour le couler, l'incendier, le détruire sans plus de manière. Une situation ridicule, ridicule, qui doit être résolue par des hommes sensés et non par des coqs de combat paradant sur leurs ergots, montés sur leurs grands chevaux. Venez dans ma cabine.

Là, il ouvrit son coffre et demanda :

— De quelle dent s'agit-il ?

— Celle-ci, dit Herapath, ouvrant la bouche et montrant du doigt.

— Hum, dit Stephen ; il saisit un sinistre instrument en serrant les mâchoires. Quoi qu'il en soit, mieux vaut prendre tout l'arsenal. Il y en aura certainement plusieurs autres, avec le scorbut à bord. Rétracteurs. Couteaux d'amputation. Peut-être quelques petites scies : oui, une sélection de ces remarquables scies en acier suédois. Râpe à os, à tout hasard. A présent, la médecine. Dans quel état est leur coffre à médicaments, Mr Herapath ?

— Ils l'ont vidé, monsieur, à part un peu de charpie.

— Bien entendu. Voyons donc. Calomel en plus de la pourghère, sans aucun doute, avec de la casse et des poudres de James pour faire passer. Pas étonnant qu'ils soient tous malades. (Quand il eut rempli son sac, il ajouta :) Il nous faut demander à quelqu'un de nous y conduire. Avoir les mains tremblantes s'il faut opérer n'est pas possible.

C'était une bonne précaution. Dès qu'il eut vu ce que le baleinier appelait son infirmerie, Stephen se rendit compte qu'il lui fallait effectuer immédiatement deux résections délicates s'il voulait sauver les jambes ; et il y avait, comme il le supposait, bon nombre de dents qui exigeraient une main ferme et sûre, un poignet énergique, quand le travail le plus important aurait été fait. Il regarda la mâchoire de Putnam, lui dit de cesser de mâcher du tabac, d'appliquer et de maintenir ce pansement sur sa gencive et de s'asseoir avec les pieds dans l'eau chaude jusqu'à ce qu'il ait terminé sa chirurgie. Peut-être aurait-il le temps de traiter le capitaine avant que la lumière ne baisse, mais il n'en était pas sûr : de toute façon il n'y toucherait pas tant que l'enflure n'aurait pas diminué.

— Puis-je vous demander de m'indiquer vos honoraires, docteur ? Quels qu'ils soient, je les doublerai, et volontiers, si vous arrachez cette ---- avant le coucher du soleil.

— Je ne suis pas venu ici pour des honoraires, monsieur, dit Stephen ; vos hommes n'ont rien demandé pour m'avoir tiré de cette île : ils n'ont fait aucune réserve, et moi non plus.

En examinant ses patients pendant qu'on préparait la table d'opération — quatre coffres amarrés ensemble sous la claire-voie de la chambre arrière —, Stephen apprit au moins l'une des raisons qui rendaient le capitaine Putnam si réticent à laisser la Royal Navy monter à bord de son brick. Stephen avait coutume d'écouter attentivement ce que ses patients avaient à dire ; c'était inhabituel dans sa profession, il l'admettait, mais il y trouvait une aide pour son diagnostic. C'est ainsi qu'il se rendit compte que beaucoup d'entre eux cherchaient à le tromper, non pas sur leurs divers maux, mais sur leur pays d'origine. Il avait entendu assez souvent le dialecte américain caractéristique pour voir que ce n'était là qu'une mauvaise imitation ; et la syntaxe particulière de l'anglais parlé en Irlande n'aurait pu échapper à son oreille habituée, non plus et moins encore que les chuchotements en irlandais, à l'arrière-plan. Et quand l'homme atteint de strangurie hésita à ôter sa chemise, Stephen lui dit avec franchise que s'il avait peur d'avoir affaire à un informateur plutôt qu'à un médecin il pouvait la garder et s'en aller au diable, car c'était là qu'il serait d'ici une semaine s'il n'était pas traité ; et il y ajouta quelques jurons et blasphèmes en gaélique, particulièrement choquants, qui lui restaient de son enfance.

La chemise fut ôtée, révélant l'image tatouée d'un vaisseau britannique de premier rang, toutes voiles dehors, la *Caledonia*. Et ce n'était pas le seul cas :

une forte proportion des hommes du baleinier étaient irlandais, donc susceptibles d'enrôlement forcé ; et quelques-uns, déserteurs, risquaient la pendaison ou du moins le fouet et le retour obligatoire dans la Royal Navy. Jack pourrait sans doute s'emparer d'un bon tiers de l'équipage du *La Fayette*, tout en restant dans le cadre de la loi ; et on le savait à court d'hommes. Toutefois, la tension baissa beaucoup après la remarque de Stephen, pour être remplacée par une autre crispation quand il se mit au travail. Le *La Fayette* était un brick démocratique, et les visages s'alignèrent autour de la claire-voie, observant le long et délicat jeu du couteau, l'intervention brutale de la scie, avec une fascination horrifiée.

Quand on emporta la première résection, un grand harponneur de Cahirciveen dit :

— Voulez-vous une goutte maintenant, mon bon docteur ?

— Non pas, dit Stephen, je veux que ma tête reste aussi claire que si j'avais tout le collège des cardinaux sous mon couteau. Mais quand j'aurai fini, je boirai bien une larme.

Le labeur fut long et épuisant. Fort heureusement il avait une bonne lumière, une mer plate, des instruments affûtés et un assistant capable. Herapath ferait un bon chirurgien, avec de l'expérience : Stephen, parlant toujours latin, lui expliquait chaque étape ; et il parlait des soins ultérieurs indispensables comme si le jeune homme devait s'occuper pendant des mois de ces patients. Stephen était en fait convaincu qu'Herapath partirait avec le baleinier si seulement il parvenait à embarquer sa maîtresse ; et rien n'aurait pu convenir mieux à Stephen. Tous deux lui manqueraient — ils avaient gagné son affection — mais il était impatient de les voir partir, emportant le poison, sans risque pour Wogan, qui sèmerait la panique dans le système de renseignement de Buonaparte, en même temps que Wogan elle-même échapperait au plus sinistre exil.

Le soir vint, accompagné d'une larme d'alcool.

— Jésus, Marie, Joseph, comme cela passe bien, dit Stephen, vous pouvez m'en donner encore. Une heure de plus et je serais mort. (Il regarda sa main, tremblant de la détente après cette tâche délicate.) La dent sera pour demain.

— Demain ! s'écria Putnam. Quoi, fils de pute, vous avez promis...

Il se reprit et, en termes aussi convenables que la douleur le lui permettait, il supplia Stephen de l'arracher tout de suite — il ne pourrait supporter une autre nuit pareille.

— Votre dent est difficile, capitaine, mal plantée, et l'enflure n'a pas diminué. Je ne la toucherais pas à présent, avec ce demi-jour, et mes mains fatiguées, si vous étiez le pape, dit Stephen.

— Oh, ---- le pape ! s'écria le capitaine.

— Eh là, Winthrop Putnam, lui dit son second d'un ton d'avertissement.

— Croyez-vous que je ne ferai pas ce qui est correct ? dit Putnam. Je vous le dis, monsieur, cette forge sera sur la plage au lever du soleil, quoi qu'il arrive, avec une douzaine de barres de fer de trente pieds en cinq par un, une enclume, du charbon et tout ce qu'il faut.

— J'en suis certain, monsieur, mais je ne pourrai en conscience toucher votre dent ce soir. Buvez ceci, maintenez le pansement en place, et je vous donne ma parole que la nuit sera supportable.

En revenant à terre, Stephen ne dit pas un mot à son assistant ; il se sentait vidé, épuisé, et Horapath était aussi muet que lui. Stephen fut à peine plus loquace pour son rapport à Jack :

— Je suggère que tous les Irlandais, les étrangers et les Noirs que contient le navire se rassemblent sur la plage demain matin pour aider à débarquer la forge ; et que vous-même et les officiers restiez hors de vue, dit-il.

Il observa pensivement pendant quelques instants le visage éclairé de Jack puis, sans un mot de plus, se rendit dans la hutte de Mrs Wogan.

— Je suis venu boire du thé avec vous, dit-il, si vous voulez bien m'accueillir.

— Je suis ravie et enchantée ! s'écria-t-elle. Je ne vous attendais pas du tout aujourd'hui. Quelle surprise ! Quelle merveilleuse surprise. Peggy, le service à thé et puis allez-vous-en.

— Que dois-je faire avec le pantalon, madame ? demanda Peggy, levant son large visage innocent de sa couture.

Mrs Wogan se précipita, le lui arracha des mains et la poussa dehors. Stephen, regardant la bouilloire qui chantait sur le poêle à huile de phoque, dit :

— Un bol de thé, un bol de thé... Je me suis affairé à découper vos compatriotes, ma chère, et les miens aussi d'ailleurs ; et quand j'ai eu fini ils m'ont abreuvé de whiskey, de genièvre et de rhum : un bol de thé me remettra les esprits en ordre.

— Les miens aussi étaient tout agités aujourd'hui, dit Mrs Wogan.

Elle disait visiblement la vérité — elle tenait à peine en place et avait perdu en partie le visage tiré et terreux de ses premières semaines de grossesse ; son teint avait pris un éclat extraordinaire qui, combiné à la lumière de son regard et à la débordante vitalité de toute sa personne, la rendait étonnamment belle.

— Etrangement agités. Nous allons boire ensemble tout un seau de thé, après quoi nous serons calmes — regardez, docteur Maturin, je me suis lancée dans une paire de pantalons de marin — j'espère que vous ne les jugerez pas indécents — c'est une protection contre le froid, voyez-vous. C'est prodigieusement chaud, je peux vous l'assurer. Et regardez, j'ai terminé votre cache-nez bleu. S'il vous plaît, monsieur, avez-vous des nouvelles des Etats-Unis ?

— Vous êtes d'une amabilité extrême. Je le porterai

autour des reins ; car les reins, madame, sont le siège de la chaleur animale : mes plus sincères remerciements. Quant aux nouvelles, hélas, il semble qu'une guerre ne puisse être longtemps évitée, si elle n'est pas déjà déclarée. Le *La Fayette* a rencontré un autre Américain au large de Tristan da Cunha il n'y a pas très longtemps, et — mais Herapath vous le racontera mieux que moi ; il a eu plus de temps pour bavarder. Quant à nos nouvelles purement locales, ils ont fort aimablement entrepris de nous prêter leur forge et leur enclume, afin que nous puissions poursuivre notre voyage.

— Resteront-ils longtemps ici, à votre avis ?

— Oh non : juste assez pour cueillir de la verdure pour leur voyage de retour ; un jour ou deux, pendant que je m'occupe encore de quelques patients, et ils repartiront. Ils repartiront vers Nantucket, qui est dans le Connecticut, je crois.

— Massa — Massachusetts, dit Mrs Wogan, fondant en larmes. Pardonnez-moi, dit-elle entre deux sanglots, pardonnez-moi. Ce doit être ma grossesse — je n'ai encore jamais été enceinte. Non, je vous en prie, ne partez pas. Ou si vous devez partir, envoyez Mr Herapath : j'aimerais tellement entendre les nouvelles qu'il peut avoir.

Stephen se retira. Il se sentait un peu plus sale que d'habitude — ç'avait été une journée salissante — mais il écrivit dans son journal :

« Les choses semblent suivre leur train selon mes souhaits ; et pourtant je suis incertain. Je transporterais bien moi-même ces pauvres créatures naïves à bord du baleinier, si ce n'est que Wogan ne doit pas soupçonner que je suis au courant de leurs faits et gestes : cela détruirait la crédibilité de ses papiers, du moins si son chef est aussi intelligent que je le suppose. Je suis tenté de me confier à Jack, pour qu'il puisse retirer les gardes, laisser traîner les canots : tout ce qui pourrait faciliter leur évasion. Mais il est exécrable quand il faut jouer un rôle ; il en ferait trop et elle ne se laisserait pas tromper un instant. Pourtant j'y serai peut-être obligé, pour finir. Herapath est le plus malencontreux complice que l'on puisse imaginer pour un conspirateur ; il est vrai qu'il possède ce précieux air d'intégrité que l'on peut si rarement feindre lorsque la base en a disparu, mais par ailleurs, il n'exerce aucun contrôle ni sur son attitude ni sur sa mémoire. Il a fait remarquer que je suis un "ami de l'Indépendance", ce qui est tout à fait vrai, mais je ne le lui ai jamais dit et cette information ne peut lui être parvenue que par Wogan : regrettable gaffe de sa part. Et puis cette intégrité même pourrait bien déclencher une crise inopportune de sentiments honorables, je le crains. Les paroles de Jack à propos des rats étaient fort mal choisies. Cependant, j'ai fait tout mon possible et ce soir je m'accorderai tout juste vingt-cinq gouttes, que je boirai au bonheur d'Herapath. Je suis fort attaché à ce jeune homme et si je ne fais peut-être pas ce qui pourrait être le mieux pour lui — une association prolongée avec Wogan ne sera pas forcément tout ce qu'il espère —, je souhaite toutefois qu'il puisse profiter de ce qu'il y a à prendre : qu'il ne gaspille pas sa jeunesse dans le désir et l'espoir déçus, comme j'ai gaspillé la mienne. »

Il dormit longtemps, profondément, et fut réveillé par le bruit des marteaux sonnant sur le fer. La forge était déjà sur la plage, un feu intense au cœur, et les baleiniers avaient regagné leur brick.

Il avait rarement vu Jack plus heureux qu'il ne l'était au petit déjeuner, assis dans la grand-chambre à boire du café, une lorgnette en main pour pouvoir, entre deux tasses, observer la magnifique forge.

— Il y a du bon même dans un Américain, dit-il, et quand je pense à ce pauvre capitaine avec sa rage de dents, buvant de la petite bière à cette heure de la matinée, j'ai presque envie de lui envoyer un sac de café.

— Il y a en Irlande un proverbe, dit Stephen, affirmant que l'on peut trouver quelque chose de bon même dans un Anglais — *is minic Gall maith.* Il est rarement utilisé, pourtant.

— Bien sûr qu'il peut y avoir quelque chose de bon dans un Américain, dit Jack. Regardez le jeune Herapath, là-bas, qui se promène avec Mrs Wogan. Il s'est très bien conduit hier. Je le lui ai dit quand nous nous sommes rencontrés tôt ce matin. A sa place, j'aurais été fortement tenté de décamper. Cette femme est étonnamment belle, ma parole : et joyeuse, de surcroît, ce que j'aime beaucoup chez les femmes. Elle n'a pas l'air très joyeuse en ce moment, pourtant : j'espère qu'il n'a pas dit quelque chose d'impertinent. Oh, mais j'ai l'impression qu'il a dû dire quelque chose d'impertinent et qu'elle le rabroue d'importance — il a baissé la tête — ha, ha, le chien ! Il n'aurait jamais dû le faire si tôt le matin — le petit matin n'est pas l'heure propice à ces fantaisies. Mais je dois vous dire, Stephen, il y a des déserteurs sur ce baleinier : j'en ai reconnu un de façon certaine — Scanlan, quartier-maître des signaux sur l'*Andromache*, toujours sur le gaillard d'arrière, je ne peux donc pas me tromper. Et je suis sûr qu'il y en a d'autres.

— Je vous en supplie, Jack, dit Stephen d'un ton las, je vous en supplie, laissez-les tranquilles. Les choses étant ce qu'elles sont à présent, vous feriez un mal incommensurable en bougeant le moins du monde. S'il vous plaît, mon cher Jack, restez tranquillement assis dans votre confortable fauteuil jusqu'à ce qu'ils soient partis. Je vous en conjure instamment.

— Bon, dit Jack, je ferai comme vous le dites ; mais vous ne pouvez imaginer comme je suis avide d'hommes. Des matelots premier brin, des matelots de baleinier, grand Dieu ! Partez-vous ?

— Je m'en vais arracher les dents du capitaine.

— Elles le sont déjà ! s'exclama Jack. Sa forge est là sur la plage, ha, ha, ha ! Que dites-vous de celle-ci, Stephen ?

Stephen avait peu de choses à dire, et moins encore à Herapath tandis qu'ils s'en allaient vers le *La Fayette*. Les canots du baleinier s'élançaient pour leur dernier chargement de verdure et d'œufs et leurs équipages amicaux et familiers saluèrent Stephen quand il monta à bord. Le plus jeune des officiers vint lui annoncer que le capitaine se réveillait tout juste — ils l'avaient cru mort pendant la nuit — et, parlant pour lui-même et ses camarades, l'homme demanda si le docteur voulait faire un peu d'échange. Du café pour un cochon, par exemple : un beau cochon des Marquises, de deux cent quarante livres.

— Je n'ai pas l'usage d'un cochon, monsieur ; mais si vous voulez un peu de café, vous en trouverez un petit sac sous le banc du canot. Je vais m'occuper du capitaine.

Putnam revenait rapidement à la vie ; sa dent aussi. Mais l'enflure avait diminué ; la dent était mûre pour l'extraction ; et d'une longue traction-torsion ferme et prolongée, Stephen l'en délivra, le laissant stupéfait, bouche bée, fixant son croc sanglant. Il passa ensuite à ses autres patients et observa une fois de plus que des hommes capables de se soumettre à une chirurgie importante ou même à une amputation avec beaucoup de courage, de supporter le pire sans autre manifestation qu'un grognement involontaire, étaient dominés par une inexplicable timidité quand on les asseyait dans un fauteuil et qu'on leur disait d'ouvrir la bouche. Sauf douleur intense au moment même ou dans la dernière heure, beaucoup changeaient tout à fait d'avis, se faisaient évasifs, et s'en allaient en silence. Ayant terminé avec les dents, il s'occupa de panser les blessures de la veille, en expliquant encore ce qu'il fallait faire : il ne voulait pas perdre l'un de ces hommes par incompréhension, et il se répétait fréquemment, si fréquemment qu'il eut peur qu'on ne lise dans ses intentions. Et cela aurait pu se faire si Herapath n'avait pas été si absent.

— Vous semblez quelque peu distrait, collègue, dit Stephen. Ayez la bonté de me répéter les principaux points que je viens de dire.

— Je vous demande pardon, monsieur, dit Herapath après s'en être acquitté assez bien. J'ai mal dormi la nuit dernière et je suis stupide.

— Voici une odeur à faire revivre, dit Stephen.

Tout le navire était embaumé du parfum du café grillé, ou plutôt calciné dans une poêle portée au rouge.

Ils terminèrent leurs pansements et Stephen fit quelques observations générales sur les médicaments qu'il avait fournis pour le coffre à pharmacie du baleinier : en arrivant à l'antimoine, il s'éleva contre la coutume de l'appeler poison et de terroriser les jeunes praticiens :

— Sans doute, l'antimoine est un poison, lorsqu'il est mal prescrit. Mais nous ne devons pas être prisonniers des mots. Dans certaines occasions, il est convenable d'utiliser l'antimoine et bien d'autres choses dotées d'un vilain nom. C'est une faiblesse de se laisser influencer par un mot, Mr Herapath, par un impératif catégorique imposé de l'extérieur par ceux qui ne connaissent pas la nature profonde, la complexité totale du cas.

Il parlait encore de la nécessité d'avoir la tête claire, libre de préjugés et de notions préconçues par les autres, un esprit capable de juger par lui-même et, face à deux maux, de choisir le moindre quel qu'en soit le vilain nom, quand ils furent invités à boire du café avec le capitaine.

L'absence de douleur, la présence de café faisaient de Mr Putnam un bien plus agréable compagnon ; il fit mille compliments des capacités de Stephen et bénit son étoile d'avoir fait escale à Désolation, quoi qu'en voyant le *Leopard* il ait bien failli faire demi-tour, et l'aurait fait d'ailleurs si ce n'est que la marée montait, que la brise était contraire, et qu'il ne connaissait aucun autre port abrité, avec des verdures à proximité, sous son vent. Il pensait appareiller avec le jusant, vers le lever de la lune ; et il priait le docteur Maturin d'accepter ces peaux de loutre de mer, bien apprêtées, qu'ils avaient prises au large du Kamtchatka, ce morceau d'ambre gris et ces dents de cachalot, en témoignage de l'appréciation du *La Fayette* pour son amabilité et son habileté.

— Il a raison, dit Reuben.

Stephen fit une réponse appropriée mais dit que ce n'était pas encore un adieu : il voulait rendre une dernière fois visite à ses patients, juste avant qu'ils n'appareillent, pour vérifier que tout aille bien et surtout pour donner au capitaine Putnam les instructions complètes pour les soigner par la suite, point de la plus grande importance puisqu'ils n'avaient pas de chirurgien à bord. A cela, il l'observa avec la plus grande satisfaction, le visage du capitaine Putnam se vida de toute expression ; et Reuben se mit à regarder ses pieds.

— Mais voyons, dit-il après un temps de réflexion. Je pense que je vais effectivement vous dire adieu. Mr Herapath est tout aussi compétent que moi sur ces questions : il viendra ce soir. Oui, Mr Herapath viendra à ma place. Donc, adieu, messieurs, et je vous souhaite un excellent voyage de retour vers les Etats-Unis.

Tandis qu'ils repartaient, Herapath lui dit d'une voix basse et troublée :

— Docteur Maturin, j'aimerais beaucoup vous parler en privé, si vous le permettez.

— Peut-être, lorsque nous reverrons le contenu du coffre, cet après-midi. Nous pourrons éventuellement accorder à vos compatriotes un peu d'ase fétide. Il n'est rien de plus réconfortant pour un marin ayant la migraine que l'ase fétide.

L'ase fétide, avec des exemples de ses divers mélanges, les tint jusqu'au *Leopard*, où Stephen monta à bord en demandant à Herapath de poursuivre jusqu'à la plage — une plage encore résonnante du vacarme des marteaux et du rugissement de la forge — pour aller voir quelles drogues restaient dans la hutte et, pendant qu'il y serait, pour dire à Mrs Wogan que le docteur Maturin se proposait le plaisir de lui rendre visite après dîner. Mr Herapath avait encore la seconde clé, dit-il.

En dépit de l'humeur très joyeuse régnant dans le carré — tout le monde parlait en même temps malgré la présence du capitaine, on riait, on se gorgeait de soupe d'albatros, de tendre éléphant de mer, de beignets de puffin —, le dîner fut une cérémonie assez vide pour Stephen et pour Herapath : tous deux remplirent peu leur assiette, et de ce peu ils mangèrent moins encore, dissimulant les morceaux de viande entre les biscuits. Chaque fois que Stephen regardait le bout de la table, il rencontrait les yeux d'Herapath fixés sur son visage ou sur celui du capitaine. Stephen ressentit au fil du repas une inquiétude croissante. Si Herapath flanchait à présent, avec le baleinier sur le point d'appareiller...

— Capitaine Moore ! lança-t-il à travers le vacarme. Vous avez navigué avec le prince d'Auvergne, n'est-ce pas ? Pouvez-vous me dire quelle sorte d'homme il est ?

Ce gentilhomme était l'un des rares officiers royalistes français servant comme capitaine de vaisseau dans la Royal Navy et sa réserve, son attitude distante étaient célèbres dans le service.

— Eh bien, quant à cela, dit Moore, le sourire remplacé par un air sérieux, je ne peux en dire grand-chose. Je ne l'ai jamais vu au combat, même si sans doute il se serait fort bien conduit ; et je ne l'ai pas non plus vu beaucoup en dehors du combat, si vous me suivez. Il était en position difficile, combattant contre son pays ; avec ses officiers, il restait extrêmement lointain. Je suppose qu'il ne souhaitait pas courir le risque de nous entendre dire du mal des Français, ou...

Le terre-neuve de Babbington, excité par la gaieté générale, l'interrompit d'un aboiement mélodieux et la conversation — ce n'était que ferrures et fémelots — noya les dernières observations de Moore, fournies sous forme de pantomime, avec des hochements de tête désapprobateurs. Stephen fut assez content du résultat de ses paroles, mais cette satisfaction disparut à la fin du repas quand on but à la santé du roi. Herapath vida son verre et se joignit au général « Dieu le bénisse » avec une emphase inhabituelle : et Stephen se souvint avec consternation que le père d'Herapath était un loyaliste — un homme habité d'un profond sentiment d'allégeance. Jusqu'à quel point l'avait-il transmis à son fils ?

« Il me semble, se dit Stephen, qu'une entrevue serait fatale. Herapath m'ouvrirait certainement son âme. Une opposition infructueuse ne ferait que le confirmer dans sa résolution ; efficace, elle révélerait mon jeu. De toute manière je n'ai pas la force de dissuader un homme décent de ses convictions ; pas aujourd'hui. Je suis las, las à mourir de ces manipulations. »

Toutefois, quand il rendit visite à Mrs Wogan, il emporta un paquet moelleux qu'il déposa sur la petite table au centre de la pièce, table habituellement couverte de livres, de couture, de divers objets, dont parfois les bas de Stephen à repriser. Elle était vide à présent ; d'ailleurs toute la pièce était curieusement nette, presque nue.

— Ma parole, madame, vous avez remarquablement bonne mine aujourd'hui : je parle sans la moindre intention de flatterie.

C'était vrai. Elle n'avait peut-être pas toute la grâce féline de Diana, mais le teint de Diana avait souffert du soleil des Indes, et celui de Mrs Wogan était aujourd'hui d'un éclat qu'il n'avait jamais rencontré. La pluie fine, à peu près la même ici qu'en Irlande, en était peut-être la cause.

— Vous êtes rayonnante, dit-il.

Mrs Wogan rougit et rit, dit qu'elle était heureuse de l'entendre, et qu'elle souhaitait pouvoir le croire. Mais en fait, c'était extrêmement mécanique : elle ne portait pas grande attention à ses remarques. Après avoir fait un ou deux tours dans la pièce, elle observa que le temps se maintenait au beau de manière surprenante : jour après jour de quelque chose qui ressemblait à l'été. Il ne l'avait encore jamais vue réduite aux considérations météorologiques : il ne l'avait jamais vue si peu maîtresse de ses émotions. Elle demanda où en était la marée, et si les baleinières étaient encore sur la plage, avec une agitation presque douloureuse.

— Nous voilà donc dotés d'une série de superbes fémelots, dit-elle, et nous allons pouvoir appareiller sans tarder.

— Je pense qu'ils sont tous faits, sauf deux. Le carré était dans un état de jubilation profonde. Mais je ne crois pas que nous quittions Désolation si vite. Ces fémelots doivent d'abord être mis en place, ou armés, comme on dit ; ensuite, les innombrables objets déposés sur la plage devront regagner le navire. De toute manière, le capitaine Aubrey ne pourrait se justifier auprès de la Royal Society s'il m'entraînait loin d'ici avant que mes collections soient complètes ; et je ne suis pas à la moitié des cryptogammes.

— Les cryptogrammes, monsieur ! s'écria Mrs Wogan.

— Mais non, mon enfant, dit Stephen : cryptogammes. Un cryptogramme, avec un « r » en plus, est une sorte de casse-tête, et l'on utilise aussi ce mot pour un code secret, je crois. Les cryptogammes sont des plantes qui produisent des rejetons sans mariage apparent ou visible.

Mrs Wogan rougit à nouveau et baissa la tête.

— Et cela me rappelle quelque chose, dit Stephen,

prenant le paquet qu'il défit lentement. Vos aimables compatriotes m'ont offert des fourrures. Je vous supplie de les accepter pour y envelopper votre bébé. Quand il arrivera, il aura besoin de toute la chaleur possible, au sens propre et au sens figuré.

— Il les aura certainement l'une et l'autre, pauvre amour, dit Mrs Wogan. (Puis :) Oh, oh ! s'écria-t-elle, rougissant à nouveau, des loutres de mer ! J'ai toujours eu envie de loutres de mer. Maria Calvert en avait deux — comme nous en étions jalouses — et en voici quatre ! Je les porterai d'abord avec grand soin, après quoi le bébé les aura le dimanche. Quel luxe ! Et c'est aussi mon anniversaire, ou presque.

— Je vous félicite, ma chère, dit Stephen avec un salut.

— Cher docteur Maturin, dit-elle en lui rendant un baiser sincère. Vous êtes d'une gentillesse immense. Mais enfin, monsieur, il y a certainement une dame qui... ?

— Hélas, pas la moindre. Je n'ai pas d'attraits personnels, ni de famille, ni d'argent ; et j'ai toujours eu le malheur de viser bien au-delà de ma condition. Je suis malheureux en amour.

— Il faut venir à Baltimore. Vous y trouverez quantité de jeunes filles, et de bonnes catholiques aussi — mais que dis-je ? Nous allons à Botany Bay. (Après une pause assez longue, où elle se caressa la joue de ses fourrures, elle dit, presque pour elle-même :) Cela dépend évidemment de ce que l'on appelle amour. (Puis, sur un tout autre ton :) Donc vous ne pensez pas que le *Leopard* soit près d'appareiller ?

— Non pas.

— Supposons qu'il lui faille une semaine. Dites-moi, puisque vous savez tout de la mer et des navires, le *Leopard* pourrait-il rattraper le baleinier s'ils allaient dans la même direction ? Le *Leopard* a plus de mâts et de voiles et c'est un vaisseau de guerre, donc plus rapide, je présume.

— Non, non : le *Leopard* ne rattrapera jamais le baleinier, ma chère. Quand le *La Fayette* partira, ce soir à la renverse, vous devrez lui dire adieu pour toujours. Vous ne le verrez plus jamais.

Mrs Wogan voulait comprendre cette affaire de marée — c'était épouvantable d'être aussi ignorante — et Stephen lui dit tout ce qu'il savait, ajoutant que Mr Herapath, qui irait avec la yole voir les patients juste avant leur départ, ne rencontrerait aucun courant contraire mais une mer étale. Ce serait tout à fait facile, en dépit de l'obscurité. Suivirent nombre de questions du même ordre : quand les baleiniers reprendraient-ils leur forge ? Auraient-ils du mal à rejoindre leur bord ? Supposons que le vent tourne ou faiblisse. La marée pourrait-elle encore entraîner le navire ? Vraiment, vraiment ? Elle était heureuse de l'entendre. Stephen l'observait avec plaisir : il y avait là un touchant mélange d'ingénuité et d'habileté, et quand elle eut fini, il dit :

— Quant à ce qu'on entend par amour, il y a bien sûr une foule infinie de définitions ; mais peut-être doivent-elles toutes comprendre une abdication du sens critique. Je veux dire que l'on peut voir les fautes de l'autre, tout en refusant absolument de les condamner. Mais allons, si je devais vous dire tout ce que je pense de la passion, je serais encore ici à minuit. Je vous souhaite le bonjour, madame.

— Oh, faut-il que vous partiez ? N'irez-vous pas avec Mr Herapath à bord du baleinier ?

— Je ne le verrai plus ce jour. Il avait proposé une rencontre après le dîner, mais à vous dire le vrai, je suis très las. Cela peut attendre demain. J'ai l'intention de passer seul le reste de la journée.

Tout soudain, et à propos de rien, Mrs Wogan dit :

— Je sais que vous êtes un ami de l'Amérique — Mr Herapath me dit que les baleiniers chantent vos louanges, et je suis sûr qu'ils ont raison — et quand vous retournerez à Londres, je voudrais que vous alliez voir un de mes amis, un homme intelligent, très intéressant : Charles Pole. Il a un emploi au gouvernement, au Foreign Office, mais ce n'est pas un morne fonctionnaire de l'espèce ordinaire ; et sa mère est de Baltimore.

Elle le regardait très attentivement à présent, avec non seulement de l'affection, mais une intention particulière.

— Je serais heureux de connaître Mr Pole, dit Stephen en se levant. A présent, je vous souhaite le bonjour, ma chère.

Elle lui tendit la main. Il la prit, lui rendit sa pression et partit.

Il alla voir Jack, lui dit qu'il avait demandé à Herapath de se rendre à sa place à bord du baleinier, et le pria de lui prêter sa meilleure lorgnette. Il était sur le point de poursuivre, de dire qu'il ne fallait arrêter Herapath en aucun cas — et même le pousser si c'était nécessaire — quand Jack observa spontanément :

— Il faudra qu'il y aille tout seul. Il n'y aura pas une âme à terre ce soir, en dehors des femmes. Nous allons soulever le gouvernail et j'ai besoin de tous ceux qui peuvent tirer sur un cordage. Stephen, vous prendrez grand soin de cette lorgnette, n'est-ce pas ? C'est la meilleure achromatique qui soit, avec une puissance extraordinaire pour rassembler la lumière et un objectif absolument vierge.

— Mais oui, comptez sur moi. Mais Jack, j'espère que vous allez pouvoir me prêter Bonden en dépit du gouvernail ? J'ai terriblement envie d'aller sur mon île.

— Ah, nous ne sommes pas à un homme près. Mais Stephen, vraiment, vous n'avez pas l'intention de manquer le levage du gouvernail ? De manquer une vision aussi glorieuse ?

— Est-ce l'instant final, définitif et triomphant ?

— Ah, mais non, bien sûr que non. Il s'agit là des aiguillots, Stephen. Les aiguillots, pas les fémelots.

Mais c'est tout de même un triomphe pour un marin, par ma foi.

— Par ma foi, dit Stephen en fermant la porte. « *Tantum religio potuit suadere malorum.* (Et à Bonden :) Barrett Bonden, ayez la bonté de m'accompagner sur mon île avec le canot de toile. Je dois faire des observations dans l'après-midi et ensuite je veux voir mes oisillons à la lumière de la lune.

— Elle se lève un peu après la tombée de la nuit ce soir, monsieur, dit Bonden. Je ferais peut-être mieux d'emporter quelque chose à manger et des fourrures. Il fera un froid glacial, quand le soleil sera couché. Mr Herapath a demandé après vous il y a un instant, monsieur. Il est parti avec le radeau voir si vous étiez à l'infirmerie.

— Ah bon. Eh bien, en route, Bonden ; allons-y. Faites-lui dire que je n'ai pas le temps aujourd'hui mais que je le verrai demain.

Bonden avait accompagné le docteur dans bien des expéditions étranges. Il ne fit aucun commentaire quand Stephen se dissimula sur l'île et braqua la puissante lorgnette sur la rive, où tout l'équipage était rassemblé pour être transporté à bord sur le radeau. Au bout d'une heure, Herapath apparut dans l'objectif, seul sur la plage. Il avait l'air maigre, las, triste et tourmenté. Il avait un gros paquet enveloppé dans un manteau qu'il transporta à travers la plage, déserte à l'exception de Mrs Boswell et de son bébé, au-delà de la forge encore fumante, jusqu'à l'une des baleinières qui attendaient pour transporter l'installation. Le batelier était couché avec Peggy sous le vent d'un rocher, hors de sa vue mais très visible à la lorgnette. Herapath hésita, entendit un appel sur la falaise où Reuben et ses hommes ramassaient leurs derniers choux, fit un signe de tête, déposa le paquet dans le canot et fit quelques va-et-vient avant de disparaître dans la hutte de Mrs Wogan. D'un mouvement de la lunette Stephen retrouva le *Leopard*, tout le monde à bord observant avec attention l'énorme gouvernail soulevé en l'air.

Dès cet instant la lorgnette resta fixée sur la hutte, comme si, en observant la porte et la fenêtre en papier huilé, Stephen pouvait en apprendre plus sur le combat douteux qui faisait rage à l'intérieur.

— Elle va sûrement l'emporter, se dit-il. Elle a son bébé comme arme, et la guerre, et les larmes en plus du bon sens. Mais lorsqu'on en vient à l'honneur, grand Dieu... *Je ne pourrais t'aimer, chère, si bien, si je n'aimais mieux mon honneur* : et ainsi de suite jusqu'au pied de l'échafaud. Il y a aussi le fait infinitésimal qu'il me doit sept guinées pour ses uniformes : ce pourrait être l'absurde prétexte. Qui peut dire à quel moment un autre va céder ? Toutes les hontes, toutes les ignominies, mais pas celle-ci. Laquelle en fait ? C'est ce qu'il y a de plus difficile à voir chez les hommes qui sont faibles ; ou faibles par endroits, comme Herapath. Si elle a le dessus, il ne lui pardonnera peut-être jamais ; si elle échoue, elle ne lui pardonnera certainement jamais. Elle ne peut pas échouer. Maturin, mon ami, tu protestes beaucoup trop : tu n'en sais rien.

— Le soleil se couche, monsieur, dit enfin Bonden. Vous feriez mieux de mettre votre cape.

— Le coucher du soleil, déjà.

Le temps avait passé à une vitesse extraordinaire. Deux fois on aperçut Herapath dans le crépuscule, mais Stephen ne pouvait encore dire ce qu'il avait en tête, à part le conflit.

— Ils s'en donnent à cœur joie avec le gouvernail, observa Bonden, en déposant la peau de phoque sur les épaules de Stephen. Les soldats l'ont ramené dans les haubans bâbord, les maladroits.

Il y avait quantité de lumières à bord du *Leopard* : Jack n'avait pas l'intention de perdre une minute. Les étoiles commençaient à paraître, atténuées au sud par l'aurore australe qui fluctuait en direction du pôle, arc immense de splendeur croissante ; et le froid devenait pinçant.

La nuit à présent, et l'aboiement des phoques ; les formes vagues des pétrels à la lumière des étoiles.

— Qu'est-ce que vous fumez ? demanda Stephen.

— Le meilleur Virginie, dit Bonden avec un rire de contentement. Il y avait un de mes vieux compagnons à terre ce matin, un des baleiniers. Un peu méfiant d'abord, quand Jo Plaice et moi on lui a fait un clin d'œil, parce qu'il est porté déserteur, monsieur. Mais ensuite on a bavardé et il nous en a filé un baril. Si je le dis maintenant, ça n'a pas d'importance, ils sont en train de déraper et il ne risque plus rien. Voyez-vous comme le brick s'est déplacé ? Et voilà qu'il fait des signaux. Lanterne en bout de vergue : ça monte et ça descend, et puis encore une fois. A-t-il laissé quelqu'un à terre ? Je n'ai pas vu de canot. Il a rentré une ancre, et ils vont passer sur la deuxième. A hisser, paré partout : vous les entendez, monsieur ?

A voix basse, profonde et résonnante, Bonden se fit l'écho de la chanson rituelle.

— Le voici à pic, droit sur son ancre — écoutez le capitaine qui réclame les garcettes.

La lune se leva, énorme, pleine de la veille, inondant la mer de son feu pâle. Elle quitta l'horizon, monta encore un peu et, quelque part à gauche, une bataille se déclencha parmi les éléphants de mer.

— Ils ont peut-être surpatté, pour traîner aussi longtemps, dit enfin Bonden. Non. Il a largué son petit hunier. Il va déraper d'un instant à l'autre. Il sera vite parti, avec le jusant. Et il va bien marcher avec cette brise. Il sera vite parti, et nous aussi bientôt, Dieu merci. Les fémelots fixés, le gouvernail en place demain, et en route pour la maison dès que la cale sera réarrimée. Encore cette lanterne. Ils vont rater la marée s'ils continuent à traîner comme ça : quelles drôles de manières ! Vous entendez cela, monsieur ? Non, pas le vieux phoque. C'est un canot, qui s'en va vers le brick.

Là, je le vois, il sort de derrière le rocher pointu. Eh bien, mais c'est notre yole ! Ce ne peut être que Mr Herapath qui va dire au revoir, pour ramer de cette manière. Eh oui, c'est bien lui. Mais qui est avec lui, ce garçon à cheveux noirs ? Je ne l'ai jamais vu. Monsieur, monsieur, c'est Mrs Wogan ! Elle s'est échappée ! Faut-il que j'y aille et que je les ramène ?

— Non, dit Stephen, restez ici, ne dites rien.

Le canot s'approcha, passa à portée de murmure, et la lune éclairait leurs visages, ravis, ingénus et ridiculement jeunes. Il passa, s'enfonça dans l'ombre noire du baleinier. Voix assourdies à bord du *La Fayette.* — Tenez bien les amarres, madame, et attention à vos jupons — doucement tout le monde, à hisser. Et puis, comme le brick pivotait sous la brise et prenait de la vitesse, le rire de Mrs Wogan flottant clair sur l'eau, amusé et joyeux, plus joyeux que jamais, si joyeux que Stephen et Bonden en gloussèrent tout haut ; et pour la première fois, il résonnait de triomphe.

# Prenez le large avec Patrick O'Brian

*Maître à bord* (n° 10429)

En 1800, Jack Aubrey, jeune lieutenant de la marine britannique, et Stephen Maturin, médecin irlandais, se lient d'amitié. Affecté au commandement de la *Sophie*, Aubrey demande tout naturellement à son nouvel ami d'être le médecin du bord.

*Capitaine de vaisseau* (n° 10428)

Jack Aubrey est enfin promu capitaine de vaisseau. Mais le navire dont on lui confie le commandement pour aller contrer Bonaparte est en piteux état, et son équipage composé d'anciens bagnards et de fermiers…

*La "Surprise"* (n° 10427)

Avant de partir en mission aux Indes à bord de la *Surprise*, Jack Aubrey s'empare d'une canonnière dans un port du Roussillon pour aller délivrer son ami Stephen Maturin, prisonnier d'espions français.

*Expédition à l'île Maurice* (n° 10899)

Jack Aubrey et Stephen Maturin doivent partir constituer une flotte au Cap, pour neutraliser les frégates françaises de l'océan Indien, et faire de l'île Maurice et de la Réunion des colonies britanniques.

## Il y a toujours un Pocket à découvrir

## ÉGALEMENT CHEZ POCKET
## LITTÉRATURE « GÉNÉRALE »

**Abgrall Jean-Marie**
La mécanique des sectes

**Alberoni Francesco**
Le choc amoureux
L'érotisme
L'amitié
Le vol nuptial
Les envieux
La morale
Je t'aime
Vie publique et vie privée

**Antilogus Pierre**
**Festjens Jean-Louis**
Guide de self-control à l'usage des conducteurs
Guide de survie au bureau
Guide de survie des parents
Le guide du jeune couple
L'homme expliqué aux femmes
L'école expliquée aux parents

**Arnaud Georges**
Le salaire de la peur

**Barjavel René**
Les chemins de Katmandou
Les dames à la licorne
Le grand secret
La nuit des temps
Une rose au paradis

**Berberova Nina**
Histoire de la baronne Boudberg
Tchaïkovski

**Bernanos Georges**
Journal d'un curé de campagne
Nouvelle histoire de Mouchette
Un crime

**Besson Patrick**
Le dîner de filles

**Blanc Henri-Frédéric**
Combats de fauves au crépuscule
Jeu de massacre

**Boissard Janine**
Marie-Tempête
Une femme en blanc

**Borgella Catherine**
Marion du Faouët, brigande et rebelle

**Botton Alain de**
Petite philosophie de l'amour
Comment Proust peut changer votre vie
Le plaisir de souffrir

**Boudard Alphonse**
Mourir d'enfance
L'étrange Monsieur Joseph

**Boulgakov Mikhaïl**
Le Maître et Marguerite
La garde blanche

**Boulle Pierre**
La baleine des Malouines
L'épreuve des hommes blancs
La planète des singes
Le pont de la rivière Kwaï
William Conrad

**Boyle T.C.**
Water Music

**Bragance Anne**
Anibal
Le voyageur de noces
Le chagrin des Resslingen
Rose de pierre

**Brontë Charlotte**
Jane Eyre

**Burgess Anthony**
L'orange mécanique
Le testament de l'orange
L'homme de Nazareth

**Buron Nicole de**
Chéri, tu m'écoutes ?

**Buzzati Dino**
Le désert des Tartares
Le K
Nouvelles (Bilingue)
Un amour

**Carr Caleb**
L'aliéniste
L'ange des ténèbres

**Carrière Jean**
L'épervier de Maheux
Achigan

**Carrière Jean-Claude**
La controverse de Valladolid
Le Mahabharata
La paix des braves
Simon le mage
Le cercle des menteurs

**Cesbron Gilbert**
Il est minuit, docteur Schweitzer

**Chandernagor Françoise**
L'allée du roi

**Chang Jung**
Les cygnes sauvages

**Chateaureynaud G.-O.**
Le congrès de fantomologie
Le château de verre
La faculté des songes

**Chimo**
J'ai peur
Lila dit ça

**Cholodenko Marc**
Le roi des fées

**Clavel Bernard**
Le carcajou
*Les colonnes du ciel*
1. La saison des loups
2. La lumière du lac
3. La femme de guerre
4. Marie Bon Pain
5. Compagnons du Nouveau Monde

*La grande patience*
1. La maison des autres
2. Celui qui voulait voir la mer
3. Le cœur des vivants
4. Les fruits de l'hiver

Jésus, le fils du charpentier
Malataverne
Lettre à un képi blanc
Le soleil des morts
Le seigneur du fleuve

**Collet Anne**
Danse avec les baleines

**Comte-Sponville André**
**Ferry Luc**
La sagesse des Modernes

**Courrière Yves**
Joseph Kessel

**Cousteau Jacques-Yves**
L'homme, la pieuvre et l'orchidée

**Dautin Jeanne**
Un ami d'autrefois

**David-Néel Alexandra**
Au pays des brigands gentilshommes
Le bouddhisme du Bouddha
Immortalité et réincarnation
L'Inde où j'ai vécu
Journal (2 tomes)
Le Lama aux cinq sagesses
Magie d'amour et magie noire
Mystiques et magiciens du Tibet
La puissance du néant
Le sortilège du mystère
Sous une nuée d'orages
Voyage d'une Parisienne à Lhassa
La lampe de sagesse
La vie surhumaine de Guésar de Ling

**Decaux Alain**
Abdication (l')
C'était le XX^e siècle
tome 1
tome 2
tome 3

Histoires extraordinaires
Nouvelles histoires extraordinaires
Tapis rouge

**Deniau Jean-François**
La Désirade
L'empire nocturne
Le secret du roi des serpents
Un héros très discret
*Mémoires de 7 vies*
1. Les temps nouveaux
2. Croire et oser

**Espitallier Jean-Michel**
Pièces détachées

**Faulks Sebastian**
Les chemins de feu

**Fernandez Dominique**
Le promeneur amoureux

**Fitzgerald Scott**
Un diamant gros comme le Ritz

**Forester Cecil Scott**
Aspirant de marine
Lieutenant de marine
Seul maître à bord
Trésor de guerre
Retour à bon port
Le vaisseau de ligne
Pavillon haut
Le seigneur de la mer
Lord Hornblower
Mission aux Antilles

**France Anatole**
Crainquebille
L'île des pingouins

**Franck Dan/Vautrin Jean**
La dame de Berlin
Le temps des cerises
Les noces de Guernica
Mademoiselle Chat

**Gallo Max**
*Napoléon*
1. Le chant du départ
2. Le soleil d'Austerlitz
3. L'empereur des rois
4. L'immortel de Sainte-Hélène

*La Baie des Anges*
1. La Baie des Anges
2. Le Palais des fêtes
3. La Promenade des Anglais

*De Gaulle*
1. L'appel du destin
2. La solitude du combattant
3. Le premier des Français
4. La statue du commandeur

**Genevoix Maurice**
Beau François
Bestiaire enchanté
Bestiaire sans oubli
La forêt perdue
Le jardin dans l'île
La Loire, Agnès et les garçons
Le roman de Renard
Tendre bestiaire

**Giroud Françoise**
Alma Mahler
Jenny Marx
Cœur de tigre
Cosima la sublime

**Grèce Michel de**
Le dernier sultan
L'envers du soleil – Louis XIV
La femme sacrée
Le palais des larmes
La Bouboulina
L'impératrice des adieux

**Guitton Jean**
Mon testament philosophique

**Hermary-Vieille Catherine**
Un amour fou
Lola
L'initié
L'ange noir

**Hyrigoyen Marie-France**
Le harcèlement moral

**Hyvernaud Georges**
La peau et les os

**Inoué Yasushi**
La geste des Sanada

**Jacq Christian**
L'affaire Toutankhamon

Champollion l'Égyptien
Maître Hiram et le roi Salomon
Pour l'amour de Philae
*Le Juge d'Égypte*
1. La pyramide assassinée
2. La loi du désert
3. La justice du Vizir
La reine soleil
Barrage sur le Nil
Le moine et le vénérable
Sagesse égyptienne
*Ramsès*
1. Le fils de la lumière
2. Le temple des millions d'années
3. La bataille de Kadesh
4. La dame d'Abou Simbel
5. Sous l'acacia d'Occident
Les Égyptiennes
Le pharaon noir
Le petit Champollion illustré

**JANICOT STÉPHANIE**
Les Matriochkas

**JOYCE JAMES**
Les gens de Dublin

**KAFKA FRANZ**
Le château
Le procès

**KAUFMANN JEAN-CLAUDE**
Le cœur à l'ouvrage

**KAZANTZAKI NIKOS**
Alexis Zorba
Le Christ recrucifié
La dernière tentation du Christ
Lettre au Greco
Le pauvre d'Assise

**KENNEDY DOUGLAS**
L'homme qui voulait vivre sa vie

**KESSEL JOSEPH**
Les amants du Tage
L'armée des ombres
Le coup de grâce
Fortune carrée
Pour l'honneur

**LAINÉ PASCAL**
Elena

**LAPIERRE ALEXANDRA**
L'absent
La lionne du boulevard
Fanny Stevenson
Artemisia

**LAPIERRE DOMINIQUE**
La cité de la joie
Plus grands que l'amour
Mille soleils

**LAPIERRE DOMINIQUE et COLLINS LARRY**
Cette nuit la liberté
Le cinquième cavalier
Ô Jérusalem
... ou tu porteras mon deuil
Paris brûle-t-il ?

**LAWRENCE D.H.**
L'amant de Lady Chatterley

**LÊ LINDA**
Les trois Parques

**LÉAUTAUD PAUL**
Le petit ouvrage inachevé

**LEVI PRIMO**
Si c'est un homme

**LEWIS ROY**
La véritable histoire du dernier roi socialiste
Pourquoi j'ai mangé mon père

**LOTI PIERRE**
Pêcheur d'Islande

**LUCAS BARBARA**
Infirmière aux portes de la mort

**MALLET-JORIS FRANÇOISE**
La maison dont le chien est fou
Le rempart des Béguines

**MAURIAC FRANÇOIS**
Le romancier et ses personnages
Le sagouin

**MAWSON ROBERT**
L'enfant Lazare

**MESSINA ANNA**
La maison dans l'impasse

**Michener James A.**
*Alaska*
1. La citadelle de glace
2. La ceinture de feu
Mexique
Docteur Zorn

**Milovanoff Jean-Pierre**
La splendeur d'Antonia
Le maître des paons

**Mimouni Rachid**
De la barbarie en général et de l'intégrisme en particulier
Le fleuve détourné
Une peine à vivre
Tombéza
La malédiction
Le printemps n'en sera que plus beau
Chroniques de Tanger

**Miquel Pierre**
Le chemin des Dames

**Mitterrand Frédéric**
Les aigles foudroyés

**Monteilhet Hubert**
Néropolis

**Montupet Janine**
La dentellière d'Alençon
La jeune amante
Un goût de miel et de bonheur sauvage
Dans un grand vent de fleurs
Bal au palais Darelli

**Morgiève Richard**
Fausto
Andrée
Cueille le jour

**Nakagami Kenji**
La mer aux arbres morts
Mille ans de plaisir

**Nasr Eddin Hodja**
Sublimes paroles et idioties

**Nin Anaïs**
Henry et June (Carnets secrets)

**O'Brian Patrick**
Maître à bord
Capitaine de vaisseau
La « Surprise »

**Pears Iain**
Le cercle de la croix

**Perec Georges**
Les choses

**Peyramaure Michel**
*Henri IV*
1. L'enfant roi de Navarre
2. Ralliez-vous à mon panache blanc !
3. Les amours, les passions et la gloire

**Suzanne Valadon**
1. Les escaliers de Montmartre
2. Le temps des ivresses

**Purves Libby**
Comment ne pas élever des enfants parfaits
Comment ne pas être une mère parfaite
Comment ne pas être une famille parfaite

**Queffelec Yann**
La femme sous l'horizon
Le maître des chimères
Prends garde au loup
La menace

**Radiguet Raymond**
Le diable au corps

**Ramuz C.F.**
La pensée remonte les fleuves

**Revel Jean-François**
Mémoires

**Revel Jean-François**
**Ricard Matthieu**
Le moine et le philosophe

**Rey Françoise**
La femme de papier
La rencontre
Nuits d'encre

Marcel facteur
Le désir

**RICE ANNE**
*Les infortunes de la Belle au bois dormant*
1. L'initiation
2. La punition
3. La libération

**RIFKIN JEREMY**
Le siècle biotech

**ROUANET MARIE**
Nous les filles
La marche lente des glaciers

**SAGAN FRANÇOISE**
Aimez-vous Brahms..
... et toute ma sympathie
Bonjour tristesse
La chamade
Le chien couchant
Dans un mois, dans un an
Les faux-fuyants
Le garde du cœur
La laisse
Les merveilleux nuages
Musiques de scènes
Répliques
Sarah Bernhardt
Un certain sourire
Un orage immobile
Un piano dans l'herbe
Un profil perdu
Un chagrin de passage
Les violons parfois
Le lit défait
Un peu de soleil dans l'eau froide
Des bleus à l'âme
Le miroir égaré
Derrière l'épaule...

**SALINGER JEROME-DAVID**
L'attrape-cœur
Nouvelles

**SARRAUTE CLAUDE**
Des hommes en général et des femmes en particulier

**SAUMONT ANNIE**
Après
Les voilà quel bonheur
Embrassons-nous

**SPARKS NICHOLAS**
Une bouteille à la mer

**STOCKER BRAM**
Dracula

**TARTT DONNA**
Le maître des illusions

**TROYAT HENRI**
Faux jour
La fosse commune
Grandeur nature
Le mort saisit le vif
*Les semailles et les moissons*
1. Les semailles et les moissons
2. Amélie
3. La Grive
4. Tendre et violente Élisabeth
5. La rencontre

La tête sur les épaules

**VALDÈS ZOÉ**
Le néant quotidien
Sang bleu *suivi de* La sous-développée

**VANOYEKE VIOLAINE**
Une mystérieuse égyptienne
Le trésor de la reine-cobra

**VIALATTE ALEXANDRE**
Badonce et les créatures
Bananes de Königsberg
Chronique des grands micmacs
Dernières nouvelles de l'homme
L'éloge du homard et autres insectes utiles
Et c'est ainsi qu'Allah est grand

**VICTOR PAUL-ÉMILE**
Dialogues à une voix

**VILLERS CLAUDE**
Les grands aventuriers
Les grands voyageurs
Les stars du cinéma
Les voyageurs du rêve

**WALLACE LEWIS**
Ben-Hur

**WALTARI MIKA**
Les amants de Byzance
Jean le Pérégrin

**WELLS REBECCA**
Les divins secrets des petites ya-ya

**WICKHAM MADELEINE**
Un week-end entre amis

**WOLF ISABEL**
Les tribulations de Tiffany Trott

**XÉNAKIS FRANÇOISE**
« Désolée, mais ça ne se fait pas »

Photocomposition : Nord Compo
59650 Villeneuve-d'Ascq

IMPRIMÉ EN FRANCE PAR BRODARD ET TAUPIN
2695 – La Flèche (Sarthe), le 05-06-2000
Dépôt légal : juin 2000

POCKET – 12, avenue d'Italie - 75627 Paris cedex 13
Tél. : 01.44.16.05.00